当代陕西文学评论文丛 | 编委会

主　编　贾平凹　齐雅丽

副主编　韩霁虹　李国平　李　震

编　委　（按姓氏笔画排序）

　　　　仵　埂　齐雅丽　李　震

　　　　李国平　杨　辉　段建军

　　　　贾平凹　韩霁虹

当代陕西文学评论文丛

接续中坚

文学的边界与批评的视野

仵埂 著

陕西师范大学出版总社　西安

图书代号　WX24N2334

图书在版编目（CIP）数据

文学的边界与批评的视野 / 仵埂著. -- 西安：陕西师范大学出版总社有限公司，2025.6. --（当代陕西文学评论文丛 / 贾平凹，齐雅丽主编）. -- ISBN 978-7-5695-4810-5

Ⅰ. I206.7-53

中国国家版本馆CIP数据核字第202489UE19号

文学的边界与批评的视野
WENXUE DE BIANJIE YU PIPING DE SHIYE

仵　埂　著

出版统筹	刘东风　刘　定
策划编辑	马凤霞
责任编辑	陈君明
责任校对	马凤霞
封面设计	周伟伟
出版发行	陕西师范大学出版总社
	（西安市长安南路199号　邮编 710062）
网　　址	http://www.snupg.com
印　　刷	中煤地西安地图制印有限公司
开　　本	720 mm × 1020 mm　1/16
印　　张	21.5
插　　页	2
字　　数	310千
版　　次	2025年6月第1版
印　　次	2025年6月第1次印刷
书　　号	ISBN 978-7-5695-4810-5
定　　价	69.00元

读者购书、书店添货或发现印装质量问题，请与本公司营销部联系、调换。
电话：（029）85307864　85303629　　传真：（029）85303879

文脉陕西，评论华章（序）

贾平凹

从延安文艺的烽火岁月，到新时代的文学繁荣，陕西文学以其独特的风格和深邃的内涵，赢得了国内外的广泛赞誉。在中国当代文学史上，陕西不仅拥有一支强大的文学创作队伍，同时也拥有一批占领各个历史阶段文学批评潮头的评论骨干。他们以敏锐的洞察力剖析文学现象，参与文学现场，解读作品内涵，为陕西文学的发展注入了源源不断的活力。在新时代文化浪潮中，文学评论作为党领导文学事业的重要途径和方式，作为文学繁荣发展的重要推动力和引导力，正凸显着越来越重要的作用。

为了贯彻落实习近平总书记关于文艺工作和文艺批评的重要论述，以及中宣部等五部门联合印发的《关于加强新时代文艺评论工作的指导意见》，进一步加强和改进陕西文学批评工作，打磨好批评这把利剑，把好文艺的方向盘，同时也为深入总结和发扬陕派文学批评的历史经验，全面呈现陕西当代评论家队伍及其丰硕成果，推动陕西文学批评再创佳绩，助力陕西乃至全国文学发展，陕西省作家协会精心策划并编辑出版了"当代陕西文学评论文丛"。

在选编过程中，丛书编委会始终遵循着精编细选的原则，力求每篇文章都能代表作者个人的最高水平，同时也能反映出陕西文学评论的独特风格和时代特征。所选文章以研究和评论承续延安文艺传统的陕西作家、作品为主，也不乏对中国文坛或域外文学研究的独到见解。丛书汇聚了三代文学批评家中三十位代表批评家的学术成果。他们或生于陕西，或长期在陕工作。他们以笔为剑，以墨为锋，用睿智深刻的见解，共同书写了陕西文学批评的辉煌华章。他们的评论文章，或激情洋溢，或理性严谨，或高屋建瓴，或细腻入微，共同构筑了这部丛书的独特魅力与丰富内涵。

丛书将陕西老中青三代评论家分为"笔耕拓土""接续中坚""后起新锐"三个系列。三代评论家有学术师承，亦有历史代际。每个系列都蕴含着不同的时代气息和文学精神："笔耕拓土"系列收录了陕西文学评论界先驱和奠基者的成果，他们如同手握犁铧的开垦者，为陕西文学评论的沃土播下了希望的种子；"接续中坚"系列展现了新一代批评家中坚力量的风采，他们的评论既有深厚的理论功底，又有敏锐的时代洞察力，为陕西文学评论的繁荣发展注入了新的活力；"后起新锐"系列则汇集了新一代批评家的文章，他们敢于创新，勇于探索，为陕西文学评论的未来开辟了广阔的空间。

"当代陕西文学评论文丛"的出版，不仅是对陕西文学批评历史的一次全面总结和回顾，更是对未来陕西文学发展的有力推动和期待。相信这部丛书的问世，将激发更多文学评论家的创作热情，使陕西文学创作与批评携手并进，比翼齐飞，为推动陕西文学批评事业的繁荣发展，为陕西乃至全国文学的发展贡献新的智慧和力量。

2024年11月8日

目　　录

第一辑　野性粗粝的审美叙事（1988—1998）

002　杨争光小说论

014　艺术创作中的闭合与开放

017　追寻与受难
　　　——读路遥的《平凡的世界》

032　作家与笔下人物的关系

037　超越与超脱
　　　——贾平凹近期小说述评

048　对作家生命方式的别一种理解

052　艺术创作的个体化与艺术消费的大众化的矛盾

第二辑　在整一的范式中醒觉的个体（2001—2009）

058　历史深处的回声
　　　——读朱鸿《夹缝里的历史》

064　红尘落尽余悲哀
　　　——关于方英文《落红》的通信

068　作家的情感地理

073　没有天光的历史

　　——从《明朝那些事儿》说起

082　论作家的内心生活

092　现实主义理论的边界及其他

096　鸟儿为什么不再歌唱爱情？

　　——透视情爱描写的世纪之变

105　城市与女性写作

　　——以张爱玲、王安忆为例

114　乡土传统的两种想象和叙事

　　——从贾平凹的《秦腔》到《高兴》

126　人物命运与作家的宿命

136　革命缘起与文学诗性的纠结

145　情爱主题：从五四到新时期的历史嬗变

第三辑　宏大叙事、娓娓私语与历史回响（2010—2015）

156　世纪之变的文化探询

　　——从陈忠实的《寻找属于自己的句子》重解《白鹿原》

167　陕军小说创作方阵扫描

177　诗人小宛：归途中的咏叹

184　文学中的行为艺术

190　大地的情怀

　　——从张炜的《荒原纪事》兼论其创作历程

214　散文创作中的双向开掘与双向疏离

219　散文创作中的两个世界

224　财富伦理与传统价值的冲突与较量
　　　——陈彦的长篇小说《西京故事》人物谱系分析

236　陕西短篇小说六十年之流变

第四辑　飞翔的神思与坚硬的现实（2016—2022）

248　乡村传统伦理与阶级意识的博弈
　　　——论柳青的中篇小说《狠透铁》

261　陈忠实：从匍行到飞翔
　　　——评邢小利的《陈忠实传》

274　小说的生成、叙事及边界
　　　——与作家冯积岐的对话

294　一个作家的光荣梦想
　　　——红柯印象、创作及其意义

300　戏剧创作的四层境界

313　黄沙梁的揭示与敞开
　　　——从刘亮程的《一个人的村庄》说开去

318　自由意志应成为戏曲人物的塑造之魂

325　在痛楚的吁求中唤起观众的新认知
　　　——简论话剧《主角》的戏剧结构

330　后记

第一辑

野性粗粝的审美叙事

（1988—1998）

杨争光小说论

初读杨争光的小说[①]，觉得作者身上有一种冷酷的东西，似乎他站在很高很远的地方，冷眼瞧着人世间，人世的生生死死，他没有感觉一样，冰冷冷地写将出来。然而，作品读完，却并不能平静下来，有一种撼动心魄的东西固执地啃啮着我们。

这是促使我们做深入考察的契机。

艺术品创造出的世界，是自在的还是自为的？艺术家在作品中具有多大的自由空间？这些都是两难选择。作家愈想深切地反映外在现实，便愈应深深隐蔽自己。隐蔽自己的前提则是对生活透彻的理解，要做到对生活的透彻理解，也便须具有强烈的自为意向。卡西尔对此有精辟的论述，他赞引历史学家兰克的话说："为了使自己成为事物的纯粹镜子，以便观看事件实际发生的本来面目，他愿意使他自己的自我泯没"，然而，"如果我熄灭了我自己的个人经验之光，就不可能观看也不可能判断其他人的经验"。[②]对他人经验的观照与评判恰来自个人经验之光。这种自我认识愈透彻，愈深入，便愈能达到对他人的全面理解和把握，也愈能摒弃自己

[①] 本文所涉及的杨争光的作品，以其陕北生活题材的作品为主。主要作品有：《原》（三篇），载《中国》1986年第9期；《镇长》，载《海鸥》1986年第11期；《石匠三娃》，载《海鸥》1987年第4期；《崾下》（二题），载《海鸥》1985年第5期；《土声》（三篇），载《人民文学》1987年第1、2期合刊；《正午》，载《延河》1987年第7期；《盖佬》，载《延河》1987年第7期；《霞姐》，载《山东文学》1981年第1期。
[②] 恩斯特·卡西尔：《人论》，甘阳译，上海译文出版社，1985年，第237页。

浮浅的好恶，从而握住历史的脉动，深入人类本性的底蕴，写出伟大作品来。莎士比亚之所以能写出麦克白斯，曹雪芹之所以能写出王熙凤，对人物没有强烈兴趣是不可能的。正是这种兴趣，驱使艺术家超离了表层生活面相，从而纵深地看取生活，使人物获得深厚的历史感。作家摆脱了表层的道德伦理观念，超越了偏狭而浮浅的同情心，在艺术天地里，洞悉了善恶真伪美丑非纯一根源，他带着询问的目光热情地探究一切人的生活，他在为人物的特定行为寻找一个历史必然性的回答，他却隐藏在答案的后边，默然无语。我们却因了人物的生存状况而震惊，而思考，而意欲变革。至此我理解了我的感觉的来由，同时，从杨争光小说冷峻的笔调中，体察到他对人世真正的厚爱。

一

死亡是困扰人类的基本命题。在人类发展史中，始终可以看到对死亡的强烈反抗，因之，对永恒不朽的追求成为历久而弥新的逆命题。柏拉图说："爱的方式是求生育子女，因此使自己得到不朽，得到名字的久传，而且依他们自己想，得到后世无穷的福气。……但是，凡是在心灵方面生殖力旺盛的人则长于孕育心灵所特宜孕育的东西。"①这是反抗死亡事实的两种方式：生命繁衍与艺术创造。艺术家正是要在自己精神孕育的产品中获得不朽。艺术的不朽是艺术家不朽的前提，因之，在变动不居的生活中追寻不变的岩石层，就成为艺术家孜孜不倦追求的目标。杨争光的陕北系列小说，其凝视的焦点，就是时间之流中超时间的存在，由此对民族精神的一个侧面做鸟瞰式的把握。作者认为："艺术作品生命力的长短与反映人性中最基本的东西的程度有一种对应关系。"②作者努力寻找的

---

① 柏拉图：《会饮篇》，见《文艺对话集》，朱光潜译，人民文学出版社，1963年，第269页。
② 杨争光：《从刘兰英到马尔克斯》，载《当代青年》1987年第6期。

正是这"最基本的东西"——生命的繁衍，衍化出繁复的带有本质意义的生存状态。作者笔下生命的繁衍，是没有质变的单调无意的量的循环。《正午》中的"她"，为自己能"像从麻袋里往外倒红薯一样倒出五个崽"而得意，认为"一个女人不会下崽，活在这个世上还有什么意思"，并且"她把下崽的经验给许多人讲过，没有一个女人不赞成"。作者还写了她对瘦女人由仇视到怜悯的经过，她能够居高临下地怜悯是因了她的胜利——有了"五个崽"，而瘦女人"半辈子没生一个崽"。生育，作为传宗接代的手段成为生命的第一要义。与繁衍的需要相伴而来的性意识，在这里具有了特别的意义。作者谈到他在陕北下乡的体会时说："环境不同，也会给性生活的内涵带来差异。我感到我去的那个地方，男女之间的性生活要比城市人性生活的含义更深广一些。对他们来说，除了男女吸引、生理愉悦、传宗接代等等之外，它更是一种文化生活。或者说他们的性生活比城市人更带着浓厚的文化色彩。"[1]这就是说，作为人类发展的高级形态的城市文化，已经由人的原始本性——性意识生发升华出绚丽多彩的丰富的生活内容，而作者笔下的人物生存环境，并未使性意识生发升华，而是仅仅浓缩为一个点。这样，人在享有他的性生活时，不是在享有由性意识的推动带来的人类文明的丰富的创造物，而仅仅是在享有性。人完全自然化了，环境化了，动物化了，人真正变成为土地的另一形式。附丽于性欲之上的爱情，的确是文明社会生发来的东西，他（或她）在享有一个对象时，其实他（或她）享有超于性欲之上的东西，爱的丰富性在他面前全部展开。他享有的甚至不是一个，而是整体，因为，他（或她）喜爱的这一个，是在一个足够广大的群体中选择的，性成为可忽略不计的东西，相貌、出身、品格、才华等，这些毕竟是人的选择。闭塞落后的山区，个人很难有自由选择的空间。媒人的作用根本不是城市中介绍人所起的介绍的职能，媒人成为男女之间的命运之神，只需提供给他一个异性，

---

[1] 杨争光：《生存与环境》，载《当代青年》1987年第5期。

他便也要欢天喜地了。也并非花前月下柔情似水自行隐去，而是人物所生存的环境使他只能在满足生理层次的需求上挣扎。杨争光的陕北系列小说，向我们展示的就是这样一个井然有序又浑然无知的小世界。我们站在一个更高的文化层次上，注目这个既陌生又熟悉的存在，加强了对生命意识和历史意识的体验。一种古老的超越时空的野性的生命情调具有了全新的意义。

在《牡丹台的凤》中，凤长到"脸已会发热"的年龄，军来找她，向她求爱："我想和你好，你给我生娃娃，我养活你，养活你大大。"这四句真够结实，半句多余的话也没有，直奔主题。阿Q向吴妈求爱时，只有一句话："我和你困觉。"这未免太昏了头，太直截了当了，并且对吴妈的生存没做任何承诺。军的两句承诺作为"我想和你好"的前提，"你给我生娃娃"则是自身生命的绵延。爱没有任何附丽，仅仅是生存的直接需要。所有发展到今天的人类文化，全部被生存环境剥离了，只剩下赤裸裸的生存意识，而这种赤裸裸的生存意识，是人类历史初级阶段呈现的粗鄙的形式。这是作者描写领域的剥离，作者既没有选择代表现代文明的城市，也没有选择现代文明影响较大的关中平原，却把笔伸进贫瘠偏远的陕北山沟。描写领域的剥离，正是作者的审美理想在心理深层起了作用的缘故。这也带来作者艺术视点的剥离，他牢牢攫住的是亘古不变的东西，认为这些东西体现了人的根本处境，人类文化所有繁复的表现都是由此衍化而来，都根源于这一深层的生存环境。正是在这一处境中，石匠三娃为了让女人生个独生子，忍辱让她与别人私通，当女人生出的是女孩时，他则狂怒绝望地杀了别人、弄死孩子，也结果了自己。（《石匠三娃》）《盖佬》中，"他"的相好是个有夫之妇，"他"受到警告，"他"知道会出事的，但"他"却不愿逃去。"他"的情妇不愿走，他也觉得这样挺好。"他"知道会有那么一天的，终于到那一天，"他"的脑袋被劈开了，他终于没有离开。这是一个十分悲凉的故事，它在我们心中激起的复杂感受，实在不易说清楚。光棍汉互助，爱冥想长得"真水灵"的来福的婆姨，虽想不出却总爱想来福同婆姨搂抱时的样子，不无妒恨地冒上一句："美死狗日的来福了。"对婆姨的想望，笼罩了互助的整个生命。

对种性能否延续的忧虑，对爱的痴情狂热，对性生活的渴望，这些，构成人物活动的原初动力，陕北生活在这个点上铺开，人类文明，也因这一简单而又宏阔的背景具有了意义。生命变得单纯而明晰，卑琐而又辉煌。

二

杨争光的小说，强大的生存背景具有吞噬人的力量。人从背景中走出来，人被充分自然化背景化了。人类文明高度发达的今天，性早就被诗意化、装饰化了，山沟却以其野性的方法呈现。单调荒凉的生存环境规定着人的行为方式。在枯寂的山路上走着的汉子，也像山路一般喜欢沉默，他的小儿子在空气也凝滞的山路上，固执怨恨地重复道："你说你给我送馍，不让我回家，你又不了。""这路真难走，我都不想走了。""这么多沟，我都讨厌沟了。"孩子稚气率真的语言，加强了人物生存艰辛忧患的体验，浓化了超越表象的意味，新生代开始"讨厌"这么多沟，开始不想再走这"真难走"的路，但他们能否摆脱环境对他们的反铸，高亢苍凉的山歌中有谜一样的解答。（《从沙坪镇到顶天峁》）"干黄干黄的路"，是一条没有色彩的生命之道。窦瓜"往里走，走着走着，就成了摊煎饼的姑娘，走着走着，就成了莽莽的婆姨"。这是造物枯燥而又残酷的戏法！这里，人的属性几乎被环境剥光了，所有能激活人意兴的也就只有性了，怪不得镇长慨叹道："在那个地方，女人就真他娘像个女人，女人就那么让男人动心，那些男人们和她们厮守一辈子，也没个够。"（《镇长》）贫穷落后闭塞的生存状况，使他们永远循环在原初的出发点上。固然很苦，却又自得其乐，活得充实而自足。这是封闭带来的结果，不然，他们何以能承受被文明遗弃带来的痛苦，何以死守这块镶嵌着自己的土地？

人的生存活动，是一个无限发展变化的过程，人只有在不断地创造文化的活动中，才能成为真正意义上的人。假如人的活动，在生存的某个点上，做着无尽的循环，只有量的变化而并不增进新质，那则是人的动物状态的复演，是对人的本质的否定。古希腊的神话中，有一个大有深意的故事：宙斯惩罚弗弗西斯，让他推一块石头上山，每当他将石头推到山顶，石头就滚下来，他又得从头推起，以此无穷循环。类似的惩罚方式也出现在中国的神话传说中。吴刚被罚在月宫中砍桂树，他的斧头砍下去，只要一举起来，原来砍下的地方又复合了，他就这样永远重复这一动作。这是一个令人绝望的方式，是对人本质的否定方式，被惩罚者永远固定在某个点上，从而失却了人的远大未来。人失却了对自身的不断超越，就成了"只是在直接的肉体需要的支配下生产"的动物，而人的本质，正是体现在"甚至摆脱肉体的需要进行生产，并且只有在他摆脱了这种需要时才真正地进行生产"上，[①]对"直接肉体需要"的超越使人真正成为万物之灵。

在艺术创造活动中，艺术家总想在人类发展中寻求一以贯之的永恒的东西，原始的蛮野生活成为他们感兴趣的题材。新时期文学中的"寻根"热潮，与此密切相关。根，在落后的农村，在荒僻的山沟。正是在这样的生存环境中，艺术家才找到了与之对应的模式。这是还原，甚至说是一次伟大的还原，艺术家要在这一还原中，剥离掉现代文明繁复的外饰物，剥离掉被种种概念思想所笼罩的迷雾，使人们从初始的生命活动中领悟到一些什么。然而，这种还原，绝不能是简单的同级还原，带着对现代文明的厌恶与对蛮野生活的欣慕。在同级还原支配下的剥离，在其逻辑的终端，人也就成了猿猴。现代文明的成果，是人的本质发展的必然结果。剥离人类的文明，只留其所谓本原，无异于剥掉人的本质而只留其躯壳。饿了要吃食物并非人的本质，而色香味俱全的佳肴中却有着人的本质的体现；性欲并非人的本质，而不断演进的人类的爱情婚姻形式，却是人类本质推进的成果。假如剥离色香味只有食物形式，剥离爱情而只有性，那就只是动

---

① 马克思：《1844年经济学—哲学手稿》，人民出版社，1979年，第50页。

物的行为了。同级还原，是寻根文学的陷阱。

我们赞成超级还原。古老封闭的落后生活，是在宏大的现代文明的背景下展现的，是被作者强烈的现代意识与恢宏的艺术视野点亮的。只有这样，作者愈是描绘落后愚昧的生活，描写死水般的恒久稳态、单调无意的轮回循环，才愈具有深邃意义。《盖佬》中，杀了他的情敌的矮子，在自首后随公安人员到现场，却发现死人没有了，"看见一只鞋底，已经腐朽了，一株水条杨从鞋底中间长了出来"。荒诞更有着真实的意味。这是一个不断重演的故事，现代节奏不是削弱而是加强了地老天荒式的心理感受。《正午》的结尾，显现在两种不同的时间向度上："她闻见一股汗腥味，她看见她男人从硷畔下面跳上来，她感到她身上什么地方有点怪，在动弹。她站起来，飞快地跑到窑门口，掀开了门，和男人一块走进去。窑门关上了。一会儿，她在里面激动地叫了一声。"同一情节的变奏是："男人突然从蔓豆地里回来了，猫一样跳上硷畔，这是她没想到的，她痛彻心骨地叫了一声，然后，就只剩下蝉声了。那时是正午，太阳很亮，向日葵到处在生长着。"上面是生活的现在进行时态，下面是生活的过去进行时态，同一生活内容将不同时空扭结在一起，主人公进行着的生活携带着昔日的体验一起走向未来。这种时空向度交错的现象，大量发生在人的梦境和幻觉中，小说借用这种手法，使其审美意绪更为庞杂而丰厚，人物同自身历史一起构成现在的生活，并在规定着未来的生活。它成功地为读者提供了（可以说是开掘了）这一人生的新天地。正因为落后蛮荒的生活背后，渗透弥漫着现代文明，人们才对被现代文明遗弃的小天地与现代文明之间的落差造成的难以承受的压抑感，有了深切的悲天悯人式的感喟。

我们在不同的文化层次上观照作者笔下的世界，像作者的目光一样，倾注着关切。我面对那个世界也许无能为力，但在观照它的同时，也观照了自我，那是自我的昨天。人由之变得豁达，世界由之变得透明，昨天今天明天全囊括于寸心之中。今日还有那么一个世界存在着呢！存在着那么一种人的自然状态同自然状态的人。我从作者笔下知悉那个世界时，我已经不是那个世界的人了。我同它同一时代却又恍若隔世。唯有现代城市文明的存在，那山沟、那人物才在我们心头震荡得如此强烈。我们对荒山野村的一切意绪，全产生于它同都市的反差中，因了我们身后矗立着繁盛斑驳的现代文明，我们才能够从容地凝视那个世界，默默地翻腾出无限思绪。生长于那块土地的人，很难对自己的生存状态产生反思，他们同自然的关系更多是一种混沌状态，大约对描写他们的小说也不会有特别兴趣，也难以真正读懂，更不易体察出人物命运背后的东西。

显然，这一生存环境里更为深邃的意蕴，是作者杨争光站在这一世界（现代文明）看到的，是这个世界给了杨争光一双敏锐的眼睛，一颗感应的心灵。也是这一世界造就了诸多读者审美的眼睛与审美的心灵。

三

光秃秃的山梁纵横交错的沟壑，将生存在它怀抱的人滞留在生命的基本需要的层次上。然而，人跃动不息的创造力，使沉睡中的自我意识不断萌动，平静单调的生活里总是夹杂着骚动不安的情绪。花花绝非风流女子，儿子都八岁了，可是在一个沉闷孤寂的下午，她却同过去"打过她的主意"的南索干了那种让她后悔的事。作者以"那棵树"命名，"那棵树"是一个象征。人如那棵树一般孤寂，如那棵树一般被固定在那儿。同时，那棵树又是一种诱惑，远远地站在那儿，能看得见却不易够得到。花花因为看它，思量它，迷了心窍，而让南索"占了便宜"，这样的氛围中无时不潜藏着危机。

对落后的生存环境的反抗，在作者以《原》为题的一组小说中得到体现。反抗最终虽复归于静，但反抗中已经浸透着令人震撼的血泪。先我而在的生存环境规定着每一个人的行为轨迹，任何偏离轨迹的试飞都被折断翅膀。因而，这种反抗的意志往往带有绝望的色调。作者并不因其阴冷而投暖色以抚慰人心，倒悲怆处更见冷峻，十足表现出生存的铁律和赤裸裸的残酷性，可谓艺术家的"硬心肠"。

《鬼地上的月光》是一篇出色的作品。作者使小说人物过去的生活与现在的生活平行推进，往事以现在发生的事情为导引，现在则以往事为依凭而铺开，而决不让人物停在某点上去做静态的回忆。不是回忆，而是过去的生活在今天不断复写、印证、加强。作者采用模糊时空界限的手法，造成了不同时空生活情景的互相渗透和容纳，给全篇笼罩上一种悲切飘忽的生命意绪。但又由于飘忽是建立在极其写实的基础上，它未能流逝反倒凝聚起巨大的撼人的力量，仿佛是在万米黄土高原之下爆出的一声沉闷沙哑的呼喊。窦瓜中学时是班上的尖子，上茅房不提防被莽莽偷看，父亲干脆把她嫁给了莽莽，从此，熄灭了她的理想之火。"莽莽真是一头公牛"，像牛一样劳动，像牛一样睡觉。她想离婚，却挨了父亲一鞭子，回来就"挺在炕上"，任莽莽发泄。考上中专的同学暑假归来，问及她的情况，这时，昔日美好的憧憬和理想，以绝望的形态显现出来，疯狂地啃啮着她。她来到鬼地。"这儿是一片红土，一棵草也不长"，然而，却可以随着飘忽的思绪漫游。"那条路，也飘来飘去，她走着走着，就成了摊煎饼的姑娘，走着走着，就成了莽莽的婆姨。"莽莽来鬼地找她，她顺手抓起手边的石头，朝他的脑门上砸了一下，莽莽死了。

这个故事里，像其他作品一样，作者竭力保持他的客观冷静的笔调，然而，强烈的情感却充溢字里行间。虽然也写了生存环境的铸造力，也没有对酿成窦瓜悲剧的父亲窦宝和丈夫莽莽施以浮浅的笔伐，然而，将骚动不安的窦瓜对生存环境的抗争却写得动人心弦，对莽莽只知吃喝睡觉的动物式的生活态度，毕竟带有一些否定的意味。人失却了对生活的向往，封闭了无限发展的大门，被环境束缚固定在某一格局内而无限重复，那无异于人的动物化的回归。窦瓜的抗争，哪怕是在荒原上的绝望呼喊，也夹杂着对生存锁链的挑战。这正是人对自然的奋力超越。这个生存锁链扼制鲜活的创新生命力，人被存在所裹挟而做着无望的挣扎。在《从沙坪镇到顶天崀》里，渴望读书的孩子被父亲牵回来，路上，稚气的孩子忘不了父亲原先的允诺，不断重复一句话："你说你给我送馍，不让我回家，你又不了。"这句话主旋律一样在全篇回荡，沉甸甸压在读者心上。汉子话很少，同山路一样沉默。小说沉郁的氛围，压抑得人难受。孩子从此将固定在生活的轮子上，接替祖辈运转。

生存环境的强大，使人的本质力量大大削弱，生存大幅度自然化动物化，生存的自然状态使人对生存的热情减弱，生存也因此极具脆性。高坎因为儿子多"喝了几杯"，就在众人面前骂了他，儿子认为丢了脸，要"死给他看"，说死就真的上吊了，死得平静而坦然。（《高坎的儿子》）作者不动声色地将这一切描写出来，但不动声色中，我们还是能听到作者对人物命运的沉重叹息，对生存与环境的关系的艰难沉思。

四

在"崾下"二题中，我们发现了杨争光创作上的变化。《鬼地上的月光》中遏抑不住的强烈的批判情绪，几乎完全淡化，代之的是对笔下原生态生活的审美心理认同，以一颗温厚的心、玩味闲适的态度，远距离看取生活，表现出对生活超脱的艺术化理解，非功利的纯审美眼光替代了一切。这样，落后荒凉便少了许多忧郁残酷的东西，却更多一些诗意，更多一些悠闲自得。愚钝野性的世界成为一个自足自适的世界。

《那棵树》中的花花，找了个中意的丈夫，虽然单调的生活使她同南索发生了性关系，但骚动之后，她马上就后悔了，她还是爱她的男人、迷恋她的小日子的。《牡丹台的凤》中，凤"想和兰家窑到牡丹台来收土地税的那个后生好"，但她知道那是不现实的事，人家不会要她的。她知道她的男人只能在这个狭窄的生存圈内，于是，她把牡丹台的后生排了队，排来排去，还是选中了军。躺到被窝时，想："当婆姨会是个什么样子呢？"这样想着睡着了。这儿，作者笔下的世界具有了自己的灵性和意志，遵循着自己的原则在运行。作者在这个世界里消失了，他把这个世界

011

原有的一切还给这个世界，而不是将自己的意志情感强加给它，并且去操纵它。因此，这个世界就以其温厚自足的样子存活在我们眼中，而不是我们想象的那样，如此环境下的人，整天愁眉苦脸，喝着一杯苦酒。那是我们把自己的感觉加在他们身上。一部艺术作品能达到这样的程度，正是作者深邃的历史感与强烈的现代精神的体现。花花在自足的天地里的骚动，复归于宁静；凤在生活规定之外的冥想，终归冥想。她们并没有因为失落而表现出大悲痛，也不可能产生大悲痛。大悲痛是生活情景反差的产物。花花"后悔了"，凤"睡着了"，自足的世界就这样在读者眼中展开。

作者对生活本身这种颇具历史意味的肯定，还在他创作初期就萌芽了。在其处女作《霞姐》中，作者写了一个聪明懂事的孩子如何变成感情麻木钝化，像祖辈一样去"生儿育女""默默地吃苦"的农村女子。这篇小说已透露出作者在陕北系列小说中充分发展了的思想：生存环境对人的强大规定性。对霞姐命运的叙写，带着强烈的激愤，具有控诉的力量。作者没有给霞姐以理想化结局，冷峻地写出生活的残酷，写出生存环境的强制力。同时，对生存状态的这种必然性认同，在此也已萌芽。霞姐进行了"严肃的婚姻谈判"式的恋爱之后，作者这样写道："这就是她们的情话么？这就是他们第一次的情话，也自有它的甜蜜。""自有它的甜蜜"，这正是作者在陕北系列小说中还原的世界。甚至让人觉得，作者对其对象世界，具有一种宗教情绪。那时，作者对霞姐命运的不可变更，对"一切似乎那么自然"地进行毕竟还能激愤地诘问："是自然的么？"待到他发表陕北系列小说时，那种强烈的主观情绪已经真正纳入深沉冷静的叙述中，自我消融到对象里面。

王安忆谈自己的创作体会时说，"我想讲一个不是我讲的故事。就是说，这个故事不是我的眼睛里看到的，它不是任何人眼睛里看到的，它仅仅发生了"[①]。王安忆强调"不是任何人眼睛里看到的"故事，显然是

---

① 王安忆：《我写〈小鲍庄〉》，载《光明日报》1985年8月15日。

在排斥偏狭的主观意识对丰厚的自然客观的破坏性渗入。"发生"就是一切，它无疑比偏狭浮浅的理解有更多的意蕴。杨争光的小说，力求追寻这种本然的发生，开始那种占主导倾向的"是自然的么"式的激愤，最终依于占主导倾向的"自有它的甜蜜"里。

杨争光的陕北系列小说，没有写轰轰烈烈的变革，也没有写变革在山村引起的波动变化，而是静静地叙述那儿的山民们最现代也最古老的生活，那儿必然会发生的事情。他不大喊大叫，不肆意渲染，他笔下的世界是静穆的，宇宙最深微的结构也是静穆的。在这静穆的世界秩序中，我彻悟了自身，世界在人的深入了解下而变得澄澈。在对艺术对象的凝神观照中，我们无疑获得了一个全新的世界。当我们把视线移开时，我们的脉搏正和着自然的旋律而跳动。

原载《小说评论》1988年第3期

艺术创作中的闭合与开放

大凡人们说话做事，总有一个立脚点，不管是意识到还是未意识到。人的立脚点是由他的性格气质、出身教养、环境地位等一系列因素决定的。我们不能设想一个人没有立脚点，就好像我们不能设想一个人没个性特色一样。人的个性特色的存在，恰是以各不相同的人性的存在为前提的。正是这千差万别的性格，才使得这世界异彩纷呈，充满生机。

对艺术，也应该是这样：搞西画并不必对搞国画平生出许多优越感；印象派也大可不必瞧不起洛可可风格；草书行云流水似的潇洒固然让人着迷，楷书苍劲有力凝重饱满也自别有其韵致。既然如此，为什么艺术不能博取众长，创作出前无古人后无来者的伟大作品呢？那么多聪颖的艺术家为何不去做这种努力？并且历史上似乎没有这种先例。唐代大诗人杜甫，是一个善于博采众长的人，他也只能使自己的作品有着强烈的非他莫属的个性特点。古人以"沉郁"概括他诗歌特色，并将他与"飘逸"的李白相区别，实在恰贴。杜甫为什么不能融李白的"飘逸"于"沉郁"中，从而创作出超越二者之上的大作呢？

艺术创作中，欲集所有长处于一身的艺术，实际上是不存在的。所有的艺术，无不是个性的艺术，没有创作个性的艺术，也不成其为艺术。创作个性，给了艺术家一个界限，他凭此自立于艺术之林，也因此被固着于一个点上。艺术的视野可以是无比辽阔的，但艺术的立脚点却是确定的。艺术，只有在这一固着点上，才有与外部世界交换的价值。因为这一固着点，具有区别于任何个体的无法替代的属性，这是艺术存在的前提。艺术以这一固着点为中心，形成自己的一个完整的世界，这一完整的世界，自然产生出强烈鲜亮的价值取向，并以此同外部世界对话。

个别极具才情的大艺术家，其创作的审视点不断变化，由之也带来其创作风格的变化。他的每一个审视点，都是一个闭合系统，都是一个完整的世界。毕加索便是一例。不管是他的"蓝色时期"还是"玫瑰色时期"，都有着很不相同的审视点，正因为他超越了一般艺术家由于审视点的固化而形成的创作风格的固化，他才成为被人类公认的风格多变的大师。艺术家风格的变化实际上乃是其走出了一个天地又进入另一天地，而每一新天地的产生都是其新的闭合系统的形成。朱光潜先生非常强调审美中的凝神观照。所谓的凝神观照，也就是在凝目静视中排除任何干扰，全身心沉入对象世界里，这时候，对象即使是一朵小花一只小鸟，也足以构筑起一个审美世界。这儿引起我们注意的是，审美世界的构成仰赖于审美主体同审美对象之间的闭合状态。闭合状态切断了审美主体同周围世界的联系，审美才愈益深入纯情。艺术创作也是这样。尽管每个艺术家不可能创作出尽善尽美的艺术品，但正是在他们偏执的世界里，保留着真纯，保留着自己对人生社会独特的理解、独特的感觉与独特的表达。他们的世界因了偏执才完整，艺术也因了偏执而存在。

我们强调艺术创作中的闭合状态，并认为每一艺术个体凭此去相互交流，如同商品生产者拿着自己的产品去交换一样。产品是凝结着自我劳动的创造物，它当然须有使用价值，这是不言而喻。艺术品也一样，重要的不是看它反映没反映人类生活，而是看人类生活在艺术家的眼睛里是什么样的。他以自己对生活的理解和表达同他人交换，同外部世界交换。而形成交换的东西不是在交换中形成的，而是在交换之前，在一个创作的闭合价值体系内形成的，因为只有闭合体系，才足以形成不被外界扰动同化的价值取向。

这样说，并非反对艺术的开放与交流。开放与交流，为艺术家提供了丰富的营养。同时，开放与交流，恰恰要求艺术家拿出最不雷同的烙着自我印痕的东西。对于一个艺术家来说，他的艺术世界就是一个完整的世界，他会顽强地抵抗任何别的世界的侵入，保卫自我的完整性和秩序。当然他认为这一世界是真实和理性的。但他对别的艺术形式却能宽容，虽然他也许会认为别的艺术并非深入本质世界，但也承认别人的角度仍不失为一个角度。甚至正是因了他人的存在，自己才具有意义；反之，他人失去，自己亦难存在。正是这一恢宏的视野，在充分捍卫了自己的阵地时，也捍卫了别的艺术个性存在的价值。艺术的任一流派，深谙了自己，这才深谙了对立的流派。艺术要求容纳正源自艺术个性的不可容纳性，这大约也算是一个二律背反式的艺术命题。

选自陕西省文联理论部编《文艺论坛专集》，1989年

追寻与受难

——读路遥的《平凡的世界》

一

曾因《惊心动魄的一幕》和《人生》而享誉文坛的青年作家路遥，在沉默数年之后，赫然推出厚厚三大部、洋洋百万言巨著——《平凡的世界》。这是一部很坚实的作品。许多青年作家已经不这样写了，而寻找新路数。他却不。我甚至想，路遥这样写大约也是一种迫不得已。他不得不用这种方式来表达自己的情感与思想，只有这种现实主义的写法才能尽情贴切地表达他对世界的体悟。写作方法本身，已经不仅仅是技巧，是内容，更多的也许是自我生命体验和存在的方式。因之，当我在《平凡的世界》中体悟到作者对生活倾注的博大而温厚的宗教般爱心时，我就更坚信我的这种直感把握了。

这儿，我说到宗教般的爱心，是就作者的苦难意识而言的。作者笔下的人物，其辉煌夺人的魅力，大都是通过受难而体现出来的。苦难使人崇高，这是一个诱人的题目。

默默曾在《读书》上发表了一系列令人喜爱的文字，是论说20世纪西方基督神学的。在论及朋霍费尔时，他写道："受苦与遭弃绝可以概括耶稣十字架受难的全部意义，十字架上的受难即意味着遭人蔑视和弃绝。基督之为基督乃在于他的受苦和遭蔑视。"①接着他深切地诘问：我们有这种对痛苦与折磨的歌颂吗？所谓"国人的智慧，俗人的智慧"有什么资格贬低和嘲讽这种痛苦和折磨？②是的，这种痛苦和折磨是为了拯救，既为了拯救别人也为了拯救自己。因之，他所经历的苦难是主动性的，是他参与到苦难中，寻求拯救，寻求超越。他的苦难同时也便具有崇高的意味。路遥并非一个对宗教感兴趣的人，但他的诚挚和激情使我不由自主地将宗教情绪与之联系起来。

二

路遥在《平凡的世界》中，给苦难以深刻的理解和评价。他实际上将苦难看作高于苦难的东西，使苦难成为一种生存需要，从而，苦难之树神奇地结出了甘美的果实，并且携带着崇高的迷人的光芒。作者笔下的人物，哪一个没经受艰辛生活或心灵痛苦的磨难？孙少平上县高中时，每顿只能吃两个焦黑的高粱面馍，连五分钱的清水煮萝卜也吃不起。这种困窘生活，使他产生强烈的又自尊又自卑的心理。他"感到最痛苦的是由于贫困而给自尊心所带来的伤害"，"他愿自己每天排在买饭的队伍里，也能和别人一样领一份乙菜，并且每顿饭能搭配一个白馍或者黄馍。这不仅是为了嘴馋，而是为了活得尊严"。③但即使这点可怜的要求也无法满足。李向前是县委副书记的儿子，汽车司机，生活各方面都是如意的，但唯独他痴爱着的田润叶对他冷如冰霜。他从结婚那天起就等于和媳妇分居着。他喝闷酒，并在酒后因车祸而失去一条腿。孙少平的姐姐兰花，偏偏爱上那个给她甜甜地唱过情歌的浪荡汉王满银，她的最大心愿竟是只要这个浪荡汉待在身边，哪怕他一年四季不下地劳动也行。然而，浪荡汉一年到头

---

① 朋霍费尔：《跟随基督》，基督教文艺出版社，1964年，第38页。
② 默默：《参与上帝的痛苦——纪念朋霍费尔》，载《读书》1989年第2期。
③ 路遥：《平凡的世界》第1部，中国文联出版公司，1986年，第6—7页。

却总是不着家,她只有起早摸黑种地,拉扯着两个孩子过日子。田福堂是双水村的强人,却也有他解不开的心病。随着改革开放,他在村里的地位逐渐下降,而像孙少安这类人却逐渐夺取了村里的中心地位,他呼风唤雨的时代一去不返了。更可气的是儿子田润生,找了个寡妇且不说,而且还是一个出身于富农之家的寡妇,使他这个革命了一辈子的人丢尽了脸,以至于气出一场病来。作者笔下的人物,大都有这种难以摆脱的困境。

人为了生存,或说为了更好地生存,从物质层次到精神层次,便遭受许多艰辛,在艰辛中努力奋斗,忍受苦难。受难是生存的强迫性造成的,但"受难是这个世界上的积极因素,是的,它是这个世界和积极因素之间的唯一联系"[1]。受难的积极因素中包含着受难者对世界铭心刻骨的体验。这种体验当是痛苦的、不堪忍受的,但正因有了这种体验,才达到对世界透彻的洞悉和深层的领悟。

人对生命形式的体验把握,不是通过享乐形式,恰恰相反,是通过痛苦——这一追求幸福与享乐的过程中所必须付出的代价和条件。受难,在这儿具有了对生命形式非同一般的意义,它甚或化为生命的形式而存在。它成为生命形式最实在、最有意义的内容,它也就成为生命的形式,具有最辉煌最炫目的光彩。受难,本来是达到幸福和享乐的手段,但在这一过程中它却超越了手段而僭越为目的,成了比幸福和享乐更值得自豪骄傲的目的。它战胜了自己,消除了自己。它的战胜与消除在更高的意义上证明了自身作为一个伟人的品格而存活,而不是作为被动的接受者而存活。反之,幸福和享乐不是以受难作为代价,你便不能真正占有它。即使你占有享乐,也是带有缺憾而不完满的。你在享乐的体验中,无法领悟它的全部丰富性。享乐就仅仅作为浮浅表层的官能刺激,甚而演化为同人的本质对立的东西,来浸透你、腐蚀你、反对你,削弱你的生命力,暗淡你的生命光辉,实际上,也就等于参与了谋害你的生命活动。生命将在这种享乐中枯萎,变为非生命。

---

[1] 默默:《参与上帝的痛苦——纪念朋霍费尔》,载《读书》1989年第2期。

三

孙少平生活在一个既定的难以冲破的生存链上。他的出身、家庭以及足下的土地是无法改变的。他本来可以像他的父辈、他的哥哥（孙少安）那样植根于那块土地，以同他们一样的眼光去理解人生看待生活。不幸的是他上了县高中，并且是那样爱读书。知识为他打开了另一个别样世界的大门。这使他在精神层次上大大偏离了原有的生存规定。书籍使他同郝红梅结识了，继之又同田晓霞结识了。正是在他偏离生存规定性时，灵魂被放逐了。他被逐出精神与存在相统一的那个古老的生存圈。这生存圈虽并非像伊甸园那样阳光明媚、无忧无虑，但因其灵魂与肉体的双向统一却也形成融融怡然的氛围。但孙少平的世界成了一个分裂的世界，他再也享有不了这融融怡然之乐了。他的痛苦是双重的：他意识到祖辈生存的可悲性，但他又无法斩断同祖辈连接的纽带。因此，这一面他是一个清醒的实实在在的现实主义者，另一面却充满着理想的富于诗情的浪漫色彩。

他的恋人田晓霞，这个敏锐任性又豪爽的地委书记的女儿曾打趣地说，但愿他高中毕业后别"满嘴说的都是吃；肩膀上搭着个褡裢，在石圪节街上瞅着买个便宜猪娃；为几根柴禾或者一颗鸡蛋，和邻居打得头破血流。牙也不刷，书都扯着糊了粮食囤……"孙少平答道："我不会变成你描绘的那种形象。你不知道，我心里很痛苦。不知为什么，我现在特别想到一个更艰苦的地方去，越远越好。……我不是为了扬名天下或挖金子发财。不知为什么，我心里和身上攒着一种劲，希望自己扛着很重的东西，在一个不为人所知的地方，不断头地走啊走……或者什么地方失火了，没人敢去救，让我冲进去，哪怕当下烧死都可以……我回到家里，当然也为少吃没穿熬煎。但我想，就是有吃有穿了，我还会熬煎的。"[①]这构成了

[①] 路遥：《平凡的世界》第1部，中国文联出版公司，1986年，第361—362页。

孙少平的基调，也是他精神流浪的始因。

孙少平终于走出双水村了。他要到一个较为广阔的世界去，即使去当揽工汉。更主要的因由倒不是钱。在双水村待下去，他也许会过得很好。农村实行改革后，农民的自由空间扩大了。能干的哥哥（孙少安）办起了砖瓦窑，日子一天天好起来。他却要出走，走向黄原市，在黄原市的揽工汉生活能使他掉几层皮。孙少平要在这种自我放逐、精神流浪当中寻找什么？他在追寻自我价值目标。他的追寻异常艰难，对他来说，首先要对付自我生存困境。任何时候，他都无法忽略饥饿的袭击，无法超越生存的第一层次。并且，父亲需要他的钱度日，妹妹需要他的钱上学。他永远不可能像那些出身于达官显贵之家的青年，不为衣食操心，可以置身于虚幻的冥想之中，置身于百无聊赖的忧郁中，自傲自大或自怨自艾，愤世嫉俗见解透辟却又无所事事玩世不恭，像俄罗斯文学中那些多余人毕巧林、罗亭、奥涅金等，也不是刘索拉徐星笔下的那些"愁得不想喝酒什么的"人物。他甚至没有时间去忧郁和思虑，他须得每天为一元伍角而拼命。这样，他的精神流浪又被紧紧地捆缚在物质的层面，其背负的十字架就是精神和物质双重的。他的流浪由之便永远不会因为没有附着而轻飘，不会因为失重而变得难以承受。负重感是他受难的特有色彩。主人公在受难中寻求价值和超越，苦难成为他获取感悟的唯一途径。他的精神流浪是在沉重的生存锁链束缚下以书籍为媒介而展开的。他当然"不愿意牛马般受苦"，他也感到"太沉重了"，但物质生存的先在性锁链无法打断。他的精神流浪源自他的生存困境，超越生存困境的渴念使他的灵魂欲疏离他的故乡。但当他走出古老的土地，在黄原市的揽工汉生活中，他的流浪似乎有了很有意味的回归，并撷取了巨大的硕果。艰辛的劳作，使他对苦难有了深刻的领悟。因苦难而流浪，却又在流浪中寻回苦难。孙少平在给妹妹兰香的信中写道："我们出身于贫困的农民家庭——永远不要鄙薄我们的出身，它给我们带来的好处将一生受用不尽。但我们一定又要从我们出身的局限中解脱出来，从意识上彻底背叛农民的狭隘性，追求更高的生活意义。首先要自强自立，勇敢地面对我们不熟悉的世界，不要怕苦难！如果能深刻理解苦难，苦难就会给人带来崇高感……痛苦难道是白忍受的吗？它应该使我们伟大！"[1]孙少平在苦难和痛苦中感受到的崇高和伟大，正是他自我放逐后的深刻的获取。

这一点，生活背景和家庭教养同他截然不同的田晓霞也感受到了，"她看得出来，少平甚至对苦难有一种骄傲感——只有更深邃地理解了生活的人才会在精神上如此强大"[2]。少平的好友金波也受到了"他很大的影响"，不卑不亢地干活，"吃苦精神使所有的正式工都相形见绌。他卖力干活不只是怕失掉这只临时饭碗，而是一种内心的要求"。黑格尔：《黑格尔著作集》第17卷《哲学宗教讲演录》，人民出版社，2015年，第194页—195页。本文写于1990年，收入文集时对引文进行了补注，此版本与原引文翻译稍有不同。[3]受难，由最初的生存强迫性变为"内心的要求"。这是一个艰难的升华过程，是人战胜环境，战胜自我，超拔于生存锁链，从而将外在目的内化为本能需求的过程。在这一过程中，人占有了人的本质，占有了劳动。劳动在这儿已不仅是谋生的手段，更是生命的需要。黑格尔说："至于人必须使自身成为其所是者，汗流满面地劳作得以果腹，创造出其所是者，这属于人的本质者、优秀者，并且与对善恶的认识必然相关。"[4]人正是这样，通过劳动，抑或说通过艰辛苦难，自己将自己创造为人。人之为人正在于劳动。马克思也"把劳动看作人的本质，看作人的自我确证的本质"[5]。孙少平就这样在精神流浪中获得新的生命意义。

---

[1] 路遥：《平凡的世界》第2部，中国文联出版公司，1988年，第370页。
[2] 同上，第343页。
[3] 同上，第298页。
[4] 黑格尔：《哲学宗教讲演录》，见《黑格尔著作集》第17卷，人民出版社，2015年，第194—195页。本文写于1990年，收入本书时作者对引文做了补注，此版本与首次发表时引文翻译稍有不同。
[5] 马克思：《1844年经济学—哲学手稿》，人民出版社，1979年，第116页。

四

一个能够肩起国家民族命运的人物,无疑会受到历史的赞美与称颂。一个平凡的人,面对命运的挑战,能够以罕见的勇气与之搏斗而毫不退缩,也同样是令人肃然而生敬意的。肩起自我命运的重负并不亚于肩起民族重负反映在个人肩头上的分量。这也就是路遥笔下平凡世界中的孙少安为之骄傲的理由。他骄傲,是因为他支撑的这个穷家在无数艰难困苦中没有垮下来。他"因而感到自己活得还有点意思"。对这一生活理想,他简直"像宗教徒对待宗教一般充满虔诚和热情"①。在面临自我命运的重大抉择上,他的表现更具有悲壮的意味。他可以去爱田润叶,但他却不能去爱。他是一个对自己对别人都负责任的人。尽管田润叶的世界几乎就只有他,甚至她都不考虑他们之间巨大的社会差异。她几乎看不见孙少安的贫困家庭,看不见公家人和庄稼人的巨大区别,也看不见周围社会对她的无形制约,她被强烈的爱情驱使,她只想赢得爱。

孙少安在这一点上是清醒的。现实的强烈反差使他内心处于极度的矛盾与痛苦中。他深深地爱着田润叶,觉得此生能同她生活在一起将是最大的满足。然而,清醒的现实感使他无法表达自己的爱心。他认为一个男人应该给予爱人起码的保障,但他除了一颗爱心之外,几乎一无所有,穷得连男人的自尊心都没有了。他认为应该给予却无法给予,这正是他的痛苦所在。

我们不能简单地说孙少安是囿于褊狭乡村的农民观念,责备他不能冲破贫困生活对他的雕塑;或者说是环境和物质生活差异使他产生强烈的自卑感。不,不仅仅是这些,或者说更重要的不是这些。更重要的是,孙少安作为一个具有强大的精神力量的人,在自我灵魂的痛苦搏斗中,终于以

---

① 路遥:《平凡的世界》第2部,中国文联出版公司,1988年,第461页。

其崇高的人格力量战胜自我欲求，而成为让人为之流泪、为之叹息、为人崇敬、为人爱戴的人物。

从阶级社会开始，人类就生存在一个分裂的环境中。这是人类生存痛苦的根源，它导致了人类生活的悲剧性。同时，面对分裂的环境所做的自我选择，也正透露出人之为人的壮美的景观。孙少安当然可以不选择对爱情的自弃，而选择促使爱的结合。然而，可以预见，其结果将是悲剧性的。生存环境会对他做出全面否定。这不仅会招致田润叶父母亲的反对，甚或善良的乡亲也会认为他们不般配而构成否定力量，自己的父母也会因这种失衡的婚姻而不安；还有更使他难以克服的否定力量，便是他自己。分裂的社会环境早已将其潜在意识播撒在他的心田里，形成内在的否定力量。

他能为至亲至爱的人拿出什么呢？他要给予，他须得给予对象比现在更多的东西，而不是更少。这是人的尊严，是男人的责任，但他无法给予。他无法使润叶同他结婚后活得比她现在好。那么，实际上润叶若同他结婚，就不是他给予润叶，而是润叶给予他，这是他清醒地意识到而又无法接受的现实。由之构成的自我否定是多么残酷！外在的否定力量他姑且可以不顾，但自我的否定力量却是难以抵御的。是的，"连自己的老婆孩子都养活不了，庄稼人活得再还有什么脸面呢？生活是如此无情，它使一个劳动者连起码的尊严都不能保持！"[1]正因为这样，孙少安在数年之后，回忆起田润叶，只能"在内心深深地感谢润叶，她给他那像土地一样平凡的一生留下了太阳般光辉的一面。是的，生活流逝了，记忆永存"。但他一点也不后悔当初的决定，他想："无能的少安既然当年没有能力和你生活在一起，现在又怎么能给予你帮助呢？他只能默默地给你一个庄稼人的祝福。"[2]大多数男子都是这样，他们须得在爱人身上反观自身的强大有力。感到自己是作为保护者给予者出现时，他才会心平气和地接受这

---

[1] 路遥：《平凡的世界》第1部，中国文联出版公司，1986年，第459页。
[2] 路遥：《平凡的世界》第2部，中国文联出版公司，1988年，第81页。

种关系。反之，如果对象是精明强干的，甚而使他觉得无须保护和关注，他倒会局促不安了，或者失望。因为这对象鼓舞不起他作为雄性的力量。保护意识的满足已成为强悍的男人心理生理的需要。看来，女性的温柔所具有的魅力，不仅是慰藉男人心灵创伤的药剂，更是男性得以展露雄姿的天然衬托。

五

在孙少平的世界里，田晓霞无疑是一个极其重要的人物，在某种意义上说，"这个女孩子是他的思想导师和生活引路人"。田晓霞在县高中是孙少平同级不同班的同学；父亲田福军开始是县委副书记，后来是地委书记，母亲是医生。她成长在一个优裕的环境中。她性格泼辣热情，聪明敏锐，任性可爱。她指导孙少平读了许多书，给他看《参考消息》，同他探讨社会人生问题。她本身也构成了孙少平的一个新世界。她随意地将外衣"像男生一样"披着，"这使少平感到无比惊异"；她很自然的举止谈笑，却使少平窘迫得要命。这一切，对一个过去一直生活在闭塞农村的人，是多么新鲜的事啊！在精神层面上，孙少平无疑找到了一个知音。

田晓霞在同孙少平的接触中，特别是他们在黄原市交往的那段时间里，她从对方身上感到一种很奇特的东西。是的，孙少平对她打开的世界也是新鲜的，带有刺激性的。她将他同大学同学相比，"猛然间发现了另外一种类型的同龄人"。这些性格非凡、天赋很高却因种种原因进不了大学门也进不了公家门的农村青年，"他们不甘心把自己局限在狭小的生活天地里，因此，他们往往带着一种悲壮的激情，在一条最为艰难的道路上进行人生的搏斗。他们顾不得高谈阔论或愤世嫉俗地忧患人类的命运。他们首先得改变自己的生存条件，同时也不放弃最主要的精神追求，他们既不鄙视普通人的世俗生活，但又竭力使自己对生活的认识达到更深的层次……"①实际上,孙少平为田晓霞的生活环境树立了一个"对应物",或者说给她的世界形成了一个奇特的"坐标"。田晓霞也在寻找,她要寻找令她激动、令她新奇的别样世界的生活。她也谋求超越,她超越的基础是已经拥有的一切:出身的优越、生活的优越、环境的优越。她拥有这一切同时也就瞧不起这些或漠视这些,而将追寻的热情倾注在别样的事物上。孙少平则因为一无所有甚或没有获取的希望而蔑视这一切。他的财富只有苦难。在苦难中他寻找精神依托与价值意义,由之而体悟到生命真谛。他的苦难从而也就构成他的特有的价值。他用他的苦难同田晓霞交换。前提是,交换的对象须是苦难价值的共识者。田晓霞正是在少平的苦难中看到光彩,并为之而动情,并认为他身上所具有的东西是难能可贵的。

另外,孙少平也须在苦难中体尝到价值。这样,交换才真诚而有意义。"是的,他(孙少平)是在社会的最底层挣扎,为了几个钱而受尽折磨,但他已不仅仅将此看作是谋生活命——职业的高贵与低贱,不能说明一个人生活的价值,恰恰相反,他现在倒很热爱自己的苦难。"②正是在这个原则与层次上,孙少平与田晓霞的交往大大亲密起来,并且真正相爱了。

少平同晓霞的恋爱,漠视了他们的生存现实,弥合了分裂的环境,超越现实的理想激情,使生存现实在他们的视域里消失退出,成为盲点。天地统一了,人与环境也暂时统一了。但这种分裂的环境时时给他"湖蓝色的梦幻"罩上阴影,强大的现实作为对立否定力量不断否定他。少平竭力反抗生活给定的命运。他反抗得惊心动魄,有声有色。他每天生活在事实世界、必然世界里,牛马一般干活。这时他是一位名副其实的揽工汉或挖煤工。当他趴在潮湿的屋子里,撩起身上的衣服,使火烧火燎的刺痛减弱,一边就着微弱的灯光看书,这时,他就又回到他的价值世界、自由世界里。他的事实世界里,有着价值世界昭示的光芒,这使他的事实世界,获取了感人的魅力和力量。

---

① 路遥:《平凡的世界》第2部,中国文联出版公司,1988年,第196页。
② 同上,第190页。

作者这样描写孙少平在两个世界间的矛盾:"孙少平到大牙湾后,井下生活的严酷性更使他感到他和她(田晓霞)相距有多么遥远。他爱她,但他和她将不可能在一块儿生活——这就是问题的全部症结。"即便是田晓霞来到他身边,偎依在他怀抱里,那个使他痛苦的"症结"也不因此就消失。在这样的时刻,"他内心汹涌澎湃的热浪下面,不时有冰凉的潜流湍湍而过"①。孙少平正是在这样现实与理想分裂的世界里搏斗。

田晓霞是作者笔下一个理想化的人物。她生活在非事实世界当中,充满着浪漫的诗意追求。在最初同少平的接触中,她就觉得"她和少平的交往将会带有一种神秘的色彩,可能像浪漫小说中描写的故事一样——想到这点使她更加激动"②。田晓霞的诗意追求在精神层面上同孙少平相合了。

田晓霞是一个充满激情又善奇思冥想的人。她厌恶平庸,这使她的行为能越出世俗规范。同时,优越的家庭环境又使她很易于忽略对物质生活的考虑,而更多地关注精神生活。可以说,精神生活得到满足是被她放在首位的,物质生活条件在她的视域中是被忽略了的。她的存在已超出了为衣食而忧愁的层面,她真正进入了纯精神化的追求。

孙少平的精神追求却要沉重得多,他的现实时时否定他的爱情。或者说,少平的爱情正好被两个世界分割。这一世界是对爱的热烈的向往憧憬,浪漫理想的诗意追求遮蔽了"冰凉的潜流"。这是一种开得很娇艳但不会有果实的花儿。他的田晓霞是作为一个精神化理想化的人物存活在他的生活中的。另一世界来自他清醒冷峻的现实感,来自他足下古老的土地,是没有花儿的果实,并不娇艳,却很饱满,这便是寡居的惠英嫂。作者写道:"有时候,孙少平一旦进了惠英嫂的院落,不知为什么,就会情不自禁对生活产生另外一种感受。总之,青春的激情和罗曼蒂克的东西会减掉许多。他感到,作为一个煤矿工人,未来的家庭也许正应该是这个样

---

① 路遥:《平凡的世界》第3部,载《黄河》1988年第3期。
② 路遥:《平凡的世界》第2部,中国文联出版公司,1988年,第198页。

子———一切都安安稳稳，周而复始……"①他认识到，他是一个普普通通的人，应该按照普通人的方式正正常常地生活，而不要有太多的非分之想。

在这儿，孙少平又回到了自己既定的位置上。虽然他也说了"普通并不等于庸俗"，但不庸俗的界标是什么呢？就是"在许许多多平平常常的事情中，应该表现出不平常的看法和做法"吗？可以说，孙少平对理想生活的追寻，到此也迷失了。我们说，强大的人格意志就是对平庸的超越，而这强固的生存规定又迫使他回归。那么，最终剩下的也就只有在平平常常的事情中，保留那一点可怜的不平常的看法和做法了。人物若回到自己的位置，并安于自己的位置，同惠英嫂过一个普普通通的矿工的生活，人物生命的光华也就消失了。孙少平最激动人心的地方就是对既定命运的反抗，就是在平庸的生活中不甘于平庸，从而背叛父辈的命运轨迹，这才应该是孙少平生命的主旋律。

作者大约太偏爱他的主人公了，不忍写出少平与晓霞必然的分裂，必然会因环境地位的差异而分道扬镳。这一点也恰好看出作者的美学追求。在另外一些作家的手里，也许少平与晓霞爱情的最后毁灭恰是表现的重心。也许他们建立起少平与晓霞爱的宫殿恰是为了毁掉它，将废墟示人，认为废墟中有人生的真义。但那样写当然就不是路遥了。所以我在文章的开头说，作者这样写或者那样写，不仅仅是一种技巧和方法，而含有作者自身的生命体验和存在方式。

生活中的这种必然，往往让善良的人们无法正视，让敏感而娇嫩的心灵无法承受。在这一点上，作者宁肯背弃现实生活逻辑，而寄予自己对生活理想深沉强烈的执着信念，寄予人对自身生存锁链的反抗。人类的发展，毕竟要超越其必然性，人要成为自由地驾驭自己驾驭社会的人，虽然这一点我们目前还无法看到。

作者为田晓霞安排了一个壮美的死亡。大约作者不愿看到他心爱的人

---

① 路遥：《平凡的世界》第3部，载《黄河》1988年第3期。

物在另一必然中的死亡，而将她留给了洪水。田晓霞若不死于抗洪救灾，则面临另外两种死亡。或者她同少平结为伉俪，共度美满的夫妻生活。那么，显然这个人物的结局将是虚假而不真实的。社会直到目前并没有提供一种超越自身生活处境的条件。他们之间的巨大差异没有东西可以弥合，田晓霞就只有在这虚假中死亡了。或者他们的裂痕不断扩大而导致关系破裂，也许自尊的孙少平主动断绝这种关系。不管哪一种情况，田晓霞作为一个具有理想光彩的人物，一下子会失掉她的生命。因为她若认同关系的破裂，也就认同了这种现实规定性，而回到她的阶层所给予她的位置。她生命的光彩恰是对这个位置的背离。她的认同必然是对她的恋爱的否定，她同孙少平构成的生命激荡史也就必然死亡。伴随着她的现实认同的诞生而死亡的是世故。田晓霞不能活在世故中，这也就意味着诞生的死亡。正因为这样，田晓霞的死便是题意之中的事了。

田晓霞的死是令人十分伤心的，甚至读者期待她的死是误传，期待她能够在洪水中意外获救。在孙少平去古塔山赴约时，人们还期待在那儿能见到可爱的女主人公。然而，她还是与世长辞了。她的生是美丽的，死也美丽。作者无可奈何地看见她的死亡。她当然也无法不死。对于她，这不是生命的逻辑，她本身就是非生命的，她就是在非生命的状态中辉煌地活着。当她步入现实生存的法则时，此法则冷冷地逼她做出选择，她便只有死亡了。死亡是她选择的最后的反抗方式，也是她的最优抉择。她坚守着自我，对自我保持忠诚，她便只有在死亡中获得她的统一。孙少平也只有在她的死亡中，才能结束自己的分裂状况而取得与现实的统一。

六

路遥写了一系列具有强大精神力量的人物，这些人物大都在面临厄运困境时，奋起同命运搏斗。即使那些未能获得读者同情赞赏的人物，作者也给予他们一个令人尊重的人格意志。这使人物个个都很有力度，很有魅力。

郝红梅是孙少平高中同班同学。她生存在一个被群体弃绝的环境中。个体被群体离弃,这是让人恐惧的惩罚。郝红梅的被弃绝是双重的。首先在她生长的文化氛围中,她在精神上得承受祖辈的罪孽。她爷爷是地主,她虽并没有享受到爷爷所给予的任何好处,但作为其血缘的继承人,便自然遭到群众的离弃。同时,爷爷昔日的富贵荣耀,今日得到残酷的报复,她的家被抄了。即使贫到揭不开锅的地步,她也绝不会得到生产队半点救济。因之,在物质层面上,她家也同样被逐出群体。

郝红梅来到这个世界时,她的生存环境已经形成了。她只能被她的环境所雕塑。假如她曾经也有一颗骄傲的心的话,环境则要把她变成一个谦卑的人。她须得以谦卑的方式才能活得顺当一些。谦卑在某种程度上是社会强迫她接受的唯一性格。"她在这样的境况中长大,小时候就学得很乖巧,在村里尊大尊小,叔叔婶婶不离口。"①当社会给人高傲地活着的权利时,人的谦卑才具有某种值得赞美的因素。当社会没有给予人这种权利时,人的谦卑则是虚伪的,是被强大的社会现实扭曲了的。郝红梅就是这样,她没有不选择谦卑的自由。既然谦卑是唯一的选择,必然是带有强迫性质的。对于郝红梅,这种谦卑实际上成为生存的手段,甚至是仇恨的扭曲转化心态。郝红梅正是将真实的自己掩藏起来,用面具化了的自我赢得民众好感,从而被推荐上初中高中的。

双水村的头面人物田福堂,是一个写得很成功的人物。长时期以来,他作为大队党支部书记,掌握着双水村的大权。他精明强干,心也辣。农村实行承包责任制后,支撑他信念的大厦倒塌了。他一度心灰意冷,没有了生的意趣,他失去了往日发号施令的权威,而且也不得不亲自下地干活了,哪怕是咬着牙硬撑着也得干。可"强人终究是强人,田福堂并不因为自己身体的垮掉,就想连累儿女。不,他就是挣死在山里,也不能把润生

---

① 路遥:《平凡的世界》第1部,中国文联出版公司,1986年,第144页。

叫回来种庄稼"①。在这一点上，他同命运搏斗的坚韧意志，是令人钦佩的。从某种意义上说，他的这一行为使人们的情感向背有了变化。他已经不是以前那个让人反感憎恶的田福堂，而成了让人尊重的有着强大人格意志的田福堂。作为具有一定精神力量的人，他同孙少安、孙少平交汇在这个点上。

路遥笔下的人物，个个都是执着型的。这倒是研究作者与人物关系的一个切入点。看看少平的姐姐兰花。她嫁给罐子村的浪荡鬼王满银，日子贫穷艰难且不说，丈夫一年到头不着家，两个孩子又小，这个家就靠她起早贪黑地撑着。尽管这样，丈夫竟还带回他的姘头。但不管怎样，兰花还是钟爱着丈夫，爱得那样痴迷。她的最大愿望，便是让丈夫待在家里，不干活都行，只要陪着她。就是王满银这个游手好闲的家伙，在作者笔下，也是一位对自己浪荡生涯十分着迷的人。不管是兰花的温存，还是孩子们的依恋，或者贫穷，或者被批斗劳教，都难以改变他，甚至让读者感到他的这种荒唐中已经有着几分可爱了。人物各自按照自己的轨迹运行，不屈不挠。

百万余言的《平凡的世界》，出场人物几十个。在有限的篇幅里，我难以一一涉及。我重点写了孙少平、孙少安、田晓霞等，并不等于田福堂、孙玉亭、田福军等人没有光彩。

路遥给平凡的人生，注入无限的厚爱，他正是从人们凡庸的生活中，看出了震撼人心的东西，寻找到令人为之哭泣为之振奋的故事。

作者正是通过凡人身上的伟人式品格，唱出了对平凡世界的一曲充满深情的赞歌。

原载《小说评论》1990年第3期

---

① 路遥：《平凡的世界》第1部，中国文联出版公司，1986年，第145页。

作家与笔下人物的关系

写小说离不开人物。即使那些表面上描狗写狼、说狐道鬼的故事，也无不与人物有关，寄予着人自身情感心理和命运遭遇的感喟，暗含着人的生存活动和意向。那么，小说将什么作为其存在的前提？无疑，小说叙述着人物的命运，是人物命运运行的历史。这一回答并不能使我们满足。我们需要进一步知道，人物的命运，从哪儿开始了对常规轨道的偏离而走向其终点？我们关注这个点，也即关注人物自身命运。它的原始动力是什么？这原始动力为什么能够使人物不顾一切，冲破原有的宁静秩序和既定规范，在一种动荡状态中走完自己的命运之历程？是人物自我性格逻辑的必然推演，还是作家在写作中派定给人物的命运归宿？

归结为一点：作家和他笔下人物之间到底是一种什么样的关系？

这使我们首先想到恩格斯对巴尔扎克的盛赞，他"不得不违反自己的阶级同情和政治偏见，他看到了他心爱的贵族们灭亡的必然性，从而把他们描写成不配有更好命运的人"，并认为这"是现实主义的最伟大胜利之一，是老巴尔扎克最重大的特点之一"。在恩格斯看来，出现在巴尔扎克笔下的那些贵族阶层——在资产阶级步步紧逼下而失败的落魄者，他们自我命运的逻辑必然性决定了他们的落魄命运，尽管作者同情他们，但也无法改变他们的悲惨命运，而只好唱"一曲无尽的挽歌"。恩格斯把这归结为老巴尔扎克的特点和现实主义的创作方法。托翁在创作《安娜·卡列尼娜》时，开始构想的安娜是一个堕落放荡的女人，而在写作过程中，人物自身的性格具有了自为的意向，并按照自身的逻辑走下去，安娜也就成为今天我们看到的让人深切同情的形象。那么，人物命运的轨迹到底是由人物自身的逻辑发展，还是由作者对人物的干预安排决定的？

假如人物的行为轨迹仅仅是作者主观臆断随心所欲勾勒描绘出来的，这个人物将会丧失活力缺乏生机，成为僵硬的木偶式人物，人物的命运便无法打动人。为什么主观臆造的小说会失去读者？创作者要遵循自然规律，尊重描摹对象，同时，又要具有生活的生命的能力。但是，实在没有哪怕是一个例外——人物的命运完全是由自身的逻辑决定，而没有一丁点儿作家操纵制约的痕迹。具有自然主义倾向的福楼拜，也实在不能够做到不渗入他个人的主观的感情因素，但这种渗入却是上帝式的非介入。福楼拜说："说到我对于艺术的理想，我以为就不该暴露自己，艺术家不该在他作品里面露面，就像上帝不该在自然里面露面一样。"他还说："艺术家在他的作品中，应当像上帝在造物中一样，销声匿迹，而又万能，到处感觉得到，就是看不见他。"[1]为了公正地写出笔下每一个人物的命运，使这些人物都有一个合乎逻辑的归宿，作家应深深地隐藏自己，藏起自己简单的好恶倾向，而对笔下的每一个人物倾注感情。这样，作者笔下的人物才有自己的意志，才获得一种以自己意志存在的权利和自由。这是作家对人的大同情大悲悯，它并不含有偏执狭隘的主观倾向。列夫·托尔斯泰发起的议论虽然精辟，但总是有损于人物形象。这是作者的非法介入。作者忍不住站出来评判人物，代替了人物按自身逻辑运行的严整性。

作家所具有的这种特殊类型的同情心，使他能够同时容纳朋友和敌人。欧里庇得斯并不同情美狄亚，曹雪芹并不同情王熙凤，莎士比亚也不同情麦克白夫人，然而他们使我们能理解这些人物，他们了解这些人物的情感与动机。

---

[1] 北京师范大学中文系文艺理论教研室：《文学理论学习参考资料》，春风文艺出版社，1982年，第537—539页。

"他们的同情并不包含任何道德判断，并不包含对个别行动的任何褒贬。"[1]作家是自己笔下人物的上帝，只是默默地注视着人物命运的发展。作家愈要超拔于这个世界之上去审视人生世界，同时也便愈要扎进每一个灵魂的深处体察他们。作家和他的人物构成一种关系，一种深度的理解，他能够洞悉人物内心的一切要求和愿望。作家本人就是一个世界，是他笔下世界的最高权威，是上帝。但上帝并非道德的化身，他无视善恶。大道无善恶。他知道他的人物会怎么做，他知道他的人物的命运结局，但他又不能随意改变。王安忆这样说："我想讲一个不是我讲的故事。就是说，这个故事不是我的眼睛里看到的，它不是任何人眼睛里看到的，它仅仅发生了。发生在那里，也许谁都看见了，也许谁都没看见。"[2]假如仅是我的眼睛看到的，那么，将渗透着我主观评判的色彩。艺术家只写发生，发生就是一切。他力图使故事以一种自在的状貌出现在读者面前。他无可奈何地将人物的命运叙述给读者。作家对人物命运的无可奈何源自他对自我的无可奈何，其实这正是他对自我命运的深度体察感悟所致。作家深度洞悉了自己，同时便也洞悉了所有的人，洞悉了这个世界。圣·奥古斯汀说：世界是由无数部分组成，我正是其中的一个部分，任何部分的痛苦也使我痛苦，任何部分的快乐我也能分享。正是在这个意义上，我赞赏柏拉图的一段话："神对于诗人们像对占卜家和预言家一样，夺去他们的平常理智，用他们作代言人，正因为要使听众知道，诗人并非借自己的力量在无知无觉中说出那些珍贵的词句，而是由神凭附着来向人说话。"[3]这儿，我们把柏拉图的"神"理解为人类的集体无意识的暗喻和印记的话，那么，作家正是为这种神做"代言人"。

作家塑造他的人物，之后却又失去控制，他实在无法左右他的人物

---

[1] 卡西尔：《人论》，甘阳译，上海译文出版社，2003年，第209页。
[2] 王安忆：《我写〈小鲍庄〉》，载《光明日报》1985年8月15日。
[3] 伍蠡甫主编：《西方文论选》上卷，上海译文出版社，1979年，第19页。

只能这样不能那样。这是一个宿命式诞生。人物的诞生，烙着作家自身的印痕，流着他的血液，携带着他的基因密码，却又是一个真正的独立全新的个体，具有自己的生命意志，沿着自我命运轨迹走向终点。作家对人物的影响，是在他塑造人物的时候，什么样的作家必然塑造出什么样的人物。福楼拜于爱玛，托尔斯泰于安娜，她们同属于因爱的狂热激动铤而走险，偏离常见轨道，但爱玛与安娜，又是多么不同。司汤达于于连，巴尔扎克于拉斯蒂涅，两位同是以不道德的手段反抗社会，发誓要踏进上流社会的青年，其相距又有多远。我们可以这样说，人物的命运轨迹是人物自身逻辑发展的结果，但给予他以这样或那样内在推动的是作家。作家塑造出他的人物，有时也想干预人物的命运进程，但其内在的命运已定，他有时也就只好哀叹同情他的人物不配有更好的命运，或者把他憎恶的敌人不得不描写成英雄。所以说，作家影响人物的，仅仅是在确定人物形成自身之前。人物自身形成，任何迫使人物改变命运的做法，无不是在扭曲损害人物，使人物变得虚假，失掉其鲜活的生命。我们把人物自为意志产生之时，看作人物命运的触点，在触点之前，人物的生命处于被抑制的沉静状态中，运行在常规轨道上，触点唤醒了人物内在的热情和奔突的生命感，被抑制状态结束了，人类社会的束缚失落了，从此便开始了自己不平常的命运历程。

我们仔细研究那些作家，就会发现，他们笔下的人物各不相同，异彩纷呈，但在某种程度上总有那么相像的一点，不管是作家鞭挞的人物还是赞颂的人物。同时，愈是伟大的作品，伟大的作家，我们愈能领略到其丰富复杂又繁多的人物形象。从他的人物画廊里，我们可以知悉这位作家，知悉他博大精深的心灵世界，他对世界超凡的领悟能力和对自身的内省能力。作家愈能洞悉各种各样的人，他便愈接近事物的本体，愈能深入人类生命。耶稣在被钉上十字架时说："主呀，原谅他们吧！"他让主原谅的"他们"是谁呢？是正对他行刑的刽子手。他接着说："他们不知道自己在干什么。"耶稣知道了人的局限，他为人自身的局限而悲哀。这便是人的至高至极的大悲悯。大作家与他笔下的人物就构成这种关系，因为他悟彻了人类自身一切行为发生的动因，他通过自身了解了整个世界。

原载《钢魂》1991年创刊号

超越与超脱

——贾平凹近期小说述评

现代艺术的显著特征是艺术同艺术家自身生存密切关联,艺术品也是艺术家生存状态和生存态度的复写。艺术家从自我生存构筑其艺术,其艺术也就成为自身生存的伸延和他的自我存在的合理前提,作家在其中感受体验他的存在。古典艺术则有所不同。古典艺术家往往是思他的艺术、写他的艺术,仿佛艺术里提出的命题,于本己无多大关涉,只是一种智力游戏。尽管艺术说到底,都是在表现其生存感悟和生存状态,但古典艺术家和现代艺术家在生命体验上的不同,则是显而易见的事实。

当代先锋派作家们纷纷涌入现代生存体验的境域,并以文体的革命隔断疏离欣赏习惯的惰性,而意欲引读者进入一个去蔽澄明的境界。这时的贾平凹,却孤身游离在古典笔记小说传奇小说中寻找支援,并且,疏远甚或推开自我生存的直接性现实性体验。在现代,这不能不说是一条充满危险的道路,并也由之使人感到惊异。本文将以贾平凹1991年出版的两个集子——《太白》和《贾平凹小说精选》,作为考察他近期小说发展变化的依据。

一

贾平凹善于讲故事,这使他的小说具有浓郁的传奇色彩。故事往往没有年代或者在久远的时代，有时可以看出年代来，但似乎并不重要，与人物的运行并没有多大关系。在他的故事冲突里，多是一个女人和两三个男人。框架颇为古老，但他却添加置换了新的内容。但新内容也并无多少与作家自己的血肉关联。与本已生存关涉的淡化使他的作品开始疏离意义，并壅塞着作家的情感投入。这与现代主义对意义的否弃很有区别。现代主义面对分裂的世界、分裂的人格、分裂的意识，强烈体验到世界的破碎感、荒诞感和无意义，这种对无意义的执着追问正源自对意义的不屈不挠的追寻。正因为意义世界的消失隐退，才激起现代先锋派对意义的关注。生存失却意义这一事件本身就使世界显得荒诞。现代主义揭示出现代社会的无意义正是要挽回它拯救它，正是要使意义重新回归重新生成。在中国文化背景下，"文以载道"之"道"，一直作为封建统治的锁链，严酷地制约着文学家的自由抒发。"文"成为手段和工具，被"道"所笼罩或淹没，从而每每使艺术成为枯燥的说教。倒是那些笔记小说和野史逸闻，还尚存着活泼烂漫的气息。贾平凹疏离意义，想使他的小说从传统的模子里解放出来，从而成为被广大读者喜爱的对象，读者将会在他的小说里找到欢娱和快乐，找到惊奇和叹惜。所以说，贾平凹小说中的故事，具有纯粹的味道，是脱离尽意义的故事。

在贾平凹的两篇小说《五魁》和《商州初录》里，同时用了这样一个情节：一个土匪，娶了一位绝代佳人风流娘儿们，平日这娘儿们和土匪在一起，左有护兵右有保镖，威风得厉害。某一日，那婆娘于某沟坪打秋千，围观者黑压压一片，那婆娘越发得意，不想一使劲，断了裤带，裤子溜了下来。那土匪顿时黑了脸，便一枪打去，那婆娘一个跟斗栽下来死了。作者写这些时，并不作情感性倾斜，只是一种远距离的欣赏的姿态——对故事本身的欣赏。这儿，他疏离隔断了故事叙述的对应性，即故事背后理应渗透的人的情感向背。面对人世间种种事变，作家均作远山观火之态。作家的情感意指，并不在一个土匪多么随意地一枪结束了一个女子艳若桃花的生命。这个事件浸透的残酷性，被隔置于作家视野之外，其凝点是一个艳若桃花的女人荡秋千时裤带挣断了，与这个偶然性相伴而来的戏剧性结局是，土匪一枪打翻了她。生命的艳若桃花仅仅是为了强调故事的戏剧性、离奇性效果而不是别的。

由之，贾平凹笔下，故事本身由工具性返回到目的性，具有了美学价值，并获得了本体位置，故事成为走向纯粹的故事，成为故事本身。故事赖以生存的是故事本身的魅力，而不是依凭故事之外的意义。当然，这样势必使其小说中的故事，表层上缩小了生存空间。故事在意义支撑下的伸张性变弱。因为，故事本身在形成的岁月中结构起的特性，就往往掩盖了作家的创作意向，有点儿故事在说作家而不是作家在写故事的味道。作家丢失了刺穿故事的刺剑——理性追寻。故事在流转形成的过程中，其本身的锋芒往往被打掉了，变为笑料趣谈幽默或是生活的调味品娱乐品。大多流传于民间的故事，都具有以上的特色。并且，很多在底层社会广为流传且具有生命力的笑话故事，很难登大雅之堂，成为文雅的书面语言过滤淘汰的对象，尽管它在作家笔下早已湮没无闻，但它的生命却植根于人们的口头上。

任何时代，人们对民间故事的整理，都是凭借自己的眼光去挑选，被筛掉的往往因为其缺乏训谕意义。但这样的故事，却长久在底层社会辗转演绎，被打磨得十分精致，并且饱含幽默与智慧。贾平凹很偏爱这些民间珍藏。在他的小说中，常常有意识地插入这些笑话故事，使小说变得饶有趣味并引人入胜。下面顺举几例，以展示其小说的这一特点。

其一：一个怕老婆的男人，被老婆打得无处躲藏，遂钻到床底下。老婆并不罢休，一拍床沿，喊道："你出来不出来？"男人说："男子汉大丈夫，说不出来就不出来。"这个在民间流传极广的故事，出现在贾平凹的小说里，获得了什么意义呢？它只是有趣，却并不能提供什么。

其二：某人浑身发痒，遇一江湖郎中，言自己包治此病，并开得一个祖传秘方，里三层外三层裹着。这人一层又一层打开，直至最后一层药方才现，小心翼翼展示，药方上写着两个字"挠挠"。

其三：在《白朗》这个中篇里，有如此一个故事。老小两和尚过河，看见一女子过不去，老和尚主张抱女子过河。后小和尚诘问："出家人不近女色，你怎么抱了女子过河？"老和尚答道："你还想着她呀？我抱她过河，我早把她忘了。你没有抱她过河，可你心里现在还在抱着呀。"

毫无疑问，作者运用于小说的这些烂熟于民间的戏谑故事，增加了小说的趣味性可读性，反过来，这些故事谑语也在消解着他的小说，或者说，它们以自身先在的东西规矩制约着作品移向自己的轨道。这些故事谑语，失去了雅文学中固有的意义，作者将这些东西收拢来构造他的人物，展示他的意趣，同时也形成了他的风格特点。贾平凹不仅在故事中淡化其包蕴的意义，就是在故事本身的运行中，还要粉碎其意义，力图使任何人为的努力呈示出徒劳，化为虚无与空幻。在小说《古堡》里，主人公的人生历程，恰好作为证明而明证了这一思路，这无疑是他对作品意义的疏离带来的。这篇小说的主人公叫张老大，他是村子里最有见识最聪明能干的一个人。他总是想带领大伙挖矿，从而改变村子的贫穷面貌，但他所有的心血都成为徒劳。

在故事的叙述里，作者三番五次打破读者的阅读期待，以轰毁进取的对应性意义。对意义的断然拒绝，以强烈的逆向结果破坏阅读期待。可以说，小说的三次重大转折，没有一次使读者获得心理慰藉，并且，改变了传统的阅读暗示与预测，因为暗示的东西终于没有到来，预测的结果却以相反的结果而呈现。这使读者对生存努力的意义感到迷惑困窘，进而感到荒谬绝望。张老大一个心眼想使全村人富起来，可他非但未能得到村人的支持和赞扬，反而不被信任，这种不被信任直到故事的末尾也未改变。

作者把主人公努力的目标降为负值，使阅读期待走向反面时，也就摧毁否定了张老大的主观作为，他的努力只会给自己招来灾祸，何谈其意义！他的努力使村邻疏远，车钱被骗；村人讨债，家产被抢；孩子送命，弟弟自杀，车祸受伤，判刑入狱。他的自我牺牲并非为了澄明意义，尽管牺牲本身可以使意义显豁。他的所为是作者对意义所做出的典型的形象性表达,是用他努力的对象目标的失落来摧毁这对象目标。

　　生命的意义一般是通过超越而实现完成的,人生的存在只有超越的层次才显露意义、确实意义,使意义从人存在的隐匿中去蔽澄明。假如人的存在没有超越,只是依其原生态而自然生存,那么,意义将由何而显?意义只是从原生态向上发展升腾,当人努力要超越其既定性时,其意义和价值便呈现了。并且,超载的一维使既在具有了意义,具有了光辉,是上方将现存在照亮。

二

　　贾平凹的小说创作以《浮躁》为界,大致可分为前后两个时期。两个不同时期呈现出的超越形态,具有截然不同的特点。前期的贾平凹,当以《满月儿》《鸡窝洼人家》《腊月·正月》和《浮躁》为其代表。这个时期的作品,大都比较贴近现实斗争生活,具有较浓的社会功利性。功利性追寻自然也是对生存的自然状态的超载,竭力强制人物的运行以之为政治作注释,使小说成为政治的参与者和服务者。这样一些作品,贾平凹说自己写得很苦,"大有了那么一种束缚"[①]。这种"苦"来自作者迫不得已用理念去统摄人物,拔高人物,使人物从自身的生存轨道上,非自然地运行到了一个预设的层次和高度。这预设,不是作者体验感悟的预设,而是社会的规定性预设。人物本是按照自身的生存境遇存在着,而不是某种概念和口号的化身和注脚。人物的生活之路,是自身境遇必然构成的不得不如此的道路,这是人物生存的必然性和逻辑性。贾平凹前期作品中的人物,大都是人为地从社会需要而预设的命运结局。这样,人物头顶虽笼罩着光环,但这种光环使人物的真实性暗淡模糊,从而成为精巧的模子。

　　在《满月儿》中,满儿是一个温厚而好学的农业科研秀才,月儿则是

[①] 贾平凹:《浮躁》,作家出版社,1991年,"序言之二"。

一个爱说爱笑机灵调皮的小姑娘。角色的设定本身,已经预示了人物发展的必然轨迹,这种必然,是因了社会需要而人为设定的。满儿在科研上搞出了成果,月儿也开始以姐姐为榜样,认真学起农业科学,并决心改变自己,要像姐姐那样能够坐下来去钻研科学了。

在《鸡窝洼人家》里,禾禾是一个锐意进取、不安分刨土窝的新式农民,而回回则是一个老实巴交的旧式农民,一个心眼要在土地上下力气。禾禾的妻子麦绒整天埋怨禾禾不务正业,净想些旁门左道,于是两人分手了;回回的妻子烟峰却不满回回死刨土窝的想法而赞赏禾禾的创新。结果可以预料,禾禾几经挫折,终于成功并发家致富了,当他买回电动磨面机时,回回还是使用着原始磨面石。禾禾的妻子麦绒同回回做了夫妻,而回回妻子烟峰同禾禾情投意合做了比翼鸟。

贾平凹前期小说的结构大体如此,作者欲超越现实的一维,于是在作品中引入政治化理想和理想化的政治,甚或引入现行政策,作品或多或少地具有了图解的味儿。当然,政治对生活的影响无疑是巨大的,艺术对政治的注解在社会层面上构成的影响也是巨大的。当作者欲求超越时,便只想着将作品上升到生活原型的自然的层次之上,因之,他只有将人物安置在与政治相一致的层次求得人物对自在状态的突围和永生。这样,他的超越便伴着两种危险:一是虚假性的威胁并由之导致可能被读者离弃的危险;二是因对人物的未来勾画设定同自我生存体验不相一致,伴生着才思枯竭和自我否弃的危险。这两种危险,愈来愈被作家意识到,写得很"苦"便是这两种威胁同时在作家身上萌芽的表现。当作家意识到这种威胁时,便欲求从政治超越的一维撤退,非但退出了政治的层次,疏远了现实的层次,并且还不停止,直到退入故事层次,而且是退入远离现实的传说传奇的故事层次里。这时的贾平凹,才真正感到他的创作进入了自由境界。

尽管贾平凹说自己前期的作品是依循"严格的写实方法",其实,更多的倒是理想的成分。人物的举止是写实的,但构成人物言行举止的背景，推动人物运行的内在动因却是非写实的，而是理想化的、人为预设的，是理想地设定人物运行轨迹将人物纳入其中，而不是人物在运行中依照自身的逻辑所走的道路。这样，人物运行的内在动因与其说是严格写实，不如说是主观化的，因为它不是生活逻辑的自然呈示。之所以说它是框架，在于它确实的预设性。人物被纳入这种框架，作家的情感思想也被纳入这种框架。这框架束缚了作家创作才情的自由舒展，也使作家的视域受到局限。这样，创作对于作家，就成为毫无乐趣可言的苦差事了。这种写法，很难透出作家对生活体验的多义性和复杂性。当然，以这种框架来构写的不是贾平凹一人，而是一代人。当贾平凹意识到这种写法对自己"有些不那么适宜，甚至大有了那么一种束缚"时，他已经开始了另一种形式的试验，这种试验下诞生的小说，给作家本人带来的愉悦、创作快感和自由境界，才使他深深感到了原有的那种束缚是束缚，是这样一种创作状态使他认识了那样一种创作状况。

三

贾平凹后期的创作状态，是对图解政治的进一步疏离后退，标志着两种超越的转型。这一时期，他的创作不仅超离政治层次，而且还超离生存层次，也就是说，他的创作在与现实生存的关联上退隐淡化，游离出现实而进入非现实状态。这种游离，不仅是对现实状态，同时也是对人类基本生存关注的非现实转移。这样构成他创作上的两极：用形象去图解政治和远离政治而沉溺于古今传奇、山野风情之中。这中间唯独少了一环，即对人的生存现实状态的关注。尽管两极中多少有着对人现实生存状态的注目，但前者因了政治前景的设定淹没了人物的自为意向，使人在运行发展中变为木偶；后者远离人的实际生存境遇，成为另一框架下的轻松闲适与笑话传奇。后一种超越，在本质上是一种超脱。在后期作品里，贾平凹讲的故事，仿佛与本己无关，与自身的体验感受无关，是一种才子式的自由挥洒。他的故事大多年代模糊，多是一些关于土匪生活的故事和山野风情，常常夹杂着某种神秘的东西，基本上是以对现实的弱化为前提而超越，以对苦难进行稀释进而自我封闭和麻醉，从而使苦难成为艺术视野中的盲区。

以对现实的弱化为前提构成的超越，实质上没有有力地提高现实的质量、生存的质量，而是将现实苦难封存，对现实漠视，从而以传奇化解现实，在传奇中以怡然自得的心态去鉴赏本来怡然不得的现实。现实生存对作家提出的问题，都可以放在非现实的层次，做玩赏调侃式的回答。这种回答本身，已经否弃了这种回答的真诚性和可行性。对于艺术家而言，面对生存苦难，需要有耶稣背负十字架为人类受难的勇气和境界。谁愿承受此艰辛与磨难，谁便闲适淡泊不得。这不合于贾平凹的心境，也不合于他的气质。

贾平凹近年来对道佛的兴趣愈益增加，清静淡泊无为构成他的生存依恃。在这样的状态下，写作须得与自身情绪相一致，与自身生存界限相一致，写作就由苦事变为轻松享受、随心所欲、出神入化、自由逍遥之事。由之，现实生存的一维就不断在贾平凹笔下退隐了。他的故事流淌的不是他的血，而是他的气。他并不将自己燃烧进艺术里以求得永生，而是相反，作品会回到他自身，滋补他的生命。他说："写这些文章，家人和朋友一经发现都极力呵斥，以为我这是不死且催死。其实我很爱我的生命，病不是我写作所致，病中写文章也不受累，写文章如同打针吃药一样都是为了我活着的需要。"[1]有人说，贾平凹的写作是一种"生命的审美化"[2]过程。从某一角度看，此见解颇有见地。将生命作为审美化过程的贾平凹，对待写作的态度，自然不同于将自己燃烧了化为文字的作家。他是在作品里享受自己，而不是燃烧自己。传统文化对贾平凹影响之深之大，亦

---

[1] 贾平凹：《人迹》，广东旅游出版社，1990年，第139页。
[2] 费秉勋：《生命审美化——对贾平凹人格气质的一种分析》，载《当代作家评论》1992年第2期。

可略见一斑。传统文化在这儿，具有了极强的养生性，特别是佛道文化，在这一点上比西方文化更见优势。

贾平凹的近期小说创作，同现实保持距离。有距离的审美观照，使现实生存不总是梦魂萦绕，而是若即若离。这种诗意化的生活态度，在喧嚣聒噪的现实世界，为自己保留了一块净土。这块净土也是贾平凹的最后居留地。他的小说里，含有"生死轮回""等死生"等佛家观念。表面看来，他对恶的描写，只是将其作为一种现象，并不深究，并不扭住不放痛加挞伐，这使他笔下对恶的描绘往往令人不安和不解。尽管作者对恶的刻画也生动也出色，然而却不从这种刻画中探寻什么，洞穿什么，只是就恶写恶，使恶层面化。如此，恶就成为一种陈述、一种张扬，有一种与善同等的效果。

佛家的"等死生""同善恶"的观念，消除生存的差异性，反映在贾平凹的小说思想中，便是将对恶的描写距离化、观赏化。恶在读者的阅读情绪里，代替传统的愤怒而成为快意。在《美穴地》里，有对血的一段描写。写土匪苟百都抢了四姨太，四姨太在马背上反抗，他打了她一个勾拳，"看见勾拳打下去时指上的戒指同时划破了肚皮，一注奇艳无比的血，蚯蚓一般沿着玉洁的腹肌往下流"。另一处，四姨太又爱又恼地用柳条抽打了柳子言，柳子言"珍视着从自己脸上流下来的血滴在河滩的石头上溅印的奇丽的桃花"。这样的描写有多处。作者是张着欣赏的眼睛同读者一道欣赏这些，并不深化，并不想使每一瞥，都能瞥见一个令人难忘的崭新世界。

四

显示贾平凹小说哲学意蕴的，则是他小说人物命运的结局。他的小说，其结构大多是这样：主人公经过大灾大难，历尽人生的不如意，后来都顺了心愿，然而在顺了心愿的同时，却发现愿望被事实扭曲了或发生了荒谬的错位。这正是作者对生命的基本表达。

　　这一表达，是通过女人——红颜薄命模态启悟，以女人遭际了几个男人作为命题展开的方式。最后一个男人，才是真正值得女人爱且真正爱女人的男人。然而，等到女人同自己一心向往的男人结合时，女人已耗尽一切，或者年老，或者瘫痪，或者毁容。就是说，当她们能够归于平静的生活时，已经丧失了青春美艳。青春美艳构成女人释放生存能量的动态生活，正是这青春美艳，构成各种男人不屈不挠为之争夺的焦点。有意味的是，没有一个人真正得到这青春美艳。得到这青春美艳的肉体者，却未能获得青春美艳的灵魂之爱；获得真正的灵魂之爱者，其青春美艳却已消失。《黑氏》里，小男人木犊并没有得到灵魂绽露的黑氏；然而，来顺得到黑氏的灵魂之爱时岁月已蹉跎。《五魁》里，当女人的爱心维系在五魁身上时，女人已瘫痪，并且还一时得不到五魁的理解。《美穴地》里的女人遭际的前两个掌柜和苟百都，都得到了她的美艳，她却从未真心爱过；与她倾心相爱的柳子言得到她时，她的美艳已被毁掉了。这是带有宿命味道的人生际遇。当人付出生命的艰辛去赢得那东西，到手时那东西已不是原来的东西，或者说既是又不是。如同为了胜利而付出生命代价的功臣，当胜利来临时，心身憔悴瞬间苍老了。因为为此胜利而死去的生命远远大于这个胜利带来的欢欣和意义。这不是大胜利而是大失败，这种失意的况味是在人物达到辉煌顶点时体验到的，人物命运的完成是以形式上胜利而本质上失败寂灭为呈现样态的，这是贾平凹前期作品所没有的色调。在他近期的作品里，没有真正获得的人物，没有真正获得绝对价值的人生。所有的人，不管良善邪恶，都未能获得自己想要的东西。恶人固然恶极，没有好下场；好人固然善极，终了却都错了位，竟成一场荒谬。五魁背着女人从柳家逃入深山，按说这回夙愿得偿，两人该幸福完满地度其残生了，然而，作家到此并不打住，还要再添一笔：五魁只爱女人却不敢动女人，女人在落寞中与狗亲合，被五魁道破后跳崖身亡。五魁上山当了土匪且十分暴戾，抢得十一位压寨夫人。黑氏得不到木犊的爱抚便与来顺私通，两人情意甚笃。但作者临到收笔，却写八月十五夜二人在五十里外的一个小草庵里，被村人抓获，给一人头上泼一桶冷水以示惩罚。二人重新上路，不知前面的路有多远，不知路的尽头，等待着的是苦是甜，是悲是喜。《美穴地》的尾声带点儿黑色幽默的味道：柳子言同女人结合有了孩子也幸福了，便寻思为自己勘察一处吉穴，并如愿以偿，然后与女人一块躺进去，满怀着欣慰与希望，坚信他们死后，儿子定会做大官，光宗耀祖。儿子后来果真成了大官，不料想竟是戏台上的官——黑包公。《古堡》里的张老大，磨难受尽，否极泰来，该到收场时作者偏偏要加上一笔，写张老大开着拖拉机送矿石出车祸，死了人受了伤，自己被判了刑入了狱。

这可看出贾平凹对生命的理解与观照。也许，这正是潜藏在贾平凹灵魂深处的佛学禅宗的生命观。在人生追寻的终极处给予一个空落的结穴，这追寻便显得荒谬，显得无意义。什么也没有，好也没有坏也没有，白茫茫一片大地真干净。假如说贾平凹前期作品尚且受政治因素的影响而违心地给人物加点亮色的话，那么他近期作品则是以隐喻的形式对自己世界观的真实表达。前期以写实主义的真实细腻的笔触勾画着虚设的道路，近期则以浪漫轻松的笔调讲述着传奇引人的故事。在创作心态上，前者是被动性的，而后者则是心神自由的。前期被动地为人物涂抹亮色，近期则主动地为人物罩上荒唐灰暗的结局。近期作品与作者本人的气质性格志趣思想相契合。贾平凹近期的小说创作总欲同作品保持距离，总欲潇洒地看待人生苦难，总欲在苦难中摆脱浓重的挤压，显得自在而轻松，因之常在作品中夹杂着调侃与幽默，以使本来凝重的东西变得超然和超脱，这也是贾平凹在小说该完结的地方，为什么非得加上那小小的一笔的缘故。也许正是这一点作为根，长出了上面的大树。也许正是这一点从理论上划开了前期的贾平凹与近期的贾平凹，成功的贾平凹与成熟的贾平凹。

这样，贾平凹寻求超越的同时也走向了超脱。

原载《小说评论》1993年第4期

对作家生命方式的别一种理解

一个伟大作家迷住我们的无疑是他的作品，作品提供了一个使读者流连忘返的诗意居所。他将这个世界撕开给我们看，让我们看到一个惊心动魄的故事，我们顺着作家的笔走进他的故事世界里，跟着他的人物一同欢欣和悲哀，一同寻找人生的真谛。

然而，一个伟大作家往往还有使我们着迷的另一面，这一面又常常被人们忽略，这就是作家本身的生活。

当我们在伟大作品里发现一个无限丰富多彩的世界，而且强烈地被这个世界吸引时，我们就渴望了解这个作家，并对这个作家本身生活的丰富性多样性怀着某种隐秘的预期，期待他本人的生活同他的作品有某种同构的精神关联。渴望看到一个伟大的心灵——他（或她）是怎样活在现实中的，并且暗自思忖着，作家笔下的多姿多彩，怎么荡漾在他的生活里。

读者把作家的作品看作一个真实存在，即使他清楚自己在读小说。尽管作家和理论家都在说小说是虚构的，其实，小说在精神气韵上，或说在骨子里是无法虚构的。

作家自身的生存如此吸引我们，甚或超过了我们对作家笔下人物的关注，这种关注同人类的精神走向有关。其实，我们在关注自己，我们想给自己寻找一条通达诗意栖居之路。于是我们想，能够在作品里给人物提供精神走向的作家，他本身又是怎样生存的呢？

如同芸芸众生对影星歌星们的私生活极度感兴趣一样，他们其实是在为自我寻求非常态的生活参照，寻找一种生活注释，来注释银幕上的形象与生活中的形象的异同。尽管这二者风马牛不相及，尽管这是一个天大的误读。

作家到底以自己怎样的个体生活体验为人群提供了一种别样的参照呢？其实，自古以来，那些称得上艺术家的，我们都可以在发黄的线装的古书缝里，看到他们癫狂的身影，听到他们放达的笑声。阮籍、嵇康、陶渊明、李白、杜甫、苏轼、关汉卿、王阳明、八大山人等等，他们给人们提供了比他们的作品还要丰富生动的活的生活样态。

他们的生活本身就是一部最好的作品，他们艺术化地活在现实的大地上，艺术只是他们生活的副产品。

真正的艺术家，倒更多地将自己的存在本身留给了后人，而不仅仅是他的作品。或者，真纯的艺术家，并非有意要活个样儿给人们看，而是更多地依照自己的本愿，在已经很少有自由空间的世界上艰辛地活着。因而，他们的自身生存同这个世界的冲突对抗就显得尤为激荡人心、富有力量和具有光彩。

至今，想起李白、杜甫，我总是不明白，总是纳闷惊异：他们为什么要漂泊一生？一生都在怀念故乡，却总是不回到故乡，去过那安闲平稳的日子。

假如他们不离开故乡，不同故乡产生距离，那么，诗中的故乡对他们来说还存在吗？还有没有久久驻留的故乡意识？看来，漂泊是一种无休止的精神追寻和流浪，他们永处返乡途中，个人命运如同其诗永远漂泊。

引起我们注意的还有与此相反的另一类作家，如柳青。柳青为了他的《创业史》，便把根扎到陕西长安县皇甫村，从1952年5月开始，参加了合作化全过程，前后达十四年之久。同时，在创作方面提出了几个有名的口号："六十年一个单元"、"三个学校"（生活的学校、政治的学校、艺术的学校）、"要想写作，就先生活"。柳青的创作思想在20世纪60年代产生了广泛影响。对于陕西作家而言，柳青就更是一个范本和楷模了。

很显然，柳青将生活作为一种手段，不管他将此手段置于何种位置。他深入生活是为了更好地写作，写出他的好作品，而不是将生活本身作为目的。当然，我们也无法要求柳青超越时代去理解真实与生活的含义，但柳青只是探索生活同作品的关系，六十年一个单元地深入下去，而忽略了自身同生活的关系，成为一位生活的热情观察者，一位生活舞台上的忠实观众和记录者，而不是表演者本身。

艺术家本身在生活中就应是一位出色的表演者，他首先沉浸陶醉于自己的生活创造之中，这本身就是目的而不是相反。为了表演而表演，不是为了记录而表演，表演就是生命力的自然宣泄，这样人才不会为了外在目的而丧失生命意趣。

站在人本主义角度，我们宁肯希望每一个人都活得意气风发，而不是将个人生命作为手段陷入悲剧，萎缩了我们的生命力。如果将写作看作生活的目的，是不是一种写作的异化、艺术的异化？

因之，我耳边总响着这样一段话：我们读了那么多书，懂得了那么多的事情，更应活得旷达洒脱，比不读书的人活得更像人。而不是因为书读多了，人活成了不谙世事的老夫子，精神人格都刻板萎缩了。余秋雨先生曾说："如果每宗学问的弘扬都要以生命的枯萎为代价，那么世间学问的最终目的又是为了什么呢？如果辉煌的知识文明总是给人们带来如此沉重的身心负担，那么再过千百年，人类不就要被自己创造的精神成果压得喘不过气来？如果精神和体魄总是矛盾，深邃和青春总是无缘，学识和游戏总是对立，那么何时才能问津人类自古至今一直苦苦企盼的自身健全？"[1]

顺着余秋雨先生的发问，我在想，假若作家的创作，都要以销蚀自己的生命意趣为代价，都要将自己的生存作了手段，那么创作的真实意义又何在呢？

---

[1] 余秋雨：《文化苦旅》，知识出版社，1992年，"自序"第2页。

同时，与此相关的一个问题是，深入某地并执拗地待下去，就一定会带来丰硕的收成吗？也许，这反而使作家的视野狭窄、思维僵化。在一个思想体系僵化封闭的时代，这也许是一种万全的创作路子。因为作家本身先就失去心灵的自由，而生活本身也是一元化的模子倒出来的。

因之，我们不仅想看到作家在他的书里提供给人们丰富多彩的充满多种可能性的世界，而且我们更觉得作家本身的生活就应是一本饶有兴致的书。

原载《西部文学报》1996年8月25日

艺术创作的个体化与艺术消费的大众化的矛盾

　　真正意义上的个性化艺术的出现，是在都市形成之后；甚或可以说，它是同工业革命相伴而来。艺术的产生极为久远，久远到石器时代，甚或是确立了人的含义的时期，即什么时候人产生了，艺术也便产生了。但是原始艺术，不管是壁画雕塑或神话史诗，都不是个性化的艺术，而是群体艺术、类型艺术，是带着强烈的功用目的的创作，是一个部落或民族的宗教、历史、精神的外化。在个性没有充分发展的时代，艺术的审美特性被遮蔽了。个性化艺术的最早萌芽和发展，是在手工业的产生和发展之后。

　　工业化社会的到来，替代了个性手工业。大机器生产日益使个性的人变为物，使个体的人面临被无个性的对象销蚀吞没的危险。这时，个体奋起反抗，突现自己，突出自己作为一个活的个性的存在。这是颇有意味的：只有在个体的差异性濒于被消除时，个体意识这才惊醒，这才为自己的存在而抗争。个性化艺术正是在这一大背景下而展开。人们这才把目光调转来关注个体，这才意识到一个个体同天地一样伟大，一样不容忽略。

　　问题的另一面则是，机器化大生产的到来，又必然造就大批具有共同心态共同命运的人。如同机器生产的产品，人也成为一种标准化规格的"产品"。机器在生产出标准化产品的同时，又反铸着人，使其成为标准化的人格模式。共同心态和人格模式，构成了共同的审美趣味和审美形式，呼唤着类型艺术的出现，也即同社会化大生产相一致的大众化艺术的出现。在这个意义上说，工业化社会的艺术在排斥着个体化的深度渗入。这样，现代工业社会，产生了这样一对奇特的矛盾：一方面，艺术为赢得个体化的存在而做着不懈的努力；另一方面，艺术又得不断阻碍个体化的扩张，以赢得观众。电影便生动地体现着这一特点。我们就从电影这一角度谈下去。

电影的产生，的确是工业社会的一个奇迹。从电影的生产制作方式、消费对象和发展的必要条件看，它都具有标准的生产的特点。

艺术是永远消费于人的。艺术的消费层次又各不相同。愈具有艺术性的作品，其数量愈少，而能够消费此类作品的人愈少。最受大众欢迎的艺术作品，往往不是个性化极强艺术性极高的作品。恰恰相反，倒是那些类型化的作品颇受欢迎。类型化作品之所以能深受广大艺术消费者的喜爱，重要的原因在于类型化的作品提供了一个消费者能够反观自我的自审对象。并且，类型化的作品创作能够最大限度地接近于标准化产品的生产机制，提高产量，降低成本。1912年，美国好莱坞的制片厂制度建立后，其电影剧本的创作过程是这样：先由出主意者（一般是制片人）提出一个基本意图，然后交给"剧本会议"去设计符合这个基本意图的人物和故事；等到基本情节确定之后，便由噱头部去添加滑稽场面和情境。喜剧片的演员班子也是固定的，每个演员根据其外形和演技的特长，被固定在某个模型的模子里。这种传送带式的制片厂制度，强调集体的智慧和精细的分工，艺术家的创作个性极易被它吞噬。如同机器自然地生产出无个性的产品一样，类型化作品也构成对艺术的深度否定。然而，类型化的作品却是深受艺术消费者欢迎的，并且在塑造导引公众生活方面是影响深远的，这一点，向来很少为我们注意。类型电影作为一种拍片方法，实质上是一种艺术产品标准化的方法。

毫无疑问，好莱坞的那些巨头经常关心的是他们所生产的影片的商品价值，他们宁愿生产相似的而不是不同的影片。对这一问题，我们关注的焦点是，制片商们以获利的高低作为生产影片的准则。他们对制作类型影片如此热衷，乐此不疲，无疑是因为类型影片能带给他们巨额利润。反过来说，类型影片的票房价值愈高，它拥有的消费者就愈多。那么，类型影片到底为消费者提供了什么，使人们对它如此厚爱？莫纳科说："研究好莱坞，更多是从大量影片中归纳出类型、模式、惯例和类别，而不是注意每一部影片本身的质量。这并不一定使好莱坞影片变得比具有个人风格的电影更不令人感兴趣。事实上，因为这些影片是以如此巨大的数量在传送带基础上拍制出来的，所以它们常常要比个人构思的更有意识地追求艺术的影片更能反映出观众的兴趣、迷恋和道德标准。"[1]

那些极其有艺术个性的作品，不易于被广大的阅读消费层接受，这是因为作家、艺术家在自我对世界的感悟体验中沉得太深，其表达出的对生活的领悟超出了大众接受的层面。在一定意义上说，这一矛盾的构成将是永恒的。

近代社会，市民文学——广义上说是市民喜闻乐见的艺术形式日益繁荣发达，而贵族化的艺术则日趋凋零。城市兴起之后，小说这一艺术形式，在各国都达到了它的繁盛时期。戏剧也历经了它的辉煌年代。小说和戏剧，曾是最大众化的两种艺术样式。它们蓬勃的生命力也植根于此。近一个多世纪电影的勃兴，也是因为它拥有亿万观众。哪一种艺术拥有庞大的消费群体，哪一种艺术的生命活力就必然旺盛。

艺术被作为商品，像工厂生产的产品时，艺术才真正获得了它的消费者——观众。这是由于艺术作为商品时，艺术首要的着眼点是观众，最终的落脚点还是观众。它赢得多少消费者，便赢得多少利润。艺术生产者从自身的利益出发，而自身利益又是消费对象的利益。这样，艺术消费者便是艺术生产者的上帝了。这个上帝，不是由主观意向和行政命令强加的，而是自然而然地由自身的利益需求延伸而来。我们向来提倡艺术为工农兵服务，提倡艺术表现工农兵，认为艺术运用民族形式写工农兵的生活就会

---

[1] 邵牧君：《西方电影史概论》，中国电影出版社，1982年，第31页。

赢得工农兵的喜爱。其实这只是问题的一个方面。尽管我们喊了几十年的文艺为工农兵服务，但并不真正了解工农兵的艺术需要，往往是我们将我们自以为是的东西强加给他们。这样，艺术就被视为宣传工具。实际上，艺术的为工农兵服务，就成为艺术通过宣传教育去改造工农兵，对象同样也被视为工具而不是主体。艺术和艺术接受者同时落于"看不见的手"的制约下，成为附庸，失去独立品格。

艺术作为审美的对象，把它当作一种消遣娱乐，是我们向来排斥的。传统文化把艺术看作"经国之大业，不朽之盛事"，看作"载道"的工具。"治世之音安以乐，其政和；乱世之音怨以怒，其政乖；亡国之音哀以思，其民困。"艺术在这儿已被当作"治世""乱世""亡国"的东西来重视。正是在这一层面上，艺术作为实现政治目标的手段，迷失在功利的欲求之中。在资本主义社会，艺术的娱乐功能被大大地突现出来了。对艺术娱乐的功能的重视和发挥，是商品文化内在的需要。艺术不断向其消费对象靠拢。商品化的艺术，是够得上大众化的标准的，因为商品化艺术的内在需要排斥任何主观意向和非大众倾向，商品化艺术始终牢牢盯着它的读者。

在重"载道"的艺术和重娱乐的艺术之间，生长着个体化艺术，它在二者的夹缝中艰难地生存。不管"载道"的艺术抑或娱乐的艺术，从根本上都是排斥个体化艺术的。对于"载道"的艺术来说，个体化艺术是离心的，它使那种欲把大众凝聚为一体的努力得到削弱，而以娱乐为主要特征的商品化艺术，则漠视个体的存在，以公众意向淹没消除个体。然而，个体化艺术，却无疑有着一个远大的未来。社会的发展与物质财富的增加，愈来愈为个体化艺术的发展开辟了广阔的前景。"载道"的艺术以政治利益为目标，必然寻求权力阶级的政治与经济的支持；娱乐的艺术以营利为目标，当以广大的消费对象为其存在的立足点。唯有个体化艺术，既很难得到权力阶层的支持，又无法使广大观众买账；因而，个体化艺术只能在全社会普遍富有、人们的消费趋于多元化、个体有能力支付巨大的艺术消费品时，才会发达起来。马克思所憧憬的未来社会是每个人既是渔夫，也是艺术家。只有这时，艺术才会摆脱它的各种羁绊，以个体的感悟为中心为依据，真诚表达自我。

艺术的个体化只是一条隐约跃动在其发展史中的辅线，它无法取代"载道"的艺术，也无法取代娱乐的艺术而占据中心位置，但它的前程却是寄植于二者之中的：只有"载道"的艺术受到权力阶层的保护，它才能附着其上悄悄生存下去；只有娱乐性艺术充分地培育了自己的观众，拥有了未来它得以存在的物质条件，它才能在娱乐艺术开辟的道路上向前发展。所以，表面看来，个体化艺术同广大的消费对象是对立的，艺术个性化愈强的作品，其消费群体愈小。从另一角度看，个体化艺术目前还无力形成自身的广阔生存空间，它须借助大众化的艺术而存在，就是说它把它的基因也撒播向大众化的艺术中，由大众化艺术携带着通向未来。时机成熟，它就会蓬勃发展起来。从这一点说，个体化艺术倒应向大众化艺术致敬，正是大众化艺术保护了个体化艺术而未消亡。有人说诗歌是最贵族化的，说它的命运是走向消亡。诗歌是否会消亡暂且不论，但它明显地不断在衰微则是事实。我想，这正是因为它缺乏广大的消费群体所致。这样，也便切断它与生活的鲜活的血肉关系，因之日益萎缩了。

伴随后工业社会的到来，艺术领域也将发生巨大的变革，个体化艺术将会重新发达起来。一部艺术品的消费，也许仅发生在极少数人之间，而不是像如今的电影。只有当一部电影拥有千百万观众时，它才能收回成本，创造利润，也才能够继续生产。当一部艺术品只有少数人消费，且能够收回成本并获得利润时，艺术创作的个体化与消费的大众化的矛盾才会彻底消除，艺术到那时，才能真正地作为人类创造的一个精妙的精神世界而出现，而不是作为"载道"的工具或赢利的手段。

原载《西北大学学报》1998年季刊第28卷

第二辑

在整一的范式中醒觉的个体

（2001—2009）

历史深处的回声

——读朱鸿《夹缝里的历史》

历史的尘烟在千年舒卷之后，慢慢地散开来。朱鸿要聚拢千年远逝的历史云烟，并要从这云烟里读出他自认为的历史风貌。秦始皇司马迁商鞅孔子他们寄身于历史云烟深处，朱鸿执意要在飘散了的云烟里还原他们飘忽的身影。他站在世纪之交的门槛上，像一个忧郁的农人，坐在门前老槐树下的石头上，遥望着天与地相接的远方，细细咀嚼一年的辛酸，盘算着今天的日子。不知是哪位历史学家说：任何古代史都是当代史，都是当代人在用当代的眼光读出的古代史。我要说的是，任何古代史不仅仅是当代史，而且是一部个人史，是不同的历史学家、思想家、哲学家、作家所读出的不同的历史，是不同的个体在解读那一个个大时代，他的解读不可能不打上自身的烙印。朱鸿所读出的历史，是他所发现的历史，是他在历史的夹缝里所感到所悟到的。我们在他条分缕析的感悟之中，也恍然大悟，穿越了许多迷蒙的云烟。

在《成功的罪孽》里，朱鸿说的是商鞅变法。在我们原来的知识构架里，商鞅是一个改革派人物，我们知道他的变法使秦国强大起来，我们对商鞅的概念性印象到此为止。朱鸿的思绪却到此止不了步，他在想，商鞅的变法促使秦国强大，并使秦国一步一步灭掉六国而一统天下，作为秦统一中国的一个起点，他还为中国带来了什么？朱鸿思索的结果是：集权专制。朱鸿说：商鞅用法家的理论来治国，但法家却不是古希腊时期的民主和法制，法家的实质就是严酷的专制统治，就是剥夺民众的所有权利，甚至剥夺了民众的基本生存权。用暴力和最不人道的酷刑，使人的生存空间几乎压缩为零。比如，商鞅发明了诬告连坐法。他把民众编成小组，十五人为一组，要求彼此监督，如果一人发现"奸者"而不告发，就要被"腰斩"，"告奸者与斩敌首同赏，匿奸者与降敌同罚"。商鞅的残暴还表现在他掌握政权之后，对持不同政见者的无情杀戮，使"议论之声戛然而止，秦国一片沉寂"。再说到人性，引用司马迁的话来评价：公孙鞅是一个天资刻薄的人。朱鸿然后荡开一笔，由公孙鞅的铁腕变法，说到了同时代的希腊文明。此时，"伟大的狄摩西尼还在孜孜于他的辩护工作，以使陪审团释放罪犯，或督促陪审团给罪犯以公正和公平的量刑"。两相比较，展示出东方和西方两大文明，在它发育的初期截然不同的症候，也由此开始了民主与专制这一不同文明的滥觞。在一个向来作为正面人物的身上，朱鸿发现了"商君变法所蕴藏的罪孽"，他的发现来自对集权统治的丑恶与残酷的深刻认识。

　　对集权专制的体认与憎恨，是朱鸿作品中的一条主脉，同时对人性的充分尊重和透彻理解与分析，是朱鸿作品的又一思想主线。在《怀疑荆轲》里，作者怀疑荆轲原本是可以完成刺杀秦王嬴政的使命的，"但荆轲却缺乏完全而彻底的献身精神，他没有超越生对他的吸引，也没有超越他对死的拒斥"。于是，"荆轲是产生了巅峰体验的，然而由于境界的局限，他却终于未能将自己的巅峰体验推到极致，这是很遗憾的"。是"由于从本能之中发出的保全性命的信息干扰了荆轲"，"因为他知道，秦王死了，自己也会死的"。"他断定只要用匕首逼着秦王的眼睛，他提出的任何条件秦王都会同意。如果是这样一种结果，那么确实好极了，他既报答了燕太子丹，又避免了牺牲自己。"于是，他在最接近秦王时，却未能当即下手刺杀他，而想抓个活的，以致延误了最好的时机，使得秦王得以逃脱而功亏一篑。两千年以来，人们之所以对荆轲如此激赏与喜爱，盖由于他对中国人有一种特殊作用。朱鸿说:"中国人有两千余年处于集权统治之下,备受统治阶级的剥削和压迫,并使自己无可奈何地落到了敢怒而不敢言的地步。处于这样的生存状态,中国人必然产生对暴君的仇恨。但改变自己的命运,却很是艰难。中国人遂不得不退而求其次,给灵魂寻找一条出路,否则是会抑郁而死的。"这也就是人们之所以喜爱荆轲和夸大荆轲之功的深层原因。

朱鸿的怀疑不仅仅体现在对荆轲的行为动机上,在他所描述的一系列历史事件中,都有自己独特的思路和看法。在《司马迁之残与苏格拉底之死》一文里,关于司马迁为何被下狱并受宫刑,司马迁对朋友任安所倾诉的辩护是:因为汉帝国对匈奴作战,战事不利,汉武帝大怒,指责大将李陵降敌,大臣们唯有诺诺顺应汉武帝的指责;而司马迁想给汉武帝一个宽慰,说他的大将并非真的背叛了他,而是表面投降匈奴,实则身在曹营心在汉,是想借机迁入匈奴内部,谋求里应外合,报效汉朝。

这是司马迁对李陵的辩护,也是对汉武帝的宽慰。但汉武帝却不领情,侮辱性地处罚了司马迁。历史是这么写的,朱鸿却不这么看。他认为司马迁对汉武帝当时任人唯亲的用人路线是不满的。汉武帝在卫青霍去病去世之后,不任用建立了奇功的飞将军李广,而让外戚李广利为贰师将军,这让他深为不满。"他的不满在未央宫举行的会议上厚积薄发,导致他贬低李广利而为李陵辩护。在我看起来,司马迁在未央宫的发言,潜藏着对汉武帝批判的锐利锋芒。"作者认为司马迁与汉武帝在心理上的隔阂,精神上的对立,不仅仅是统治阶级内部的一种矛盾,还是中国文化内部的一种矛盾,是民主与专政的两个元素在活动。中国文化内部的民主元素缺乏培育,是稀少的,微弱的;但专制的元素却有统治阶级的反复扩充和增加,这使它稠密而强劲,并能凶猛地吞噬民主的元素。中国一直有司马迁这样的人,他们自发地扛着中国文化走向文明。

朱鸿大约也是自发地扛着中国文化走向文明的人,而且对迫害中国文化的人极其痛恨。在《灰堆》这篇作品里,朱鸿说自己能嗅出公元前

213年秦始皇焚书的烟味。是呀，朱鸿作为一个现代知识分子，对两千年前的焚书坑儒事件，在今天还不能平静，一想起就激愤难平。朱鸿站在平民立场上，清楚地看到了秦始皇焚书的深刻原因："关闭私学和焚书，是可以把人弄得愚昧起来的，人愚昧了，思想便易于统一了。统一了思想，便没有了反对的意见和反抗的行动了。"所以，从根本意义上来说，实际是文化和权力的冲突，文化在许多时候总是对权力构成一种威胁。因为文化所产生的思想，大多是统治阶级思想之外的，统治阶级也将此称为异端的思想。是异端，就会消解统治阶级思想。按说，统治阶级除了维护自己所属阶级的利益外，还须维护整个社会各阶层的利益，但朱鸿说，秦始皇所统一的中国，无非是他的子子孙孙的中国而已，不是普通中国人的中国。"秦始皇的中国与普通中国人的中国，大约只有百分之一的利益是相同的，其余百分之九十九的利益都是对立的。"用平民化的眼光进一步分析，我们就会看到，秦始皇根本没有考虑中国人的安居乐业，他考虑的只是他的江山如何能传至二世三世万万世，出于这样的考虑他就觉得统一思想是何等的重要！秦始皇的统一思想，"无非是要把所有个体的思想收拢到统治阶级狭隘的思想之下而已。于是统一思想就自然而然地变成了对新的思想的隔离与铲除，甚至变成了对个体的思想权利的剥夺，对言论自由权利的剥夺"。在对秦始皇暴行的深切体认下，朱鸿甚至对闻名中外的兵马俑产生不了赞赏和激动，觉得它阴沉，缺乏美感。朱鸿的理由是：这些烧铸工匠并非在身心自由的状态下进行创造，而是在监视下充满着胆战心惊。所以他说，秦始皇陵的兵马俑，"混合着一种秦始皇时代的特殊之气，这就是杀气与腥气，还有死气"。

在对集权专制的深刻剖析中，作者忘不了另一个伟大的仁者：孔子。作者赞誉孔子，认为他是一个具有独立精神的文化人，认为他的思想里有许多伟大的精神要素，他"深刻地影响了中国人，甚至中国人的灵魂主要是由孔子的思想哺育的，从而使中国人有了自己的气质，并获得了其他民族的尊重"。比如，孔子的仁慈与宽恕。学生子贡问他：有一言而可以终身行之者乎？孔子说："其恕乎！己所不欲，勿施于人。"朱鸿认为这是一个美丽的思想，是人与人相处的美丽的法则，而且不但适合人与人，还适合民族与民族、国家与国家。西方人的耶稣在孔子去世五百年后，也对自己的信徒说：你们愿意人怎样待你们，你们也要怎样待人。两位圣人，在完全不同的地方出发，经过不同的道路，在一个美丽的法则那里不期而遇。尽管作者认为，孔子像日月一样光耀大地，是不可随意贬损的。然而，孔子的思想却无时不在遭到阉割和曲解，两千余年来的集权统治者们把孔子的思想演变为控制中国人的工具。借助于孔子思想中的某一点，将其歪曲放大，禁锢和僵化中国人的思想，扼杀民间探索与发现的激情。作者甚至不无忧虑地说："一个民族的强大，固然在于它的经济与军事实力……如果一个民族的精神空虚了，它没有了信仰，它过分地追求肉欲和物欲，它由于社会的不公正和不平衡而相互怨恨，自私自利，尔虞我诈，那么它将注定难以强大。如果它曾经奇迹一般地强大了，它甚至会强大得让人类恐惧。"这种忧虑来源于对缺乏信仰的强大与智慧的忧虑。是的，人的智慧与力量如果缺乏导向，将会给人类带来多么大的灾难！

　　苏三监狱也是人的智慧的结晶，那是多么可怕的令人战栗的智慧呀！读完朱鸿的《苏三监狱》，我半天憋闷得喘不过气来。苏三监狱是1369年明政府建立的，朱鸿在包孕着极大悲愤的情绪中，娓娓地叙述着这种高超的创造痛苦的艺术。他说这所监狱如何被一条狭窄的过道一分为二，两排的囚室如何相互监视，狱卒的眼睛如何闪亮在过道的尽头，过道之上的铁网如何安置了防范的铃铛，院门的设计如何刁钻古怪。狱墙的夹层里注满了沙子，你即使逃出了牢房，越过了铁网，推开了古怪的院门，你逃到围墙下挖洞，刚挖个洞口，里面的沙子便蜂拥而来，堵住了你逃跑的生路。这是多么智慧的创造！难怪朱鸿要说那个设计师一定是个文化人，说他是阴毒的，很少笑，他会经常陷于沉思之中，沉思怎样整人，怎样防人，怎样创造痛苦的艺术。他真是一个深懂人性、深懂禁闭之道的人。在这种智慧之下，极少有人能挺着坚硬的脊梁走出来。

我这样一篇一篇在朱鸿的作品里游走着，沐浴着他所烛照的历史。在透过亮光的隙缝里，我也读到过去未曾注意的画面，读到我豁然开悟的历史故事。我知道，这亮光是朱鸿的智慧和学养，不，应该说是朱鸿的灵魂，是他用灵魂照亮了懵懂而昏暗幽深的历史。这亮光呼唤着人的基本的权利：自由平等与仁爱宽恕，并将此作为一把基本的标尺。我还没有找出不赞成他的理由。

2001年8月20日整理

（本文系《夹缝里的历史》研讨会上的发言）

红尘落尽余悲哀

——关于方英文《落红》的通信

英文：

　　你好！

　　《落红》读完了，花费了我三天时间，当然不是三天什么不干只读《落红》，但最有效的时间都用在读《落红》上了。可以这么说，我和你头脑中创造的唐子羽梅雨妃朱大音等人物生活了三天。在人以日以时计算的寿命中，三天是一个让人无法忽略的时间单位，何况，你的人物在我个体生命的未来岁月中，还会在不经意的某些时候，闯入我的头脑，和我共度生命的岁月。我想，一个作家最厉害的是，让他的人物占领你的头脑，让他创造出的人物甚至比你身边真实的人物还要多地参与你的生活。就像你总是或多或少地和阿Q生活在一起，和高老头生活在一起，和贾宝玉生活在一起，如此等等。再想想，一部好作品，有多少读者呀，这些读者阅读作品的时间加起来，一定是一个惊人的数字，一定是超过了作者本人的寿命之长度。我想，《落红》的读者的阅读时间加起来，是一定超过你方英文的生命长度的。我暂且将你的生命预计为100岁，不过就是36500天，你的读者假如有12000人，他们的阅读时间加起来就是你100岁的生命长度。中国有上万人和你方英文创造的小说人物生活在一起，进入你方英文的内心世界并和你内心世界的人物生活在一起，（我姑且将你笔下的人物称为你的内心生活的外化）这是一件多么值得自豪得意和幸福的事情啊！

既然唐子羽通过你的手进入我的生活，我就不得不对唐子羽认真起来。我要仔细琢磨唐子羽这个人。我觉得唐子羽这个人在我们的生活中还是属于比较可爱的一类，尽管有许多毛病。唐子羽对生活达观的态度、对官场的反感、对生活追求的纯正口味都是我欣赏的。我认为的纯正口味是，不因了外在的欲求而败坏了人的本真的要求。同时我觉得你将人物命运的推进，叙写得很自然很到位，就是说，人物的命运是怎样一步一步从志得意满走向落魄飘零的，在这一过程中，你的叙写很自然很顺畅，没有人为的过分雕琢的痕迹。唐子羽不期然地当了副局长，尽管他并没有处心积虑，没有挖空心思，没有特别想当这个官，但只要已经当上，感觉还是很不错的，就会有伏尔加车坐，就会有别人一口一个局长地叫着，让人听起来舒服，还会为亲戚朋友谋一件两件善事，会让别人觉得你很行。人生不就是要活得让别人说你很行吗？在唐子羽的眼中，更为让他舒服且得意的是他拥有了一个爱自己的梅雨妃，让他一想起来就禁不住动情的情人。你说，有一个在家中娴熟地操持家务的妻子嘉贤，又有一个柔情万种的优雅聪慧的梅雨妃，对一个俗世男人来说，这不就是天堂的日子吗？难怪深察男人之心的张爱玲，在她的《红玫瑰和白玫瑰》里，开始就写："也许每一个男子全都有过这样两个女人"，"一个是他的白玫瑰，一个是他的红玫瑰。一个是圣洁的妻，一个是热烈的情妇——普通人向来是这样把节烈两个字分开来讲的"。张爱玲这样写的时候，是1944年6月，距离今天已经半个多世纪，半个多世纪过去了，人事景物的变化早已翻天覆地，但男人的如此俗愿却没有多大改变。唐子羽热爱他的"红玫瑰"，也热爱他的"白玫瑰"；唐子羽在得意的时候，游刃于"红""白"之间而有余，但在走背运之时，"红""白"相煎急，他似被架在了火上。我比较赞赏你笔下人物命运发展的自然流畅，是说像唐子羽在顺境中，一步一步走向了自己命运的末端。比如，唐子羽命运转折的一个关键性事件是一份"学习体会"，他在这份学习体会中，无意中将他在纸上戳戳画画的一个带点"颜色"的"段子"夹在里面了。这样的学习体会整整齐齐地张贴在"学习园地"中，本来是从来没有人要看的，但检查团来了，检查团也没人要看这类东西，不料队员中有一个喜欢书法的，看见唐子羽这份学习体会写得龙飞凤舞，于是走过来仔细地瞧了起来。这一瞧不打紧，就发现了唐副局长夹在体会里的段子。段子虽"黄"，但还是有文人水平在其中的。看者忍不住发笑，于是就吸引了其他队员也去看。此一看，就看丢了唐副局长的乌纱帽。这个事件恰巧发生在机关大裁员的背景下，唐子羽有了这样一个虽说小也不小的瑕疵，就理所当然地被撤了副局长的职务。像这样一个关键性的情节，你写得很自然，没有雕琢的印痕。还有，唐子羽在如此心境下，刚好梅雨妃来电话要见他，于是就赶往梅雨妃所在的山中度假村，一切缠绵一切柔情一切恩爱尽在这见面之中。但不期而然的是，他原先要送给梅雨妃的红纱巾，见面后觉得有点多余，没拿出来，谁料想从口袋里露出一角来，被梅雨妃看见，硬是疑此物为别的女子所赠，于是勃然大怒，骂道："说，是哪个臭婊子的？"然后不由分说将红纱巾撕碎。这是让唐子羽很心碎的偶发事件，但这个事件的发生也非常合理和自然。唐子羽终于沮丧且灰暗地回到百陵市，几天的幽会，由甜蜜而沮丧懊恼，加之单位和家人朋友几天不见他，都以为他因丢官而寻了短见，正四下里寻找他，这更让他气恼。回到家后不几天，妻子得知他没有帮她去找熟人竞争工会副主席一职，大为气恼，气急之下说："把你身上的毛衣脱下来！"唐子羽真的就脱了下来。嘉贤更火了："你还真的脱？行，有能耐再把毛裤脱了，也是我织的！"唐子羽真的脱了毛裤，竟连毛袜也脱了，然后走出了家门。他打电话找到最好的朋友朱大音。朱大音此时正在宾馆和潘小姐云雨，这让他有一丝不快。然后他又走到了为自己提前预订的墓地，看见自己死后的几个邻居。有一个乾元餐饮公司的女老板就在自己的北侧，看着写着这位女老板生平的墓碑，竟不由自主地流下泪来。这就是小说的结尾了。这个结尾让人对唐子羽深感同情，不仅仅是对唐子羽，还有着人对自身命运的必然联想。这是人对自身某种必然结局的伤悼，是人自身无奈而绝望的宿命体验。

  当然，上述的体验在别的小说里亦有精彩的表达。甚至在许多大作品里，我们在结尾读到的都是大悲凉。《红楼梦》里的贾宝玉最终出了家。老舍的《茶馆》里，王掌柜呕心沥血兢兢业业操持一生，到头来连个祭奠的人都没有，自己为自己散完纸钱，把自己悬到梁上走了。《白鹿原》中的白嘉轩、鹿子霖、黑娃，哪一个有让人羡慕的命运？《围城》里的方鸿渐和孙柔嘉吵翻了脸，一个人茫无目标地落寞地行走在黄叶翻飞的大街上。顺便说一句，《落红》里的唐子羽和《围城》里的方鸿渐，我觉得，在神韵上有那么一点儿相通的地方，尽管时代已大不相同。你的《落红》，以我的解读，"红"该是象征红尘吧。那么，红尘落尽是什么呢？那就是一种悲哀的落寞了，那就是唐子羽下意识里游历自己的墓地，游历自己生命的终点。

  在人物的刻画上，我觉得，除了唐子羽外，其他几个人物个性都不大鲜明（朱大音尚可），特别是人物的对话，语言方式太雷同，几乎都像唐子羽。我觉得这是一个缺憾。我用人物性格是否典型和鲜明来批评你，这个批评的武器是否太陈旧？你听没听说过别人还有什么好的新式武器？也可以向我推荐两件。

  还有，小说中的百陵市实在不如写成西安市，给人以真实的亲切的感觉，尽管我知道你写成百陵市也许是迫不得已，但我还是愿意你以西安市命名你的小说故事的发生地。

  拉杂地说了这么多，言不及义之处，敬请谅解！好在我读过了《落红》，知道唐子羽的心胸还是阔大的，丢掉了个副局长尚能不在乎，何况别人说一两句不中听的话！我自觉不自觉地将你看作唐子羽，那也是有根据的。谁能说唐子羽身上就没有你的影子呢？

  顺祝安康

仵埂
2002年10月15日于西安小寨

作家的情感地理

任何一位作家，都有自己精神成长的母地。他也许最终飞越千山万水，远离他精神的故乡，但他的母地对他构成的影响，则会像影子一样伴随着他，影响着他。我们总是能在一个作家的文字里，读出氤氲弥漫的母地的气息。

弗洛伊德在他的精神分析构架里，提出了以伊特为核心的性压抑概念。童年或者说少年时代的阅历构成一个人生命情结的本源，构成一个核心的意象，此后的一生中，这个人的精神永远在追寻童年的梦幻，或者在寻找少年丢失了的东西。作家的出生地对作家构成了看不见的影响，这种影响将伴随他的一生，使他终生苦苦寻觅，终生在迷惘着、痛苦着、幸福着。在许多时候他不知所措，许多时候又获得最大的精神性满足，而且是任什么东西也无法替代的满足。

有的作家也会表现出对自身的遥遥超越，笔下从不出现他曾经留下深刻烙印的地方，他会像摆脱魔鬼纠缠一样，远远地摆脱童年遥远的梦魇。我们似乎在他的作品里嗅不到那本应嗅到的气息，是他对它做了巧妙的遮蔽。从另一种形式上看，他则做了回答。是呀，作家的笔只要一伸进滋养他成长的母地，他就获得了灵气，获得了生命和力量。陕西的三位作家，陈忠实、贾平凹、路遥，他们最成功的作品，和他们的出生地都有着深刻的关联。生长于关中地区的陈忠实，深受儒家文化的熏染，那种儒家文化的厚重、博大、严肃和刚正，就出现在陈忠实的长篇《白鹿原》中。《白鹿原》中的人物白嘉轩，是孔儒文化的典型代表，耕读传家、刚正严厉、处世磊落，有着夺目的人格光辉。鹿子霖则是儒家文化另一翼的代表，他的身上有一股子邪劲，刚好和白嘉轩相辅相成。还有一个人物，有点被神化的朱先生。这三个人物身上的精神合起来就是儒教浸淫下的民族命运变迁的最深动因。作家陈忠实，本身也深受儒教文化的影响，他的行为言谈、处世观念，无不有儒教的深刻影响。所以我说，是孔儒的核心影响构成关中地区文化的基本面貌，而陈忠实则是这一文化浸淫下的作家中出类拔萃的一位。《白鹿原》的成就，很大程度上得益于陈忠实所生活的大文化背景，正是这一地缘关系，生成了杰作《白鹿原》。

贾平凹是陕南生长起来的作家。陕南在地理位置上是极具特色的，按地理划分它应该属于汉水流域，是楚文化的辐射圈，陕南的文化构成和关中是大不一样的，有着强烈鲜明的楚风楚韵。楚文化的那种浪漫热烈灵性神秘，在贾平凹的作品中均有体现。依我看来，贾平凹作品中最为迷人的系列中篇小说，如《美穴地》《黑氏》《白朗》《五魁》等，其中的奇诡神秘、美艳凄凉、浓郁激越是只有在楚地深厚的风习熏陶下才可能生成的。再说路遥，以《人生》《平凡的世界》为代表的作品，显示了北方高原所具有的风习。从路遥的作品中，我们读出了纯正刚烈、苦难执着、粗犷豪迈、高亢热烈的高原之风。他的作品，洋溢着英雄主义的气概，爱，是那样缠绵火热纯情激荡；恨，也是那样棱角分明豪气冲天。

一个作家，当然除了写他的具有本地域特点的东西外，他还可能写出来和出生地全然不同的东西，他还可能使他的精神漂泊得很远。但是，他精神生命的生成之地构成的生命本色，是可以伴随他一生而不会掉色的。他可以完全抛开出生地，比如贾平凹的笔可以离开商洛，可以写都市人都市事，但是，即使写古都的人和事，原有的出生地的文化内涵和底蕴也会成为参照和背景，甚或离开对精神故乡的表达，不能呈现出自己最好的东西，因为它缺少一种与自我生命的密切关联。在这一点上，美国心理学家马斯洛有很好的见解，他说："对于大多数人，是生活的需要粗暴地结束了童年的梦。"①童年向现实转化的梦是什么呢？这个梦在弗洛伊德那里是"情结"。"情结"构成对未来的期待，构成作家在作品中的自我释放、梦的转移和虚幻的实现。但童年转化现实之后，梦并不因此消失，"心理学告诉我们，从某种意义上来说，在精神中没有任何东西不是一直起作用的，没有任何东西会真的最后消失"②。并不消失的童年或少年梦境，对一个作家构成了什么样的影响呢？这个梦境必然在什么情景下产生呢？这就是作家成长的地域环境和习俗。不同的地域环境和习俗文化对作家的影响是如此不同，使我们一看作品就能感知作家的成长地的文化，就能感知作家的精神气息和成长地的关联。人，谁又能逃脱这一宿命般的影响呢？

法国诗学家兼批评家丹纳，在他的大著《艺术哲学》里，论述地理环境对民族性格形成的影响，认为雅典人是世界上发育最为健全的，天性活泼、浪漫、单纯、快乐、聪颖。之所以能够这样，是因为他们生长的环境。丹纳说："首先我们要对种族有个正确的认识，第一步先考察他的乡土。一个民族永远留着他乡土的痕迹，而他定居的时候越愚昧越幼稚，身上的乡土的痕迹越深刻。"③而希腊人生活在终年吹着温暖的海风的地中海，岛上长满棕榈树、橄榄树，还有柠檬林、椰子林。夏天并不酷热，冬天也不严寒。"古人认为他们的气候是上帝的恩赐。……在这样的气候中长成的民族，一定比别的民族发展更快，更和谐。没有酷热使人消沉和懒惰，也没有严寒使人僵硬迟钝。他既不会像做梦一般的麻痹，也不必连续不断地劳动；既不耽溺于神秘的默想，也不堕入粗暴的蛮性。……感到温和的自然界怎样使人的精神变得活泼，平衡，把机灵敏捷的头脑引导到思想与行动的路上。"④美国作家福克纳诞生在密西西比州一个叫奥克斯福

---

① 马斯洛：《人的潜能和价值》，华夏出版社，1987年，第54页。
② 同上，第55页。
③ 丹纳：《艺术哲学》，人民文学出版社，1963年，第243页。
④ 同上，第245—246页。

特镇的地方，在他长大闯荡周游一遭之后，二十九岁就回到故乡奥克斯福特镇，直到逝世再也没有离开。他笔下虚构了只有邮票般大小的约克纳帕塔法神话王国。这"就是福克纳以他家乡的风土人情、地理环境为依据，为他的小说虚构出来的一个典型的美国南方县份的名称。这个县的模特儿便是法克纳家族近百年来生存和开发的拉菲特地区，而县城杰弗逊镇则显然是以奥克斯福特为样板的。……就形成了后来为文学评论家们定名的'约克纳帕塔法世系'以及由此而产生的'约克纳帕塔法世系小说'"①。这成为他一生的写作源泉。也只有在他的精神故乡里，他才会爆发出非凡的创造力，写出了令世人惊异的《喧哗与骚动》。《喧哗与骚动》是孕育他精神成长的奥克斯福特镇给予他的丰厚的馈赠。很有意思的是，一个作家，如果终生不离开故乡，很难在艺术上有多大的创造，当他自身就在故乡的时候，他其实是很难有故乡意识的。故乡意识的产生是他远离故乡的时候。就是说，一个作家，故乡的山水风物为他孕育了一颗精神的种子，但这颗种子要到新的土地上去生长。它可能在一块新的土地上会开出花朵来，但它和孕育地永远割不断这种关联。高建群生长于陕西临潼，当然，注入其灵魂的本地风物，化育了他的气质精神，是永远伴随着他的精神一起成长的。但高建群似乎还有另一精神的生长地，这就是他永难忘的一段军旅生涯。在他只有十八岁的1972年，就参军到新疆中苏边界的额尔齐斯河去了。这一段生活，给他的精神留下了极深的烙印。他的许多出色的篇章，就是以这一段生活作为基础的。②作为军营的白房子也就成了他创作意念生长不尽的发源地。他的许多杰出作品，描写的正是这一段生活，如《遥远的白房子》等。

　　自然界是怎样将它的结构楔入作家的心灵的？怎样雕塑了作家的精神？我们还不知道其内部复杂的结构。但凭我们直观的感受，我们就会发现地理环境对作家构成了极其巨大的影响，这一点，丹纳有着系统的论

---

① 毛信德：《美国小说史纲》，北京出版社，1988年，第390页。
② 高建群：《白房子》，陕西师范大学出版社，2002年，第275页。

证。他说："在民族的事业上和历史上反映出来的，仍旧是自然界的结构留在民族精神上的印记。希腊境内没有一样巨大的东西；外界的事物绝对没有比例不称、压倒一切的体积。既没有巨妖式的喜马拉雅，错综复杂与密密层层的草木，巨大的河流，像印度诗中描写的那样；也没有无穷的森林，无垠的平原，狰狞可怖的无边的大海，像北欧那样。眼睛在这儿能毫不费事地捕捉事物的外形，留下一个明确的形象。一切都大小适中，恰如其分，简单明了，容易为感官接受。"[①]"知识初开的原始心灵，全部的日常教育就是这样的风光。人看惯明确的形象，绝对没有对于他世界的茫茫然的恐惧，太多的幻想，不安的猜测。这便形成希腊人的精神模子，为他后来的面目清楚的思想打下基础。——最后还有土地和气候的许多特色共同铸成这个模子。"[②]人多么想超拔自己，离开自己的脐带，仿佛远离自己生长的母地，才会获取人的尊严，仿佛一生所要做的，就是挣脱自然的束缚，使人真正成为人，划开与动物、与自然山川的界限。仿佛是正在成长中的孩子，执意要反抗生育他的父母一样，用反抗来确立自己的成长。我们愈想摆脱的东西愈摆不脱，我们无法摆脱和母地的血脉关联，因为血脉里有营养，有滋养你生命成长的东西，有爱有庇护有力量的源泉。不是你对母地梦魂牵绕，是母地在你不经意的时候，悄悄进入你的梦境，让你安适或让你心痛。你的笔怎能由你来任意挥洒呢？另有一个无形的精灵在暗暗地导引着你，你应该为此而喜悦。你的血脉悄悄地流动着，渗流到你的母体里。母体在滋养你的同时也获得你的养育，你在接受母体的改变的同时也在改变着她。这就是你精神生长的母地，当你疲惫绝望时，心贴紧它，就会获得抚慰，获取新的力量。

原载《文艺争鸣》2002年第5期

[①] 丹纳：《艺术哲学》，人民文学出版社，1963年，第255页。
[②] 同上，第256页。

没有天光的历史

——从《明朝那些事儿》说起

一

新时期之前的历史述写，被一些僵硬的政治教条弄得枯涩乏味，读历史如同嚼蜡，但此种状态很快得到改变，以黄仁宇的《万历十五年》为发端。此作在严谨的历史述写中，文字轻盈，故事引人，没想到艰深且极具学术化的史学著作竟这般好读。继之有余秋雨的《文化苦旅》，记叙历史文化故事的散文，却兼有形象生动的小说笔法，被称为"大文化散文"，让读书界耳目一新。[①]历史热还伴随着大量历史题材的电视剧。二月河的清皇系列小说《雍正皇帝》《乾隆皇帝》《康熙大帝》等一一推出，并被改编成电视剧，迅速走红。其《康熙大帝》和《雍正皇帝》热播后，掀起一阵皇宫戏热潮。2005年，熊召政的长篇历史小说《张居正》，获得茅盾文学奖，且荣登榜首。2006年，易中天借助央视的《百家讲坛》说三国，一时蹿红。他的著作如《帝国的惆怅》，也搭上了快车。历史题材作品如

[①] 黄仁宇的《万历十五年》，1982年由中华书局首次推出，首印2.75万册。1997年5月，该书又由三联书店再版。余秋雨的《文化苦旅》，1992年3月由知识出版社出版。根据金文明先生在《石破天惊逗秋雨》一书前言所说，据他的统计，《文化苦旅》从1992年3月出第1版，到2001年4月的第2版，十年中累计印数为47.2万册。

此火爆，是不是小说的虚构丧失了真实的力量？在社会剧变日新月异之今天，现实生活形态丰富离奇，作家的虚构似乎也赶不上生活形态的迭变。在人的感知中具有真实性之历史故事，粉墨登场。皇宫内权力相争的惊心动魄，帝王嫔妃的美艳故事于是不胫而走。当年明月的历史小说《明朝那些事儿》，借助网络一时成为街谈巷议的话题。2006年3月10日《明朝那些事儿》在"天涯"网站首次发表，一度点击量高达上百万。自8月在新浪开博至今，点击量接近千万。2006年6月，中国友谊出版公司出版了第一册《明朝那些事儿·朱元璋卷》，发行达三十万册。第二册《明朝那些事儿·永乐大帝卷》2007年1月出版，起印就是二十万册。[①]

在一波接一波的历史热浪之下，在有趣引人的历史故事中，我们看到了什么呢？作者有着什么样的历史反思，读者是否获知了历史发展之大道？历史发展有没有它的内在指向？人们从你死我活的残酷的权力争夺中，获得了什么启示？建立起了怎样的历史观念？我将这些问题来究问历史陈述者，我不相信历史就仅仅是尔虞我诈、阴险毒辣、成王败寇的权谋故事，它的大道一定深藏其中。

二

近年来，在许多小说家及影视剧作家的手中，中国的历史成为一个烂泥塘。在历史的烂泥塘里泛上来的只有人与人斗的阴险毒辣和权诈计巧，这些成为唯一的卖点和趣味。历史没有了它的未来旨归，没有了它的内在趋向，没有它合乎理性的发展。剩下的是什么呢？是为了权力而进行的残酷争夺，为了私欲而进行的无情杀戮。这是人性最为黑暗的表达。冯小刚

[①] 据2006年11月29日《沈阳晚报》报道："当年明月现在在市场上到底有多火？看看数据：首印5万册的新书《明朝那些事儿·朱元璋篇》目前已加印到20万册。昨日记者从该书发行公司了解到，其发行量还在不断上升，现在每星期都要加印一次。而《明朝那些事儿》的第二篇'永乐大帝篇'下个月也将在全国发行，起印就是20万册！"

导演的《夜宴》，张艺谋导演的《满城尽带黄金甲》，同是这一潮流的典型表达。在一大批兴致勃勃地述写历史小说的作家笔下，故事卖点也就成为唯一的表达。

在这种表达里，读者看不到天光云影，看不到人性的诗意光辉，看不到历史终在通向文明、通向民主、通向大道。作者本身的意识里，没有天光没有诗性，他无法告诉他的读者，历史的旨归在何处。在钩心斗角和凶狠厮杀的背后，藏着大道，含着正义，通向历史的最终旨归。作者兴致勃勃地看到了宫廷内部的纷争，看到了精彩的权谋运作，看到了狠心而又黑心的皇位争夺，以及围绕着争夺产生的各种势力的较量。作家将自己沉陷在黑暗的历史想象中，乐滋滋地将人性中最为卑鄙丑陋的东西剥出来让人欣赏。在人幽深的思想王国里，作家进一步扩大了自己的黑暗空间，借助权力争夺，将一个人的内心黑暗无限推衍，在描摹世界黑暗的同时，也诱发出自己内心的无尽黑暗想象。

那么，像当年明月这样被追捧的历史小说作者，在他的《明朝那些事儿》中，能够引起人们阅读兴趣的东西，除了看尽成王败寇的黑暗，我们还能找到别的东西吗？没有。看到了人性在极端的状态下，可能产生的黑暗力量和残暴，看到了私欲催逼下的狰狞。人作为人的善的那一部分，我们看不到了。我们看到的只是戴着虚假面具而行欺诈凶狠权谋之术的狼人。作家似乎告诉了我们一个历史真相，而且说，真相就是这样，历史就是如此残酷血腥，就是为了江山而争夺厮杀。所有为了百姓的仁慈说法，都仅仅是策略是手腕而不是目的。于是，历史真实旨归就是手段的旨归，手段在这儿变成了目的。历史就这样，在无序状态中，没有目的盲目地运行着，当然也就没有大道，没有天光，没有未来。从内心发出的本源私欲，既然是每个个体的本源私欲，那么，不管是谁，不管是谁夺取皇位，不管是谁倒下或谁站起，都是一样，都是被自己的私欲驱动，都是被自己的利益驱动。诸位读者，只管看热闹就行。

这是商业社会利益冲动下的一种解释。商业社会将自己的价值渗透在精神创造物里，作为对历史的合理解释，也为自己的合理存在找到一个理由。商业化社会派生出一种原则：每个人都有权利追寻自我利益的最大化。他的追寻是合理而正当的。那么，在历史领域中，人们有什么理由不认为历史中的人物，他们行为的动机或者内驱力不是来自自身的私欲？这是多么强大的历史正当性。即使在这种历史的正当性之中，是不是还有某种规约和原则，还含着大道？公平和正义不仅恰恰包含在各自的利益追寻之中，也在保证着各自利益的最大化。但在作家的笔下，大道无影无踪了，唯余尔虞我诈、凶狠毒辣，大道成为工具和手段，成为借口，成为迂腐。凡是抱持着基本伦理良善的人，在作家的笔下，恰恰因这一点而落败。似乎是春秋时的宋襄公，抱持着仁义之师的信条，"不重伤，不禽二毛"，不击半渡之师，不打不成列的军队，而自己成为溃败之师，成为千古笑柄。你不狠，你就等着倒霉吧！

因之，在基本的社会层面上，人们认识的历史，就是充满着险恶争斗的历史。在这样的历史观之下，我们望不见人类的未来，我们此刻行动的意义何在？逻辑何在？失去了内在逻辑的历史，就没有了"天道"，没有了"人道"，只有"霸道"，只有"成者王侯败者寇"。在败者为寇的逻辑演绎里，人们可以不择手段，泯灭天理良知，不管用何种方式只要达到目的就行。达到为王之目的后，历史就由我来撰写，愿意将历史写成什么样子，就是什么样子。历史成为最高权力者随意拿捏的面人。历史若没有一个无限趋近真理的渐近线，历史就是虚无，就会呈现出残暴，也就成为后来者面对现实或者残暴或者冷漠的选择。

三

历史小说《明朝那些事儿》，是一部沉浸于宫廷争斗，述写大明王朝宫廷之中豪狠之气的作品。当年明月不愧是一位网络写作高手，文章煞是好看。不管是行文语言或是悬念设置，都会让你一拿起书便欲罢不能。本文仅以作者写朱棣与建文帝朱允炆斗法一节，作为分析文本。话说具有大大野心的朱棣，在他的兄长朱标死后，还怀抱一丝希望，觉得这顶皇冠也许会落到自己头上，没想到父亲朱元璋将这顶皇冠，送给了朱标的儿子也就是他的侄儿朱允炆。这让他心里很不是滋味，甚至深隐着的不轨之心悄悄萌芽了。皇冠落在朱允炆头上的时候，朱允炆只有二十一岁，但不可小瞧这位乳臭未干的小儿。朱元璋得意于自己的精细安排，认为有着众叔叔为他守护边界，他可以在家安心做皇帝，朱允炆却说："外敌入侵，由叔叔们来对付；假如叔叔们有异心，我怎么对付他们呢？"攘外安内看来一向是朝廷考虑的重大问题。他此问竟把朱元璋问住了。后来朱元璋为他的这个孙子配备了三人智囊团：方孝孺、齐泰、黄子澄。所以，朱允炆上台的第一件事，就是清除这些让他睡不好觉的藩王叔叔。朱棣当然就首当其冲。也正因为朱棣位重兵广，需要考虑的只是先清外围，还是单刀直入，最后决定先清外围。于是建文帝才登基一个月，代王被看管起来了；随后，岷王被捕，贬为庶人；紧接着，湘王被逼自杀，齐王被贬为庶人。当年明月说，事情到这个份上，傻瓜也看得明白，建文帝想做什么了。

作者并没有站在建文帝朱允炆的立场上，写他安邦定国的苦心孤诣，或者写他的雄才大略，写他在制止国家纷乱状态下的作为，没有，作者关注的仅仅是建文帝朱允炆和燕王朱棣的斗法中，谁是真正的赢家，谁在某些关键的时刻，做出了愚蠢的决定，导致了自己的失败。更重要的是：谁在该下手的时候没有下手，结果导致自己失利；谁在该狠的时候狠下心了，于是胜出。作者更没有思考在二人斗法之上，天下有无大道。历史真是一个烂泥塘？充满着污浊，散发着恶臭，根本就没有天光，没有一个趋向文明、趋向民主、趋向人性的历史法则？马克思、恩格斯都论述过人类从必然王国向自由王国的过渡，认为人类真正解放的那一天就是"人类从必然王国进入自由王国的飞跃"。[①]从必然王国走向自由王国，指的是从

---

① 《马克思恩格斯选集》第3卷，人民出版社，1972年，第311、313、315、323页。

一种社会状态向另一种社会状态的飞跃。人类的历史就是一个不断地从必然王国向自由王国发展的历史，有着一条从必然王国通向自由王国的大道。当年明月没有这样的历史意识，在他的精彩的描写里，我们见到的只是精彩的斗法本身。让我们再看看当年明月笔下的另一方朱棣的作为，看看在当年明月的历史意识里，呈现出的是什么样子。

在建文帝动手收拾叔叔们的时候，朱棣在忙什么呢？朱棣装病卖疯。他要为自己赢得时间。打造兵器，招募士兵，总需要时间呀。当父亲朱元璋的忌日临近，按礼制他非得亲去不可，但他猜测，若真进京，大约是有去无回的。他的猜测没错。后来他老早就装病，且越病越重，最后就打发三个儿子去了。儿子也差点儿被扣为人质，只是建文帝没有听取魏国公徐辉祖的建议，放走了朱高炽三兄弟。形势越来越紧张，朱棣还须争取时间准备十几万人的粮食衣物兵器。于是，朱棣"疯"了。建文帝当然不肯相信，派来了耳目实地打探。大热天，朱棣竟披着棉被呆坐在火炉前，嘴里念念有词："冻死我了！"耳目眼见此景，打报告给建文帝说，朱棣真疯了。建文帝听说了，心里很是高兴。朱棣也因了建文帝的高兴而高兴。但朱棣没想到的是，他派往南京的间谍长史葛成背叛了他，把他装疯的实情告知建文帝，并密报他即将举兵造反之事。于是，剑拔弩张。燕王朱棣造反，须得为自己寻找造反的理由，没有理由，也得造出一个来。这个理由就是"朝中有奸臣，出兵清君侧"。看来朱棣充分发挥了"黑厚学"的本领，而且运用得十分到位。燕王起兵，势不可当。建文帝大惊失色，但环顾四周，却惊奇地发现很难找出一个富有战斗经验的大将去对付朱棣。大将哪儿去了？被爷爷朱元璋杀了。寻来找去，只有一个耿炳文。洪武年间，名将如云，朱元璋杀了那么多，却独留下来个耿炳文，他有何能耐？原来，此人长于防守。当年驻守长兴十载，城池固若金汤，大大牵制住了张士诚的进攻力量。朱元璋的精明由此可见，擅长进攻的将领纷纷被杀，擅长防守的将领却被留了下来。即使他有了异心，谅他也翻不起大浪；果有外敌入侵，却可派上用场。

四

在具体描写中，我们见不到当年明月的历史意识，见到的是背弃亲情、背信弃义所获得的胜算。这是在当年明月的描述中的胜算，如朱棣装病卖疯为自己赢得时间，如朱棣用谋略算计了宁王，迫使他一起造反，壮大声威，还有他所找出的"清君侧"的造反理由，等等。在当年明月看似闲笔的评述中，两者斗法中一方失败的原因，作者大体上将其归结为不狠不绝，因而遗患无穷。如当年明月在叙述逢朱元璋忌日，朱棣担心自己遭遇不测，于是打发三个儿子代自己而去，说朱允炆未能决然扣留此三子，而放虎回山，是一大失算。说到朱允炆将三十万大军指挥权交给耿炳文，让他荡平叛军时，却干出了一生中最愚蠢的事情，叮嘱耿炳文："请你务必不要让我背上杀害叔叔的罪名啊。"随后的文字里，当年明月写道：朱允炆虽然从朱元璋那里学到了很多东西，但关键的一条规则他并没有领会，这也是朱元璋一生的信条：要么不做，要么做绝。说朱元璋杀掉所有功臣，独独留下了一个擅长防守的耿炳文，说他是多么地精明，字里行间充满着赞赏之情。

当朱棣用谋略瓦解了自己觊觎已久的兄弟宁王的精锐朵颜三卫，并且迫使宁王跟随自己造反时，当年明月写出了朱棣的雄才，也写出了作者的赞叹。当朱棣兵临城下，朱允炆为争取时间，派庆成郡主过江与朱棣谈判。朱棣决绝的口气，使庆成郡主一下子明白，在这个人眼里，根本就没有兄弟姐妹。在准备渡江进攻南京的关键时刻，朱棣看到二儿子朱高煦带领援军助战，拍着他的背深情地说："努力，世子身体不好！"世子即长子。这是一种暗示，表示会传位给他。朱高煦拼命厮杀，一举渡过长江，到达京城南京。当年明月说：朱棣终于坐上了代表最高权力的大殿，虽然他的即位无论从法律的实体性和程序性上来说，都不正常，但有一条规则却可以保证他合理却不合法地占据这个地位，这条规则的名字叫作"成王败寇"。

这一条所谓合理的规则，实际上也是当年明月的规则，是他心里信奉的历史观，也可以说是算不上什么观的观点，实际上遵循的是"霸道"逻辑。两千多年前的孟子，生长在"春秋无义战"的时代，他恰恰要给这个无义战的时代建立起神圣法则，他提出"王道""霸道"之分，他所说的"王道"就是仁政学说，与暴力政治的"霸道"相对。[①]正源于纷乱的历史呈现出凌强欺弱的暴力政治色彩，孟子用"王道"为天地立心，将历史引领向人性之大道，唤醒仁慈仁爱之德，发展了"民为贵，社稷次之，君为轻"的民本思想。历史走过了两千余年，我们的作家们退到战国时代，津津有味地在历史里欣赏着暴力政治的计谋权诈、绝情厮杀，让我们看到了历史的虚无，人类未来之绝望。这就是我们从《明朝那些事儿》中体味出的感受。

红透了的当年明月，是广州海关的一个公务员，自小酷爱历史，非常讨厌那些将历史弄得很不好读的史家们，他非要写出好看的历史故事不可。于是，运用现代诙谐幽默的笔调，将故纸堆里的明代故事叙述得极为有趣且妙不可言。就小说要素来说，算得上一个"好"字，上千万的点击率就足以说明它受欢迎的程度。但令人深感惊讶的是，找不见作者的历史观。他是以什么样的历史尺度，什么样的思想情绪叙述"明朝那些事儿"的？假若明朝的历史仅仅是血腥争斗的故事，那么，这故事也就是有害的故事了。

读者从故事里，从"明朝那些事儿"的阴谋里，窥见的多是人性之险恶，多是欺诈权谋。最无耻最残酷最不信守良善之道的人，全都当了道儿，成了事儿。历史的本原述写中，固然有着杀戮残暴和欺诈权谋，但作者的情感向背、评价尺度是什么呢？假若血腥故事是唯一的历史真实，那么，人类踩着血迹，又是如何一步步走向文明的？文明史的价值意义又何

---

① 张岂之：《中国思想史》，西北大学出版社，1993年，第44页。

在？司马迁无疑更多体尝到了历史的荒诞和残暴，但他的历史故事里，照样具有强烈的理性反思与批判。在看到贤达伯夷遭殃、恶人寿终时，尚可激愤究问："糟糠不厌，而卒早夭"；恶人"暴戾恣睢"，"竟以寿终"。"余甚惑焉！傥所谓天道，是邪？非邪"？[①]这些，都显示出司马迁对生命的深沉体验和悟觉，也显示出一位具有良知的史学家，对人间大道的追寻和究问——天道何在？而在当年明月的笔下，连这样发问的意识都没有。在当年明月的意识里，明朝那些事儿，大概只是一个精彩的烂泥塘，一个黑暗阴毒人性的展台。我们从《明朝那些事儿》中，得到的只能是这样一个印象。

当年明月很会讲故事，居高临下，指点江山。叙朱棣的英明狡诈，言李景隆的愚蠢软弱，整个小说置身于故事里，作者在故事里尽情挥洒。《三国演义》讲权谋也讲得妇孺皆知，但是罗贯中却并非只是讲权谋故事，而是有着强烈的"拥刘抑曹"倾向。小说认为蜀汉集团是"仁者之政"的代表，刘备在"欲得天下者，必先得民心"这一思想指导下，才宁肯拖累军队，也要"携民渡江"。他的仁义思想，也是"欲申大义于天下"。[②]所以，即使我们将三国故事看作中国小说权诈计谋的高峰，也还会在这些险恶叵测的人心里，看到一种归属！但在当年明月的故事里，阅读者的情感归属就只剩下了"成者王侯败者贼"的"霸道"逻辑。

历史为鉴，掩卷之后的我们，将如何对待眼下的现实生活？

原载《小说评论》2007年第5期

---

① 司马迁：《伯夷列传》，见《史记》，中华书局，1982年，第2121页。
② 郭预衡：《中国古代文学史》第4卷，上海古籍出版社，1998年，第89页。

论作家的内心生活

一个伟大作家，应该说他是一个成功的内心侵入者，他的思想通过艺术形象直达阅读者的内心。因之，我们也将作家称为"人类灵魂的工程师"。巴尔扎克带着肯定和赞赏的口气，借波纳尔的一段话来表达自己："一个作家在道德上和在政治上应该持有固定的见解，他应该把自己看作人类的教师，因为人类是不需要导师去教他怀疑的。"接着巴尔扎克说："我很早就把这些名言奉为准则。"①很明显，巴尔扎克强调的是作家对公众所具有的引路人——导师的作用。既然是导师，作家应该具有固定的见解、坚定的信仰，导引人类去通向大道。但我在这儿将作家对读者的内心影响，称为"侵入"，意在强调双向性，即作家本身的强烈侵入意愿和读者在接受中的审思与接纳。我想，很少有作家在写作中不希望自己的作品多一些读者，很少有作家不希望自己的思想打入读者内心，被更多的人所了解和接受。

卡夫卡也许是一个反例，他临死的时候，立下遗嘱给他的好友布洛德，要他将自己所有的作品付之一炬。好在他的朋友违背了他的意愿，不仅没有焚烧他的作品，反而把他能够搜集到的卡夫卡的所有作品整理出版，使之流布全世界。②不然，我们也许就不知道还有个卡夫卡。但是，尽管如此，我不知道卡夫卡在写作中，是不是照样有着打入读者内心的冲

---

① 伍蠡甫主编：《西方文论选》下卷，上海译文出版社，1979年，第169页。
② 汪介之：《20世纪欧美文学史》，南京师范大学出版社，2003年，第234页。

动，有着渴望被更多人知悉了解的冲动。萨特说："鞋匠可以穿上他自己刚做的鞋子，建筑师可以住在他自己建造的房子里。然而作家却不能阅读他自己写下的东西，这是因为，阅读过程是一个预测和期待的过程。人们预测他们正在读的那句话的结尾，预测下一句话和下一页……然而写作行动包含一个隐藏的准阅读过程，正是这个准阅读过程使真正的阅读成为不可能。"①作家无法为自己写作，他的作品等待着读者的目光，等待着读者目光触及的时候把它唤醒。看来，作家的写作，一定是冲着用思想征服千百万人的梦想去做的。只有这样的梦想，才会在作家心中激起巨大的冲动、魅惑和力量。世界上哪儿还有比自己的情感与思想被千万人所接受更令人快乐的事情！柏拉图早就看到了人对侵入他人内心的强烈渴望，他曾经说："凡是在身体方面生殖力旺盛的人都宁愿接近女人，他们的爱的方式是求生育子女，因此使自己得到不朽……但是凡是在心灵方面生殖力旺盛的人却不然。世间有些人在心灵方面比在身体方面还更富于生殖力，长于孕育心灵所特宜孕育的东西。这是什么呢？它就是思想智慧以及其他心灵的美质。"②看来，以柏拉图的想法，不朽的方式无非两种生殖方式的传递绵延，这就是肉体的生殖和精神的生殖。作家正是通过写作的方式，将自己的精神思想植入读者心里，传播下去，使其不断延续，以求不朽。

既然作家实际上是一个读者内心的侵入者，读者是一个侵入的接纳者审视者，这样，我们就看到一幅图景，凡是残破之旅，是无法攻克一个堡垒的。侵入者愈是强大，他侵入成功的可能性就愈大。作家强大的是什么呢？就是作家强大的内心世界，一个能够穿透和唤醒读者的内心世界。他欲将自己什么样的内心世界呈现给读者，他欲以什么样的思想在读者内心世界奔驰，这是特别值得我们关注的。人天然具有传递自我基因的内在冲动，我们并不将生育行为看得多么高尚，从一种意义上说，竭力将自己

---

① 萨特：《为什么写作》，见柳鸣九编选《萨特研究》，中国社会科学出版社，1981年，第4—5页。
② 柏拉图：《文艺对话录》，人民文学出版社，1963年，第269页。

更多的子嗣留给这个世界，实在是一种自私的基因导致的动物之本源性冲动。这样，我们来看作家的创作冲动，使自己的作品拥有更为广大的读者群，使自己的思想被更多人接受，就是一种本性冲动，既谈不上高尚，也不能说是卑俗，应属于中性。但是，这种冲动在社会评价体系中，却是有着高下之分的，就如同基因的自然遗传，总是倾向于优化，倾向于优胜劣汰。作家在本能上有着将自己的思想传播的原本愿望，但是，社会在接纳这种传播中，却有着强烈的选择性。选择那些内心世界宽阔强大、情感深沉的作家作为喂养自己民族的养料。

我们知道，一部伟大的小说，被认为记载着这个民族的秘史，作家陈忠实将巴尔扎克的这句话置放在《白鹿原》的开头，作为题记。作为民族秘史的伟大小说，在其中人们可以瞭望到这个民族的未来方向。所以，作家的内心世界，既是自己的、个性化的，也是民族的、世界的。就是说，他的内心世界向外蔓延推展，要进入更多人的内心，他须得在更多人的内心找到所有人都具有的东西，找到他的思想寄植的处所。所有人心灵的内在需要，正是伟大作家内心所勃发的东西，正是他欲给予的东西。我们在一个伟大作家的性灵里，能够见到千万人内心埋藏的愿望，一定是他的这一点拨动了千万人的心灵琴弦，弹出那天籁。就像柏拉图在论述美时说的，对美的领悟一定是从个别性开始，然后了解这一个同那一个之间的相似性，然后再见到一个美的形式，最后从一个个体的美，见到了一个美的海洋。[①]从这儿出发，柏拉图说作家说的不仅是自己的话，而是有神灵附体，是代神在发言。去掉柏拉图理论中神秘主义成分的话，我们看到的

---

① 柏拉图借第俄提玛之口说出关于美的见解。他说：人"第一步应从只爱某一个美形体开始，凭这一个美形体孕育美妙的道理。第二步他就应学会了解此一形体或彼一形体的美与一切其他形体的美是贯通的。这就是要在许多个别美形体中见出形体美的形式。假定是这样，那就只有大愚不解的人才会不明白一切形体的美都只是同一个美了。想通了这个道理，他就应该把他的爱推广到一切美的形体，而不再把过烈的热情专注于某一个美的形体，就要把它看得渺乎其小。"本段引自柏拉图《文艺对话录》，人民文学出版社，1963年，第271页。

还有一个，就是作家的声音须得在万千大众心灵中产生回响。有一些内心褊狭的作家，他只看到了他的眼前，他只生活在他自己的情境里，他的内心世界就是他的视野所看到听到的，他并没有倾听更深处的声音。更要命的是，他对自我缺乏反省，他实际上没有内心生活。没有反省就没有内心生活！

内省生活本是华夏民族之传统。在孔子那里，已经很重视内省了，《论语》里，孔子的弟子曾子说："吾日三省吾身——为人谋而不忠乎？与朋友交而不信乎？传不习乎？"在另一段话里，孔子说："见贤思齐焉，见不贤而内自省也。"孔子还说："三人行，必有我师焉。择其善者而从之，其不善者而改之。"在这里，孔子正是从自我内省开始，反思个我和社会的关系，借以调节自己。孟子的"我善养吾浩然之气"，也和人的内省生活相关，因之，当被问及何谓"浩然之气"时，孟子给出的解释是："其为气也，至大至刚；以直养而无害，则塞于天地之间。其为气也，配义与道；无是，馁矣。"这充塞于天地之间的刚正浩大之气，实际上是一种大义大德在人内心积攒凝聚成的一种力量。所以，内省的生活，是通向大道、通向真善的生活。在儒家经典里将这些总结为，诚意—正心—修身—齐家—治国—平天下。而外在框范，在孔孟的眼里，以刑法制度统摄人心，总是难达治心之本。因为即使刑法再严酷再完善，渗入人行为的每一个细节，但是产生邪恶之根的是人的内心世界，没有框范的内心会像脱缰野马，瞬间生出万千种恶念。所以，丢弃了内省的生活，个体的一切作为就成为外在伪饰。孔子为之慨叹道："古之学者为己，今之学者为人。"孔子赞赏"为己"的学问，而不是如人们常常误解的那样，是为他人的学说。这儿所言说的"为己"，其实就是自我内心升华之道，而不是让"己欲"泛滥的学说。孔子反而批评那种"为人"之学，实际上"为人"之学，总是带着伪饰的味道。孔子牢牢抓住的是本己，这是一切的出发点。

没有健康的内心生活，是因为没有反省，这样，一切污浊龌龊的生活反被视为正常，一切机诈圆滑世故都被视为理所当然，于是内心没有道德上的优越坚定，没有虔敬，没有高贵，于是没有力量，只有卑污。一个内心连道德底线都没有的作家，如何能写出像样的作品？一个内心世界在善恶上还处于混沌状态的作家，又如何能导引人们走向大道？如何为阅读者带来生命的亮光？这些，恰恰是作家要解决的问题。作家应使自己的精神生活具有高贵恒久的质素，但这一点恰恰被很多作家忽略。巴尔扎克认为："作家的法则，作家所以成为作家，作家能够与政治家分庭抗礼，或者比政治家还要杰出的法则，就是由于他对人类事务的某种抉择，由于他对一些原则的绝对忠诚。"[①]巴尔扎克认为作家应该永远坚守的东西，作家须绝对忠诚面对的一些基本原则是什么呢？这就是永恒的真和善！它构成了作家精神生存的基石。巴尔扎克说得真好！可以设想，离开了真与善，作家在小说里呈现的故事不就仅仅是故事吗？难道作家在精心构筑他的故事时，就没有想在这样一个故事里寻找隐藏在故事背后的原因和法则，寻找隐藏在事物后面的驱动事物运动的理由吗？

通过阅读，我们可以明晰地看到，有一类作家，其内心生活苍白而贫瘠，自私而昏暗，其情感冷漠而残忍。这样的作家，其内心充满着贪婪和冷酷。他同他笔下的人物站在同一水平线上，做着同样的思考。没有悲悯，没有同情，没有仁爱，没有对人性人道的深刻理解。读者在这样的作品里，能见到什么呢？见到肮脏卑污、变态扭曲，见到对人性之丑的精巧展示、对人性之恶的欣赏性描写，见到阴险狡诈和权谋厮杀，总之，就是见不到天光，见不到感动，见不到人间大道和温暖希望。真是"人生难逢开口笑，上疆场彼此弯弓月"。在如此作家的视野里，人身上所能看到的，就是私欲；他在历史的车辙里窥视到的，还是原欲。所谓的大道和历史的必然进程，在他的灵魂里永无显现。另一类作家，沉浸在自我的小感知里，其作品视野局促狭窄，只要一踏出他的小趣味小情调，作品瞬间黯

[①] 伍蠡甫主编：《西方文论选》下卷，上海译文出版社，1979年，第168页。

然失色。这类作家缺乏宏远的眼光,他的眼光往往被眼前俗物所遮蔽,这样,他如何能使阅读者心灵敞亮?如何能拨开生活的迷雾,导引心灵的追随者走向正途?我很喜欢"一烛能除千年暗"这句话,宋儒朱熹引一联云:"天不生仲尼,万古长如夜。"人类对像灯塔一样照亮幽暗历史的古今圣贤,永远怀抱着敬仰。正是他们,建立起人间的基本范式和原则。作家虽非圣贤,但至少是人类伟大精神与健康情感的传布者,这是作家无法回避的使命和责任。

有一种流行的观点:"愈是民族的,就愈是世界的。"说起这个观点,人们很容易想起福克纳和马尔克斯,想起他们产生世界性影响的作品《喧哗与骚动》和《百年孤独》。他们所写的对象都不出他们的家乡,更不出他们的国土,然而,也一样会让远隔重洋的中国人感到激动,为之叫好。但问题的另一面是,当他们将自己的头深埋在他们的故乡时,他们至少在思想意识上,早已有个世界了,早已有着强烈的全球意识了。比如福克纳,他诞生在美国密西西比州一个叫奥克斯福特镇的地方,长大后外出闯荡周游,二十九岁后回到故乡奥克斯福特镇,直到逝世再也没有离开。他虚构出有名的"约克纳帕塔法世系"。但我们不会忽略他在二十九岁以前闯荡周游世界的经历。他是一位具有世界眼光却将根扎在一小块沃土上的作家。马尔克斯的阅历更是丰富,他有着长长的记者生涯,被派往欧洲,在墨西哥、古巴也待过数年,还应法国总统之邀担任法国和西班牙的国家文化交流委员会主席,等等。[①]尽管马尔克斯的写作也是极其民族化的东西,他的这种广博的阅历使他打量自己民族历史风习时,已经具有了绝然不同于乡愿的宏大视野。

作家身上的悲悯情怀,仁爱宽恕,对人性的深刻理解,对弱者的诚挚关注及人道同情,对践踏人尊严、剥夺人基本权利者的愤怒,对正义平等、自由民主的维护,等等,这些人类通向未来的共同追求,是所有具有

---

① 汪介之:《20世纪欧美文学史》,南京师范大学出版社,2003年,第372页。

良知作家的内在要求。任何所谓民族的东西,民族中优良的精神遗产,莫不包含着这些要素。哪个民族喜欢被压迫奴役?哪个民族能容许横征暴敛巧取豪夺?哪个民族能对残酷冷漠表达出欣赏喜欢?1892年,伟大的人道主义者雨果写了一部中篇小说《一个死囚的末日》,在这部一百年前的作品里,雨果就呼吁废除死刑,这是雨果人道主义精神的自然伸延。他在一个世纪前的吁请,今天在许多国家已经得以实现。尽管雨果在他的代表性作品《悲惨世界》里,也描写冉·阿让在苦役船上所遭受的残酷的非人折磨,但任何读者都能在雨果作品里感受到他对现实强烈的批判谴责意识,而不是从中看到警探沙威折磨犯人的技巧。读者更能感受到的是盈满作品的人道仁爱同情,他对正义的追寻,直到今天依然使我们读起来禁不住眼热。

  为什么说作家是社会的良心?不仅是社会的道德要求,而且是作家所从事的事业本身所需,可说是写作这个工作本身的内在要求。作家所依凭的写作比如说小说这种文体,就是要求对事件人物做细致观察,没有细节就没有小说盎然的生机。而细节是什么呢?从细节可以看出什么呢?看出作家对天下万物的悲悯和理解性同情。除了一些被偏见壅塞或遮蔽的作家。在老托尔斯泰的《复活》里,有这样一个细节,聂赫留朵夫随流放的队伍出发,天气很热,有一个囚犯因中暑而倒毙,托翁非常细腻地写到这个不知名的囚犯,写押解兵和警察将这个犯人放上车后:"押解兵托起犯人没有裹包脚布而只穿着囚鞋的脚,放到马车上,塞在马车夫座位底下,让那两条腿伸直。"[1]在这个细节中,犯人没有裹包脚布而只穿囚鞋,就是说他是光脚丫子穿囚鞋。这个细节,竟被作家敏锐地捕捉到了。身为贵族的托尔斯泰,目光之所以能在这儿停留,包孕着一个作家细腻而又富于同情的良知,他的人生观也在这样的细微处得以显现。对一个处于贫弱底层的生命状态如此细致描述,让人窥视到伟大作家所具有的大悲悯。雨果

---

[1] 列夫·托尔斯泰:《复活》,汝龙译,人民文学出版社,1979年,第443页。

在青年时期，曾看到两个士兵挟持着一个因偷面包而被判刑的男子，犯人带血迹的脚上只穿了一双木鞋。雨果同时看见一位戴玫瑰色便帽的贵妇人坐在一辆漆着贵族徽号的马车上。囚犯发现贵妇人，贵妇人对他却视而不见。这种对立和反差，驱使雨果构思出了《悲惨世界》。① 上帝在两位伟大作家的心灵里，弹奏出的音符是多么相似！

对人本身的大悲悯，对人类处境的深刻了解同情，是所有伟大作家的共性。但是，这样一种大境界大智慧，是如何获得的呢？恰恰是从内省精神里获得。一个人开始质疑反思自己，这个人便有了得救的希望，因为对自我的质疑反思是获得救赎的前提。让我再说说托翁，《复活》里的聂赫留朵夫，这位身上具有强烈的作家灵魂投影的贵族人物，为什么当他在法庭上遇到玛丝洛娃时，会警觉会反省？他本来正在爱恋着一个贵族小姐，正在春风得意，他完全可以不去理她，何况玛丝洛娃也并没有发现在陪审团席上坐着一位昔日引诱她的贵族青年，她更没有将此刻的厄运同这位引诱者联系起来。但是聂赫留朵夫却有一种痛苦的心境，这种心境使他有一种逃避的心理。逃避是"因为这种回忆过于痛苦，过于明显地暴露他的真面目，表明他这个以正派自豪的人非但不正派，简直是用下流的态度对待这个女人"②。这儿，是聂赫留朵夫自己看出自己不够正派，反而以正派人自居，是自己觉得自己简直就是下流！这些，是自我内心反省而来的感觉，他要是不这样反省，甚至他要是觉得男人就该如此，就应该以自在快乐为最高原则的话，那么，他哪儿会有痛苦？哪儿会有精神的升华？

聂赫留朵夫认为人不该如此的时候，一定是有一个超越自我的道德律令高悬在上方，明明白白告诉他，人应该怎样做。他在为玛丝洛娃的冤案奔走之时，遇见了玛丽叶特——一个漂亮甜蜜的年轻贵妇。这位贵妇一见聂赫留朵夫就迷上他，向他发起了甜蜜的进攻。他们相互望着，常常不由自主微笑。这使聂赫留多夫对自己非常不满意，"还没来得及扭回头

---

① 陈振尧：《法国文学史》，外语教学与研究出版社，1989年，第301页。
② 列夫·托尔斯泰：《复活》，汝龙译，人民文学出版社，1979年，第42页。

看一眼，就又陷到这种生活里去了"①，他对自己非常失望。尽管聂赫留朵夫最终控制住了自己波动的念头，但是，就是偶然涌动的思绪，也让他不能原谅自己。托翁所塑造的这个人物，让我们看到了人本身的希望。人并不会完全被欲望所支配左右，放纵自己、将自我作为标准、无限放大自己的私欲，这只是道德堕落者的丑行。在托翁生活的时期，俄国还处在沙皇的统治下，但因为有托尔斯泰，有托尔斯泰笔下的聂赫留朵夫，人们还是从俄国专制阴冷的统治下，感受到了温暖和仁爱，这是伟大的托尔斯泰给予俄国人民的，也是给予整个人类的。德国哲学家恩斯特·卡西尔说："人在天上所真正寻找的乃是他自己的倒影和他那人的世界的秩序。人感到了他自己的世界是被无数可见和不可见的纽带而与宇宙的普遍秩序紧密联系着的——他力图洞察这种神秘的联系。"这段话是卡西尔在论述人类早期占星术和哲学意义上的天文学之间的关联时说的，他接着说："正是符号思维的一个不真实的错误的形式首先为一个新的真正的符号系统——近代科学的符号系统铺平了道路。"②我想说的是，人类在自我世界里面临困境时，为什么总是要抬起头来仰望——那遥不可测的默然无语的深邃天穹？他是总想从自我的这种局限里超拔出去。他的深刻内省正是他实现超越自我的前提，而读者总是希冀从作家的笔下体悟出"人的世界的秩序"。

马克思在《巴黎手稿》里对人和动物所做的区分让人难以忘怀，他说，人之所以和动物不同，在于"动物只生产它自己或它的幼仔所直接需要的东西"，所以动物的生产是片面性的，"只是在直接的肉体需要的支配下生产"，而人则大为不同，人"甚至摆脱肉体的需要进行生产，并且只有在他摆脱了这种需要时才真正地进行生产"。"动物只是按照它所属的那个物种的尺度和需要来进行塑造，而人则懂得按照任何物种的尺度来

---

① 列夫·托尔斯泰：《复活》，汝龙译，人民文学出版社，1979年，第340页。
② 恩斯特·卡西尔：《人论》，甘阳译，上海译文出版社，1985年，第62页。

进行生产，并且随时随地都能用内在固有的尺度来衡量对象。"①人既能依照自己内在固有的尺度来衡量对象，也能按照任何物种的尺度来进行生产，人可以做到不仅以自己的眼睛打量这个世界，而且能以天地万物的眼睛观察世界。这样，人才真正成为人。所以说，人只有摆脱了个我的束缚之后，人才成为真正的人。在马克思的区分里，重心是人对动物性的超越。佛教教义里，认为佛有千手千眼，即说佛具有任何人的眼睛，而不是只有一双眼睛。只有一双眼睛，看出去的只有一个侧面。千眼千手，才能通观人类整体，具有无限力量，才能摆脱个我的狭隘性。

  作家在一定程度上，像是一个全知全能的上帝，远远地注视着大千世界的芸芸众生。没有一个丰富博大的内心世界，他欲给千千万万读者展示什么？没有对自我内心的深入反省，又如何能谈得上丰富？一个作家，假如他的内心生活或淫逸骄纵，或褊狭阴冷，或任性狂妄，对生活没有虔诚，缺之谦卑，没有反省，缺乏良善，即使他的某些作品呈现出富于才情的一面，但不可避免会露出他卑下污浊的魂灵。没有戒律的内心生活，是很可怖且悲哀的。何况本身具有传教者特征的作家，他的作品将自己这种糜烂的思想播撒得到处都是。以这样糜烂扭曲变态的思想侵入读者的心灵，会为这个民族精神文化生活带来什么有益的影响呢？"虽然文学是一回事，道德是一回事，我们还是能在审美命令的深处觉察到道德命令。"②愿我们的作家具有丰富健全的内心生活，精神气质里透进神性之光；愿作家灵魂里充溢高尚的德行，以此滋润大地。

原载《小说评论》2007年第6期

---

① 马克思：《1844年经济学—哲学手稿》，人民出版社，1979年，第50—51页。
② 萨特：《为什么写作》，见柳鸣九编选《萨特研究》，中国社会科学出版社，1981年，第22页。

现实主义理论的边界及其他

假如说现实主义在未来还会有发展变化的话，那么，它可能趋向哪一方面呢？法国马克思主义批评家加洛蒂说："从斯丹达尔和巴尔扎克、库尔贝和列宾、托尔斯泰和马丁·杜·加尔、高尔基和马雅可夫斯基的作品里，可以得出一种伟大的现实主义标准。"[①]问题是在此后文学的发展中，特别是在20世纪之后出现的一系列作品，还算不算是现实主义的作品？比如卡夫卡、圣琼·佩斯或者毕加索的作品，它们不合乎以上所述作品得出的现实主义标准，那该怎么办？在加洛蒂看来，这些伟大而优秀的作品不应该被排除在现实主义艺术之外，那唯有"根据这些当代特有的作品，赋予现实主义以新的尺度"[②]。所以，加洛蒂认为现实主义是一种可以不断扩展自己边界的创作方法。对他的这一观点，苏联文艺理论家苏契科夫发表了论辩文章《关于现实主义的争论》，批评加洛蒂说："如果我们彻底地把'无边的现实主义'应用于艺术的话，那就不得不把任何艺术作品看作现实主义……从而取消了艺术的认识现实和概括现实的必要性，亦即成为真正现实主义艺术的必要性。"[③]他的观点里包含着这样的结论，认为加洛蒂的理论里有着"对现实主义说来是有破坏性的理论"，

---

① 罗杰·加洛蒂：《论无边的现实主义》，吴岳添译，上海文艺出版社，1986年，第167页。
② 同上，第167页。
③ 同上，第250页。

"没有推动现实主义理论前进，而实足以使它陷于混乱"。[①]在两人的论辩背后，我们还看到了另一点，就是现实主义理论在一定程度上，是马克思主义理论，所以，当我们给某个作品定性的时候，说它是现实主义的，便已经包含着肯定其价值的成分在内了。只要贴上了这个标签，就能获得无产阶级阵营的肯定，当然，这个标签的颜色是红的。所以，加洛蒂看到了20世纪艺术的新发展动向，看到了卡夫卡、毕加索，看出了他们的意义，哪怕是对荒谬世界的描写，表现了在物化世界里人的异化和荒诞，于是，想给这样的作品以充分的肯定，就将他们划入现实主义的疆界内，甚至因了原有的现实主义不大合适，那就不惜扩大原有概念的疆界。而在苏契科夫的批评话语里，出于对现实主义原则的维护，说加洛蒂的理论破坏了现实主义。从这些马克思主义理论家的话语里，我们已经知道了现实主义这个概念的"阵营属性"。这恰恰是马克思主义文艺理论体系的一个基本点。

当我们纵向研讨了现实主义的来源发展，就清楚地看到了，现实主义从马克思恩格斯那里，从作为范本的狄更斯、斯丹达尔、巴尔扎克、托尔斯泰、陀思妥耶夫斯基等作家那里，开端于对社会的基本认识，即两大阵营：压迫者与被压迫者，资产阶级与无产阶级，革命与反革命。在哲学领域则是二分法，尽管也说统一，但强调的是对立。让我们更清楚地看到的是，那个时代，那个物质还很匮乏的时代，正由于其匮乏，产生了剥夺与被剥夺的理论，产生了均贫富的、人人过上好日子的伟大理想，这是现实主义理论所产生的深厚土壤。

现实主义理论在20世纪50—60年代，由于极左思潮的泛滥，遇到了毁灭性的灾难。由于被要求表现所谓的本质，这一本质在大棒底下变为没有生活依据的无原则的颂歌，无原则的夸大，无原则的图解政治、政策，成了附庸。在1980年代后，现实主义开始回归，但是由于对极左思潮的反

[①] 加洛蒂：《论无边的现实主义》，吴岳添译，上海文艺出版社，1986年，第263页。

拨,又走向了追求纯艺术、追求庸俗现实主义的泥沼。读者在作品里见不到天光云影,见不到前方和亮光,见不到地平线,文学也加入世纪物欲狂欢的大合唱之中,写尽了所谓的情与色,写尽了所谓的物质女孩,写尽了人在物欲面前的卑下和无奈。当然,伟大作品也写男女情事,但是如卡夫卡所认为的:"爱情接近现实又远离现实,它是分享生活的条件,又是分享生活的障碍;它是改变目的的一种诱惑,又是达到目的的一个手段……女人是与本质最有力的联系,也是使人远离本质的诱惑。"[①]现实主义在当下碰到的一个问题倒是:到底是与生活同步加入物欲的大狂欢,声嘶力竭地成为这个大合唱之中的一分子,还是与其保持距离,反抗这一生活现实?作家的作品能不能"像使用一把电光雕刻刀那样,使黑夜里涌现出我们——人们极力向往的远景和地平线"[②]?人们已经看到并已经沉陷于物欲之中的狂欢,你再表现这种狂欢,有什么意义?所以,文学表现内部的东西、人性深层的东西,这是现代主义文学之长,新闻替代不了的,影视也替代不了。

以我所见,文学的未来走向,大体存在于作家的丰富想象之中,如同《哈利·波特》的非现实主义想象,并带着点儿巫术的味道,流行于全世界。但它并非我们理想的文学样式。因此,从这个角度出发,我以为,文学的明天,带有强烈理想色彩的浪漫主义倒会占了主流。因为,浪漫主义中蕴含的非现实主义的要素、浪漫主义中包含的巨大想象空间,都会为文学的未来发展开辟道路。而这些东西,恰恰是这个时代——以大众的娱乐化消费化为特征的时代所需要的。消费者在艺术作品里,见到了现实主义作品中所无法见到的东西。就像在《西游记》里,人们喜欢的孙猴子的七十二变,是非人所能完成的东西。这样的超出日常经验的想象将成为小说艺术中的主流。当然,类似的现实题材也会有一个缓慢衰变的过程,还有一些表现不同人群的生活的故事继续走红,比如黑帮故事、离奇古怪的

---

① 加洛蒂:《论无边的现实主义》,吴岳添译,上海文艺出版社,1986年,第115页。
② 同上,"译者前言"第2页。

爱情故事，也会成为人们消费的品种及需要。但无论怎么说，天上地下的未来故事、科幻鬼怪故事都会是未来小说发展的主流。现在网络上流行的是悬疑小说、恐怖小说、侦探小说，包括武侠小说，还有历史小说，唯独写实主义小说的阵营萧然。这些小说新种类的出现，显示了一种阅读倾向。但是这些作品，却少有厚重博大气象，还是停留在离奇古怪的故事层面。写实主义小说，有着被读者抛离的倾向，或者说它将被发展着的生活抛离。这些，都显示出了新一代人的阅读趣味和走向。

大工业时代所产生的现实主义，将被计算机时代的具有虚拟幻象特征的文学所取代。计算机时代的文学，将以探讨人的各种可能性作为旨归，而现实主义，则是以现实作为审视与批判的对象。不管现实主义的边界再怎么扩大，也再难以容纳当代文学所开拓出的新的空间和天地。

2007年11月17日

鸟儿为什么不再歌唱爱情？

——透视情爱描写的世纪之变

进入1990年代之后，中国大地的文学写作生态发生了根本性变化，一方面是出版界的市场意识逐渐加剧，商品化写作之风日炽；一方面是消费化生活构成对原有生活伦理、社会范式、价值观念的颠覆，文学的边缘化已然成为事实。正是这些原因，使文学在揭示干预现实生活方面，在深入探索人的内心世界方面，未能有大的突破。但是其惶惑和焦虑却在加深和蔓延。在这样的状态下，小说的发展呈现出极为纷纭复杂的局面。反映在性爱领域的描写上，尤为如此，甚或可目之为根本性的激变。

80年代，作家们还在激愤地讨伐时代对纯净爱情的摧残，还将人性中的欲望部分，视为邪恶而鞭挞，呼唤着爱情的神圣和崇高。至少在他们眼里，爱情的神圣和崇高还在高扬着。但是到了90年代之后，涌现出王朔、陈染、林白，以及后来的卫慧、棉棉们，从根本上颠覆了传统的爱情婚姻价值。或者说，他们的作品里体现出的两性之爱，完全瓦解了爱情的神圣和崇高。在他们笔下，两性关系，已然成为轻松随意的消费式性关系。那种历经千百年，由士子文人所营造、所咏唱的至纯至美的两性之爱，那种庄重严肃的情爱故事，被性爱的游戏化娱乐化所替代。千百年来充满美妙与沉重的爱情命题，至此被解构瓦解；千百年来的咏唱，被以玩笑似的方式解构。这是不是爱情命题的终结？

《玩的就是心跳》是王朔很有影响的一部小说。小说主人公"我"叫方言，是一个京城里的混混，没有目标，没有理想，只有漫无边际的瞎混。小说写"我"本来到车站去接一个人，但因为接错了车次，需要再等两个小时车才到，于是"我"便到车站附近一餐馆，打算在此消磨这段时间。不料却遇到一帮人，其中有熟识者，于是便加入其中，海吃神侃，等到散场，又闲逛到街上，把接人的事儿全忘了。踅到一家舞厅门口，顺便混了进去。在舞厅里，方言用上了惯常勾引姑娘的本事："见一个长得婀娜一点的开口就是：'你太不讲道理了。'若姑娘回头，他会接着说：'你长成这样还让不让我们这样相貌的人活了？'一般姑娘听到这么漂亮的恭维很少有不动容的，特别是那些实在长得并不怎么样的姑娘，格外含羞带笑。如果再跟上一句：'我也豁出来高攀一回。'十个就有十个立马起身扑过来，随你带她到哪个柜台旮旯去，怎么下套怎么钻。"方言用这一套，套上了一个胖姑娘，说她长得像赫本，三转两转就把姑娘带回住处。看见楼上灯亮，让胖姑娘楼下等，想着将这帮狐朋狗友打发了，没想到上楼进得房来，倒是三个警察在等他回来做一桩命案调查。在他和警察周旋的时间里，胖姑娘在冷风里等得心急，便上得楼来。方言假装是姑娘索书，把姑娘打发到同院的吴胖子家。这是小说的第一节。在第二节开头，王朔写道："吴胖子刚起床，穿着大裤衩露着一膀子肥肉叼着烟趿拉着鞋来给我开门。'哟，你还活着，我还以为警察已经为民除害了。''昨晚给你的快件收到了？咱哥们儿好事净想着你吧？''蛋，你也不先打个电话问问我媳妇在不在家就直接把人悠过来了。万一我媳妇突然回来撞上，你不是破坏我们家庭幸福。'我笑着把饭桌上的牛奶瓶拿过来揭开盖对着嘴喝：'惊喜交加是么？没以为是狐仙什么的？''哪有那么胖的狐仙？'吴胖子也笑着说：'你丫也就能给我发点家常妇女——那胖闺女哪有点仙气，那么大冷天还热腾腾的。'"后来方言走进房间，又欲与胖姑娘做爱，胖姑娘气恼撕扯，然后扬长而去。

在这里，王朔笔下的方言，是一个这样的顽主，将两性之间神圣的

097

男女之性爱，完全瓦解为肉欲的一时满足。古典主义寄托在情爱中的人生幸福、人生的完满实现，性欲里所承载的允诺、期许、海誓山盟、相亲相爱、白头到老，完全变成了一次性消费。正因其成为消费，所以，可以转赠，方言将本该是自己与胖姑娘的一夜情，转赠给了吴胖子。性在这儿完全与爱分离，当性的神秘性、神圣性、崇高性完全变得赤裸和随意时，当爱与性行为完全分离时，我们怎么去判断一桩完整的爱恋？当两性关系经受着消费时代的考验，当性行为同一次性餐具一样成为一种消费行为时，是不是人类情爱的历史性终结？当年张贤亮还在为苦难时代的性压抑性扭曲呐喊，没想到仅仅十年后，中国文学作品里的性意识竟然被解放为消费的性行为。章永璘从黄香久身上焕发出的性能力，就可以到90年代之后的性市场中寻找极大化满足。在王朔的另一部作品《橡皮人》里，"'我'与李白玲，在社会最为敏感也最为忌讳的性观念和性行为方面，显得十分轻松而随便"[1]。重要的是，王朔笔下的这些顽主们，他们所表现出来的空虚无聊、玩世不恭、灵魂无所依归的状态，在很大程度上也是作家的心灵状态。作家在此并没有完成对人物的超越，而是将自己的精神也沦陷降低为动物性的追逐层面。在王朔对一切神圣崇高的价值观进行揶揄调侃时，却陷自己于黑色的无望深渊与空无一物的虚妄之中。

在寻求肉欲满足和性爱探寻的作家中，不仅有着像王朔这样以写痞子而著称的作家，即使在一些出色的女性作家中，对这方面的探寻，也大大迈开了脚步，有着惊人的探索。陈染的重要作品《私人生活》，精彩地描写了倪妞妞与T先生的关系。假如说，在丁玲的笔下，莎菲还是一个对性生活有着朦胧渴望的新女性的话，那么在陈染的笔下，倪妞妞就已经成为一个欲望的苏醒者。她对自己的性爱欲望，已经具有了自觉意识。也许倪妞妞并不大喜欢T先生，从心底并没有将他作为自己可托付终身的人，但是，只要她对他并不讨厌，并不妨碍她将他作为暂时可依偎的对象。就

---

[1] 董健等编：《中国当代文学史新稿》，人民文学出版社，2005年，第591页。

这样，在一次旅游中，在游览阴阳洞时，她就被紧紧地揽在怀里了。她对他的要求，"半推半就，恐惧和欲望同时占领了她，她不置可否，只是闭上眼睛，羞涩地等待他解开他们的衣裤，让意念中的阴与阳交合起来，完成她作为一个少女最为辉煌的一瞬"。紧接着，作者不惜笔墨，大段描写了倪妞妞的内心感受："她对他并没有更多的恋情，她只是感到自己身上的某一种欲望被唤起，她想在这个男人身上找到那神秘的、从未彻底体验过的快感。她更喜爱的是那一种快感而不是眼前这个人，正是为了那种近在咫尺的与秘密相关联的感觉，她与眼前这个男人亲密缠联在一起。她此时的渴望之情比她以往残存的厌恶更加强烈，她毫无准备就陷入了这一境地。在这一刻，她的肉体和她的内心相互疏离，她是自己之外的另外的一个人，一个完全被魔鬼的快乐所支配的肉体。"[①]在倪妞妞的世界里，这种对性爱更多是对性欲的渴望，占据了主导性地位。倪妞妞的意识里有了一种饥渴，有了一种自觉，一种自觉地将肉欲与情爱分开来的尝试与冲动。尽管她明白自己的内心对T先生并没有更多恋情，但是她想在他身上，或者说是也只有通过他——一个男人，来获取自己的肉体上的快乐体验。倪妞妞对自己这种饥渴体验，已经没有了莎菲式的自责、矛盾和悔恨。彼时此刻的两性之爱，已经发生着沧桑巨变，爱几乎等于性，等于做爱。大约敏锐的女作家陈染，从两性之欲中也预感到了爱的残缺，所以，在她的这部重要长篇里，言说的是倪妞妞与同性——一个姓禾的寡妇的暧昧关系。倪妞妞在禾寡妇身上感受到了真正的温暖和安全，还有幸福。在爱情的描写中，这是在传统的两性之爱被性的娱乐化游戏化瓦解之后，爱的另一畸形趋向。倪妞妞始终认为，男女相合只能是生理层面的，心理层面的和谐美悦只存在于自恋与同性恋中。所以，文本不断强调倪妞妞与禾寡妇之间并不存在肉体上的相互占有，但禾寡妇无疑是倪妞妞的精神依持。

同样，在陈染笔下，即使写到倪妞妞与自己真心相依的心甘情愿付

[①] 陈染：《私人生活》，作家出版社，2004年，第103页。

出爱的密友尹楠,我们也见到了另一种表达。尹楠在临离开倪妞妞之前来见她,他们两人热烈激动地搂抱在一起。作者写了他们的第一次性爱。倪妞妞说:"我要你的身体……记住我。""我抓住他的手,引领着他向那只草堆上残破的木椅靠去。这时候,尹楠忽然像一个生病的乖男孩儿,不知所措。我示意他坐下。然后,我慢慢解开衣襟,脱掉自己的汗衫,铺在椅上。我双手环抱住他的头颅,使之缓缓地仰躺下去。我把他弓起两膝的双腿拉直,他几乎是不好意思地把他的四肢伸展在我的手臂底下,但他无比温驯地顺从了我……我俯下身,轻轻地解开他的衣扣和裤带,他像个心甘情愿的俘虏,任我摆布。他半闭着眼睛,头颅僵硬地扭向一边,柔软的头发便向那一边倒去。"①在男女两性的纠葛张力中,尹楠处在这样的一种状态下,是非常具有意味的。倪妞妞是个强者、导引者,她在决定着事态的发展,决定着他们怎样完成这一爱的仪式。而尹楠呢?"像一个生病的乖男孩儿","无比温驯地顺从了我","像个心甘情愿的俘虏"。两性关系的这一颠倒,也在颠覆着一种久远的传统。尽管倪妞妞知道尹楠要离她远去,但是,她想他留下对她身体的记忆,所以主动示爱,并把这看作"人类关系中最为动人的结束"。情爱的天长地久,在这里不复存在。两性为了突破道德伦理、社会规范、传统习俗的束缚,为了获得两性的自由爱恋,努力几千年,但真正当这一天到来之时,人们却弃它而去,开始了另一种追寻。自由地爱恋,已经成为一种日常生活之常识,人们不再为它歌唱,反而将奋斗千年得来的东西,弃置一旁,而开始将其中的价值稀释,甚至走向打破两性传统禁忌的道路。当爱情的神圣性失去之日,作家的歌喉就再也唱不出动人的咏叹了!

现代人随着物质生产的发达、生活内容的变迁,逐渐脱离了男耕女织的农耕文明传统,其生活进一步精细化。与其相伴随的是,情感也进一步细腻化。这样,想寻觅一个在各个方面与自己契合的恋人,倒愈益变得

---

① 陈染:《私人生活》,作家出版社,2004年,第161页。

困难。在此状态下，多数人不是选择张洁笔下人物的忠诚守候，不会赞赏宁肯独身也决不潦草嫁人的古板姿态，他们倒是选择将性与爱分开，来享受性的快乐，而将爱暂且搁置。陈染作品里引用了伊蕾的诗《独身女人的卧室》，正像这首轰动一时的诗句所呼唤的一种具有广泛基础的情绪："你不来与我同居？"这种呼唤，表达着一种主动精神，终结了千年以来以男权为中心的女子的被动状态。女性在这样一种时代意绪中，两性关系在这样一种情结下，终于使千年呼唤最终实现，男女两性角逐的消长，在新世纪揭开了新篇章，他们面临的将是另一种新问题。从呼唤"有情人要成眷属"到"有情人终成眷属"，从"娜拉走后怎样"到"你不来与我同居"，性与爱的分离，性爱在商品消费氛围里的娱乐化游戏化，使昔日严肃沉重的古老命题，成为今日喜剧化的结尾。

林白是颇有先锋意味的作家，尽管依她的年龄并不被划在先锋作家行列。在《一个人的战争》里，她对情爱关系有着更为深刻的描述。用"战争"这一词语表示男女情爱，实在是太恰当太准确了。就男女之间构成的这种极具张力的关系来说，男女两人的纠缠对峙，更像是两个人的战争。但林白是从一个叫多米的女子着眼的，写她与男权文化的战争。要进入男权社会，必须使自己的女性身份雄化或者中性化。多米的世界，已经不是仅仅停留在对原有两性之爱的考量之中，而是怎样既保留个我的女性性别身份，同时又能以主体的身份而不是以花瓶的身份获得社会价值的实现。"作品对女性灵魂的自我拷问以及对男权文化宰制力的指控都达到了相当的深度。"[①]对女性作家的这种写作倾向，董健等人在《中国当代文学史新稿》一书中，给予了很高的评价。他们认为陈染林白们的写作，"开始以个人写作的姿态追问作为性别个体的女性自我，这种追问首先被置放于非常私人化的领域。她们甚至把女性个体生命成长过程中极隐蔽的甚至被视为文化禁忌的私人经验带进文本……更多的是表现女性在男权中

[①] 董健等编：《中国当代文学史新稿》，人民文学出版社，2005年，第601页。

心社会里创伤性的生存体验,生命被压抑的愤怒,具有尖锐的挑战男权文化和女性文化自我建构的意义"[1]。因之,这种将私人私密的性经验带向公共文化空间的写作,这种被称为"躯体写作"的作家作品,就具有了别一种意义和价值。

在这类作品里,曾引起社会普遍关注的小说,应该算是卫慧的《上海宝贝》和棉棉的《糖》了,它们同时在世纪之交推出。棉棉的《糖》更具有文本意义,或者说象征意义,所以,本文将《糖》作为分析的重点。评论家们对这位"美女作家",多持批评态度。对她小说所描写的混乱生活,对她的世界观、价值观,本文并不赞赏,却无法不承认她的小说所具有的极为鲜明的时代印记和特征。作品以女性的"我"为主人公。"我"是一个问题女孩,高中退学后,在社会上闲荡。身上充满对世俗价值和伦理禁忌的反叛,跟一帮少男少女或者走穴唱歌,或者搞些行为艺术,或者在酒吧里瞎混。在酒吧结识了赛宁——一个留学中国的外国青年,然后赛宁"带"我来到他的房间。"我说你的房间真好看。他的厚嘴唇是突然到达我的胸部的,这是第一个吻我胸的男人。"[2]在棉棉的眼里和感知里,两性像是一曲连绵乐曲的突然中断,当"我"说"你的房间真好看"时,他就没有前奏序曲一般直将厚嘴唇伸向"我"的胸部。"当我的衣服还没有完全被脱去,他的器官就一下子冲进了我的身体。"后来,"我"就发疯地爱上了赛宁,因为他了解"我"的身体,"我""非常喜欢他这样和我做爱。我想这是做爱,那以后我们随时随地这样做爱"。令人诧异的是,"这个男人从不对我说他的故事,他经常会突然出现在我面前,用各种方法和我做爱"。"我"也是"每天打电话给赛宁,我总是渴望和他单独约会,我千方百计讨他欢心。可他对我毫不领情,他搞得我虚虚实实反反复复。他随时随地地玩弄着我的身体,他那充满想象力的爱抚让我成了一个毫无想象力的人,仿佛他那自私而又耐人寻味的器官令我在鬼魂的世

---

[1] 董健等编:《中国当代文学史新稿》,人民文学出版社,2005年,第604页。
[2] 棉棉:《糖》,中国戏剧出版社,2000年,第15页。

界里迷了路"。①

在小说主人公"我"的感受里，已经脱离了基本社会性层面的叙述，将重心置放在两个人的性爱中。而且，"我"已经脱离爱而直达性的感受，当然，"我"有时也会想到爱情。有一次"他看着我说小兔兔告诉我你最想要的无论是什么我都会给你。我说我要你是我的男朋友我要那种叫爱情的东西。他一脸阴沉地说只有女孩子才交男朋友，女人交的应该是另一种东西"。不仅赛宁对爱是这种态度，"我有些迷惑，三年过去了，我现在在想到底什么才是爱呢？我只知道我不能看不到这个男人，我每天要和他做爱。而我每天要和他做爱到底是为了向自己证明他爱我，还是为了高潮？答案很可疑"。②当"我"将高潮作为两性关系中的主要追求时，"我"的感觉，"我"对世界的感知就完全发生了变化。"他的器官突然进入我身体的那一刻，我再次知道我就是不能没有这个男人，除了这一点，这个世界我完全不了解。"③在"我"身上，特别是当"我"不是在生存上将男人作为依赖时，"我"和男人的关系会是什么样的关系呢？纯粹的爱的关系，没有了社会性的物质附着依赖的关系，会不会转化成为性欲的关系？在此问题上，小说还进一步推进，当主人公仅仅将性欲作为爱的基本形式，那么高潮就成了对男人的基本评价，"我"离不开这个赛宁的原因，就是因为"我"的身体离不开他。"我"必须每天和他在一起，必须每天和他做爱。但是，到底是为了爱还是为了高潮？自己甚至迷惑起来。更让主人公迷惑的是，"自从旗告诉我她那次在高潮中昏了过去之后，我就不确定我到底有没有过那种叫'高潮'的感受了。这种迷惑挺恐怖的。"④这样的问题一出现，"赛宁总想做到做死为止"。尽管赛宁有本事不断打开"我"的身体，并让"我"的身体不断走向极限，但是真正

---

① 棉棉：《糖》，中国戏剧出版社，2000年，第25页。
② 同上，第30页。
③ 同上，第35页。
④ 同上，第36页。

的高潮在哪儿呢？因为自己没有像旗那样在高潮中昏过去，那还叫高潮吗？问题依然尖锐存在。

对性爱生活的对比性体验，使自我困惑并失去信心。没想到单单的性事体验，还会有如此烦恼。就是说，当两性将爱欲作为一项潜在评价尺度时，它实际上将个人置入了无底的深渊，欲望的瞬间满足与新欲望同时而生，焦灼不安在悄悄滋生蔓延。这大约是情欲的极致了。在作家尽情阐释两性情欲的极大化释放之时，社会伦理长久框范下的被抑制的爱的魅力图景，顿然丢失。这是这一命题的最终解决，还是历史所暗藏的谶语或曲意安排？

但我们的确在新世纪开始之后，再也难以听到鸟儿对爱情的深情咏唱了。

原载《小说评论》2008年第2期

城市与女性写作

——以张爱玲、王安忆为例

在我的视野里,有一个有趣的现象,"五四"以降,几乎所有具有影响力的女作家,都具有城市生活背景,更确切来说,她们的成长之地都与城市相连。1920—1940年代,人们熟知的女性作家冰心、丁玲、庐隐、张爱玲等等,她们全都成长于城市环境中。[1]当代女作家也不例外,王安忆、宗璞、陈染、铁凝、张洁、残雪、林白、徐小斌、徐坤、池莉,台湾作家聂华苓、林海音、龙应台、陈若曦、施叔青、琼瑶、三毛、於梨华等等[2],莫不如此。既然城市和女性作家之间具有这样一种天然的血脉关联,那么,现代都市一定蕴含着适宜女性作家产生和成长的深厚土壤。

王安忆对此现象也有着极敏锐的感知。她认为,女性与现代都市有着某种天然的联系,都市是为女性而设的,为女性提供了施展空间。在传统社会中,在现代都市没有出现之前,女性一直处于社会的边缘,是一个弱

---

[1] 冰心1900年生于福州,后迁往上海,辗转烟台,辛亥革命后又回到福州。1913年,冰心十三岁,随父亲迁居北京。丁玲1904年生于湖南临澧,儿童时期在常德小学读书,十五岁时转入长沙周南女中,十八岁到上海,进入上海大学中文系学习。张爱玲1921年生于上海,家庭门第显赫。她大多时间一直生活于上海,一直到她成名,其间曾到香港大学上学。1943年开始发表小说,随后以小说集《传奇》和散文集《流言》而广受赞誉。庐隐1898年生于福建省闽侯县。1903年父亲去世,到北京舅舅家居住,然后在北京读书任教。上述作家均具有城市生活背景。

[2] 上述当代女作家,以她们十八岁以前的成长地域为考查的基准。

势群体，但在现代社会中，特别是在现代大都市中，女性所有弱势都变成了优势。现代文明源于欧洲，欧洲文明的源头在古希腊罗马那里，其本质具有城邦文化的特征。英国现代哲学家罗素说，"自从米利都学派以来，希腊在科学、哲学和文学上的卓越的人物全部都是和富庶的商业城邦联系在一起的"，"当然也有许多希腊人是从事农业的，但是他们对于希腊文化中最富特色的东西并没有什么贡献"。尽管"这些城邦又往往是被野蛮人所环绕"。所以，"希腊文明本质上是城市的"[1]。在这一方面，顾准在《希腊城邦制度》里，有着深刻的思考。当然，顾准的思考源自对我国专制传统的深刻反思。城市文化具有个体自由取向，也才自然派生出科学与艺术。

宋代朱熹之所以能强烈地带有使命感地发展儒家文化，坚守儒家文化的根基，大约也是与宋代都市的空前发展和繁荣有关。都市的发展和繁荣，商业的发达，勾栏瓦肆的繁盛，歌伎的普遍存在，等等，这些都构成了朱熹在思考这些问题时的对抗性条件。大约朱熹隐约感到了城市文化中强大的异己力量，向着另一方向拓展，这才有了危机，有了使命感。被朱熹视为"文化英雄"的张载[2]，也说出了朱熹想达到的宏愿：要"为天地立心，为生民立命，为往圣继绝学，为万世开太平"。朱熹将儒学的精神导引入"义利之辨"的泥沼中时，对"利"的弃绝实际上在抽空城市的血脉，从而为不变的"往圣"开"万世之太平"。

"城"和"市"相合才有城市，失去了商业活动的"市"，没有了逐利的驱动力，城市还有什么活力？商业活动，恰恰构成了城市的差异性和异质性。我们生活在如同浩瀚海洋一般的城市里，被淹没在浩瀚的海洋一般的城市里，我们感到安全。乡村文化结构里，个人被乡邻所监视，是没有个人空间的。农业文明构成的村社文化，其观念习俗所延展出来的核

---

[1] 罗素：《西方哲学史》上卷，商务印书馆，1963年，第281页。
[2] 杜维明在《何为儒家之道》中说："朱熹所选择的宋代儒学大师包括周敦颐、张载以及二程兄弟，朱熹将他们视为文化英雄。"

心要求是整齐划一，个性很难得到张扬和释放。都市的汪洋大海，容纳了形形色色个性的人，也为女性的活动开辟了空间。商业文化的特性有利于个性发展，杨扬在研究城市化进程与审美关系的变化时，以旧上海为例，认为"亭子间是不少青年作家的栖身之地，那时的上海有容纳四面八方文学人才的胸怀，其根本原因还在于商品市场的运作调节，只要有市场，就会不断对新的文艺人才产生需求……上海的商品社会的体制能够不断推出人才"[1]。商品文化的繁盛构成了城市的包容，这也演变为城市的本质之一，演变为对个体自我的尊重和宽容。这是商业文化导入的新气象。最适宜细腻品味生活、观察细节的女性作家之笔，终于找到了自由驰骋的天地。

20世纪40年代的大上海，张爱玲的惊艳呈现，就已经让人们注意到大都市这个庞然大物所潜藏的神秘力量。张爱玲是在光怪陆离中开出的一朵奇美的玫瑰。张爱玲二十余岁，就写出了产生轰动效应的小说集《传奇》和散文集《流言》。可以说，张爱玲是大上海的产物。夏志清的《中国现代小说史》为她列专章，给予极高评价，称她为"今日中国最优秀最重要的作家"，认为《金锁记》是"中国从古以来最伟大的中篇小说"[2]。读者所看到的张爱玲，充满才气的张爱玲，是对女人精到细腻的诠释和把握，是对两性关系的深刻理解，具有观察理解个人化命运的独特视角。而这些女性作家特质，是非常适合于在都市发酵的。或者说，只有在都市里，女性的这一特质才可能进入小说并发扬光大。小说对形象感、对细节特征的要求，为女性提供了一个发挥自身优势的机会。小说的源起，恰恰和城市的兴起相关。城市市民的消闲需要，催生了说书艺人，成全了小说的发展。都市释放出来一种女性气质，也可以说是文明的气质，潜在地要求人变得文雅、礼貌、卫生、整洁，这些特质，更多地具有女性特征。

---

[1] 杨扬：《城市化进程与文学审美方式的变化》，见南京大学中国现代文学研究中心编选《2004文学评论》，人民文学出版社，2005年，第286页。
[2] 夏志清：《中国现代小说史》，复旦大学出版社，2005年，第254—274页。

张爱玲如何在作品里展现女性化写作的优势特点？是她对现代男女在性别较量之中的那种猫捉老鼠游戏的精彩捕捉和展现。只有当现代城市为女性的爱恋提供了自由的空间，并且女性自我能够有蜗居之地且伸缩自如时，男女之间那种精彩的性别游戏才能枝枝蔓蔓地展开。女性没有自由，就没有真正的两性爱恋，当然就没有了一张一弛的情场斗法，也就没有了女性作家的真正天地。朱自清曾说："中国缺少情诗，有的只是'忆内''寄内'，或曲喻隐指之作；坦率的告白恋爱者绝少，为爱情而歌咏爱情的更是没有。"[①]中国古代绝少爱情诗，这是因为，在一个女性失去自由的时代，在诗教的温柔敦厚框范下，怎么能长出情诗来？细细研读张爱玲的小说，就能看出，隐藏在她和小说背后的，恰恰是两性空间的形成，而形成这空间的，又恰恰是城市，是城市为她提供了这种可能性。

最能说明女性写作特征的，是张爱玲在二十三岁就写出的《倾城之恋》。这部小说也写的是两个人的爱情故事，若用"两个人的战争"来形容，实在是恰当至极。女主人公白流苏生活在上海的一个大家族里，年纪轻轻寡居在娘家，难免会有嫂子哥哥们的厌嫌之语飘进耳朵。偶然机会她认识了范柳原。这位范先生是个长期生活在国外的富裕华人，非常喜欢白流苏身上的中国淑女韵味，并想法子将她带到了香港。但喜欢归喜欢，范柳原却并不打算真的与白流苏结婚。这两个精明的人在一张一弛的较量后，最终走到一起。但刚刚同居一周，范柳原就要去英国，一年半载才能回来。对白流苏来说，这种苦涩实在是一件无奈的事情，她知道，"没有婚姻的保障，想留住一个男人的心是很痛苦很困难的事"。没有想到的是，太平洋战争爆发，香港沦陷，范柳原只好半途而回，跟白小姐正式结婚，过起了平静的买菜做饭擦地板的日子。对白流苏来说，真得感谢这一场战争，感谢香港的陷落，为她留住了范柳原。张爱玲将小说命名为《倾城之恋》，其深层的含义就在这儿，对于个人来说，"在这不可理喻的世

[①] 朱自清编选：《中国新文学大系·诗集》，上海文艺出版社，2003年，"导言"第4页。

界里，谁知道什么是因，什么是果？谁知道呢？也许就因为要成全她，一个大城市倾覆了，成千上万的人死去，成千上万的人痛苦着"①。在作家张爱玲的眼里，一场大事变也许就是为了成全白流苏的爱，她看到的也只是白流苏的个人化命运。这是她作为女作家的视角。大事变只做了大背景，仅仅作为背景而已，日本人打响的太平洋战争在她的眼里隐去了，香港面临的危机也淡化了，她关注的只是个人命运和个人爱情起落。当然你可以批评她的作品视界狭窄。正因为张爱玲关注的视角独特，是个人化的，而不是轰轰烈烈的大事件，才成就了她作为女性作家的特质。这一特质，在电影导演李安所阐释的《色·戒》中，有着更淋漓尽致的表达。所思先生在《读书》上著文认为，《色·戒》中"老吴在影片中作为国民党特务头目被刻意塑造，突出他的冷酷无情"，在影片中，"我们看到的是对政治的批判，因为它冷血地把人当作工具并导致最终毁灭"。所以说，影片"巧妙地呼应了当前中国由来已久的主流话语——用个体生命消解宏大叙事，并视之为人的解放"。②这一点，恰恰是女性叙事的天然本能。

　　常有人将王安忆和张爱玲做比较，大约因为她们同是上海这座大都会长出来的花朵吧。在王安忆的作品里，你能强烈地感到她渗进这座城市每个毛孔的力量。某个角落一张发黄的海报，亭子间的一场争吵，街里巷间的一个流言，都在她的小说空间里生长出来。所以，在她的作品里，你可以观看到城市的最细处、最深处和人物内心的隐秘处。在这个地方生长出来的东西，那样熟悉又那样苍凉，似乎在懒散而温馨地流动，又在无意间飘过来一阵凉风，让你感到寒意。《长恨歌》里，主人公王琦瑶曾在1946年的赈灾海选上海小姐的竞争中，获得第三名，成为上海名媛。后来个人婚姻却总是阴差阳错不遂心意，她所喜欢的李主任解放前夕因飞机失事而去世，解放后她又不肯随着新社会潮流追赶进步，个人孤零零空落落没有落点。她的趣味，仿佛就停留在40年代的爱丽丝公寓里，那一缕紫罗兰型

---

① 张爱玲：《张爱玲文集》上卷，安徽文艺出版社，1996年，第262页。
② 所思：《只谈风月，不谈风云？》，载《读书》2008年第4期。

香水，一直飘忽在眼前。王安忆写她与康明逊之间的爱恋，彼此都有着心思。康明逊呢，只想成其所好，而不愿承担婚姻之重，两人一问一答"就像是捉迷藏。捉的只是一门心思地去捉，藏的却有两重心，又是怕捉，又是怕不来捉，于是又要逃又要招惹的。有时大家都在的时候，他们的问与答便像双关语的游戏，面上一层意思，里头一层意思。这是在人多的地方捉迷藏，之间要有默契，特别的了解，才可一捉一藏地周旋"[①]。这是女人喜欢的游戏，也是女人擅长的游戏，更是女性作家最为熟悉的写作区域。城市里的夜晚，你仿佛感到它藏着无数秘密，无数不为人知的幸福或者痛楚，"在这些混沌的夜晚里，人心都是明一半，晦一半的"。这是都市的晦暗，是在明亮的灯火辉煌下的晦暗。就像王琦瑶的另一追求者程先生，当他们俩终于各自感到了无望时，程先生就一门心思搞他的摄影，搞他的人物艺术照。后来，"程先生渐渐和朋友们断绝了往来，同王琦瑶、蒋丽莉也不通信息。在上海的顶楼上，居住着许多这样与世隔绝的人。他们的生活起居是一个谜，他们的生平遭际更是一个谜。他们独来独往。他们的居处就像是一个大蚌壳，不知道里面养育着什么样的软体生物"[②]。

现代城市逐渐从固有的政治文化的单项功能中脱离出来，并能够进行物质生产，通过这种生产交换获得财富。当它的生产能力超越乡村的农业生产时，它就真正变为了人类所打造的第二自然——一个新家园。人类粗糙、蛮荒、简陋的生活方式，经过城市打磨后成为新的文明。在这新家园里，女性的性别优势，天然地得到了充分展现和发挥。这个空间，生长着各种各样的品种，城市文明对个性充满了赞赏和容纳，城市是能藏得住个人隐私的地方，也是能演绎故事的地方。与农耕文明相比，它更尊重差异性、异质性。因此，城市里的多元文化，城市生活的丰富多样性追求，就成为一个包容性极强的新空间。多元化价值选择、多样性生活形态，是女

[①] 王安忆：《长恨歌》，人民文学出版社，2004年，第174页。
[②] 同上，第233页。

性写作的优势。也许因为女性的目光总是能落在生活的细处，总能落在个人命运的轨迹上，而个人命运的轨迹却也并不总是和大时代合拍，但它又是那样真实。就像张爱玲笔下的白流苏，所思所想全在了范柳原身上。这是大时代背景下的个人，却并不以时代对个人的戕害作为观察点，如同张爱玲不以太平洋战争必会给白流苏的个人生活带来灾难作为小说的着眼点一样。在张爱玲的眼里，反倒是战争成全了白流苏的婚姻。这是张爱玲的视界，也是她作为女性作家的独异之处。

女性作家，即使最优秀的女性作家，也经常被批评为"儿女情长，视野狭窄"。早在40年代，张爱玲刚刚出道，傅雷就批评张爱玲："我不责备作者的题材只限于男女问题，但除了男女以外，世界究竟还辽阔得很。人类的情欲也不仅仅限于一二种。假如作者的视线改换一下角度的话，也许会摆脱那种淡漠的贫血的感伤情调。"[①]尽管傅雷的文章总体上给予张爱玲更多肯定，但问题的一面确是如此，但张爱玲如何能抽掉那男女情感纠缠，停止淡漠而贫血的感伤情调呢？事实上，张爱玲一生的创作也没有能够抽调这一点。王安忆无疑也算是当代女作家中的佼佼者，在批评家对她的评价中，与上述评价大体相当，认为她的作品"缺乏精神深度"，"缺乏大境界"，"作品的精神趋向总体上不是指向悲剧和崇高，不是指向对众生的怜悯，而是指向对世俗的妥协"，认为"文学一旦丧失了宏大的精神关怀，格调也只有流于平庸"。[②]认为她将时代背景"有意淡化成单纯的叙事背景"，"人物私人化的生存世界占据着小说的绝对空间"。[③]当几乎绝大多数女性作家普遍存在同一"问题"时，这个问题本身就值得反向思考了。女作家的视界狭窄，是不是在男权话语基础上建立

[①] 傅雷：《论张爱玲的小说》，见《张爱玲文集》下卷，安徽文艺出版社，1996年，第526页。

[②] 姚晓雷：《乏力的攀登——王安忆长篇小说创作的问题透视》，见南京大学中国现代文学研究中心编选《2004文学评论》，人民文学出版社，2005年，第133页。

[③] 李静：《不冒险的旅程——论王安忆的写作困境》，见南京大学中国现代文学研究中心编选《2003文学评论》，人民文学出版社，2004年，第15页。

起来的评价尺度有问题？男权话语所树立的尺度，就是悲剧崇高、宏大叙述、承载大道，就是笔下有俯瞰和囊括大事变的胸襟，有对人类和民族命运的关注和把握。这样的批评尺度当然毫无问题，也是我们的伟大传统之一。但是女性作家驾驭题材和观察理解生活的禀赋恰在这一点上现出了普遍性不足。这是男性作家禀赋里的强项，也是男性作家千百年来自然形成的标尺。事物的两极性状，如何能用一极之标尺标记？就如同女性柔美与男性刚健，如何可以批评女性缺乏阳刚之美？失去了柔美，还是女性吗？女性眼界关注的恰恰就是个人命运的独特性、细微处，而不以千百万人的欢呼，淹没个人的悲痛。就如同一场胜利的战争，母亲因为失去了儿子，有不可褫夺的理由悲痛而不是欢呼。在宏观叙述下，个人的命运往往被忽略，只是整架机器上的一颗螺丝钉。以千百万人性命的失去，而赢得胜利，人们会认为这些死亡是有价值的，疼痛是可以忽略的。女性作家却在本能地反抗这样一种忽略，这是她们所看到的细处，因之发出孤独的咏唱。同时也是另一种真实，是城市丛生出对个体意识的关怀，是我们往往忽略的真实，也许是有意忽略的真实。我们常常将整架机器的运转，称为本质的真实，将个人的毁灭称为非本质的真实。但用什么来界定本质与非本质？问题到达这一步，我们就会看出，这种价值判断恰恰源自主观性。

　　小说写到最佳处就成了历史，是比历史还要真实的历史，这是因为写作者在此处已经没有了个我的好恶，尽管也是他的眼睛看生活，但他从个人命运的深处细微处，洞察了命运的玄机和藏在命运背后的手，冷冰冰地择取过来。就如同王安忆窥视到康明逊内心的隐曲：他"其实早已知道王琦瑶是谁了，只是口封得紧。第一次看见她，他便觉得面熟，却想不起来在哪里见过。又见她过着这种寒素的避世的生活，心里难免疑惑。后来再去她家，房间里那几件家具，更流露出些来历似的。他虽然年轻，却是在时代的衔接口度过，深知这城市的内情。许多人的历史是在一夜之间中断，然后碎个七零八落，四处皆是。平安里这种地方，是城市的沟缝，藏着一些断枝碎节的人生"①。王安忆的敏感和趣味，恰在于她善于从城市的沟缝里，发现她感兴趣的人物世界。为她获得茅盾文学奖这一声誉的《长恨歌》，还是离不开王琦瑶这样的旧式人物。这样一个一心要找到归宿却始终未能如愿的旧时代名媛，前后经历了五个男人，最后勾上小她二十多岁的老克腊，后来竟死于混混长脚之手。只有城市才能生长出这样的王琦瑶，只有城市才能藏住这样的她，也只有城市女作家才会发现、会感兴趣、会写出这样的生命遗韵。王安忆钻进人物心里，写出了个人的生活秘史，人物活动细腻真实得让人忘掉了写作者。

　　于青说："有人言：'鲁迅之后有她，她是一个伟大的寻求者。'她寻的是，女奴时代谢幕后女性角色的归宿所在，她以否定现在生态下女性的女奴角色的方式，表达了她深深的渴望，渴望女性能挣脱历史的、文化的、生理的、心理的诸般枷锁的桎梏，成为自在的女性优美地生存。"②我将这段话看作掩身于现代都市的女性作家，在可见的未来为自己开创的一个新图景。

原载《小说评论》2008年第3期

---

① 王安忆：《长恨歌》，人民文学出版社，2004年，第177页。
② 于青：《张爱玲传略》，见《张爱玲全集》下卷，安徽文艺出版社，1996年，第536页。

乡土传统的两种想象和叙事

——从贾平凹的《秦腔》到《高兴》

乡土，自五四以来，在中国作家的视野里，具有两种不同的想象。一种就是沈从文笔下的湘西凤凰，那儿充满着原始的、纯朴的、美丽的、温厚的乡情，漫溢着人性中温暖的诗意和光辉，是一个桃花源似的美丽去处，漂泊的灵魂可以在那儿安栖。另一种叙写是以鲁迅为代表，在他的笔下，乡土关联着愚昧与丑陋，关联着他欲唤醒的国民性。乡土里生长着阿Q和祥林嫂，这是批判的，是站在现代性的角度反思乡土中国，反思在这样的乡土中国之上，为什么老大帝国会成为一个积贫积弱的国家？风光旖旎的乡土中国，就这样以其奇异复杂的叙写，出现在20世纪作家笔下。这样一种态势，后来具有了合围的趋向。延安文艺座谈会之后，乡土叙写具有了新的变异，乡土成了中国革命的源泉，农民成了中国革命的主力军，成了革命的有生力量。所以，作家笔下的乡村生活，就变得含混起来，既没有了五四沈从文笔下的纯朴和宁静，也没有了鲁迅笔下的批判锋芒，变成了两个阶级两大势力的对峙，成为天使和魔鬼的战场。当然，鲁迅遗风还有回响，这就是赵树理笔下的三仙姑、铁算盘、糊涂涂们，他们身上有着农民的弱点，但也不乏可爱之处，十分真实。继承沈从文的也有人，比如孙犁。在他笔下，农村的旖旎风光，美丽纯净的农村生活有着令人惊奇的呈现，尽管其外壳也包裹了抗日的内容，但是在审美情调上，不得不承认，乡村的魅力、农民的纯净和可爱的生活，是作品的看点，其他的承载，不经意淹没在美丽的"荷花淀"里。

我历叙乡土文学的想象，意在说明，贾平凹的乡土叙写，也存在两种有趣的状态，一种是散文里的乡村，一种是小说里的乡村。在散文里，贾平凹的乡村叙写充满温情，充满明丽，充满美好。但是在小说里，这种温情的一面就不易看到，看到的是人与人之间的日常性纠结冲突。当然，这种冲突也不是那种刀光剑影的厮杀，不是你死我活的争斗，不属于大悲大喜的传奇故事，而是每日都在发生、都在进行的日常性小恶，是人与人之间的那种没有深刻温爱的极端自私和利己的盘算。毛泽东曾有诗云："人生难逢开口笑，上疆场彼此弯弓月。"朗朗艳阳下的人间炼狱，的确真实得令人难忘。这样的叙写，往往令理想主义者感到沮丧灰暗。假如说，从沿袭鲁迅乡村批判的路数而言，贾平凹《秦腔》里的乡土中国，应该是充满了批判意味的。尽管这种批判也许在作家那里，并没有显在的自觉意识，但是读者还是在作品里读到了人生的另一种况味，读到了人性在日常性中的自私污浊，反观和批判都寓藏其中。

《秦腔》里，贾平凹写了夏家兄弟四人所构成的四大家族，重心写夏天义和夏天智两家。在这部长篇里，贾平凹似乎是零度写作，冷峻地冰冷冷地写出了人与人之间的自私、冷漠、虚伪、诡诈，挖掘出了人身上那种令人不快的毛病。当然，你看不到人性的光辉，感知不到人性的温暖，但是，每一个人物，都是那样逼真，那样活灵活现。我想，如果哪一天，农耕文明消失了，后人可以通过《秦腔》，复原出一个清风镇来，复原出这个镇上活生生的人物。有人将《秦腔》说成农业文明的一曲挽歌。大约，在《秦腔》里，你难以见到具有旺盛生命力的东西、蓬勃发展的东西，因之说，《秦腔》弥漫着挽歌特质。恰恰在这样的文明之下，我们无法看到希望，连沈从文《边城》里所呈现的希望都不曾有。因为，你已经无法再现纯朴、宁静的乡村了，你连叙述的温暖心理都尚且无法构建，如何能重建乡村的暖意叙事？

这样，在贾平凹的笔下，我们看到了一条缓缓流淌的河流，滚动着失望、惋惜，还透出尖锐的反讽。人性里的自私冷酷，人以自我为中心所建构的功利行为模式，让人感到了寒冷。比如，小说写到土改时期的一件事，当时夏天义是支书，俊奇爹被定为地主，当然要批斗，俊奇娘忍不了丈夫受罪，就去勾引夏天义，期望着他能饶过丈夫。所以，在这种状态下，俊奇娘就主动了。夏天义呢，看见送上门来这等好事，毫不客气干了，也很过瘾，"但是，夏天义毕竟是夏天义，把俊奇娘睡了，该批斗俊奇爹还是批斗。俊奇娘寻到夏天义为丈夫讨饶，夏天义说：'茄子一行，豇豆一行，咱俩是咱俩的事，你掌柜子是你掌柜子的事。'俊奇娘说：'那我白让你干了？！'夏天义生了气，说：'你给我上美人计啊？！'偏还要来，俊奇娘不，夏天义动手去拉，俊奇娘就喊，夏天义捂了她的嘴，唬道：'你这个地主婆，敢给我上套？！'俊奇娘就忍了"。这是支书夏天义的典型行径，也算得上是清风镇最高权力者的行径。

那么清风镇的老百姓是怎么看的呢？等到此事传入东街人的耳中，"东街人不但不气愤，倒觉得夏天义能行，对美人计能将计就计，批斗地主还是照旧批斗"[1]。这样一种带着戏谑味道的情节，却使人寒冷。夏天义的霸道强暴、东街人的昏暗愚昧都跃然纸上。最值得同情的是俊奇娘，站在伦理评判的角度，尽管她有错，不该拿自己身子来做交易，但是在此种情形下，还有什么法子可想？假若夏天义是一个国家路线的忠实执行者，他的行为具有片面合理性的一面，那么他可以为求得自己的一致性，断然拒绝俊奇娘，保持自己的完整性。或者他贪恋肉体享乐，欣然接受了俊奇娘的性贿赂，那么，他就应该在批斗地主时，放他一马，这就坚守了人性伦理的一致性。但夏天义实际上做了人性上最坏的选择，既坚持原有的国家原则，又获取性的占有。这种分裂也显示出人性中最无德行最流氓的一面，它摧毁了正义良善和道德底线。当一个人没有基本的个体生活原

---

[1] 贾平凹：《秦腔》，作家出版社，2005年，第38—39页。

则可以恪守，就会陷自己于内心人格的分裂中，他也就没有什么不可以做的，没有什么崇高神圣能够蕴蓄心中。

《悲惨世界》里，雨果写了一个警察沙威。他是一个不屈不挠的代表国家机器的忠实执行者，他坚定地依照国家法律去抓捕冉·阿让，不问这个法律是否合理，冉·阿让到底是一个坏人还是好人。他的性格在逻辑上是一致的，当事实和他的行为冲突时，他选择了自杀。他不能既彻底代表国家机器，又完全满足个人喜好。夏天义却相反，既要做一个完美的国家路线的执行者，又要人家在要求他放弃的时候占便宜，呈现出病态扭曲的人格，有着无赖的权力人格色彩。这一人物揭示出权力的贪婪和对个人的无限度剥夺，是双向侵害！助长此风的清风镇的乡民们，是夏天义成长的深厚土壤。他们的赞赏，他们对俊奇娘所遭受的损害幸灾乐祸，无丝毫怜悯，充分显示出一种冷漠和残忍。这种深厚土壤的存在，说明了夏天义的行为在这块土壤里能够茁壮成长，是多么出自必然，多么合乎逻辑！这样锐利的文化批判，不见刀光却寒气逼人。

在《秦腔》里，我们看到一系列人物的描写，都是那种身无大恶却又充斥着庸碌和私利的灰色人物。总之，在这些人物身上，看不到让人们喜欢的个性化描写。假若说有让人喜欢的人物，白雪算是其一了。夏天义的老婆眼睛患了白内障，自己只以为年纪大了，眼睛坏了，没法治了。白雪和她（二婶）聊起来，说是白内障，可以治的。二婶便喊儿子庆堂，说你们给我治治，庆堂不吱声，庆满的媳妇也在场，说："你那是老病，哪里会治得好！"白雪说："真能治！"庆满的媳妇说："白雪你几时进省城呀？去时把你二婶带上，一定得给她做个手术！"白雪说："行么。"庆满的媳妇给瞎瞎的媳妇撇了撇嘴，瞎瞎的媳妇说："人老了总得有个病，没了病那人不就都不死啦？！"[①]这是一个非常生动的在乡村习见的细节。在这样一个细节中，我们见到了人与人之间的冷漠。即使有着亲缘

---

① 贾平凹：《秦腔》，作家出版社，2005年，第64页。

关系，但是利害考量为上，那种伦理之仁爱早已丧失殆尽。二婶眼睛已经失明，明明可以医治，但儿子儿媳们都不大情愿为这个老妈花钱，依据他们的理论，人老了总要有个毛病，有了就有了，不然人不能活在世上。作家这样真实地道出琐碎的生活滋味，如同张爱玲的感受，"生命是一袭华美的袍，上面爬满了虱子"。小说在这种日常性描写中，还隐约见出人物之间那种习焉不察的对抗。庆满媳妇对白雪的多嘴颇有不满，但又说不出来，故而反将一军，说让她带二婶去看眼睛。微妙的心理对抗，被雕刻得极为传神。

　　小说写到夏天义把家里的陈苞谷送给了秦安，惹起了儿子们的不满。首先是庆玉，原定秋后大家给父母老两口交稻子和苞谷（这是赡养老人的方式），庆玉却只交了稻子再没交苞谷。一个不交，众兄弟看样，都赖着不想交。为了这个，他们家里大闹一场。①在这些地方，都真实地再现了农村中亲人之间的这种让人寒心的自私愚昧。这是夏天义这个人和他的儿子们。小说里写到夏家另一个重要人物夏天智。夏天智有两个儿子，夏风和夏雨。夏风在城里做事，混得好，娶了村子里最漂亮的会唱戏的白雪，但是两人却是冷冷淡淡的，还生了个没有屁眼的女儿。当发现女儿竟是这样一个残疾时，夏风的第一想法是遗弃："生了个怪胎？那就撂了吧。"白雪有点不忍，哇哇直哭。夏风说出一大堆遗弃理由："不撂又怎么着，你指望能养活吗？现在是吃奶，能从前面屙，等能吃饭了咋办？就是长大了又怎么生活，怎么结婚，害咱一辈子也害了娃一辈子？撂了吧，撂了还可以再生么，全当是她病死了。"父亲夏天智和母亲没有言语。夏风说，你们不撂，我去撂。就从白雪手里夺过孩子，用小棉被包了，装在一个竹笼里出屋而去。夏风将孩子扔了之后回来，白雪说自己似乎听见孩子在哭，疯也似的跑出门去找孩子，孩子最终找了回来。夏风这时还气呼呼地说："这弄的啥事么，你们要养你们养，那咱一家人就准备着遭罪吧。"②这一幕

---

① 贾平凹：《秦腔》，作家出版社，2005年，第360—362页。
② 同上，第410—412页。

让人印象深刻。夏风作为清风镇的骄傲,在处理残疾孩子上,还是让人看到了人性之恶。尽管他也有充分理由,但所有的理由都不能遮蔽遗弃的残忍。人物这一行为本身,也使我们看到了生活的另一面,可能更真实冰冷的一面。我们没有指望人物给我们透露出人性之光,没有想他能指明什么,但是,我们还是感到沮丧,这种沮丧里有着对人的深度失望。

贾平凹的新作《高兴》,却有着值得注意的变化。在《秦腔》里爬满了"华美生命之袍"的虱子,在这里却退居到背景的位置上。我们见到了生命之袍的华美,见到让人动情的温暖。《高兴》里的确传达出贾平凹创作中的另一种信息,另一种转向转型,从冷峻的现实批判者转向一个怀抱理想的温情表达者。这一点让人感到喜悦。尽管《高兴》的故事发生在城里,我还愿意将它看作另一种乡土叙事,是乡土叙事的终结表达。所不同的是,当高兴们活动在故乡清风镇时,贾平凹的笔触是峻切的、批判的、尖刻的,但是当他们来到城里后,贾平凹的笔触一下充满了温情和怜爱。外寒而内暖,这是我读《高兴》的感觉。所谓外寒,是指小说描写的人物生活场景而言。他们处在城市最下层,靠捡拾垃圾为生,艰难地生活在城市的夹缝里,他们的境遇让人们同情怜悯,他们所处的外部环境,让人感到寒心。但是,在外部寒心之时,我们还是强烈地感到了温暖。这是因为,在高兴和他的伙伴之间,我们看到了人与人之间的友爱、良善、互助、诚挚等等。这些最基本的人生原则和信念,在这些生存于社会最底层的人之间,还强固地留存并发展着,这是让人产生信心的地方。

《高兴》写以刘高兴为主人公的捡拾破烂的人的生活。刘高兴是从清风镇走出来的农民,他有一个强烈的愿望,就是成为真正的城里人,真正融进城市中。他算是农村中那种有点儿文化、有点儿见识、有点儿追求的人,同时也渴望在城里找到自己的女人,安妥自己的灵魂。于是,他带着五富来到了西安,加入收破烂的行列。这一对人儿有点儿像堂吉诃德与桑丘,刘高兴带点儿浪漫和虚无缥缈的追求,五富则是实实在在的憨直角色;刘高兴在这个破烂群体里,是个有知识的人物,像个小小破烂军领袖，五富、黄八、种猪、杏胡们则是一群忠勇的干将；刘高兴善于察言观色巧用谋略，五富则是傻憨耿直愚笨诚实；等等。这些构成了人物性格的鲜明对比，相得益彰。贾平凹笔下这些人物之间的关系令人深感温暖，作家写出了艰难生活中的欢乐，写出了发生在收破烂者身上的人性光辉。

刘高兴、五富们虽进入城市，但异己的感觉却甚为强烈，觉得城市不是他们的家园，尽管刘高兴在主观上竭力想融入城市。都市的冷漠、城里人的冷眼、城乡之间的隔膜，仿佛筑了一道无形的墙，横亘在他们眼前。他们常常遇到冷眼，遇到各种各样的侵害，不管是人格平等上，还是精神环境上。在刘高兴的感知里，拾破烂虽然不是重体力活，要是和清风镇的活儿比起来，还是很轻松的，但是他却感到了这份活儿"是世上最难受的工作"，关键是没人愿意搭理你，能把你当人一样跟你说话交流。"虽然五道巷至十道巷的人差不多都认识我，也和我说话，但那是在为所卖的破烂和我讨价还价，或者他们闲下来偶尔拿我取乐，更多的时候没人理你，你明明看他是认识你的，昨日还问你怎么能把'算'说成'旋'呢，你打老远就给他笑，打招呼，他却视而不见就走过去了，好像你走过街巷就是街巷风刮过来的一片树叶一片纸，你蹲在路边就是路边一块石礅一根木桩。"①刘高兴意识到做人的尊严感被忽视被轻蔑，人格上这种不平等，或者说是阶层等级差序，在日常生活中处处渗透出来。正是这一点，构成了打工者刘高兴这批人的失落，精神上总觉得城市不是自己的家园。

但是相对于冰冷的外部环境而言，在刘高兴和五富身上，读者却见到了让人动情的真诚，那种人与人之间的深情关爱。正是这些地方让我们在残酷竞争的冰冷生活里，感到了希望。人物的精神深处，萌芽着人心的温暖美好。刘高兴和五富相依为命、相互体贴关爱，憨直的五富每每有了好吃的，总忘不了刘高兴。一日，"五富拉着架子车到十道巷找我，他带给我了一个酱凤爪，是用塑料纸包着的，说西安人酱的鸡爪好吃得很。我

---

① 贾平凹：《高兴》，作家出版社，2007年，第85页。

说：是凤爪，不是鸡爪。五富说：明明是鸡爪，偏叫得那么中听？我说：到城里了就说城里话，是凤爪！五富说：那就是凤爪吧，好吃得很，我买了两只，我一顿能吃二十只的，可我还是给你留了一只。哟，五富有这份心，那我也乐意把我的一份快乐分成两半，一半给他"[1]。送一只凤爪实在是小得很小得很的事情，但是它所传递出来的温情却很绵长，同时也在唤起另一个人的爱心。

刘高兴关键时候总能机智地帮扶五富，即使在自己遇到一份可心工作时，但一想到五富没有人带，他也能做到毅然放弃。他帮助五富管钱存钱汇钱，一日，刘高兴准备将五富攒齐的一千元存入银行，于是，把钱装在一个黑乎乎的布兜里，也顺手在自己存的钱中抽出四百元装进口袋。五富觉得奇怪，说："你汇给谁？""我说今日心慌慌的，装些钱镇镇。五富说不是吧？我说不是啥？五富眼窝得像蝌蚪，你要去……我说有屁你就放！我知道五富要说什么，但我一吓唬，他什么都不说了，换上一双布鞋……出门了，五富还在嘟囔：咱挣个钱不容易哩，不容易哩。"[2]临末还要说一句"你把钱看好"。五富对刘高兴的这份忠诚和发自内心的关切，在这样的细节中活现出来。刘高兴原打算带上几百块钱见孟夷纯，五富并不知情，以为他拿钱去找小姐，因而显出不满来，委屈而曲折地进行规劝。五富的憨直和纯朴，充满令人温暖心动的兄弟般情谊。

刘高兴将五富带出清风镇，深感对五富有着不可推卸的责任。有一次他看见五富没有出工收破烂，和黄八坐在槐树底下，一人端个碗喝酒，很生气，抓过酒瓶子摔了，说："有了几个钱了？有几个钱就胡逛啦？！"其实五富并没有胡逛，而是和黄八背了一回死人，一人挣了五十块钱，有点高兴，喝酒庆兴。刘高兴骂五富："没胡逛？没胡逛你拾的破烂呢？"五富说："不一定拾破烂就能挣钱么。"刘高兴说："不拾破烂你挣鬼的

---

[1] 贾平凹：《高兴》，作家出版社，2007年，第31页。

[2] 同上，第237页。

钱？！"五富说："是挣了鬼的钱。"①在这些描写里，刘高兴对五富的关切是发自内心的，管束中透露着关切。如同五富对高兴的不满和嘟囔，一样表达了另一种形式的关爱。这种关爱，在小说的结尾部分，有着更为强烈的表达。刘高兴和五富、石热闹挖地沟，干了一天，累得腰酸背疼，站起来坐不下去，坐下去又站不起来。"五富说：我给你挠挠背。我说我背不痒，只是皮肉绷得紧，你给我拍拍。他拍起来却总是掌握不了节奏，而且拍得不是地方。往下，往下，左边，你不知道左右吗？我趴在那儿，他的手拍下去习惯把掌弓着，真笨！让他干脆用鞋底子拍打。五富却害怕用力太重，你让他重些重些，他仍是不敢使力。我就说让石热闹来，五富就生气了，打，打，他嘴里吐纳着。啪，啪，啪，脊背扎痒扎痒的，啪，啪啪，感到每一块骨头都松开了，疲倦从骨头缝里往出透。他越打越快，越打越重，他已经在仇恨我了。喀？！我鼻子哼了一下。拍打声又不轻不重地均匀了。"②就是一个拍背，被徐疾有度、有枝有蔓地铺展开来，人物的心理，爱意和恼怒，灵动而次第展开。特别是五富，充满对刘高兴的爱意，既想为他减轻疲累，又怕用力太重，当刘高兴责备时，因生气而又越打越重，在我不满的一声"喀"后，又不轻不重地均匀了。那种从心底散发出的爱意拨动人心。孟夷纯想帮刘高兴，求老板韦达帮他安排一份工作，韦达见刘高兴财务、计算机都不懂，就只有让他看大门，一月六百块钱，又不累。孟夷纯很高兴，但没想到刘高兴却拒绝了。"因为五富他真的离不得我。我已经说过，前世或许是五富欠了我，或许是我欠了五富，这一辈子他是热萝卜粘到了狗牙上，我难以甩脱。五富知道了这件事，他哭着说他行，他可以一个人白天出去拾破烂，晚上回池头村睡觉，他哪儿也不乱跑，别人骂他他不回口，别人打他他不还手，他要是想我了他会去公司看我。他越是这么说我越觉得我不能离开他，我决定了哪儿都不去，五富就趴在地上给我磕头。起来，五富，起来！我说，你腿就那么软，

---

① 贾平凹：《高兴》，作家出版社，2007年，第275页。
② 同上，第376页。

这么点事你就下跪磕头？去，买些酒去，咱喝一喝。"①最后，五富去世时，刘高兴坚守对五富的承诺，要将他的尸体运回老家去。虽然最终因被警察发现未能实现，但他实实在在这样行动了。这儿，我们看到了心中蕴蓄大义且执着守护的一个刘高兴。

《高兴》里，贾平凹写到了这个拾破烂群体，他们在危难时刻，相互扶持相互关爱，底层劳动者的深情厚谊很是触动人心。假如说，在乡土文学的述写里，沈从文的《边城》，写出了明丽秀美的山乡生活，写出了山民们纯朴温厚的人生态度，写出了兄弟之间的深情厚谊，那么，进城的乡下打工者所构成的生活圈，可称之为都市中的乡村，尽管他们的身体完全处于闹市，但在精神层面上却与都市疏离。他们所构成的文化圈，不妨称之为"都市村民文化圈"。他们的生活习性、语言方式、社群结构、交往习惯等，都具有乡村文化特征。这一群落的兴起，是一种新现象。贾平凹笔下的这个群体，让我们既看到了从乡村到都市的文化因袭特征，而且还看到了让人喜悦的新变化：贫困里的乐观、艰难中的互助、社群里的自律等。底层群体中洋溢着乐观向上的氛围，让人欣喜。剩楼住着刘高兴、五富、黄八、种猪、杏胡五人，晚上回来，吃完晚饭，大家凑在一起聊天，种猪让老婆杏胡给他挠背，大家看得痒痒。杏胡说起刘高兴房子里的高跟鞋，说让高兴送给她，高兴说不，杏胡说："试验你哩，果然啬皮！""我浑身难受，勉强笑了一下，缩得如个乌龟。她说你咋啦，我给你说话你就这态度？我说我身上不美，肉发紧。她说病啦？就口气强硬了：过来，过来！我也给你挠挠，挠挠皮肉就松了。我赶紧说不用不用，杏胡却已经过来把手伸到了我的背上。女人的手是绵软的，我挣扎着，不好意思着，但绵软的手像个肉耙子，到了哪儿就痒到哪儿，哪儿挠过了哪儿又舒服，我就不再动弹了。我担心我身上不干净，她挠的时候挠出垢甲，她却说：瞧你脸胖胖的，身上这么瘦，你朱哥是个贼胖子……人和人

---

① 贾平凹：《高兴》，作家出版社，2007年，第311页。

是不一样的，从此以后，每日傍晚，天上的云开牡丹花，杏胡给种猪挠背，也就给我挠背，五富和黄八虽然竭力讨好，比如扫院子，清洗厕所，杏胡洗了衣服他们就拉晾衣绳，帮劈柴火，但他们才终于有了被挠的资格。嗨，挠痒痒是上瘾的，我们越发回来得早了，一回来就问候杏胡，等待着给我们挠背，就像幼儿园的孩子等着阿姨给分果果。我们是一排儿都手撑着楼梯杆，弓了背，让她挨个往过挠，她常常是挠完一个，在你屁股上一拍，说：滚！我们就笑着蹦着各干各的事了。"[1]

在《秦腔》里散发着的反讽批判意味，在《高兴》里却变得明朗欢快。在《秦腔》里，读者看到了商品社会冲荡下的清风镇，人与人之间的相互猜忌斗争，为自己一点蝇头小利叫骂不休，相互开一些粗俗的玩笑。乡村的诗意和美好，在清风镇里已经看不到了，仿佛是农耕文明的黄昏，田间村头荡漾着残破卑污的情绪。但是在《高兴》里，来自清风镇的乡民们，进入西安后，似乎欣喜地开始了新生活，尽管他们处在一条生存链上，且是最低端的拾垃圾队伍。他们当中也有了很大变化，有人站在了这条垃圾链的顶端，有的人处在末端。他们进入城市后，自觉且艰难地进行着新的身份转换，这种转换直到今天还在持续着。尽管同属清风镇人，韩大宝却成了破烂王，有啤酒喝有烤肉吃，从钱包里一掏能掏一沓子百元大钞，还有他自己的小侄儿，也人模狗样成了送煤的小头领，也对穷乡亲不大待见了。但是在另一群体中，在刘高兴和五富、黄八、杏胡们中间，却传袭着新的温情和关爱。

当刘高兴、五富们面对现代都市文明，当他们与自己的同类聚集在一起时，他们身上焕发出了诗意的人性光辉，关爱扶持、相互体恤，构成了都市乡土文化群体以及与都市文化相颉颃的小聚落文化群体，这在当今都市发展中是一个值得关注的社群现象。当刘高兴一心想帮助自己深爱的孟夷纯脱离困扰时，其唯一的办法就是能弄来钱，让她汇到公安局，然后让

---

[1] 贾平凹：《高兴》，作家出版社，2007年，第151页。

公安局抓住杀死哥哥的凶犯。但是，这样一个穷帮部落，谁能解开这个困局？杏胡打算集资，和五富、黄八商议，最后达成的协议是：每人每天拿出两元钱，让刘高兴转交给孟夷纯，这两元钱的确起不了多大作用，但他们能做的就是这些了。每到晚上，杏胡抱着那只曾经装过小米的陶罐儿，挨个儿让大家往里塞钱，像个收电费的。①这些，却构成了一道温情的风景，传递着人与人之间的深情暖意。

我们看到了乡土文学在新时代叙述的另一种场景转换，也许这是中国乡土文学的终结。也正在这儿，我们看到了贾平凹从《秦腔》里所传递出来的信号，在市场经济推动下，乡土文化有了巨大变迁，乡民们原始淳朴的遗风荡然无存。其实，正像《秦腔》里所写的清风镇，第三代第四代青年人纷纷出走，进入城市打工，农村剩下些"死老汉病娃"留守。被抽去了精血的乡村，已经没有了它的活气。而转移到城市中的刘高兴、五富们，还正在拼杀着，为他们的城里人身份，为了他们最终能留在城市、成为城里人而奋斗。但正像小说的预言一样，刘高兴原以为自己的一个肾给了城里人，自己的另一半也就在城里，另一半是城里人，城里也就显得亲切亲近。他开始断定那个肾就在韦达身体里，而韦达换的是一个肝。直到最后，他还是没有找到。刘高兴又一次迷糊了，又一次迷失在寻找之中。这象征着刘高兴最终能不能在城市里扎下根，看起来并不乐观。乡土文化的纯朴诗意，在乡村被现代都市文明吞没的时候，流变成一条小溪，流进城市这个广袤的沙漠里，一直到它消耗殆尽。能不能转换为新的生机，成长为现代文明的参天大树，还是一个未知数，至少在目前如此。

原载《西安建筑科技大学学报》（社会科学版）2008年第3期，原文无副标题

---

① 贾平凹：《高兴》，作家出版社，2007年，第328页。

人物命运与作家的宿命

文学史上,那些具有影响力的大家,因其令人争相阅读的大著而享誉文坛。我们兴致勃勃地钻进作家为我们讲述的故事中,为故事里的人物感动或者悲哀,或者以此为鉴,反思自省。但是我们很少想过,故事中的人物和作家之间的命运关联。尽管我们知道小说是虚构的,小说家言本不足信,作家在故事中构筑的人物梦魇般的离奇命运,不过虚构乃尔,然而,有意味的是,仔细考察作家自身的命运,往往和作家笔下的人物命运有着惊人的相似。难道作家真是在参透了某种历史真相之后,自身就成为历史真相本身?好一个逗人兴味的话题!

我们可以做这样的推想,一部长篇小说,动辄几十万上百万言,但凡属作家呕心沥血之作,其中必掩藏着他对人生命运的理解,掩藏着对人物命运的独特处理。就是说,在一部长篇小说里,一定暗喻了作家的自身命运。他自身命运和小说人物之间,一定有着某种关涉。作家在深入地钻进他笔下人物的灵魂中时,人物也成为他心灵的外化形式。作家将他对人物命运的观照、对生活逻辑的推演,带着他的血肉而催生出来。我们知道,作家和小说人物之间,就这样关联起来。它们之间的这种关联,有点儿神秘,仿佛是一条看不见的纽带,在作家和人物之间维系。其中,有许多我们并未能彻底解开的秘密,也许有诸多生命的密码潜藏其中。作家将自身命运不经意间注入人物,我们很容易在人物身上见到作家的影子。不仅仅是他对社会生活的理解、他的思想意识,这些当然不用说了,我想说的是，细心的读者竟能从作家的小说里，见到作家未来的命运。一个好作家，将自己的人格，甚至自身的命运流泻在小说里，让我们窥见了造化的秘密，甚至让人讶异地见到作家命运的终点。如此而引起我们内心震撼。

老舍的长篇巨著《四世同堂》里，塑造了一个善良规矩的小生意人祁天佑。他是祁家的长子，生活在北平的一条小羊圈胡同里，尽管此时已是"七七事变"之后，日伪统治北平时期，但对于心地善良的祁天佑来说，谨小慎微地规矩度日，不招谁惹谁，过个安宁日子，愿望仅此而已。不曾想受到日本人敲诈，且挨了打，还被游街，游街时还受侮辱，身穿带有歧视性字样的红字坎肩，颜面丧尽，这就将人物的命运逼到了死角。老舍这样写祁天佑挨打受辱之后的心境：

> 天佑的眼中冒了金星。这一个嘴巴，把他打得什么全不知道了。忽然的他变成了一块不会思索，没有感觉，不会动作的肉，木在了那里。他一生没有打过架，撒过野。他万想不到有朝一日他也会挨打。他的诚实，守规矩，爱体面，他以为，就是他的钢盔铁甲，永远不会教污辱与手掌来到他的身上。现在，他挨了打，他什么也不是了，而只是那么立着的一块肉。①

人物的生活信念瞬间倒塌，对一个爱体面有尊严的人来说，此等侮辱何等残酷！人物走到这一步，结局读者也看到了，除了死，还有什么更好的选择？没有什么唤起他生命奇迹的东西会光临他。屈辱苟活，了此残生？他早已经将自己缩进一个壳里，如今连这个壳也被打破了，所以，人物命运的逻辑运行至此，就看是如何死法了。而死法，很早就隐伏在作家生命意识的皱褶里。在《老张的哲学》里，年轻的老舍写到年轻的李静死前一段话：自杀者面对湖水可能哭也可能笑，有时也会问宇宙是什么，生命是什么。而这自问自答就使他坚定了死亡的决心。②这时，晃

---

① 老舍：《四世同堂》，北京出版社，2005年，第461页。
② 老舍：《老张的哲学》，文汇出版社，2008年，第187页。

127

动在祁天佑眼前的就是那一汪护城河水了，护城河自然就成了他的最后归宿。

1966年"文革"来了，知识分子成了"臭老九"，纷纷受到打压，下乡的下乡，进牛棚的进牛棚，挨批斗的挨批斗，戴高帽子的戴高帽子。老舍此时是北京市文联主席，首当其冲。1966年8月23日，他偶回文联，被红卫兵揪住，一天竟批斗三次。第二天，他就失踪了，最后人们在太平湖找到了他。作家的死竟与笔下人物如此相像，这两者之间，存在着什么样的联系呢？老舍在描写祁天佑这个人物形象时，有着对他的深刻理解，当然通过他，也传递着自己的人生密码。所谓的人生密码，就是作家作为人物的创造者，他以自我的生命形态雕塑人物：他的人物可以经受什么，不可以经受什么，可以以什么方式活着，不可以以什么方式活着，他有着自己独一无二的绝对化理解和传达。也就是说，在祁天佑身上，老舍将自己投射进去了。苏叔阳在《老舍之死》一文中，也说到祁天佑："那时候，我又像是看见了祁天佑，他在湖面上走动，朝我招手，朝我点头，跟我说，'士可杀，不可辱呀'。"确实，倘从老舍作品中找老舍之死的影子，你会首先想到《四世同堂》里的祁天佑。[①]因此，我们可以通过老舍笔下的人物，反观老舍的命运。羞辱并不见得一定会使作家自杀，但是对老舍来说，却是不可承受的，是一定会迈向那个终点的。换一个作家，比如张贤亮，他所受的屈辱远比老舍大，但他却选择隐忍，坚韧地活下去，屈辱地活下去。

细加考察，我们发现人物实际上就是作家生命观的外化形式。如同老舍笔下的人物，总是处在某种困境中，总是想要不断改善自己，逃离困境，却总不能使自己摆脱这种状态。祥子想要挣一辆车子，怎么也挣不来，刚刚新买一辆，自己却被糊里糊涂捉进军队当苦力，车子也被人夺走了。逃出来后加倍卖力，还是挣不到一辆车子，最后被虎妞抓住，迫其成

[①] 苏叔阳：《老舍之死》，载《人民文学》1986年第8期。

亲，两人并不幸福，祥子逐渐变化，抽烟喝酒，和女人鬼混。小福子上吊后，他失去了向上努力做一个体面的人的毅力。好人做不成，最后就偷东西、逛妓院、出卖朋友，成了一个无赖。细观这部作品，我们发现，老舍为人物设定的生存界线是做一个体面人，祥子一生在为着这一个目标努力，这是人物命运的分水岭。他和虎妞结婚后，他照常风里雨里拼命拉车，常常遭到虎妞的嘲笑谩骂，说他愚蠢，但他认定自己的方向。实际上，这是老舍在内心构筑的做人基本原则，通过自己的双手，体面地做一个本分好人。祥子做好人而不得时，读者就感到社会出问题了。我们暂且搁置老舍作品中的社会批判意识，将目光对准祥子这个人物的做人。做一个什么样的人，如何做人，这是作为老舍作品极为独特的个我要素，这一点，一样闪烁在《四世同堂》和《茶馆》里。这是作者内里最为坚硬的核，当人不能守住自己最后的做人底线时，祥子就成为被鄙弃的人物，而祁天佑就选择自尽于护城河。人物的这种命运，不正预示着老舍自身的命运选择吗？

《茶馆》里，王掌柜立志革新，不断跟随时代前行，总想把茶馆红红火火开下去，但最后却任凭你招儿想尽，也无法使茶馆起死回生，甚至后来连茶馆的生存也保不住，自己最后只好一死了之。生活的困境，是老舍笔下人物的宿命，是作家从自己的个体生命中流泻出来的生命自识。这种困境是悲剧性的，带着挣扎，带着无奈，带着与生俱来的内在绝望。《茶馆》的最后一幕，"王掌柜跟小孙女分别时说，'让爷爷再看看'，'跟爷爷说再见'。而老舍先生在离家出走前，在院里跟小孙女说的是同样一句话：'跟爷爷说再见。'我想这已不能单单看成巧合。那三个老人在茶馆里转着圈儿往空中扔纸钱自吊的场景，人们一定印象深刻。而按照有的打捞老舍现场的描述，湖面上漂满了纸片，认为老舍是在投湖前以茶馆那样的方式对自己进行过自吊。那这是老舍笔下的艺术的真实与他自己在生命的最后时刻真实的历史悲剧，构成（的）多么绝妙的呼应"①。由此观之，当老舍面临"文革"时，他的选择也就成了和他的人物相同的选择，实际上，他自己在作品里早已披露了自己的终年绝唱，他的绝唱通过笔下人物，已经哀婉地唱给了我们。

这样的例子不胜枚举。被高尔基称为"一切开端的开端"的普希金，在他的诗体小说也是他的代表作《叶甫盖尼·奥涅金》里，描写了一个贵族青年奥涅金，他对上流社会的浮华生活感到空虚无聊，在他同阶层人中见不到生活的诗意和亮光，同时也无法在其他阶层中寻找到新生活力量之所在。他遇上从德国留学回来的好友连斯基。此时，连斯基正迷恋乡村女地主拉琳娜的二女儿奥尔迦，奥涅金跟连斯基认识了奥尔迦的姐姐达吉雅娜。达吉亚娜一见奥涅金就心生喜欢，迷恋得不行，但是奥涅金此时却对爱情心灰意冷，他将达吉亚娜的热情和纯真等同于上流社会女子的情场游戏，从而冷冷地拒绝了达吉亚娜。有一次，当他被连斯基拽到拉琳娜庄园参加达吉亚娜的命名晚会时，乡村地主的庸俗、达吉亚娜的羞涩（被他看为作态），这些都令他恼怒烦躁，于是，他将这一切归咎于连斯基，便恶作剧般地向连斯基的女友奥尔迦大献殷勤。这种挑衅性的行为激怒了连斯基，迫使连斯基向他提出决斗，在决斗中奥涅金杀死了连斯基，之后内心愧疚，出国漫游去了。这是普希金在他的代表作中描写的主人公的命运故事。

具有谶语味道的是，普希金如同作品中的人物，也在一场情感因素引起的决斗中被杀。普希金的妻子冈察罗娃，被称为莫斯科第一美人，漂亮年轻且风流。1933年普希金被任命为宫廷近侍，她与普希金经常出入宫廷，许多暧昧事件随之发生。法国公使馆丹特士竟在公开场合追求冈察罗娃，普希金在忍无可忍的情况下被迫与丹特士决斗，决斗中普希金身负重伤，两天后逝世。如同诗人笔下的连斯基的命运一样，两者之间竟有那样

---

① 傅光明文，中国现代文学馆供稿。

的巧合！诗人和笔下人物之间，是不是有着某种生命联系？这部作品写于1823—1831年，当时普希金尚未结婚——他与冈察罗娃成婚于1831年。天才诗人当然无法预知他未来的情感生活状态，却预言性地展示了自己命运的一种终结。普希金在描写人物的内心世界时，一定是将自己命运深处的秘密，借助于笔下的奥涅金和连斯基泄露出来。作者并不自知，这个命运深处的秘密潜藏在他预言般的书写里，他的生活、他跟冈察罗娃的婚姻，映照着诗人身上命运般的要素，激荡的不同寻常的恋情、众目注视下的情感生活、奔放的个体生命力的喷涌，这些，都构成了动荡性因素，也构成了诗人非同凡响的追寻。当然，非同凡响的追寻也带来相应的宿命般结局。在诗体小说《叶甫盖尼·奥涅金》中，奥涅金恶作剧般向连斯基挑衅，现实中的丹特士也如是；连斯基被迫向奥涅金提出决斗，普希金被迫向丹特士提出决斗；连斯基最终倒在决斗场上，普希金也倒在丹特士枪下。诗人的命运与人物命运如出一辙。在这部代表作里，诗人复写了自己对人物命运的理解：人物所能容忍和不能容忍，所追寻和所摒弃的；人物间冲突的方式，矛盾解决的渠道；等等。当诗人以自己的情感和生命方式复写作品中的人物时，他自己的命运就暗藏在人物的命运之中了。

俄罗斯的另一位伟大作家列夫·托尔斯泰，在他的三部代表性长篇巨著里，也都涉及情感生活。在《复活》里，呈现出了人类情感内省的、节制的原则，主人公意在追寻恒定而纯一的情感生活。面对曾经被自己引诱而堕落的玛丝洛娃，聂赫留朵夫不断地反省自己，拒绝自己内心浮出的卑劣念头，最终竟自愿随同玛丝洛娃一起去流放。这样一种伟大的情怀，一种罕见的诚挚和坚定性，同样也在另一种形式下，再现着托翁面对自己的生存境遇、安妥自己家园的坚定立场和人格操守。《安娜·卡列尼娜》里，列文深深理解人类激荡的情感，他甚至比渥伦斯基更能理解安娜，理解安娜激荡而不安的灵魂，也更能欣赏安娜身上洋溢出来的"压抑不住的热情"。是的，这样一个动荡不安的灵魂，恰恰是渥伦斯基和普希金们喜欢的，尽管托翁也喜欢，但仅止于赞赏性喜欢，而并不是倾其心性乱其情志般的喜欢。所以，在列文看来，他要选择的是另一类型，是可能给予自己宁静而温馨家庭生活的吉提。窥视托翁笔下人物的命运，你可以反观托翁的情感走向，包括托翁的家庭生活。你在列文对吉提和对安娜的眼光里，可以看到托翁的情爱观，尽管托翁对安娜注入了那么多同情和理解，也仅仅是同情理解而已。文学史家惯常认为，安娜的悲剧里充溢的是社会对自由安娜的扼杀，是安娜丈夫卡列宁道貌岸然的伤害，批判的是上流社会的虚伪，如是等等。但是，在一百多年后，作为一种类型，安娜和列文还是会出现在我们的生活里，托翁写的是人类恒久命题，它并不随安娜的逝去而逝去，也不因为社会环境的变迁而消失。在新世纪里，安娜一样会具有动荡的命运，也许不会卧轨，也许不会自杀，但她的痛苦呻吟，我们还是会一如既往地清晰感知。

在《战争与和平》里，美丽活泼、纯净诚挚如天使一般的娜塔莎，她的到来会使心绪灰暗的安德烈重新振作，她是一个令人赞叹的光辉形象。但是作者写到，她在婚后也陷入家庭琐事中，没有了她青春年华的光彩。但是，娜塔莎正是托翁倾其诗意情感描绘的人物形象，这样一个美丽形象的结局，托翁给予的正是一个贤妻良母的位置。这个形象，不正暗喻了托翁自己对生活的自我设定？托翁的家庭生活也正是这样稳固地经营着，尽管在晚年他与妻子也常有龃龉，常有争执。这时妻子已经是一个良母管家了，常常会站在一个大家庭女主人的角度考虑问题。他的家庭生活、爱情生活也是沿着他的惯常理念运行，妻子和他也构成了一种恒定的关联。可以说，他的家庭和妻子，作为一种稳态生活，早已先在地呈现在他的作品里。他对男女情爱的深刻理解，雕塑着他自己的生活。甚至可以说，托翁八十二岁的高龄，也一样能从他的情感生活里、从他的三部巨著里找到答案。所以，我以为，作家的生命方式、他的年寿短长，也宿命般地可以从他作品人物的命运里，发现蛛丝马迹。他对命运的特殊理解，总是难掩其命数，流淌在自己笔下的故事人物之间。

巴金笔下极少写极端化死亡的人物。《家》里的中心人物，不管是觉慧还是觉民，一直在跟命运斗争，想要逃出那个令人窒息的大家庭，他们的命运是伸张的、反抗的、流畅的。很多人都看到，《激流三部曲》中写得最让人动心的还是觉新。在这个人物身上，我们见到了作者最为敏感的心理感受情状，不仅仅是因为觉新所处的夹缝状态，也不仅仅是因为觉新有着对新思想的接纳又有着对旧传统的遵循而产生的心理矛盾，而是因了一种生命困境，是巴金对这种生命困境的悟觉。这部作品构思的时间是1931年，当时巴金还很年轻，只有二十七岁，正是青春活力四射的时候，作品里也可见出年轻作家的青春张力，见出觉慧和觉民与旧时代断裂的一种决绝。这一点，我们都可以归之于大时代的强风漫过作品后留下的印痕。唯有觉新，是作家生命里透出的强烈信息，承载着作者的灵魂性感知。觉新这个人物，据作家巴金说，是自己大哥的原型，大哥因了旧家庭的压迫而自杀了。但是，年轻作家对大哥觉新这个人物，更给予了自我的生命体征，给予了更深的同情性理解。这种同情性理解，有着自身生命的要素潜藏其中，这就是隐忍，对一种两难处境的隐忍。人物对时代有悟觉，对大家庭的不合理的一面亦有清晰认识，却又不得不依照自己不大情愿的方式行事。所以这个人物身上有着历史的纵深感，更有着人本身可能遭遇的困境，有着作家巴金幽深心灵的外化体征。在以后的岁月中，巴金在历次运动中的境遇，与他笔下的大哥极为相似：自己是一个清醒者，和悖逆的政治方向相抵牾，却又不得不委屈自己做一些不大愿意做的事情。就这样，一再迁延，直到晚年。晚年悔恨的巴金还写出忏悔录式的《随想录》，对往事进行反思。这多么像觉新的行为。

年轻作家笔下，怎么会呈现出人到中年之后的沧桑？在年轻的岁月里，个我的生命意绪不经意之间竟留下痕迹。所以说，一个具有才情的敏感的作家，哪怕写出一部不大成熟的作品，只要是一种自由状态下的倾心之作，在他的生命要素里，也会留下一些痕迹。假如说《激流三部曲》中的觉新，是巴金在青年时代个人生命体征的第一次呈现，那么这一人物，必然会重现在他以后的创作中。果然，当巴金进入中年之后，在他被史家所称许的长篇《寒夜》里，觉新的影子再次出现。《寒夜》是巴金1945年写就的，写这部作品时，巴金已经四十余岁。《寒夜》里的主人公汪文宣，夹在爱她的两个女人——妻子和母亲之间，但这两个女人却水火一般难以相容。这是一个从"焦仲卿与刘兰芝"的爱情故事化脱出来的传统主题。这似乎是游离大时代痛楚的另一哀痛，但是人物却具有小人物的坚韧无私。在极端的状态下，汪文宣在疲惫、劳累、疾病、沮丧、贫困等的折磨下，最终死掉了。夏志清也认为，"文宣看来是《激流》中高觉新的翻版"。所不同的是，"高觉新几乎由头到尾活在一个背着光的世界里，他无法博取读者的同情，因为他任凭命运的摆布，从不挣扎。汪文宣却具备了一个柔顺的小人物的坚韧无私，因此带有陀思妥耶夫斯基《白痴》中主人公的悲剧性格，尽管没有成功，他毕竟曾设法改造环境"[1]。这个从高觉新发展出来的人物，是巴金创作的鲜明印记。即使巴金写到了高觉新的死、汪文宣的死，但是，在作家的笔下，这两个人物，透露着作家什么样的生命信息呢？是隐忍，是坚韧，是在隐忍中苟活。巴金的生命历程，也让我们看到了这种坚韧。假如说，从高觉新身上，我们看到的还只是逆来顺受和委曲求全的话，到了汪文宣，我们就看到了一些积极变化。人物设法改造自己所处的环境。这和作者本身的意志力、生命力都是极为相关的，是作者自我生命力信息的一种表达。相比之下，茅盾的长篇小说《子夜》中的主人公吴荪甫，即使在绝境之下，也还是要挺过来的。茅盾关注的敏感点在于，即使是一个失败者，也充满壮浪的情怀。这也是作者本身生命力信息的再现。

钱理群在《读书》上介绍过一位作家，他叫孙世祥[2]，写了一部小说《神史》[3]。这个名不见经传的作者，出生在滇东北边远贫穷的山区巧家法喇村，自己通过苦读走出山区来到省城，却不忘生养自己的贫瘠之地，

---

[1] 夏志清：《中国现代小说史》，复旦大学出版社，2005年，第249页。
[2] 钱理群：《这本书竟是如此沉重》，载《读书》2006年第8期。
[3] 孙世祥：《神史》，云南美术出版社，2004年。

决心领导这个村子发展致富。他呕心沥血写出了百万字的《神史》，里面塑造的主人公，是一个年轻正面的形象，他欲改变农村贫穷落后的面貌，正当全村子人都对他寄予厚望时，年轻主人公却突然死亡。这是小说。仿佛是一个谶语！如同作家在创作中预感到了什么，一种不祥？这位作家在三十二岁时，突然患肝硬化不治而亡。

  如同遗传会将自己的生命密码无所不在地打入下一代的身体，使人一眼就看出这是谁家的孩子。所有伟大作家的生命密码，也会鲜明地留存在他的作品里，注入他笔下的人物。读者总是能在字里行间，嗅到作家的生命气息。也许，他的生命密码，就掩藏在他作品里的人物身上。只要我们留意，便不难发现。当然，也有那些面目模糊的作品，读者从中的确发现不了什么，它没有清晰的生命印迹。没有自己清晰的生命印迹的作品，既给读者留不下什么印象，也因了作者还没有找到传达自己生命本质的通道。没有自己生命密码的作品，当然，也实在不能算作艺术品了。

原载《小说评论》2008年第4期

革命缘起与文学诗性的纠结

《非常道》一书，记载了孙中山的一则逸事："犬养毅曾问孙中山：'您最喜欢什么？'孙答：'革命！推翻满清政府。''除此外，您最喜欢什么？'孙注目犬养毅夫人，笑而不答。犬养毅催问：'答答看吧。'孙回答说：'女人。'犬养毅拍手：'很好，再次呢？''书。'"①我没有考证"革命"一词的最早出处，但是在我的阅读印象里，大约是从孙中山们立誓推翻清政府开始。在中国这块古老的大地上，借用《共产党宣言》中的句式：一个幽灵，革命的幽灵，在中国大地徘徊②。当然，广义的革命性行动，并不肇始于孙中山们，在戊戌变法中，康有为、梁启超、谭嗣同也力图进行大胆变革实践，六君子也以热血祭奠了这场变革，但终究算不上革命。它不是"一个阶级推翻另一个阶级的暴烈的行动"，它是在体制内部实行改良。所以，我说"革命"在中国成为20世纪的关键词，是始于孙中山的。1925年国民党师法俄共建立的军队称为"国民革命军"，简称国军。几乎所有的党派，无不宣称自己是真正的革命者，连一批军阀们也到处镌刻留词，以革命为时务。

当革命作为一种思想力量，进而作为实践行动，在中国大地获得毋庸置疑的正当性理由时，席卷而来的喷火口恰恰是文学。文学和革命在其人

---

① 余世存编：《非常道·性情》，社会科学文献出版社，2005年，第99页。
② 马克思、恩格斯在《共产党宣言》的开篇写道："一个幽灵，共产主义的幽灵，在欧洲徘徊。"《马克思恩格斯选集》，人民出版社，1972年，第250页。

性深处有着某种天然的同一爆发源。

十年前读到吴增定在《读书》上的一篇文章，念念难忘，他写的是在读了《俄罗斯的暗夜》一书后的思考。[①]这部书是一名俄罗斯贵族女子的自传，这位19世纪的贵族女子，名叫薇拉·妃格念尔，美貌而高贵，原本生活在优裕的家庭，在她刚刚踏入社交之时，就获得极大关注，她理应沿着她的阶层所给予她的生活道路，在自己的命运中结网，编织自己的生活网，不料她却走了截然相反的道路：革命。并且她以最激烈的方式，暗杀沙皇亚历山大二世，最后被监禁二十二年。在军事法庭上薇拉慷慨陈词，她说："我常常想，我的生活是否可能走别的道路？它是否可能有别的结局，而不至坐到被告席上？每次我的回答都是：不可能！"薇拉为什么不能走别的道路？这是一个困难的问题。按理说，薇拉出生在一个幸福的贵族之家，从小在充满爱的环境里成长，绝没有"苦大仇深"种子埋藏在内心，她怎么会走向革命，并且对革命那样钟情和义无反顾？吴增定给出的回答是，薇拉生活的世界里到处是交口赞誉，原本摆在她面前的是一个贵妇的道路，但是，她却读了涅克拉索夫的长诗《萨沙》，坚信人群划分成两类：崇高的人和空虚的人。尽管对薇拉的赞誉之声不绝于耳，但是，引起她警觉的却是一位邻居无意中的话语，这位邻居说：你的命运，还是免不了和别的女子一样，为孩子和家务所累。这是多么具有真理性的一句家常话，但是薇拉却从中看到了日常性的泥潭，看到了"日常生活无边无际的黑暗"。于是，薇拉要挣脱这种平庸日子对自己的销蚀和淹没，而最终选择了革命。在选择革命之前，也和待己不错但思想保守的丈夫分手。如同《青春之歌》中，林道静和余永泽的分手。

薇拉的革命道路选择，要抗拒什么呢？从自我本源的动因来说，她抗拒的是平庸和日常，在这一点上，革命和文学的精神是一致的。革命的内蕴，会极大调动人的内心动力，给人以刺激性力量和解放。它不会安于

---

① 吴增定：《暗夜里的星光》，载《读书》1998年11期。

现状，是要打破一个原有秩序的，这点恰与文学的诗性追寻相关。鲁迅在《文艺与政治的歧途》一文中，深刻地表达了这一问题。他认为，文艺就是永远对现状不满，永远在仿佛先知似的说着几十年后才能被大家认同的观点，常常惹得政治家不高兴，觉得他们是在添乱。他说："革命成功以后，闲空了一点；有人恭维革命，有人颂扬革命，这已不是革命文学。他们恭维革命颂扬革命，就是颂扬有权力者，和革命有什么关系？"[①]

鲁迅明晰地意识到，革命家和文学家在面临旧秩序时，有着相同的感受和姿态，"所谓革命，那不安于现在，不满意于现状的都是。文艺催促旧的渐渐消灭的也是革命（旧的消灭，新的才能产生）"[②]。不安于和不满于现状，力图在现状的压抑下突围，这是革命和文艺的共同命运，不过文学倾向于从思想精神上去反抗和改造，而革命则是倾向于从实践上去反抗和改造，因此，文学在一个时代，总是这个时代的先知先觉者，总能敏锐地最先倾听到生活深处的呻吟。但是当革命成功后，"这时，也许有感觉灵敏的文学家，又感到现状的不满意，又要出来开口。从前文艺家的话，政治革命家原是赞同过；直到革命成功，政治家把从前所反对那些人用过的老法子重新采用起来，在文艺家仍不免于不满意，又非被排轧出去不可，或是割掉他的头"[③]。所以，革命和文学既有对外部世界感到压抑和不满的共同性，又有着出自内在本源的打破庸常生活的冲动，在这一点上，亦有着人类本有的诗性追寻和表达。如此看来，文学不仅仅是要再现现实，它一定要给现实赋形，它一定需要赋形的力量。一个作家仅仅将自己看到的现实搬到作品中，当然不能算作一个好的有力量的作家。艺术就是抗拒平庸生活的，它为我们平庸的生活提供另一参照，它让我们明白，还有别样的一种生活情态，还有薇拉这样的追求，不是为了一己之私，而是为了拯救和献身，在献身和拯救中，获取自我的实现和解放。

[①] 鲁迅：《文艺与政治的歧途》，见《集外集》，人民文学出版社，1952年，第98页。
[②] 同上，第99页。
[③] 同上，第98—99页。

鲁迅在此文中继续说道:"在革命的时候,文学家都在做一个梦,以为革命成功将有怎样怎样一个世界;革命以后,他看看现实全不是那么一回事,于是他又要吃苦了。照他们这样叫,啼,哭都不成功;向前不成功,向后也不成功,理想和现实不一致,这是注定的运命;……所以以革命文学自命的,一定不是革命文学,世间那(哪)有满意现状的革命文学?除了吃麻醉药!苏俄革命以前,有两个文学家,叶遂宁和梭波里,他们都讴歌过革命,直到后来,他们还是碰死在自己所讴歌希望的现实碑上,那时,苏维埃是成立了!"[①]"世间那(哪)有满足现状的革命文学",鲁迅的话,直抵文学的真谛。在这儿,我们看到了文学的最为本真的面目,抵抗庸常抵抗现实,是文学从骨子里生长出来的顽强基因。而抵抗庸常与现实的最为基本的方法,就是文学对现实所具有的结构力,就是为这个混沌的世界赋予理想之形。没有赋形力的作品,尽管真实地呈现出了这个世界,呈现了现实生活的生动的原貌,但毕竟还是没有彰显出文学家自身的对生活的化解能力、认知能力、赋形能力。

《创业史》的出版是在1961年,在当代文学史上,极具有影响力。但在1980年代之后,《创业史》所讴歌的新生事物——互助组、合作化,就发生了天翻地覆的变化,人们对《创业史》的看法也在发生着变化。我们当然无意责难作家,在一个被规定了统一声音的时代,你如何能亮开自己的歌喉?即使这样的写作,也会遇到批判,柳青也因此而在"文革"中遭受磨难。但我们还是不得不说,不得不面临这样的问题,在描写笔下的生活时,有两个问题会自然横亘在作家眼前。其一,1940年代之后,中国知识分子、作家日甚一日地由启蒙者转化为被教育被改造的对象,那么,知识分子和作家们在自我批判与忏悔的大氛围中,个体的柳青能否作为一个"他者"来观察梳理描写他笔下的皇甫村蛤蟆滩?所谓的"他者",就是从五四时期以来形成的反讽性的社会批判精神,具有启蒙导引作用。在这

[①] 鲁迅:《文艺与政治的歧途》,见《集外集》,人民文学出版社,第1952年,第100页。

儿，作家自当圣徒、超人、盗取天火者、引路者，自担民族道义的角色。但是，一个被动地接受改造者，其主体性力量的不断丧失，对社会历史的再现赋形能力的弱化和丧失，使他只能成为一个政策的诠释者，至多是一个完美的诠释者，他又如何能够担当？其二，我们需要追问的是，作家柳青与时代氛围从心底是合拍的还是持有自己独立的看法？是赞同的，还是疏离的，或从心底反对的？作家是否对那个时代的狂热有着清醒认知？假如是从心底和那个时代的思想风尚合拍，其问题则是，作为个体的审视的柳青就不见了，就成了哈维尔所表述的，没有了知识分子所该具有的内在精神资源。[①]当自我没有了内在的精神资源时，如何作为一个独立的作家来表述这个时代？事实上，这样的作家就成了官方话语霸权所笼罩的囚徒，实际上已经处在精神的牢笼里。那么，作家又如何以自我的认知对现实赋形，如何将自己独特的精神之光打入读者的心灵之中，照亮读者生活的上方和前方？

韩燕来，是王安忆《遍地枭雄》[②]里的人物，他是上海一个本分的，甚至有点单纯的出租车司机，没有见过什么世面。出夜车偶然碰见"女鬼"和男人在他车后鬼混，竟使他感到害臊。结果在一次出车中，有三个年轻男子上来，然后劫走他和车。这本是一个常见的、开掘不出什么新意的俗套故事，王安忆却赋予这个陈套故事以崭新的意义。韩燕来，作为一个老实的在自己轨道上运行的人物，她有着母亲、姐姐和哥哥，家庭虽普通但也算温暖。他倒班开着出租，行走在上海，日复一日，没有悬念，没有新鲜，甚至没有故事。但他的内心一定是潜藏着什么欲望，尽管模糊迷蒙不够清晰。他也并没想将一生拴在车轮上，但也找不出什么更好的出路。这些都不明晰，埋藏在心的深处发酵，若没有触媒，他还会这样日复

[①] 哈维尔在《知识分子的责任》一文里，对知识分子下定义，认为知识分子一生都"致力于思索这个世界的事物和事物更广泛的背景"，说他们的职责就是研究、阅读、教授、写作、出版、向公民发表演说，这"导致他们对世界事态和世界前途抱有更广阔的责任感"。知识分子的责任里，包含着他们所应具有的独立的内在精神资源。

[②] 王安忆：《遍地枭雄》，文汇出版社，2005年。

一日下去。忽然之间，他却遭遇到这件令他震惊发昏的事件，三个男子将他劫持出上海，要卖掉他的出租车。并且，他们的头头大王，说服韩燕来签订了契约：一同卖掉出租车，然后将所得款项分掉，每人一份。在这个寻找买主的过程中，他们穿越了好几个地区。大王这个人物王安忆写得很有纵深感。在他有意营造的轻松气氛里，比如打扑克、玩接龙游戏、讲故事等等，韩燕来慢慢喜欢上这几个劫匪，后来还跟他们唱歌、跳舞、喝酒等等，像兄弟一样，再后来，他就不想回去了，就跟大王、二王、三王，混进一条道上去了，从而逸出了自己的轨道。

韩燕来是一个纯净的年轻人，这年轻人甚至有点儿懵懂，不懂世故，不谙世道，王安忆将他放到一个劫匪群中，看这样的青年会发生哪些变化。这当然是一个古老的主题，将一个青年人放进这样的社会中，看这个青年人有没有力量重返常态社会。但是答案是悲哀的，这也暗示了作者本身对现实世界的质疑、对成人社会的绝望。一位规矩的青年，只要走向一种背反社会的路途，就一去不返，精神难以归来。这是另一话题，在此暂且打住。我想说的是，韩燕来，为什么会被这种脱轨出格的生活迷住？在此之前，他并没有什么不良嗜好，没有什么变坏的必然性，但他却依然逸出常规。其实，作者想探讨的正是人的欲望深处的动机，是彻底逆转自己常规生活的诱惑。

大王这个人物很有意思，是劫匪老大，当过兵，结过婚，喜欢读书，什么都看，有自己一套生存理论和法则，适用"盗亦有道"之论。他觉得商品社会是一个契约社会，干什么都要以契约为准，因之非要迫使韩燕来跟自己订个契约，卖车事成之后，他让韩燕来拿钱走人。当然，他觉得这个世界就是"成者王侯败者贼"，他觉得自己是个人物，浑身充满自信。在韩燕来眼里，他有几分领袖魅力。王德威评价这个人物时说："问题不在大王的成败与否，而在于他的非分之想如何彰显了一种历史意识。成王败寇，古今皆然。天地之大，有多少像大王这样的人物不甘现状，伺机而起。不是说英雄不怕出身低么？不是说'星星之火，可以燎原'么？但机会一闪即逝，唯有大志者，不，有大想象力者，方才能赋予形状，填充内容，从无创造有。"[1]革命者是有大志者，有为现实赋予形状的能力，是能从无中创造出有的人物，当然是具有大想象力的。作家也是如此，纷纭的现实，无奇不有的万花筒式的生活，或者，在这种生活内里的苍白和庸常、枯燥和乏味，不管是何种生活样态，作家没有能力为之赋形，没有主体力量穿透生活，没有一个以你的精神浇铸而矗立起来的世界、一个你所勾勒绘绣的家园，或者没有因为对生活的诗意追寻而对丑恶污浊现实的摈弃和鞭挞，那么，这个世界，就是一个苍白的世界。尽管一个作家也许会有生动的细节，会有自己的生动阅历，但是不能呈现出你的精神所雕塑所解放了的生活，那你笔下的生活还有什么价值和意义？

我们再回到王德威的论述中来，他认为，王安忆的雄心是从《纪实与虚构》开始的，想"从虚构进入历史"，体验历久弥新的古老欲望及冒险如何在后现代的血肉里复活。所以，大王们、韩燕来们正是那"遍地枭雄"未断之魂灵，不管是梁山好汉还是朱元璋安天下，抑或"遍地英雄下夕烟"，都例证了这样一个遥远而又切近的主题。这样，我们又从王安忆的小说中回到了革命、文学之本源关联。文学从来不是对已经解决了的问题的讴歌，文学从来凝望的是远方，文学魅力的生成正在于此。如同薇拉望见如深渊般的日常性而投身革命，也如同秋瑾、江姐们在巨大的道义力量中寻找到生命的价值，拯救苦难的祖国和黎民，同时也拯救了自己无所依归的煎熬的灵魂。无疑，革命里隐藏着诗性！

作家萧红的阅历也是极富意味的。萧红本来出生在黑龙江呼兰县一个生活无忧的小官僚家庭，尽管她对自己的父亲抱有很大成见，但依据各种资料看来，她的父亲对她还是关心的，在当地，她的父亲也还被视为"开明绅士"。在她和父亲决裂之前，她的愿望也在相当大程度上能够实现，在家乡上完学又到哈尔滨第一女中上学，父亲还是依了她。她真正走向流

---

[1] 王德威：《上海出租车抢案》，载《读书》2005年8期。

离颠沛的生活道路，是她即将在哈尔滨上完学，做出了一种与家庭断裂式的选择。当时她面临的选择有两种：一是回家与王恩甲完婚，一是与表哥陆振舜逃往北平。她选择了后者，也就是选择了漂泊流浪的生活，这是她一生命运的转折点。引起我思索的是，萧红在这两者之间，为什么最终会选择一个未知的莫测的未来，而不选择那个她能看见马上就能实现的富足安稳？无疑，她回家与王恩甲完婚是一个确定的未来，是一个女子在那个时代安稳的生活保障。她也并非认为王恩甲就是一个轻薄纨绔子弟。萧红在刚与王恩甲定亲的时候，并没有反对这门亲事，有时她还到王家小住，跟王家的人相处得也还不错。她的父亲和王恩甲的父亲是好友，嫁女儿也并非攀附高位或者贪图钱财。但是，萧红在能看清楚这个确定性的时候，放弃了。放弃了安稳和舒适的生活，而走向和表哥奔赴北平的未知道路，大约正是这个未知，产生了致命的诱惑，同时也打乱了一个人的生活常态。接连发生的是王家人的退婚、自家人的谴责和断绝经济支持，再加表哥的退缩逃跑。

在萧红的生平中，她的身边后来也出现过宽厚仁慈又关心喜爱她的异性，但要命的是她每每错过。在她第二次逃到北平时，与上次认识的北大学生李洁吾相处甚好。这位对萧红关注一生的人，善良成熟而稳重，但是萧红这次还是没有选择他，而是选择了追随她而来的王恩甲，然后他们一同回了哈尔滨。这时萧红和王恩甲的关系已经发生变化，王家已经退亲并在她找上门时将她赶走，她想重回以前状态已不可能。萧红每次都选择了一种更不稳定、充满更多变化、更不可预测的爱情。她自身阅历也宛若一部作品，更惊心动魄，更让人唏嘘感怀。我叙述萧红生活道路的转折点，力图说明，蕴蓄在个人命运深处的动力之源，在个人命运的抉择中潜藏着什么。是不是潜藏着意欲破坏什么的革命欲望和人性符码，意欲寻找一条激荡不宁的充满荆棘的道路？这条道路上尽管布满了荆棘，但是在披荆斩棘的行进中，在开辟道路的艰难磨砺中，会体尝到一种巅峰体验和极致欢乐，超越一种凡庸。革命也是一种挑战，需要极大的勇气。如同切·格瓦拉的选择，这位游击大师，这位堂·吉诃德式的英雄，他在古巴和卡斯特罗并肩战斗并最终取得政权，胜利之后的切·格瓦拉失去革命目标，陷入迷茫和精神困境，然后毅然放弃国家二把手的领导位置，而投奔南美洲丛林，继续他的革命理想，直至像一个战士那样死去。这种生活和这种追寻，总能使人心中热血沸腾，它有着怎样的人性根基呢？这种行为的高尚性、神圣性，会赋予贫瘠生活以充盈的意义。当人为一种神圣目标而奋斗时，他会确信即使献出自己的生命也在所不惜，因为生命在此刻获得大道，有了价值和意义。革命就这样以绝妙的方式赋予生活以价值和意义。

延安时期，冒着生命危险投奔延安的女子，大多是家庭出身优裕的知识女性，她们放弃掉舒适富裕的生活，而寻求磨难，我们说她们具有伟大的献身精神，她们为了千百万贫苦阶层的人能够过上像她们已经拥有的日子，而受难受苦，而甘愿做一个殉道者，她们放弃肉身享乐而获得精神拯救。但当全社会处在一个富足状态的时候，革命就成为一个遥远的回响，革命精神里包蕴的超越肉身享乐的浪漫激情、献身精神、拒斥凡庸、无私纯净，能否在文学的叙述里延伸显现？

革命离我们的生活渐行渐远，它曾经摧毁许多东西，曾经走向了它的极端，也带来难咽的苦涩。曾经被摧毁的有的在慢慢恢复，曾经的火热激情、曾经的无私献身，也像一道绚丽的霞光，呈现在历史的远方。

原载《小说评论》2008年第5期

情爱主题：从五四到新时期的历史嬗变

古典主义文学在爱情上的诉求[①]，在五四时期的作家那里，发展到了极致，也将这一命题推向了最终解决。丁玲于1928年发表的《莎菲女士的日记》，是一个标志。莎菲是个具有强烈的个人意识的女子，她是"心灵上负着时代苦闷的创伤的青年女性的叛逆的绝叫者……旧礼教的叛逆者；她要求一些热烈的痛快的生活"[②]。莎菲身边有两个爱恋着她的男子，一个叫苇弟，一个叫凌吉士，苇弟诚恳老实而怯懦，凌吉士高大俊美而卑琐。在爱的游戏中，莎菲处在矛盾状态下，她明明洞察了凌吉士卑琐的念头，但是，她一想着能够占有高大俊美的凌吉士，心里就溢满喜悦。作者对莎菲的心理有着深刻惊人的剖析，她为了俘获凌吉士，将"所有心计都放在这上面"，她想："我要那样东西，我还不愿去取得，我务必想方设计让他自己送来。""女人只把心思放到她要征服的男人们身上。我要占有他，我要他无条件献上他的心，跪着求我赐给他的吻呢。"[③]她内心对

[①] 本文这儿所说的古典主义爱情诉求，是指从《诗经》时代开始一直到五四时期，诸如《焦仲卿妻》《西厢记》《牡丹亭》《窦十娘怒沉百宝箱》《红楼梦》等文学作品中所歌咏的爱情故事呈现出的意旨。这些作品，都表现出了男女主人公的深情挚爱，也就是乐府民歌中女子反复咏叹的"一人心"。这种爱情的诚挚性、唯一性追寻，构成了古典文学作品中爱情歌咏的核心元素。
[②] 袁良骏编：《丁玲研究资料》，天津人民出版社，1982年，第253页。
[③] 丁玲：《莎菲女士的日记》，见杨桂欣编《丁玲》，人民文学出版社，1987年，第13页。

凌吉士的到来充满焦急的渴念，但是她想隐藏自己的真实愿望免得让人瞧不起，转念又想："我爱他，为什么要使用技巧？我不能直接向他表明我的爱吗？并且我觉得只要于人无损，便吻人一百下，为什么便不可以被准许呢？"①这些地方，强烈地透出丁玲当年的创作锋芒，透露出个体幸福至上的原则。

无疑，这是五四之后个性觉醒的一代青年女性在追求个体爱情幸福上的大胆表露。茅盾也清晰地看到这一点，他说尽管在"游戏式的恋爱过程中，她终于从腼腆拘束的心理摆脱，从被动地位到主动的，在一度吻了那青年学生的富于诱惑性的红唇以后，她就一脚踢开了她的不值得恋爱的卑琐的青年"②。茅盾不愧是一个敏锐深刻的理论家，他看出了莎菲这个新时代女性身上不同凡响的地方。和前面所述古典作家比起来，莎菲的追寻更具有本真性，茅盾说丁玲，"这是大胆的描写，至少在中国那时的女性作家中是大胆的"③。写出莎菲的丁玲，也因为此作而多次受到批判，连张天翼这样的小说同行，也在1957年反右时，批判莎菲的个人化，说她出生在"五四运动"后八九年，"社会经历了那么多事变……我们的历史整整跨越了一个时代"，在那样一个伟大的时代，怎么就视而不见、听而不闻伟大时代的脚步声呢？批判者说，在这样一个伟大时代当中，莎菲"这个人没有什么理想，没有什么精神生活，也没有什么原则。她只是想到她自己。想要使自己快乐，使自己能够享受些什么"④。张天翼想说的是，莎菲没能走上革命的道儿，连资产阶级上升时期的革命精神都没有，倒是充满了资产阶级"末运不可免的颓废气和腐烂气"⑤。当然，只要戴上了自私自利的"为我主义""个人中心主义"的帽子，在那样一个背景

---

① 丁玲：《莎菲女士的日记》，见杨桂欣编《丁玲》，人民文学出版社，1987年，第36页。
② 袁良骏编：《丁玲研究资料》，天津人民出版社，1982年，第253页。
③ 同上，第253页。
④ 同上，第403页。
⑤ 同上，第402页。

下，不管什么"气"都可以加诸头上。因为张天翼所关心的问题是，具有强烈的个性解放意识的莎菲，能否走上革命一途。但从另一角度看张天翼的观点，却也说得中肯，"莎菲听不见时代的脚步声"，却能听见自己内心深处生长的个人心声。这一个人愿望，恰恰沿袭着崔莺莺、杜丽娘、林黛玉们的追求，她们本也不关心时代怎么样，只是关心自己的个人爱情和命运，只是她们内心对爱情渴望的声音遭遇了时代墙壁的阻挡，这才使她们的遭遇具有了社会性意义。而此时的莎菲恰恰实现了彼时女子的情爱渴望，甚至将这一实现推到了顶端，把玩起爱情来。

莎菲身上强烈的个我化所遭遇的批评，在巴金1931年写成的《家》中，却有了另一方向的表述，人物的爱情及命运走向，变成了一种主流思潮的表达，从而被左翼批评家予以肯定和赞赏。觉新是长房长孙，一个新旧交替的人物，他不敢大胆争取自己的爱情权利，忍辱负重。他深爱着瑞珏，但又无力拯救瑞珏出苦海，最终使瑞珏惨死，在生命的压抑里构成了各自的悲剧。觉慧是一个封建家族的叛逆者，他大胆反抗家族统治，最终投奔新世界去了。他的反抗性格必然导致他走向革命的路途。巴金写他与婢女鸣凤的纯洁爱情，写得纯美而动人。鸣凤最终感到觉慧像是天上的月亮，她怎么也够不着。在高家决定将她卖给一个老头做小妾时，她最终选择了投湖自尽。在巴金小说发表的年代，鸣凤的命运，已经令人出离愤怒、拍案而起了。这不是愚昧和觉醒的问题，不是吴妈和阿Q的问题。吴妈听见阿Q的求爱词"我想跟你困觉"，就哭闹着要上吊。吴妈和阿Q是两个都不醒觉的人。而觉慧和鸣凤都是醒觉者，时代也是醒觉的时代。至少在先知先觉的知识界，这个问题已经有了共识。所以，鸣凤的命运就显得特别抢眼。因为，在意识上已经明确解决的问题，更易于勾起人的强烈义愤。另外，巴金笔下的觉慧与鸣凤之爱，显示了一个时代的努力方向。在觉慧眼里，没有门第高下之分，而在曹雪芹的笔下，"焦大是不会爱林妹妹的"，张生只可能喜欢上崔莺莺，而万难喜欢上红娘。在巴金的人物世界里，一切都翻了个过儿。觉慧对门第是憎恶的，如同他憎恶这个家一样。自由平等的浪潮要打破高低贵贱，要倾覆一个固有秩序和结构。所以，觉慧没有因为鸣凤是婢女就看她不起，倒是鸣凤觉得觉慧像天上的月亮，够也够不着。这是一种错位。时代命题在巴金笔下，在觉慧与鸣凤实践里，原有的秩序和权威，已经在风雨中飘摇欲坠，只等摧枯拉朽的烈风了。所以，贾宝玉面对贾母加在自己头上的婚姻，只能无奈地接受。但在觉慧那里，却是绝无可能、不可想象的了。觉慧、觉民通过抵抗、通过逃离，使封建家族的权威秩序处在崩溃瓦解之中。

觉慧之后，觉民就自然而然地与其所爱者琴，手拉手一道走向了幸福之旅，或者说是爱情加革命之旅。作为五四旗手的鲁迅，首先敏锐察觉出"娜拉走后怎样"的问题。在他的小说《伤逝》里，涓生和子君结合了，他们勇敢地挑战社会现实，大胆地住在了一起。蔑视着那赛似冰霜的冷眼和世人的嘲讽。子君宣言："我是我自己的，他们谁也没有干涉我的权利。"[1]但是，现实给予的重压，也使他们日渐窘迫。生活的重担、经济的压力，最终使他们作为反抗世俗伦理的爱巢堡垒、个性解放思潮结晶的家庭被毁掉。涓生为能救出自己而选择退缩分手，这样使子君只能又回到旧家庭之中，导致她在父亲的"烈日一般的严威和旁人的赛过冰霜的冷眼"[2]下凄然死去。这是两个为爱而与社会决裂、勇敢地反抗旧礼教的青年实践性地迈出的一步，爱的仪式虽完成了，但爱的结局却是悲哀伤感的。鲁迅借子君之口说："大半年来，只为了爱——盲目的爱——而将别的人生要义全盘疏忽了。第一，便是生活。人必须生活着，爱才有所附丽"[3]。这是鲁迅1925年写的小说，鲁迅想回答的是"娜拉走后怎样"的问题。此刻，社会呈现出的问题，已经超越了相爱男女能不能爱在一起，而是在一起之后的问题。从鲁迅的笔下，我们知道了两个人相爱之后，如果不能得到支持，就是说两人的行为若无社会主流意识层面的认可，最终两

---

[1] 鲁迅：《鲁迅全集》第2卷，人民文学出版社，1981年，第112页。
[2] 同上，第126页。
[3] 同上，第121页。

人也难能获得真正的幸福美满。鲁迅笔下的子君，虽也有着与家庭决裂的勇气——在爱情的激励下，但还是一个被动的角色，她只能依靠涓生的工资来养活这个家庭，而且也是涓生的逐渐不安、不满、压抑、厌倦，提出分手，最终导致她回到旧家庭中去，只能这样，最后凄然死去。和莎菲比较起来，子君在与涓生的关系中，则少了一些自主的成分。莎菲尚能处于自由选择中，尚能将自己藏于暗处，冷静地观察凌吉士，至少在心理层面上超越了凌吉士，掌控着凌吉士。就两性间的战争来说，莎菲已经处在了心理优势情态下。当然，不管是丁玲笔下的莎菲还是巴金笔下的觉慧，抑或鲁迅笔下的子君，他们还都是中国最早觉醒的一代知识分子，至少在社会分层上来看，他们无疑归属于知识阶级，与当时中国广大区域的农民阶层比起来，大概是超前了一个时代。

20世纪30年代之后，启蒙的进程被救亡所打断，[1]对两性关系的探寻，几乎一个模式，就是革命加恋爱。尽管这一模式在30年代曾遭到瞿秋白、茅盾批评，但在此后的发展中，这一模式持续延展，1950—1960年代，出现了大批革命战争题材的长篇小说，或隐或显呈现着这一样态。《林海雪原》里，在"白茹的心"那一节，卫生员白茹充满对革命英雄少剑波的向往，质朴纯净而无丝毫杂念。作品剔除了个人化的自我考量，使爱成为纯粹意义上的对革命和英雄的向往，深层的个人意识是消泯的。[2]《青春之歌》是一部全面涉及"革命与爱情"主题的作品，1958年出版，[3]此后有着广泛影响。主人公林道静的恋爱史，实际上也是她的革命史，是她对革命从不自觉到自觉的历程，是她从幼稚走向成熟的历程。林道静反

---

[1] 李泽厚认为，"五四运动包含两个性质不相同的运动，一个是新文化运动，一个是学生爱国反帝运动"。在前期，启蒙和救亡相互促进，"一二·九"学生运动之后，是救亡压倒了启蒙。在李泽厚的"救亡"概念里，不仅是面临日本入侵的亡国之忧，在前期更多是指国家的衰败颓靡之势。李泽厚：《启蒙与救亡的双重变奏》，见《中国现代思想史论》，安徽文艺出版社，1994年。
[2] 曲波：《林海雪原》，人民文学出版社，1957年。
[3] 杨沫：《青春之歌》，作家出版社，1958年。

抗社会现实，开始是从自身的屈辱境遇出发，然后走向自觉革命。这一过程与个人情感史完全吻合。在个人情感史中，有一条贯穿始终的线索。美丽的主人公不断地被权贵们当礼物送人，如同她宿命般的出身：贫寒的母亲被林伯唐霸占为妾而生下她。母亲死去大姨太送她上学是期待她能变为摇钱树，后来大姨太欲将她嫁给北平特务头子胡梦安。为了反抗这桩婚事，她才逃离北平，到了杨庄。在杨庄又遇小学校长余敬唐，意欲将她献予鲍县长，因走投无路投河自杀被地主儿子余永泽相救，后与其相恋同居。当她认识革命者卢嘉川后，对余渐生厌恶，终至分手。这是必然的，余永泽的理想是两人厮守，过那种温情的小资生活，他当然要败于革命者卢嘉川了。卢嘉川死后，林道静几度被捕，在狱中接触革命者林红，经受锻炼，自己也成为一个真正的革命者。最后认识了革命者江华，终与他成婚。可以看出，林道静是在追求自我幸福中，逐渐走向革命大道的，自我幸福和革命大道相连。

80年代后，情况有了很大变化，伴随着改革开放的深化，个体意识进一步觉醒伸展，作家对爱情的表达也在向纵深推进。张洁的《爱，是不能忘记的》[①]，风靡一时。个人化爱情，不掺加任何社会附着的、纯粹的两性爱情，再一次被高扬，被神圣化，被人们置放到了突出显赫的位置上。张洁写了一对终生相恋的人，却抱着遗恨——也许是抱着幸福，最终没有走到一起而离开了人间。这篇小说用第一人称，写的是"我"的母亲。"我"的母亲带着"我"独身生活了二十年，其实不是没有追求者，是她的心被一个人所占满，就再也装不进去别人。她默默地爱着她的机关里的一位干部。这位干部在革命年代因为一个老工人为掩护他而牺牲了自己的生命，抛下了妻子女儿，"他出于道义，责任，阶级情谊和对死者的感念，毫不犹豫地娶了那位姑娘"，但是两人并没有多少爱情基础。这位干部与母亲曾在路边相遇而交谈，一起散过一次步，送过母亲一套二十七本

[①] 张洁：《爱，是不能忘记的》，见《中国当代文学作品选》第1卷，华中师范大学出版社，1992年，第322—337页。

的《契诃夫全集》，"他们这一辈子接触过的时间累计起来计算，也不会超过24小时"。就是这样的一对相爱者，那样深沉，那样执着。

　　母亲死后，在她的日记里，表达出的感受是她"真正地爱过，没有半点儿遗憾"。母亲并不像世俗眼里看出的可怜凄惨，反而"分明至死感到幸福"，正因为她有真正爱的幸福，体尝了这种幸福，所以才会对已经三十岁还没有嫁出去的女儿说："姗姗，要是你吃不准自己究竟要的是什么，我看你就是独身生活下去，也比糊里糊涂地嫁出去要好得多！"母亲就是这样，在心底坚守着这份爱，这份柏拉图式的爱，成为一个"痛苦的理想主义者"。除了他们自己，"大概这个世界上没有一个活着的人会相信我们连手也没有握过一次，更不要说其他"。但是痛苦着的母亲也充盈着幸福，尽管他们一生接触的时间如此稀少，可是，"大约比有些人一生享受到的东西还深、还多"。这种在心里、在远处默默地爱着厮守着的恋人，这样遥遥相望，在心灵上默默温暖，一直到人生幕落。所以，小说的题目叫"爱，是不能忘记的"。张洁笔下对纯美爱情的呼唤，对爱情的神圣性、庄严性、崇高性的坚守，显示了女性作家的一个情感取向。爱恋在张洁的笔下，已经变为"相互呼唤的人也可能有相互不能答应的时候"，这个时候就应该坚守，即使独身。因为小说的结构有两层，一层是写母亲的爱，一层是"我"三十岁还没有呼唤到那另一半，"即使等不到也不要糊里糊涂结婚！不要担心这么一来独身生活会成为一种灾难"。母亲终生遥望的、难以忘怀的爱恋，恰恰为我独身坚守的合理性做了一个注脚。在张洁的理念里，爱无疑是最为神圣崇高的，是灵与肉的紧密结合，甚至可以为了"灵"而放弃"肉"的。既然如此，怎能凑合？这种柏拉图式的精神爱恋，明晰地蕴含着弃绝肉身享乐的禁欲味道。

　　张贤亮在《绿化树》[①]里，也作了与张洁上述命题相同的抒写。爱情的神圣崇高继续被张扬着。作者写出了那么美的情感。主人公章永璘同马

[①] 张贤亮：《绿化树》，载《十月》1984年第2期。

缨花相爱，尽管两人在劳改农场这个特殊的环境下。马缨花是一个没有文化但充满热情和真纯的女子，而章永璘则是一个被打成右派的知识分子，两人的这种差异也构成小说的一个特色。当章永璘禁不住内心激情爱意呼她为"亲爱的"，马缨花一下子没有听懂，等她明白了，笑道：我们不叫亲爱的，男的把女的叫"肉肉"，女的把男的叫"狗狗"。这个肉肉给了章永璘打动心扉的疼爱，唤醒了他早已被劳改生活粗鄙化了的正常生活和人的情感。当章永璘因为马缨花借用她的女性身份之便，使用别的男人为家庭捞取物质好处时，章永璘感到羞耻，想着早早结婚，也杜绝了那些男人的妄念，马缨花说："哎，傻狗狗。"她说："我又没有说不跟你结婚，我早就想着哩，要不，我这是干啥呢？等这'低标准'一过，日子过好了点，咱们就去登记，让那些傻熊看了干瞪眼……" 看到章永璘还有点儿不乐意，她就说："你是不是不相信我，怕我跟了别人？"……于是她又钻进"我"怀里，踮起脚尖，用脸颊摩擦着"我"的脸，柔声地说："要不，你现时就把它拿去吧，嗯，你要的话，现时就把它拿去吧。""我"心里此刻"感受到了一种令人心酸的、致命的幸福"。"不是情欲，甚至也不是一般的爱情，而是一种纯洁的、神圣的感情。有限的爱情要求占有对方，无限的爱情则只要求爱的本身。""我谦恭地吻了她一下，然后轻轻推开她。'不，'我说，'我们还是等结婚以后吧。'"在这儿，张贤亮的爱情视野里，两性间的性爱还是带着神圣的味道，是一种承诺，是一种期许，是安妥灵魂的家园，是非他（她）莫属的唯一性，还有爱与性是融为一体的。马缨花"用清醒的、决断的语气说：'你放心吧！就是钢刀把我头砍断，我血身子还陪着你哩！'"作者感慨道："有什么优雅的海誓山盟比这句带着荒原气息的、血淋淋的语言更能表达真挚的、永久的爱情呢？"

但到《男人的一半是女人》时，张贤亮在两性关系的描写上，则有一个大的改变。"与同时代的作家相比，张贤亮则较早地涉及了'性'这一曾带有浓厚禁忌色彩的领域。"[1]在极受争议的中篇小说《男人的一半是女人》[2]里，两性主题的描写有了新景观。作者笔下，右派劳改犯章永璘在马老婆子的捏合下，与黄香久结合了。他们的结合更多的是性的结合。1949年以来，我国少有关于两性关系中性与爱的探讨。因为"在中国文化中，'性'与'爱'一向是不能合一的，'性'从来就被视为淫秽、色情的代名词，难登大雅之堂"[3]。现代文学里郁达夫的《沉沦》，算是描写得最为露骨的了，在当时亦受到极大争议。张贤亮多处描写到章永璘对这种结合的质疑。章永璘想："这里的爱情呢？有爱情吗？去他妈的，爱情被需求替代了。""他甚至用一种冷静的购买者的眼光"来打量黄香久，在这种打量里，他看到的是她的性感、激起他欲望的躯体和女人作为雌性的性别："她端端正正靠在墙壁上的上身，那副像猫似的慵懒的、好像经常处于等待人去抚摸她的神情，千真万确就是我在八年中的想象。一个幻影而又不是幻想。微微耸起的乳房和微微隆起的小腹，仅在视觉上就使人感到具有弹性。她身上没有一点模糊的地方、无性别的地方，仿佛她呼出的气息都带有十足的女性，因而对男人有十足的诱惑力。这个发现，使我内心陡地感到一种潜在的危险，却并不知道会有哪种危险。可是，又正是这种危险感刺激起我非要向前一跃，非要试探试探……"章永璘终于迈出试探的一步，但是，章永璘在这样一个充满着肉欲饥饿、"等待人去抚摸"的女子面前，却因为长期的压抑成为一个性无能者，这使章永璘充满沮丧和灰暗，甚至撞见黄香久和场部领导曹学义偷情，也悄悄避开，仿佛自己有着亏欠在黄香久手里。其实作者在下笔写两人结合的开始，就隐伏着两人的终结，因为"我一一地回忆了过去的爱情，与之相爱最浓烈的偏偏没有能与之结婚，而与我结婚的却也是一个希望，一个幻想中的肉体；理想的没有能与之结合，而与我结合的又是我的理想——这话究竟应该怎

---

[1] 董健等编：《中国当代文学史新稿》，人民文学出版社，2005年，第426—427页。
[2] 张贤亮：《男人的一半是女人》，载《收获》1985年第5期。
[3] 董健等编：《中国当代文学史新稿》，人民文学出版社，2005年，第427页。

么说？有人说爱情是给予，但我能给她什么呢？什么也没有！这里没有爱情，只有欲求；婚姻原来不是爱情的结果，而是机缘的结果。"章永璘在悲叹里，祈求着灵与肉的统一性，但是，最关乎个人化幸福的两性之爱，在个人遭际着困厄的时期，也只能是构成困厄时期的个人性状的理想。所以，此时的章永璘，这个会读书、有头脑、善思考的被劳改者，也只能在他生存的这个范围内，寻找所谓的理想者了。天边也许真有着理想的女人，但那不属于章永璘，机缘造化将章永璘置放此地此刻，他与黄香久也就有了这样一段姻缘。但是，正如章永璘那远在天边的理想，使他不甘在此浑噩一生一样，他从黄香久身上想满足的是男人的性饥渴，待到获取了做男人的雄性力量后，他就离开了黄香久。尽管黄香久的话让他充满感动："你别忘了，是我把你变成真正的男人的。"他也知道"世界上最可爱的是女人"，但还有比女人更重要的！结论倒有点儿奇怪，"女人永远得不到他所创造的男人"。

　　张贤亮将性与爱分开，直面性压抑、性饥渴这一问题，倒是开了新时期小说描写纯粹性爱的先河。此后，这一问题，在1990年代的作家那里，获得了井喷式的表现和开掘，爱情的神圣崇高逐渐湮没在性欲的张扬放纵中。贾平凹的《废都》，这一描写影响深远，亦成为此类作品之范本。还有深具影响的王朔笔下那一大群顽主们，将性当作游戏，甚或可将女友共享。陈染、林白、卫慧、棉棉们，她们笔下，情爱关系更成为性的狂欢，而非爱的珍重。此后，我们在作家的笔下，再也找不回"在天愿为比翼鸟，在地愿为连理枝"的遥远回响，再也听不到那种真正彻骨动人的爱情咏唱。是生活本身粉碎了爱的真挚性恒久性唯一性，扼住了作家歌咏爱情的咽喉，还是作家本身失去了歌咏爱情的能力？这是我们在新世纪面临的一大困惑。

原载《当代文坛》2009年第1期

第三辑

宏大叙事、娓娓私语与历史回响

(2010—2015)

世纪之变的文化探询

——从陈忠实的《寻找属于自己的句子》重解《白鹿原》

我把《白鹿原》的问世①，看作一件大事！这是因为，在半个世纪以来的中国文学发展格局里，它所拥有的无法替代的里程碑式的价值和意义，它所揭示与所开创的道路，它追寻的对时代命题的回答以及对未来的指向，它所关涉的我们所无法回避的文化存在。

一

初读《白鹿原》时，我一度惊讶于这部大著所达到的辉煌高度，仿佛是一座飞来的奇峰，奇迹一般地铺展在陈忠实笔下。《白鹿原》所展现的广阔而厚重的社会历史，它对20世纪上半叶中国社会组织的再现能力，它审视人的文化存在的巨大穿透力量，此外，还有它作品中主人公白嘉轩身上承载的浸透着儒教文化血脉的人格风貌，以及鹿子霖、田小娥和黑娃所代表的另一原欲所构成的叛逆性力量，所有这些，昭示着这部大作的杰出属性。因了它的杰出，我们忍不住回过头来，对这部杰作的创造者生出由衷的敬意，并且对作家的创作经历及《白鹿原》的孕育过程充满神秘色彩

---

① 陈忠实：《白鹿原》，人民文学出版社，1993年。

的好奇，不由得对作家生活、创作心理及写作理念再次凝视，重新打量。《白鹿原》的诞生，其中必有一些发人深省、耐人寻思的缘由，探索这些缘由，一直隐伏于心。《寻找属于自己的句子》①的出版，为人们解读研究《白鹿原》创作的背景及各种因缘，探索研究陈忠实的创作思想，打开了一扇窗户。

1993年，《白鹿原》问世的时候，中国社会刚刚确定了市场经济的位置，大转型轰轰烈烈开始，商潮汹涌澎湃。在知识分子群体中，也在发生剧烈的观念裂变，人心骚动，在个体的思想意识中，普遍生发着强烈的内在冲突。许多大学教师，竟也因收入低微而主动放弃教职，下海搏击商潮去了。"造导弹的不如卖茶叶蛋的"，这就是对那个时期一个生动的注释。既有的生存秩序被打破了，一些生存在原有框架里的既成观念，顿时遭到颠覆。困惑——成为那个时期普遍性的情绪表达。

再往前追溯，1980年代，是一个大变动的时代。陈忠实在《寻找属于自己的句子》里谈到自己精神世界的变化时，表达了自我困惑性的心理冲突。他说，在荧屏上看到了胡耀邦穿上了西装，脑海里却出现了毛泽东一代领导人一律中山装的画面；看到了灞桥古镇上逢着集日，"牵牛拉羊挑担推车卖货的男女农民之中，突然有三四个穿喇叭裤披长发的男孩女孩，旁若无人地晃悠，竟然引得整条街上的行人驻足观赏"；被朋友带去看摇摆舞，看到那些"绷紧屁股更绷紧胸部的妙龄女子疯狂扭摆肢体时"，自己脑子里浮现出"忠字舞"的场面；看到"县长给全县第一个万元户披红戴花的电视画面"，但叠加而来的是柳青笔下"为农业社换稻种的梁生宝和真人王家斌"。②所有这些现实的对抗和冲突，在作者心里引发一系列的强烈冲撞，这种冲撞，带来的心理变化，作者将之称为自我剥离，也就是将自己原有的早已形成的固化的观念意识不断颠覆，实质是不断深化的思想解放。在我看来，这些现实剧烈冲突的生活视像，推动并驱使作者强

---

① 陈忠实：《寻找属于自己的句子》，上海文艺出版社，2009年。
② 同上，第102页。

有力地去追寻在表层之下的那些不动的东西。陈忠实在不断向自己追问：在这剧烈动荡的大时代之下，哪些东西漂浮在事物的表层，哪些东西沉潜在水面之下，如同冰山？

二

引起作家这样强烈追寻愿望的恰恰是现实关怀，现实的精神困顿。陈忠实在叙述自己参与的1982年的分田到户工作时，这样描述：有一天晚上，忽然想起在三十年前，柳青一家人从北京迁到陕西，他直接参与的农业合作化运动，正是动员农民放弃单家独户的生产方式，让大家走共同富裕的集体化道路。而今天自己所干的恰是自己所敬重的柳青所干的事情的反动，又要将土地重新分回各家各户去，两相碰撞，自己忽然"惊诧得差点从自行车上翻跌下来"，"一个太大的惊叹号横在我的心里"。[①]惊的不是作家对分田到户的疑虑，惊的是历史吊诡式的颠倒横变，这种历史沧桑导引着作者去追寻。这道原上的先民们，也在伴随着历史沧桑的变化，伴随着王朝兴衰的动荡，一代又一代繁衍生息。王朝兴衰更替的动荡变化，在原上的子民们看来，似乎是一个遥远的传说，他们还得过自己的日子，他们的耕作方式没有变化，他们的组织方式也没有变化，他们的文化心理结构也没有变化，浸润着他们日常生活的法典——宗族祠堂里的乡约更没有变化，上层皇位的更替，并不影响下层的稳态结构。这是陈忠实在沉思白鹿原先民们的观念意识时，所感知寻找到的东西。正是1950年代的"拉牛入社"和1980年代的"分田到户"，刺激着作者追寻，追寻这道原上曾有的恒久不变的社会生活事象，这是"白鹿原"这个意象产生的大背景。在作家开始创作《白鹿原》时，"整个世界已经删减到只剩下一个白鹿原，横在我眼前，也横在我的心中；这个地理概念上的古老的原，又具

[①] 陈忠实：《寻找属于自己的句子》，上海文艺出版社，2009年，第91页。

象为一个名叫白嘉轩的人。这个人就是这个原,这个原就是这个人"①。这道原承载的是千年儒家文化的历史沉积,即使从宋代大儒吕大临创造中国第一部教化民众的乡约开始,也具有千年历史了。正因为如此,才有白鹿原上的动荡变化和不变的白嘉轩,还有那股弥散在白鹿原角角落落的乡约的魂魄气息。

在这种结构里,深邃敏锐的陈忠实,在个人的体验感知中透出意识深处的不安,或者是犹疑。白嘉轩代表的儒家传统,在社会的现实层面,遭遇着前所未有的挑战。国民党大旗上映现着三民主义,共产党大旗上书写着共产主义,无论这两个主义的论争如何,显在的事实是这两个主义,同时在挑战着儒家传统,并构成了白鹿原人在价值选择上的断裂;白鹿原新式学校里走出的学子们,也在否弃着原有的价值观念和思想意识,宗庙祠堂构成的权威被瓦解的命运阴云已经笼罩在头顶,白嘉轩对走出白鹿原的人,已经失去了威慑力。这个时代,在城市正在生成着另一个中国传统里从没有过的群体,我们把它称作工人阶级;也同时在生成着商业文明,商业文明构成的市民文化正在崛起,一个新的结构方式正在呈现。农村的大变动还没有开始,但已是山雨欲来。

三

这个在传统里成长起来的腰杆挺得又硬又直的白嘉轩,已经成为被攻击的对象,既被前期黑娃所代表的农协所揪斗,又被变身为土匪的黑娃兄弟们抢劫并被打断了腰。但是,动荡下的乡村社会结构和意识形态,此刻都还没有从根子上发生颠覆性毁坏。不管是作为农协领导者的黑娃还是作为土匪的黑娃,他动摇的都是现存秩序和权威,是扎根在白鹿原上且长得"又直又硬"的乡绅典范白嘉轩。黑娃与白嘉轩的对抗蓄满了历史的玄

---

① 陈忠实:《〈白鹿原〉创作手记》,上海文艺出版社,2009年,第80页。

机，假若你细细地屏气凝望，其黑魆魆的望不到底的历史纵深感让人眩晕。在20世纪的中国，不管是政治经济问题还是历史文化传统，二人所代表的诉求在历史天幕上都会映现。所以说黑娃是一个很有深度的人物形象，不是指他自己的思想深度，而是指他自身所呈现的压抑不住的原欲，在现实的文化形塑之下，构成抗争，一种从人性深处的缝隙里流淌出来的对既有秩序的破坏愿望。面对白嘉轩，他本然地感到压抑，这个在白鹿原上让村民们敬重仰视的乡绅，使黑娃感觉浑身不舒服。作家精彩地写到了黑娃打断白嘉轩腰杆的因由。白嘉轩给他买来笔墨纸砚让他上学，他逃学，给父亲鹿三说，"我嫌嘉轩叔的腰挺得太硬太直"。父亲让他顶工，他非要跟人去渭北熬活而不愿走进白家，还是那句话："我嫌嘉轩叔的腰挺得太硬太直我害怕。"[①]在黑娃的精神世界里，白嘉轩构成了他梦魇一般的无形压抑，这是一种无上威权的精神统治力，所以，打破这种权威，能够舒缓他的心理，能够使他获得颠覆性的快慰。

　　黑娃这个人物的深度，还在于他个体生命的大起大落中展现出的深刻意味。开始他组织农民协会，批斗白嘉轩、鹿子霖，后来又当了土匪，向白嘉轩、鹿子霖复仇，再后来，又拜朱先生为师"学做好人"，还要带着媳妇玉凤回白鹿村祭拜祖宗祠堂。黑娃的归根寻祖，表达着白鹿原上流淌在村社乡民之中的儒家文化之深沉力量。国共两党虽有着数十年的征战争斗，但也有团结一致的时候。传统被反复荡涤，儒家香火，如沉潜在海面下的洋流，唯余白嘉轩、朱先生苦苦支撑。

四

　　在大革命的浴火中，乡约碑文被打碎，白嘉轩诚笃地守护着乡约所具有的价值范式，坚持将其修复，坚持召集村民按老规矩到祠堂诵读乡

[①] 陈忠实：《白鹿原》，人民文学出版社，1993年，第246页。

约。这座祠堂,上演着因违反族规而遭受刺刷惩罚的田小娥、白孝文事件,也上演着鹿黑娃们揪斗白嘉轩、鹿子霖的大戏,还上演了田福贤惩罚农协会员、墩死贺老大的惨剧。祠堂这个舞台承载着什么?黑娃的最终回归,祭拜祠堂,令白嘉轩对它的意义充满自信,他在黑娃离开白鹿村的当天晚上,在上房里对孝武说:"凡是生在白鹿村炕脚地上的任何人,只要是人,迟早都要跪倒在祠堂里头的。"①白嘉轩对"人"的理解多么合乎孔子对"人"的定义。孔子说:"人而不仁,如礼何?人而不仁,如乐何?"孔子的意思是说,只要是人,总是要为仁的。仁是做人的根本。那什么是孔子眼里的仁呢?"克己复礼为仁。一日克己复礼,天下归仁焉。"克己也即控制自我的原欲,所以他又接着说:"为仁由己,而由人乎哉?"能否做到对自我原欲的控制,全在自身,岂在他人?这是孔子所讲的内在修养与内在自觉。黑娃在县保安大队期间,有一个大的转变和回归,作家细腻地写到黑娃与玉凤的结合带给他的影响,即使在洞房花烛夜,却也"完全是和平宁静的温馨,令人摇魂动魄,却不至于疯狂。黑娃不知不觉地变得温柔斯文谨慎起来,像一个粗莽大汉掬着一只丝线荷包,爱不释手又怕揉绉了"②,完全没有了与田小娥初次相拥时的癫狂和烈火熊熊。这是一种回归。还有另一个回归者,这就是白孝文。他成为营长之后,仿佛洗刷了往日的耻辱,带着太太一起回到白鹿原上来,可算是衣锦还乡,荣归故里。但是在傍晚时分返回县城的路上,踏出村庄后凝望故乡,五味杂陈,说:"谁走不出这原,谁一辈子都没出息。"在《寻找属于自己的句子》里,陈忠实也忍不住为自己所写的白嘉轩和白孝文的这两句话颇为自得。这的确是极为精彩的人物心声。白嘉轩因为自己的坚守,看到了曾为土匪的黑娃终于拜倒在祠堂里;白孝文因为自己的苦厄而走出,也因为走出而获得新的人生感觉。这两句经典的话语里,埋藏着现代性与古老传统的尖锐冲突,这种冲突,其实正是现实冲突在艺术里的回

---

① 陈忠实:《白鹿原》,人民文学出版社,1993年,第524页。
② 同上,第517页。

响。

在《寻找属于自己的句子》里，作家陈述了在创作《白鹿原》之前的准备工作，他在长安、蓝田等地，下大功夫翻阅县志、收集资料，也在白鹿原上访问老者，寻找历史踪迹。在翻阅县志时，《贞妇烈女卷》给了他强烈的冲击。他看到大量的整整齐齐排列的密密麻麻的女人名字，这些人以她们的寡居岁月和失去的青春换来了书卷上的这一行字。在字里行间，作家仿佛听到了她们痛苦的呻吟和惨烈的呼叫，在写完"田小娥被公公鹿三用梭镖钢刀从后心捅杀的一瞬，我突然眼前一黑搁下钢笔"。仿佛是对田小娥的纪念，作者"顺手在一绺纸条上写下'生的痛苦，活的痛苦，死的痛苦'"[①]。在田小娥身上，作者竟然倾注了那么多的哀痛！正是在这些贞妇烈女的尸骨里，站出一个以荡妇形象出现的反叛者，其实，如同作者所敏锐感到的一样，在民间广为流传的各种各样的荤段子酸故事里，这种东西也在以变形的方式呈现，构成了文化压抑下的精神宣泄和无意识对抗。这是田小娥这个人物形象产生的深厚基础。这些民间故事里无疑隐含着挑战和嘲弄，尽管个人性的抗争，从来没有停止，但大都是以失败告终，更有因超出规矩而招致的惨烈惩罚。"作为个人，都无力对抗以《乡约》为道德审判的铁律。"[②]田小娥身上，有着作家巨大的情感投入，亦包含着他的深长思考。

五

这也算是在正史里逸出的另一气息，是被压抑的生命力的宣泄。所以，白嘉轩面对着两种不同力量的博弈，一个是在同一范畴内的对手鹿子霖，另一个则是化外之徒黑娃。化外之徒终归教化，这是儒家传统的一大胜利。而鹿兆鹏、鹿兆海，则完全不在这个系统内；白孝文从理想的承继

[①] 陈忠实：《寻找属于自己的句子》，上海文艺出版社，2009年，第79页。
[②] 同上，第112页。

者到偏离大道走出白鹿原：这些，是白嘉轩无法掌控统摄的异己力量。面对这种从观念意识到结构形态的对两千年传统的颠覆，白鹿原人在心理鏊子上被煎熬，有着扭曲挣扎，亦有惶恐欣喜。作品深刻地透露出人性在其中的扭曲挣扎。这毕竟是一场千年之变。在时代的动荡不居和社会大变局中，面对精神困惑和心理震荡，朱先生、白嘉轩们坚定地守护着传统要义，坚定地信奉人心的回归。这种坚守仿佛使命，又宛若绝望中的希望。

现实层面里，新的主义和价值尺度，打破了以白嘉轩为代表的、生活在乡约里的白鹿原上的村民们的平静，宗法制构成的传统被新观念所动摇。新观念以阶级划分人的远近亲疏，认为男女是平等的，它要将高贵者打倒，使卑贱者翻身，它要建立一个全新的共和国。这种"风搅雪"式的大革命，虽然还没能一下子摧毁原有生活秩序，但是，它的力量已经从根子上动摇了原有的社会基石。在白嘉轩这样的乡绅精神照耀下的村民们，隐约感受到了他的权威在悄悄衰颓。《白鹿原》在书写这种文化碰撞时，尽情地写出了传统文化的傲然正气，写出了这种文化雕塑出的人格典范白嘉轩，写出了它构成的严整的社会生活秩序，更写出了这种文化在现代的飘摇命运，写出了飘摇命运中鹿子霖的悲惨和白嘉轩的无奈。在人物活动背后，我们似乎听到了作者一声深长的叹息。

大凡一部伟大杰出的作品，总是对作者心灵深处所面临困境的回答，它绝不是某个社会改革的简单文字阐释，"艺术的主要目的就在于表现和揭示人的灵魂的真实。揭露用平凡的语言所不能说出的人心的秘密"[1]。不管是托尔斯泰还是卡夫卡，不管是批判现实主义作品，还是现代派艺术，在这一点上是共同的。托尔斯泰将自己的人生探寻和自己的艺术活动结合起来，问自己：当代艺术能不能促进耕种土地的劳动人民的幸福？这便是托尔斯泰晚年给自己提出的根本问题，他带着这个问题去观察一切文艺现象。[2]他把艺术作为促进社会进步和改善底层民众生活的手段，作为

---

[1] 列夫·托尔斯泰：《列夫·托尔斯泰论创作》，董启译，漓江出版社，1982年，第11页。
[2] 同上，第2页。

探索俄国农奴制下的农奴是否能获得新生活的途径,他用自己的作品探索这一问题,挖掘这一问题,寻找这一问题的答案。伟大作家所面临的问题,恰恰是时代所面临的问题,就是说,他的个人化的困惑和命题里,刚巧包含着时代向善于思索者提出的命题。他在解答自己的探索、解答自我的困惑时,也回答了大时代的大命题。这是因为,他恰恰就置身于这样的现实生活中,参与着时代的变革,感受着其中的痛苦和裂变。我们从《寻找属于自己的句子》里,追踪陈忠实写作《白鹿原》的心路历程,恰恰能发现,作者所写的尽管是自己未曾经历的20世纪前半叶的人生社会故事,但是,他的写作动力,他想探询的白鹿原上的前尘往事,恰是被现实的生活事象所点燃所激发的,"我由自己1982年早春在渭河边开始的精神和心理剥离,类推到20世纪初'辛亥革命'之后的白鹿原上的人,以我的体验来理解他们的精神和心灵历程,似乎也是很自然的事"[1]。生活现实驱使他回望历史,这是现实在他的虚构世界里的遥远回响,也是深沉回答。

六

在现实促使他进行的探询中,作者说自己某一日突然意识到了一个简单的问题:"这座古原的历史和中国历史一样久远,然而,无论王朝更迭过程中的战乱和灾难怎样残酷,还有频繁的自然灾害……这座原上依然延续繁衍着生命,灾难和灾害过去之后,重新繁衍起来聚而成群的生命又聚集在氏族的祠堂里背诵《乡约》。"[2]祠堂与乡约,构成了一种不变的恒在的精神文化载体。这一大发现,构成了作者笔下的白鹿原上空笼罩的魅惑人的文化氛氲。可以说,自1917年文学革命以来,观察现代小说的发展演变,我们还没有发现,哪一部长篇小说对儒家文化浸润下的社会生活具有这样精彩的正面再现。在中国现代文学的画廊里,还没有出现一个如白

---

[1] 陈忠实:《寻找属于自己的句子》,上海文艺出版社,2009年,第107页。
[2] 同上。

嘉轩这样被儒家文化形塑得如此让人心动且不由得肃然致意的人物形象。

乡约是白鹿原上一个具有象征意味的精神统治的符号。其实，在作家的创作动机里，重心要写"作为原上人文化心理结构柱梁框架的这部《乡约》"，这部20世纪原上人精神和心理上尊奉的"本本"，以及"本本"与新精神观念的冲突。

前面我已提到，作者在查阅历史时，赫然发现原上在1920年代后期，已经办起了两三所新式小学，新式小学里所传播的思想价值和道德伦理，已经和乡约大相径庭了。早在1920年代中期，竟然有一位从北京读书归来的学生在原上建立了一个中共支部，发展了两名党员。中国共产党所确立的目标以及对党员的要求，更是与乡约南辕北辙，风马牛难相及。这是陈忠实所采访到的白鹿原上的真实社会历史，这种冲突是作者浓墨重彩写的东西。

七

在动荡的历史格局下，陈忠实写的是沉厚不动的传统。辛亥革命尽管在历史教科书上是一个标志着帝制结束的里程碑，但是其余波触及这座原时，浮皮潦草，影响十分有限，"也许因为无论旧'三民主义'或新'三民主义'在原上几乎没有任何响动，才给《乡约》留下继续传承的空间"。小说前半部分，重心展示以白嘉轩为代表的儒家文化构成的严整秩序，作家对乡约规范下的乡民们的精神世界，作了精彩书写。写作中，这种恒久而绵长的历史感攫住了作家的手，使他对几千年原上人的生活常态，有一种情不自禁的倾情挥洒，情不自禁的情感投入。陈忠实在他对历史的探索思考中，对这座他几十年生活其中的古原，重新打量重新认识，并注入了深沉的情感，从而使白嘉轩获得了活气和灵气。整个一道原，在陈忠实笔下苏醒起来，喧哗起来，徐徐生动起来。作者为白鹿原灌注了血脉，白鹿原也为陈忠实的叙写注入了灵动的气脉。

白嘉轩所代表的乡约式儒家文化,在20世纪上半叶,被一种新的文化意识所摧毁,在废墟上,我们能否建立新的文化价值和秩序?被摧毁的东西是否具有可以承继的有用部分?在《白鹿原》里,我们仿佛见到了这样的追问。作者将自己的问题与艺术关联,也在小说里求解。《白鹿原》是儒家文化在20世纪之初,受到知识界批判抨击以来,鲜见的用艺术形象来重新思考这个问题的大著。并且,在作者陈忠实身上,我们还发现了他对儒家精神的虔诚实践,不管就其人格还是就其价值观。关学不仅仅影响了关中地区的先民生活,也影响了作家本人的操守和人格风貌。在艺术中探寻的天理,也实践在自己的足下。这一点,也显现出儒家文化在日用上持久巨大的魅力。

在文学业已边缘化的今天,认为"文学依然神圣"的陈忠实,其所具有的使命感,不仅仅让自己的作品停留在文字的探索中,也使自己成为躬行实践者。通过《寻找属于自己的句子》可以得出,作者绝不认为,文学仅仅是一种游戏,仅仅是一种娱乐,当不得真。他将文学同历史与生命关联,为建立新的精神生活而殚精竭虑,所以,白嘉轩不仅活在小说里的白鹿原上,也还继续活在作者的探寻中,对人生真义的探寻,对人格风范的修炼。《白鹿原》是一个对当下问题的伟大实践,是追问,是向自己解惑,同时也向读者发出吁请:在白鹿原上被革命中断的儒家文化,在现代化语境里,还能不能还魂?白嘉轩是不是就这样永远地消失于我们的视野里?抑或我们可以重续儒家文化传统,重新确立我们的文化身份,鲜亮地自立于世界民族之林?

原载《小说评论》2010年第1期

陕军小说创作方阵扫描

提起新时期三十年来的陕西文学，当然，响当当的是路遥、陈忠实、贾平凹，他们三人，齐刷刷获取了国内最具权威的长篇小说奖项——茅盾文学奖。研究他们的文字，大约和他们的著作一样多，甚或超过了他们著作的数量。但是，本文重点要梳理考察的却是除他们之外的其他陕西作家，看看这些在巨大身影遮蔽之下的作家的创作状态及未来潜力。

一

红柯，近几年来，是一位逐渐取得全国性影响的作家。[①]他的一段奇特的经历为他的创作注入了一些异样的元素。红柯本是陕西岐山人，1985年毕业于宝鸡师范学院中文系，以陕西人对故土的眷念情怀，他留在陕西倒合乎常规，然而他却于次年远走新疆，到伊犁州技工学校任语文老师，一待就是十年。1995年冬重回母校宝鸡文理学院任教。这十年带有漂泊意味的生活，使他游历了新疆许多奇异的地方，住过哈萨克人居住的帐篷，游历过维吾尔族人的牧场，跟锡伯族人谈天……他不是浮光掠影式的猎奇，而是深入他们的生活，了解他们。这块奇异的西域之地，构成了红柯

---

① 红柯：《美丽奴羊》，百花文艺出版社，1998年；《西去的骑手》，云南人民出版社，2002年；《天下无事》，河南文艺出版社，2002年；《乌尔禾》，北京十月文艺出版社，2007年。

取之不竭的创作源泉。从他的一系列作品，《美丽奴羊》《西去的骑手》《乌尔禾》等等，都能看出天山南北对他精神世界的强烈影响。西部生活不仅给了他写作的源泉，而且赋予他奇特的力量，使他的作品里饱含超凡的精神张力。他笔下的人物，比如《西去的骑手》里的尕司令，身上就携带着洪流般的气势和力量。《乌尔禾》也具有相同的审美情调。《乌尔禾》是红柯刚出版的一部长篇。乌尔禾是一个地名，位于准噶尔盆地西北边缘，蒙古语里，乌尔禾意为"套子"。从前这里草木丛生，遍地野兔，当地牧民惯下套子猎兔，因此得名。小说《乌尔禾》叙述了在此地生活的两个男子和一个名叫燕子的女子之间的情感故事。红柯作品具有瑰丽雄奇的想象力，他善于将神话与现实融合，使现代与远古交相辉映。远古之时，蒙古族猎手海力布，从鸟儿那里听到灾难即将来临的消息，为了将这个消息告知草原上的每个牧人，不惜自己变成石头。作者将这个流传已久的动人故事赋予新的时代内容，一位乌尔禾的汉族战斗英雄具有了神话人物海力布的灵魂。借此作者为读者展现出一幅新疆戈壁草原上的蒙古族人的广阔生活画卷。红柯有许多神妙的感知和比拟，比如，他说站在戈壁滩上观察兔子，会觉得兔子就如同维吾尔族人的手鼓，把大地都敲响了。

我尤为喜欢他的《天下无事》，他解构历史的力量让人感佩。同样的三国故事，在作者笔下，刘禅眼里是"天下无事"——你要天下我给你，不就无事了吗？为什么一定要打打杀杀呢？从现代人的眼里，我们重新认识了这段历史，重新认识了刘禅，觉得他实在是荒唐里带着可爱，也实在是谬误里含着真知。可惜天下有太多欲霸天下的人，这样只有杀得血流成河了。红柯《西去的骑手》和《乌尔禾》，在第六届、第七届茅盾文学奖评选中，都入围终评名单，离摘取桂冠大约只有一步之遥了。

马玉琛是一位极其低调的作家，他的长篇《金石记》[①]，是一部不可多得的好作品。《金石记》写的是古董商，背景是长安城，那个叫齐明刀

[①] 马玉琛：《金石记》，人民文学出版社，2007年。

的，则是贯穿故事始终的人物。小说写的是现代生活，却营造了浓厚的古风遗韵，字里行间荡漾着中国传统文化的神韵。人物性格、气质神采，灌注着古代士人的气脉，他们仿佛带着千古幽魂走向我们，让读者见识了什么是仁厚，什么是大义，什么是礼仪，什么是精神。金厅长去美国，古董行众人为之饯行，作者借齐明刀之眼，写出了一个高蹈凌虚的杜大爷。杜大爷和楚灵璧的爱恋，写得美轮美奂，荡气回肠。作者回避了在当代作品中常见的对性爱的煽情性刻画，而着力抒写人物的精神气韵。作者用诗一般的笔触，咏歌了他们隽永深沉又超凡绝俗的情爱："杜大爷暗暗叹道：玉老天荒。楚灵璧轻轻嘘气：灵璧迟暮。两个人彼此都听到了对方心灵深处的声音。"作者将杜大爷的临了遗恨、楚灵璧的动情诗句，写得丝丝入扣，幻矣美矣！情矣泪矣！这才是令人神往的情爱，是传承着千年古韵又具有现代意味的诗性之爱。

马玉琛在小说里构筑了令人着迷的古典文化情调，开创了一条新路径。这条路径，从五四时代以降，就被荒疏了。连同我们的语言，也逐渐远离我们的传统。欧化的语言、欧化的人物特征、欧化的小说氛围，中国格调中国气派日益弱化。进入马玉琛的《金石记》里，我们仿佛回到了真正的中国，见到了我们熟悉亲切的人物和文化。难能可贵的是，他营造出了一个新的世界，构建了一种新的价值，为人物的活动安排了一幅无限辽远的中国式天幕，他用大写的独特的中国文化酿造了一壶美酒。我对马玉琛的创作抱着深深的期待。

方英文[①]智慧而幽默，他出生于陕南镇安，但他的两部长篇，写的却全是都市生活。我总是奇怪地认为，一般说来，作家精神的生长之地大体总是和他的出生母地相关，所以，其写作常常是在其母地获取灵异的力量和资源。方英文的第一部长篇叫《落红》，故事和人物写得很有味道。主人公叫唐子羽，不期而然当了副局长，他有两朵玫瑰——妻子与情人，他

---

① 方英文：《落红》，长江文艺出版社，2002年；《后花园》，上海人民出版社，2008年。

既热爱红玫瑰也热爱白玫瑰，春风掠过之时，周旋于"红""白"之间而得意；背运倒霉之时，"红""白"相煎急，他就被架在了火上。他的命运，因了张贴在墙上的一份学习心得而发生转折，这份心得里，没小心加进一段黄段子，恰被检查团看见，丢了乌纱帽。在此心境下，他的红玫瑰要约见他，他口袋里带上了要送给她的纱巾，还没拿出却被红玫瑰误认为"是哪个臭婊子送的"。回到家后，白玫瑰因为他没有帮她找熟人竞争工会主席而气恼，恼怒之下让他把她织的毛衣脱了，他在寒风中不期然走到了那块为自己定好的墓地，不由潸然泪下。从这部小说里，可以看出作家体悟人生命运的荒诞感和悲剧感，可以看出作家所具有的钱钟书式的幽默和推进人物运行的罗织细节的功底。他的第二部长篇《后花园》，在故事结构上显得散漫，人物之间也缺乏紧张感，作者想表达的主旨似乎没有很好传递出来。但小说的语言实在精致，常逗引读者不能放下。

二

作协、文联系统，不断显示其创作实绩且产生了广泛影响的作家有高建群、叶广芩、冯积岐等。高建群[①]因《最后一个匈奴》而获得大名，其实在"东征"之前，高建群已经积蓄了多年的力量，他的实绩早已显现。我就极为喜欢他的那部中篇《遥远的白房子》。1990年代末期，他还推出了长篇《愁容骑士》。他在讲故事时，一环套一环，此刻埋伏着下一刻的伏笔，令读者喜爱。作品的内在张力颇大，叙述中可见其力度，北方汉子的豪迈，淋漓地体现在他的作品里。他的第一人称叙述运用得张弛有度，比如，在《愁容骑士》里，他说起当年在部队上驻守过的白房子边防站，说它就位于额尔齐斯河和界河的夹角里。然后说到额尔齐斯河的美丽，这种美丽，有桃花源般的诗意想象，河流两边生长着参天古木，杨树、柳

[①] 高建群：《遥远的白房子》，载《中篇小说选刊》1987年第6期；《最后一个匈奴》，作家出版社，1993年；《愁容骑士》，中国文联出版公司，1998年。

树、白桦树，春潮季节，鱼儿溯流而上，到额尔齐斯河的河汊里产卵，先来的是红色的鲤鱼，最多的是狗鱼，还有五道黑、大白鱼、小白鱼、黄花鱼，以及张着贪婪嘴巴的绵鱼。这样的美丽如画的描写之后，作者紧接着说到，在一块被茂密的树林遮蔽的小洲，在靠近额尔齐斯河的地方，"我"看见了那个后来一直纠缠着"我"的怪物。说穿了，"怪物"其实是一棵千年老树的树根而已。然后作者笔锋一转，放下这个"纠缠他的怪物"的悬念，叙述他接受了一个新任务，给边防站雇佣的一个哈萨克牧工帮工，接生羊羔。这是他小说的一个小节。从美丽如画的额尔齐斯河到河中冲积出的一块小洲，再到人物发现纠缠自己的怪物，层层紧扣，环环推进，一个悬念套着另一个悬念。高建群就是这样，是一个很会设置故事悬念的作家。我还喜欢他作品中的第一人称叙述，跟作品相融得非常好，如但丁《神曲》里的"我"，引着读者去经历地狱天堂。高建群的作品在内容上处于历史与现实之间，既没有亲近当下生活，也不像是历史或传奇，有点儿将现实荡开而去的感觉。

　　叶广芩有着特别的出身，她属于满族的叶赫那拉家族，她以家族为题材创作的小说，使自己获得了良好的声誉，其中有《本是同根生》《谁翻乐府凄凉曲》《采桑子》等。叶广芩曾到周至县挂职，写了《老县城》和《青木川》[①]。长篇《青木川》是2007年出版的一部有分量的作品，讲述一个土匪的故事。这个土匪在小说里叫魏富堂，现实原型是魏辅唐。他成为这个三省交界的地方青木川的头领之后，发展地方经济，办绸缎商店，销售油盐布匹，收购山货，使客商云集；还开设了辅友社手工皮革厂、茶馆、旅店、钱庄等，这些理应出现在大城镇的店铺商号，却坐落在这个群山包围的化外之境。更让人惊异的是，这个土匪，自己不大有文化，却对文化一往情深，不满足于简单的商业繁荣，还要办学校、修水利、办剧社。学校也是由小学办到中学，开办了当时在汉中宁强县唯一的一所私立

[①] 叶广芩：《青木川》，太白文艺出版社，2007年。

中学。这个土匪仿佛要在他统治的这个小小区域，建成一个桃花源式的家园，一个理想国。这是我从小说里读出来的联想。这本是非常值得开掘的地方，但作品似乎写得太实了一点。对人物这一具有纵深感的地方，缺乏大观照。人类的天赋里遗传着构建社会组织形态的自觉追寻，几千年的人类文化史，正是一个不断探索寻求社会制度、组织结构的历史，因而，一个可以从小说中升腾出来的伟大思想，从作家的笔尖溜走了。尽管如此，我还是非常惊异于叶广芩的敏感和卓识。

冯积岐非常勤勉而努力。近几年比较重要的能代表他的创作高度的作品是中短篇小说集《我的农民父亲和母亲》和长篇《沉默的季节》《村子》[1]。他在《我的农民父亲和母亲》自序中说："我虽然生活在城市里，我写作的背靠点是我的故乡……我在那里度过了美好的童年伤感的少年和青年中最艰难的岁月，感受和体验了我以后未曾感受和体验的人生的多汁多味。"[2]冯积岐是一个非常诚挚的作家，我说的不仅是他的为人，更是他的作品，是他的作品里体现出的诚挚性。从他的作品里，你可以看到他的精神世界、他对生活和艺术的虔诚。他是将自己深深打进作品里的作家。《沉默的季节》写一个叫周雨言的人，他是一个"黑五类"子弟，属"狗崽子"行列，是被社会压制的对象。这种压制不仅仅停留于外在形式，也包含外在压制内化为心理的摧残。小说借用周雨言同几个女人的性关系，描写了他的性渴望和性压抑，以及由此带来的性放纵，特别写了他与宁巧仙的性关系。他的被压抑，使他在与宁巧仙的性关系中，也相应呈现出性压抑和性无能。当社会变革之后，他内心的力量逐渐被唤醒，与宁巧仙的性爱又加进了性宣泄和性放纵的成分。冯积岐的叙述，使人物情感显得细腻而黏稠。

《村子》是冯积岐2005年写成的一部长篇，写改革开放后二十年间发

---

[1] 冯积岐：《沉默的季节》，长江文艺出版社，2000年；《村子》，太白文艺出版社，2005年。

[2] 冯积岐：《我的农民父亲和母亲》，北京燕山出版社，1999年，"自序"第1页。

生在关中西府松陵村几个家族的故事。在这部长篇里，作者写作的重心在揭示人物的心理及文化冲突，揭示社会的变革给农民生活方式、情感方式、价值观以及世界观带来的变化。村子里千年累积而成的传统的文化心理，很难伴随着现代化的进程而彻底发生变化。在这二者的冲突中，困惑苦楚萦绕着乡民们。小说中涉及的这一问题，实际上是民族文化再造再生的大问题。早先农村中作为社会支撑的地主乡绅构成的文化及社会伦理框架，在1950年代之后的革命化和改革开放之后的商业化冲击下崩溃，现代农村需要有什么样的文化力量来重建乡村文明，重树乡村人物典范？用什么来安妥农民破碎的灵魂家园？作者认为，《村子》这部长篇的结构、叙述语言及风格，均有新尝试。"在结构上采用顺时序按编年推进的方式；在叙述上采用节奏较快的钉子式的短句式，并以关中方言来突出小说的地域特性；在写作手法上以写实为主，强化故事的同时，又吸收了西方小说创作中放大细部的手法。"[1]作者所敏锐感知的乡村文化建设，的确是一个重大命题！

三

陕西新生代作家，有寇挥、李春平、高鸿、刘晓刚、王晓云、爱琴海等等，他们大都出生于1960年代之后，作品特征及创作方式相比上代作家及作品已有了截然不同的面貌。寇挥[2]的作品呈现出浓厚的象征主义色彩，比如写"文革"故事，将历史、现实与传说嫁接起来，力图在其中寻觅一种源头、一种解答。寇挥是一个善于哲思的作家，对"文革"的深刻思考，构成了他作品的写作背景。这片乌云是这样执着地笼罩在寇挥头上，让他难以忘怀，并且在作品里怀着极其敏感的警惕。我想，以寇挥的年龄，对"文革"应该记忆浅淡，他毕竟是1960年代之后出生，在他懂事

---

[1] 向红：《和冯积岐一起走进村子》，载《陕西日报》2007年3月16日。
[2] 本文所涉及的寇挥作品有《奇思异想尤骨子》《虎日》《伯邑考新考》等。

之后,那场"革命"已到尾声。但是这场运动却种子一般种在了寇挥的心田里,构成了他一系列作品的背景。在《奇思异想尤骨子》和《虎日》里,作者写了一个改革开放后一心革命的人物尤骨子,他穿上军服,拿上了标枪,要革村里大款尤今潮的命。他有点像堂·吉诃德,有点像阿Q,让人发笑,又促人深思。

李春平[①]是生活在陕南安康的一位作家,从他的作品也可看出,他曾经的经历。他曾是政府机关里的干部,这样的生活在他的作品里打上了深深的烙印,他写起机关办公室来,人与人之间的钩心斗角,官场表面的波澜不惊、底下的暗潮汹涌,写得很到位,显得得心应手。他的长篇《步步高》,塑造了一个县级市领导古长书的形象。这好似一个具有领导艺术和领导智慧的官员,他心里有百姓,也想往上走,既要对付好上级,又要让百姓满意,所以,把他称为具有领导艺术的领导。他有一段名言:"做人怎么做?你看那花,人人喜欢。把人做成一朵花,就是做人的最高境界。要让反对你的人理解你,让理解你的人支持你,让支持你的人忠诚你,让忠诚你的人捍卫你。允许有人不喜欢你,但不能让他恨你。万一他要恨你,也要让他怕你。"李春平是一个有着宏大野心的作家,他在提升自己思想境界方面,具有相当自觉的意识,他为自己定的目标是,要将小说写成大说。所谓大说就是作品要具有"大境界、大视野、大痛苦、大欢乐",还须有百姓能够关心的大背景。李春平有一段上海生活经历,这段经历对他将小说背景从农村转到城市起了关键作用。他写了几部城市题材小说,像《上海是一个滩》《情人时代》《我的多情玩伴》等作品。新近在《小说月报》2008年增刊中篇小说专号第3期上,读到他的中篇《遍地谎言》。小说写一个官员巧妙地借助他一个在外省当组织部部长的亲戚,爬上教育局局长位置,在此过程中,写出了人心的欲望,也写出了官员的艰辛。但是,其作品总觉单薄,人物面目脸谱化,缺乏丰富性和大观照;

[①] 李春平:《步步高》,春风文艺出版社,2005年;《遍地谎言》,载《小说月报》2008年中篇小说专号。

强烈的主题意识损坏了人物多向度开掘；人物精神暗影中的东西，缺乏烛照。

高鸿[①]的写作之路更具有现代特征。作为一位业余写手，他原本在高新区的一家大公司里办企业刊物，业余时间写小说，写完了就放到"天涯论坛"网站去。他自己也没有想到竟弄出那么大的动静来。网友们狂热跟帖，褒贬故事中的人物，出版社在网上看到此情形，上门找他，付稿费版税，促其第一部长篇《沉重的房子》出版。2008年，第二部《农民父亲》面世，竟是多家出版社争抢。《沉重的房子》以陕北生活为背景，写了一个叫秀兰的女子嫁给穷后生茂生的故事。秀兰是一个现代版的贤妻良母，其忠贞和贤惠打动人心。高鸿的写作还是传统现实主义的写法，但能赢得这么多热情的读者还是让人感到意外。

生于1970年代的刘晓刚[②]，有两部长篇，第一部是《活成你自己》，第二部是《天雷》。以《天雷》来看，他是一个对城市生活有着充分体验的年轻作家，笔下的都市生活故事，有着宏大蓬勃的阳刚之气。他写巨商，写高层领导，写黑社会，都市的皱褶里爬满的虱子被他一一晾晒在阳光下。我觉得他是一个很有潜力的作家。我特别注意到他的生活阅历，他曾任美国马赛特钢制品公司北京代表处首席代表，后来自己创办了北京天基上安机电公司。在商海大潮里他是一个弄潮儿，写小说，更具有丰富深厚的体验。他是一个可期待的作家。

王晓云是安康走出来的一位女作家，曾到上海打工。故乡安康和上海生活的映衬，构成了她目前小说写作的一个触点，激发着她的想象力。王晓云的《海》[③]，以其细腻敏锐的笔触，描写了漂泊上海的打工女沈莺莺，

[①] 高鸿：《沉重的房子》，文汇出版社，2007年；《农民父亲》，时代文艺出版社，2008年。

[②] 刘晓刚：《活成你自己》，花城出版社，2003年；《天雷》，上海文艺出版社，2006年。

[③] 王晓云：《海》，载《钟山》2004年第2期，《北京文学·中篇小说月报》2004年第4期转载，入选《2004中国中篇小说年选》，花城出版社，2005年。

出色刻画出人物在生存与爱情上的双重困境：想尽力成为一棵扎根上海的树，但终了还是一片飘零的树叶。作者对弱势群体苦涩困境的写照，表达出人物在改变自我命运的过程中艰苦卓绝的奋斗，其悲凉震动令人久久萦怀。

原载《宝鸡文理学院学报》（社会科学版）2010年第1期

诗人小宛：归途中的咏叹

小宛是一个诗人。诗人是人群中的异数，是时代的良心，是谶语者。在今天这个物欲熏心的时代，诗人尤为珍稀，其抗拒世俗浊流的精神也就更为难得。上天往往造就这样一些人，让他们不同凡响，身上闪耀奇光异彩，小宛就是其一。如果你有幸结识她，就会难以忘怀。

她来西安音乐学院时，是1985年5月，跟着丈夫蒋祖馨，从东北到西北。她朝气勃发，美丽梦幻。丈夫是作曲家，弹钢琴的人大都知道《庙会》组曲，还有《幻想奏鸣曲》，等等，就是他的作品。小宛热情洋溢，蒋祖馨沉默寡言。后来，跟小宛熟了，跟蒋祖馨却很少说话。记得在蒋祖馨得病之前，在小寨一个小饭馆我们不期而遇，一起吃新疆拉条子，同坐小饭馆一张小桌。对蒋先生心生仰慕，我找他拉话，他邀我去家里，但最终没成行。不久蒋先生去世了，那是1996年11月。小宛同我说起过蒋先生的事情，他们两人开始情投意合，弃东北而奔西安，怀着梦想和幸福的憧憬，后来两人又痛苦地分开。在蒋祖馨最后的日子里，小宛又重新回到他身旁，日夜守护着他。

小宛的艺术天赋很高，对文学、绘画、音乐，都有着极高的鉴赏力。谈起艺术，她两眼放光，所有细胞都兴奋起来。她生来是诗人，写自由诗，且写得好，常常被朋友们熟记，挂在嘴上。比如："睡在哪里，都是睡在夜里；走到哪里，都会遇到早晨。"在网上，偶尔发现一个网名叫shepherd的人，小宛粉丝，因读了小宛的诗集《春天，借给我一双手》，到处找她，将信息发在自己的博客上，竟然又遇两位同道，问能否找到她的另一本诗集《消瘦的时光》。shepherd说她家的那本，是叔叔买的，早已翻烂了，估计小宛也四十了吧。shepherd写以上这些话的时候，是2009年3月，小宛早已知了天命，不知她们最终见面没有。

  小宛写《消瘦的时光》的时候，还是1980年代末期，这本诗集1991年5月由哈尔滨的北方文艺出版社出版。这时候的小宛，虽然还在咏唱着自己的忧伤与苦闷，但是，诗中有着掩抑不住的热情和轻扬，洋溢着青春时期的浪漫与幻想，也充满着骄傲与自信。其诗作所受的是传统浪漫主义的影响。她这时候喜欢俄国诗人谢普琴科，喜欢带有叛逆意味的法国兰波。19世纪这两位欧洲浪漫主义诗人（有人也将兰波称为象征派的鼻祖），在某些点上很契合小宛的心境，纯美、热烈、大胆、幻想、浪漫。毕竟，这时的小宛，浑身蓬勃着青春活力，宛如云雀，欢叫着穿入云天。我们尽管能读到她对命运的忧戚，"在自己的命运里／越往深处看／那模模糊糊的／或者是沼泽／或者是沙漠"，但是，我们在同一首诗里，却也看到她的自信和飞扬，"巫师的忠告／镜子里照见的火／但我相信我手掌中的／那条线"。那是条什么线，令诗人这样自信？是命运线抑或爱情线？诗人在下面的回答里，充分展示了一个年轻诗人的自信，仿佛自己的命运真是握在自己的掌心一样："于是，我把自己梳妆成／一条河／总有人失落在／我的波涛里"。强大到无人能够逃逸。《走吧》这首诗，诗人相信"走到哪里，都会遇到早晨"，相信"路是通的，只要走完自己的那一部分"。告诫人们，"站在老地方，只能看见别人走完一个世纪"，呼唤着"别让生命沉睡"。尽管诗人知道，"路在上升／也在下沉"，但是，还是要向前"走"。诗歌中的进取性意念，表达得如此强烈。浪漫主义精神中的明晰与确定、热情与积极，在诗人的思想里，占着主体位置。

  在《邂逅》这首诗里，诗人表达爱情，"你让我再过来一寸，我一挪就是十年"，这是我为爱付出的代价，"我举杯，很想再向你索取／然而，一滴／愁苦／往杯里沉落／从你的眼睛里／我才知道／这就是你喝不下去的／那一天"。那一天，不仅是我的十年，也成为你喝不下去的愁苦。这是诗人在《消瘦的时光》这本诗集中的表达，那时，诗人三十余岁。到《春天，借给我一双手》时，诗人已到知天命之年，诗集里也有一首同题诗《邂逅》，诗人这样说："闻香，闻到你的面前／一把握住你的腰／握住一束紫丁香"。诗人不再言说愁苦，她说："谁说爱情不长久／拴住你我的金链子／一头拴住地狱／一头拴在天堂"。多么精彩的一个喻体，多么深刻的生命本真。诗人仿佛进入你的灵魂里，用你的眼睛来看，如同兰波，想"成为任何人"，看到的是两个人的地狱，也是两个人的天堂。生活的复杂性、多义性用如此贴切有力的意象，展示得酣畅淋漓。

　　小宛也写小说，一写就被《收获》看中，编辑来信让她"改改"寄来，她却没了"改改"的兴趣。我看过这部名叫《黑钢琴》的中篇，她也让我看了编辑来信，我为她高兴，极力劝她改改。《收获》是大刊，影响力极大，能在上面发作品并非易事。小说以她和蒋祖馨的生活为原型，蒋祖馨去世后，她以另一种形式告慰蒋祖馨，也是沉浸在自我世界里的默默祈祷。但小宛执意坚持自己的想法，不愿按编辑的要求去改。后来她转投《中国作家》，这篇《黑钢琴——我和蒋祖馨的故事》，最终在《中国作家》2006年第2期上发表出来，并被几个选本选中。

　　蒋祖馨去世后，小宛带着小儿子，再也没去上班。她不想工作。她没有钱，也没有积蓄，但她却决定不再上班，没人能劝住她。仿佛要下决心体验一下苦难。或者是，正如其诗中所唱："你用卖掉自由这笔费用／买下了一生的琐事／而我攒钱似的攒着自由／花也花不完"。她宁肯与这个世界格格不入，过最简朴的生活，简朴到艰难的地步。但她获得了花不完的自由，而我们却把自己的自由卖掉换来束缚我们的锁链。她把这一点早就看明白了，微笑着说给我们。

　　诗人就是这样，把她"比什么呢？／绫罗绸缎/或者粗麻粗布／没办法／诗人就是这种生灵／精神华贵／生活褴褛"。艰辛苦难没有夺去她的快乐，没有谁看见她愁眉不展。她从心底发出的喜悦，让你觉得她比百万富翁还幸福。在学院的东门口，常常碰见她拉着小车，从外面买菜归来，穿着一袭长裙，喜盈盈的。裙子或许就是她自个儿别出心裁的制作。

贫穷，是她的选择，亦是人间百途之一，或可成为大道。"诗穷而后工"。有一次我带一朋友从她家出来，朋友路上说，我可不要像小宛那样去生活。这位朋友年轻，正燃烧着对财富的渴望，她见识了这一位"清贫的艺术圣徒"，对文学热情消退并开始警惕。她那会儿正热切地读着《穷爸爸，富爸爸》，做着发财大梦。小宛却在吟咏："幸运跟诗人无关／因为诗人的生命里有一幅残缺的藏宝图／诗人终其一生／都在寻宝"。宁肯"生活褴褛"，也要"精神高贵"，这就是小宛之宝。小宛安于清贫，神情怡然，多年来足不出户。有一次我去秦岭"红草原"拜访画家江文湛，江过去认识小宛，对她印象颇佳，要我带话给她，热情邀她上山去玩。我见到小宛，告知江先生之邀，她盈盈而笑，终未上山。

小宛是一个以自己特殊的生存方式，将自己与社会生活阻断的人，正因为阻断，她便较少习染当下庸俗浮躁之气，较少关注社会的各种时尚潮流，也由此阻断了自己与外界交流中所可能受到的污染，为自己营造了一片真空一般的净土。当然，以我看来，这种闹市中的避居还有一种功能，就是能够自然而然地做到不被外界时尚价值所左右，从而坚守自己的独立品格。外界的主流价值，对置身其中的每一个人，都会产生或多或少的影响，人们迎合社会的时尚趣味，自觉不自觉地将自己陷于媚俗的氛围中。在《关于庞德》这首诗中，她歌吟道："怎么说呢／你脱去这件美国囚服／换上身的仍然不是／那样贴着你的柔软的风／也没有办法／人世间的任何一件外套／穿在诗人身上／不是肥／就是瘦"。小宛说的是庞德，不也正是自己？人世间的各种外套，怎么能合适地套在诗人身上？假如能那样合体，小宛岂能是特立独行的小宛，她就早已泯然众人矣！所以，"世人用污水淹没诗人的名字时／诗人的名字漂浮成岛屿／世人用胭脂用金粉埋没诗人的名字时／诗人只能用鲜血来洗刷自己"。

不能泯然于众人的小宛，在欲望横流的时代，却走向相反方向，一遍遍歌唱纯真的爱恋。她泣血歌咏，成为时代的杜鹃。她曾说自己是为爱情来到这个世界上的，所以，爱情成为她的生活宗教，她借一个姑娘给未婚夫的祈愿说，"购买春天／购买一根烧不完的红烛／购买一条戴安娜王妃都买不到的丝织般的黑夜／购买一把连心锁"。在两性关系已经注入商业化味道、离异破碎已经常态化的今天，小宛却在真诚地咏唱着爱的恒久光辉，咏唱着永不褪色、永不破碎的爱恋。她还能够如此感受《恋爱》："你一边说话／一边从她的嘴上／摘吃樱桃"，"她的两只耳朵／塞满鲜花"。"她的心被你含在口里／几天几夜／都在淌蜜汁"。尽管我知道诗人是在真诚地歌颂爱恋，但是，在目下的背景里，我似乎读到了一丝反讽讥诮的味道。诗人的《恋歌》是："咬一口青果子／原来你还不熟／没关系，没关系／我会守候在你的枝头／让你等在我的心头"。守候与等待，似乎已经成为很久远的过去。诗人却在哀告："老天／从古至今／为什么没有发明一种／能够锁住／爱情的／刑具"。亲吻，是男女间最为美好的爱的行为，在诗人的感知里，"你是打不破的水晶杯／让我对着你的口／一饮再饮"。将爱的行为圣洁化，与消费时代的观念完全不同，小宛永远有着自己的坚守，守着心中最为神圣的净土。在她的心中，竟然能流出如此美妙的梦幻般的理想爱恋。在《情歌》这首诗里，她如此动情地唱道："想到你呀／想到我们的家／把你我的手指头／编成篱笆／篱笆围起六亩地呀／一亩地栽花／二亩地搭葡萄架／剩下的凹地种甜瓜"。这是多么诗意的理想家园！多么简单又多么遥远。

小宛第一本诗集《消瘦的时光》和第二本诗集《春天，借给我一双手》，差异很大，两本诗集出版的时间相距十九年。小宛在这样长长的时间段里，诗风有了重大的改变。在第二本诗集里，19世纪浪漫主义诗人的影响退隐了，取而代之的是英美现代派诗人的影响，特别是庞德与佛罗斯特的影响。这时，诗人抒情性减弱，过分浪漫幻想的东西受到了一些抑制，但还是坚守自己一贯的特征：重视自我生命体验的东西。这些作品里，含着诗人深刻的思考和哲理，但它们不同于哲理诗，而是用极为有力恰切的意象释放诗人的感受。诗的语言舒缓有致，控制得极好，质朴得犹如口语，像是因了朴实无华被称为"新英格兰的农民诗人"的弗罗斯特的诗一样。诗句中，质感的东西多了，内在的东西多了，现代主义影响的痕迹渐浓。现代主义对世界及生活的感悟，对人及其本身的认识，都很复杂，不是浪漫主义时期的明暗对比、善恶昭彰。庞德认为诗歌是情感和理智的融合，尽管他的诗句语言平实，但是诗味却不那么单纯。他表现出了现代人面临的种种复杂混合的境遇，爱恋婚姻也复杂了，不是单一的善或者恶，而是善里包含着恶，恶里也容纳着善，两者是一个混合体。小宛的诗里，这种混合复杂的人生感受，充分让读者赞叹了一回诗的超常性魅力，也看到了诗歌在概括生活时的强大整合力。如上面所例举："谁说爱情不长久／拴住你我的金链子／一头拴在地狱／一头拴在天堂"。诗人将爱的追寻与期待、爱情的金色光环与两人的约束纠缠，以及爱情的甜蜜与绝望，凡此种种，都凝聚在这几行诗中。

小宛身边有一群女性朋友，个个精英。佟玉洁是极有锋芒的美术批评家，著有《谁的后现代》，观点超前，思想锐利。西安音乐学院学识渊博的老教授马惠玲，也和她相处甚洽。陕歌著名演员白雪、西北大学东方文学教授梅晓云、西安交大财院的博导樊秀峰等等，大家都很关心她，在生活上尽力帮助她。

与小宛的对话常常让人惬意，且大有收获。这时，她身上时时爆发出奇光异彩，使人惊异。在生活方面，她却像个孩童。好在，"鸟儿并不生产粮食，但是上帝却让它有食物吃"。《圣经》中这句话也道出了人间万象。小宛不善应酬，却诚挚坦真，用她的善良和诚恳直抵你的心底。于是，唤起朋友内心的柔软来，仿佛她生活的弱点，自然地由她们来承当一般，大家将照顾小宛作为一项理应承担的使命，一直到她生命的最后一刻。

是的，是最后一刻。小宛已经于2010年4月12日11时16分与世长辞了，终年五十七岁。临终时刻，陪伴她的有儿子和弟弟，好友佟玉洁和白雪为她净身穿衣。4月14日，雪压春枝，寒意料峭，佟玉洁、白雪、王丽红和我，还有一个没记住名字的美院博士，与她的亲友及学院退休办的人一起送小宛上路。没有追悼会，没有花圈，没有人群。

贾平凹在写完《废都》后，曾有一段答问的文字。问："听说，你写《废都》时四处流浪，但你身边随身带着某女作家的一本诗集，是睹物思情还是什么？"贾平凹回答："是的。这位女作家叫范术婉，她声名不大，但我极欣赏她的才气。她的诗集给我许多感受，我从中得到了许多关于女人的感觉。我在此向她致谢。她的才华确实在千人之上。"

这个叫范术婉的人，就是小宛。

"存者且偷生，死者长已矣。"还是让我以她的《项圈》为悼文的结语吧："我结婚了／从父母的手臂中解脱／我离婚了／从丈夫的手臂中解脱／我还在挣扎／想从自己的手臂中解脱"。小宛终于从自己的生命中解脱，大化于天地之间。想着人生挣扎的苦痛，为她终了的解脱既伤悲又欣慰。

原载《秦岭》2010年春之卷

文学中的行为艺术

我想谈的是文学文本和文本作者之间的关联。当然什么样的人写出什么样的作品,这是毋庸置疑的。但我要说的问题还不在这儿,我想探讨的是作者本人的非文学行为对文学作品的影响力扩展的问题。同时,我想将美术中的"行为艺术"这一概念借用过来,言说文学中与之相关的现象。

我们看看文学作品。文本和文本的作者之间的关联是什么?我所说的关联,是指文本的社会影响力和作者本人生活行为方式之间的关联。引起我深思的是,特别是在当代——网络时代,一个作家,假若其生活平淡无奇,默默无闻,即使写出了一部优秀的上乘之作,这部作品能否得到社会大众的认可,特别是读者能否腾出他的宝贵时间来阅读,实在是一个问题。因为对一个读者来说,现在占用他业余时间的东西实在太多:有电视、广播、网络,有歌厅舞会、酒吧茶社,有桑拿足浴、按摩推拿,有爬山旅行、打球游泳,等等。要消磨时间的玩意儿实在太多,他选还选不来呢,他实在须得为自己寻找到一个读这部作品的理由。他没有理由泡进一大堆书中,耗时费神挑选,吃了半筐子虫眼苹果,然后才吃出一个好苹果来。这样就带来一个问题,他凭什么做出自己的阅读选择?回答是,媒体。媒体凭什么说这部作品好或不好?媒体在本质上具有取悦大众的冲动,具有强烈的媚俗性的一面。它喜欢离奇故事,喜欢作品中有吊人胃口的东西,更喜欢作家本人爆出什么秘闻,然后才有取悦大众的看点。作家仅凭一本书,很难在公众心目中留下鲜亮的印记。

仔细检讨起来，文学作品的流布传播，其实从古到今，一直有着作家本人的奇特遭际暗藏其中，作为推动力。作家倚仗奇特遭际而文名腾达之事，屡屡发生，只是古代文人看到的只是妙文华章，忽略了作家本人的奇特际遇，以为美文使他流传千古。细细考究起来，在作家的行为方式里，也同样传递着他的作品本身有时无法达到的力量和作用。我将一个人身体行为所带有的惊世呈现的方式，借用美术中的概念，指称为"行为艺术"。尽管这种文学中行为艺术的指称，可能存有异议。中国文学史上第一位有名有姓的诗人屈原，本来是楚王近旁的重臣，却遭谗言构陷，几起几落，最后竟至于投江而死，殉了自己的理想。我想，他的遭际本身，已经具有非同凡响的意义。将屈原这种悲壮的殉国说成"行为艺术"，似乎显得浮浅和不敬。在这儿，我想特别指出的是，他的自杀行为和他的作品文本之间，特别和文本的传布之间，构成了一种内外关联。他的行为有力传播了他的作品。当然，我们也无意说他的死亡就是为了他的作品之传布，实际上，屈原的诗作，在诗人心中的排序，是次一等的，是政治理想的副产品。但在客观上，他的死亡，他对楚国无保留的挚爱，他拥有高洁的人格却遭到诬陷，这些因素，对屈原作品的传播起到了至关重要的作用。《离骚》乃至他的一系列作品，成为中华民族不朽的文学遗产。

  李白的诗歌，在中国的知名度和传播范围大概算是最大的了，几乎是无人不晓。李白诗歌的传播，也掺杂着他的行为方式，他的行为里也更多地具有艺术化特征。我们说，当李白依持自己奔放洒脱的个性行事时，就构成了某种围观效应。他的好友魏颢说他："间携昭阳、金陵之妓，迹类谢康乐，世号为李东山。骏马美妾，所适二千石郊迎，饮数斗，醉则奴丹砂抚（舞）青海波。满堂不乐，白宰酒则乐。"[①]李白的行为方式，他的狂放和达观，让他有了巨大的人格魅力。我们可以想象，李白在一个极为重视科举的时代，能够放弃科举考试而希图一朝被大用，这在唐代是第一

---

① 魏颢：《李翰林集序》，见《全唐文》卷三百七十三，中华书局，1983年，第3798页。

人，而且最后果然待诏翰林。还有他一生漂泊，五岳寻仙不道远，又是炼丹又是寻仙。他既才华横溢，又乐善好施，"千金散尽还复来"。他"东游扬州不到一年，散金三十万，周济落魄公子。游洞庭时，为客死途中的友人营穴迁葬"①。据说他还让朝廷宠臣高力士为他脱靴，又写出"可怜飞燕依新妆"暗喻杨玉环，真是才情和个性同时张扬，连杜甫也对他推崇有加，说他"天子呼来不上船，自称臣是酒中仙"。这是多么自由洒脱的一幅图画。这些行为都促成了李白的诗歌的传播。所以，我以为作者的行为里，已经很鲜明地包含某种艺术要素，我将这种个性做派称为行为艺术。诗人的个性做派已经有着表演的成分，艺术的成分。

唐代还有一位个性极为鲜亮的人物——陈子昂。陈子昂也和李白一样，怀揣远大理想，北漂到长安谋求发展，尽管在家乡四川射洪他已是个人物，但是到了京城长安，却自然地被淹没了，"不为人知"。长安人才济济啊。陈子昂渴望出人头地，想得头疼，忽然有了妙思。他看到长安街市有人在卖胡琴，价高百万，豪贵之人传看，无人辨其真假。他不懂，却以高价买下。众人惊问其故，他说，我善拉此琴，大家请求他拉一曲，他说，大家明日可集合到宣扬里，我拉给大家听听。第二天众人如期而来，陈子昂备酒肴款待众人，将胡琴置于案前。吃完饭后，他捧着胡琴给大家说：我陈子昂有诗文百篇，奔走京城，淹没浮尘之中，不为人知。此胡琴乃是贱工所操持的玩意儿，我岂肯花费心思？于是，举胡琴而摔之，然后将其诗文遍赠与会者。一时之内，陈子昂声誉大振。这一闹腾，长安城里没有人不知道陈子昂。陈的此一行迹，记载在《唐诗纪事》卷八中。陈子昂的行为，现在叫炒作，也可叫行为艺术。他的行为方式和他的诗文之间构成特定关联，而陈子昂此行为，目的恰恰就是要让公众知道他的诗文，而他的诗文也的确依仗着他的奇特行为，而走向大众，走向高层接受者。

---

① 郭预衡主编：《中国古代文学史》第2册，上海古籍出版社，1998年，第230页。

当代诗人海子，诗写得不错，但是，在海子成为海子之前，他的诗就已经很不错了，他已经写出了《面朝大海》等作品，写出了他所有的诗歌。但是，没有多少人知道海子，知道他的只是他身边的朋友。海子有公众影响力，海子成为我们现在知道的海子，是在那次终极事件发生之后。是的，海子卧轨自杀了，他以自己的奇特方式，将圈子化的海子，变成了我们今天知道的公众化的海子。在只有二十五岁的年龄，热血方刚的诗人，以自己的死亡，完成了自己。这是多么奇特的一次行旅。人们记住了海子，记住了他的诗作。我将行为艺术外延扩展，想尽力阐明的是诗人本身的行为及围绕他的事件，也构成诗作的一部分。一个作家诗人，他所创作的不仅仅是画在纸上的诗行，还包括他用身体语言所写成的诗句。并且，在扩展他用笔写成的诗行方面，身体语言、个人生命传达的信息更为有力。我们接受的规范化教育向来是，只要作品写得好，是真好，就自然而然会流芳百世。其实不然，在作品之外，还有一个和作品互动的人，他也在影响着那个静止的不动的纸质化的客观之物，他也可能使它落寞无闻，也可能使它炙手可热。

"陕军东征"[①]这一概念的提出，是一个极为偶然的事件。1993年5月，《光明日报》记者韩小蕙，在参加完《最后一个匈奴》的研讨会后，联想到会上评论家所提出的陕西作家近一个时期的长篇小说创作，而写了《"陕军东征"火爆京城》的报道。这篇报道后来被《陕西日报》等媒体转载，产生了较大的影响。我想说的是，这场在全国形成了较大动静的文学事件，暗含着对文学影响力的扩散和推动。陕西五位影响较大的作家在同一年出版了五部长篇：陈忠实的《白鹿原》、贾平凹的《废都》、高建群的《最后一个匈奴》、京夫的《八里情仇》、程海的《热爱命运》。我说这是一个偶然性的文学事件，是因为东征的五位作家，并没有相约在1993年同时一起出版长篇，但却不约而同碰上了，并且还都是陕西重量级

[①] 韩小蕙：《"陕军东征"火爆京城》，载《光明日报》1993年5月25日。自此文刊发后，"陕军东征"这一提法被文学界广为使用。

的作家。这样一个事件，加上作品出版后所产生的广泛的争议，就更使作品具有了公众性影响。《白鹿原》在政治上的争议，《废都》在性描写上的争议，都在全国产生了不小的动静。这些要素加在一起，使作品的魅惑力迅速蹿升，并成为影响全国的文化事件。陈忠实、贾平凹也成为具有公众影响力的作家。我是想借助这样一个事件，来说明外在因素对作品本身的影响。事件所具有的一波三折的戏剧性，成为作品影响力不断递增的边缘效应，由此大大逸出作品的本原状态。韩小蕙说，报道之后，"只见街上一些报纸上、书摊上出现了很多'陕军东征'的标题、口号和宣传字样，到处都在'炒'陕军。果真就卖了很多书，最明显的是《八里情仇》，（销量）从第一版的6750册，直线上升到十多万册"。

假如我们仔细研究一个具有普遍影响的作家，会发现作家自身做派同作品的走向紧密扭结在一起。不是说作家的性格气质和阅历影响了作品的内容，那是自然的，而是说作家本人在作品之外的行为方式、活动能力，也参与构成了作品生存传播的依据和条件。尽管我们总是坚信，是金子总会闪光，但是我想，这样的话放在知识信息短缺的年代，人们尚且有理由相信，放在今天这个信息爆炸的时代，潮涌般的信息，可能会淹没那些默默无闻埋头书案的作家。谁有能耐在浩如烟海的信息里，大浪淘沙般地淘出金子来？这是我们在全民写作的博客时代的忧虑。所以，善于通过自身行为的演绎，将文本延伸的作家，将有助于其作品影响力的扩展，但在未来历史的筛选中，行为艺术是不是也还依旧成为吸引选择者眼球的要素，这是一个值得研究的问题。我们常常看到一些品质极其恶劣的作品"瓦釜雷鸣"，却有许多优秀的作品处于悄无声息的境遇，真是"黄金毁弃"。这些品质恶劣的作品能够登堂入室，大受重视和欢呼，作家本身的表演与能量和作品之间，头重脚轻。所以，在历史的选择中，我们常常看到，并不是所有好东西都能自然放在佛龛里，放在佛龛里的并不见得都是真佛。

类似的文学事件还有，宁夏的"三棵树"、广西的"三剑客"。广西的"三剑客",是指东西、鬼子和李冯。这也是一个在地域性意义上的所指,其实和他们三人的写作毫不搭界。他们三人既不是一个流派,也没有相同的美学风格。陈晓明说:"鬼子瘦硬奇崛;东西诡秘灵巧;李冯清峻隽永","三人的风格大不相同,他们也从未有过共同的组织纲领和行动准则,甚至他们的人事关系如何可能都有疑问。但'三剑客'这种说法很好听,很适合各类组织机构和刊物的操作,也很能给理论的虚张声势提供素材"。①我觉得将这种提法归于文学上的行为艺术是大体不差的。

很有意思的是,许多作家,也摸到了作品和个人行为之间的门径,开始自觉地将自己的行为"艺术化"。1990年代初期,我们常常遇到,作家们夸耀自己如何玩儿似的写了一部作品出来。这方面的代表是王朔,他曾说那部具有轰动效应的电视剧《渴望》,就是他们一帮哥们儿瞎侃侃出来的。谁还敢说自己的作品是三年磨一剑?更别说十年了,那只能是愚蠢的代名词。都说自己在玩,玩文学,那个轻松和洒脱,真是够让人眼红让人觉得高深莫测。但是到了近些年,所有人都说自己的作品是耗费了多少精力,用了多少时间,倾心打磨制造的。再也没有人说自己是玩儿似的写出长篇来。社会风尚里包含着作家的行为取向,至少是外在的行为取向。他们多少会受到时代气流的影响,他们的行为本身也为时尚添加进一些要素。个体行为的推广里,就包含着信息的凝聚扩散。

原载《文学自由谈》2011年第4期

---

① 陈晓明:《又见广西三剑客》,载《南方文坛》2000年第2期。

大地的情怀

——从张炜的《荒原纪事》兼论其创作历程

为什么流浪？

在对张炜长篇《荒原纪事》[①]的阅读中，觉得张炜对流浪这个意象十分着迷。或者说，流浪这一意象非常能使张炜的精神思绪飞扬起来，构成了他作品中特有的精神气场。在他的早期作品《古船》[②]中，这一趋向就潜在地获得表达。《古船》的故事在一个名叫洼狸镇的古镇展开。这个镇由三大家族构成，一为老隋家，一为老李家，一为老赵家。老隋家是故事的主角，靠粉丝业发迹，到隋恒德这一代极为兴盛。他有两个儿子，一个隋迎之，一个隋不召。隋迎之继承父业，后成为远近闻名的首富；而小时候就喜欢在码头闲逛的隋不召，竟然在一个雷雨之夜随镇上码头的一艘大船飘到海外去了。隋迎之为不务正业的弟弟遗憾半辈子，弟弟直到他临死前几年才游荡归来，这时候，天下形势大变，老隋家已经日薄西山，他也预感到了自己的凄惨结局，忽然羡慕起弟弟来。

[①] 张炜：《荒原纪事》，载《中国作家》2010年第3期、第4期。《荒原纪事》是《你在高原》的一部分。《你在高原》是张炜积二十年时光于2010年推出的长达四百五十万字的巨著。

[②] 张炜的《古船》在《当代》1986年第5期全文刊出后，立即引起读者和文坛的强烈反响。1987年8月《古船》单行本由人民文学出版社出版。这是张炜的成名之作。

这个隋不召，在小说里是一个奇特的人物，他的奇异之处就在于他和小镇之间有一种超然的关系，就像他漂泊归来，他不认识镇子，镇子也不认识他了。而对发生在镇子上的故事纠葛，老赵家与老隋家的残忍厮杀，他倒成了清醒的旁观者。作者将这个人物放到这个保守封闭的古镇上，具有了特异的效果。正因为他是一个漂泊者，见多识广，衬托出洼狸镇人的愚昧和无知。也因为他的归来，他的独立特性、他的独特鲜明的个性色彩、他的奇异阅历，恰好与沉闷封闭的洼狸镇人形成对比。他兴致勃勃讲出的那些海外奇闻，南洋、西洋的故事，在洼狸镇人眼中是不着边际的胡言乱语。洼狸镇人有自己的逻辑、自己的识见。隋不召感兴趣的郑和大叔的故事，包括此后他所极其倾心的出土的大船，洼狸镇人听了就像听天书。但是在《古船》里，这个漂泊者隋不召仅仅是小说调色板中的一个配色，到了《荒原纪事》里，流浪者就成了主角，不管是故事的叙述者"我"，还是主要人物小白、红脸老健、鼓额、武早、大婶、苇子、李胡子等，都具有流浪的特质。这些边缘人群，成为一个流浪者群体，他们逸出沉闷规矩的日常性规约，在寻找另一新鲜的生活，体验另一生命的样态。

《荒原纪事》的主线讲一个村庄与周围工业园区的冲突矛盾。这个厂区制造的污染使周围村庄的人深受其害，水喝不成了，许多孩子生下来就是残疾，村庄人恨透了，但是村长大都被收买了，没有人能真正代表村民的利益，形成与工业园区的博弈力量。或者有个把人气不过，结果就像老冬子一样，被闯进门的一群莫名其妙的家伙打个半死。小白来到这个村庄以后，情况大变。他戴一副眼镜，说话柔声细气，绝不像红脸老健那样声如洪钟，但大家都信他的，听他的，他仿若谋略家，成了村庄人的主心骨。他悄悄指示红脸老健和苇子他们四村八社去串联，准备着一场大的行动——向上头递"万民折"。小白是个城里人，却流落到大平原来，来做一个民众的头儿，为这些民众争取他们的权益。小白通过"我"，认识了果园里的拐子四哥夫妇，认识了鼓额，也认识了村庄的农民朋友，他把他们的苦难扛到自己肩头。他悄然酝酿的那场"万民折"事件，最后演化为一场工业园与村民的暴力冲突，他也成为工业园与警察都在缉拿的对象，然后开始无休无止的流浪。

他的流浪与残酷的生活真相相关，或者说，正是这个残酷世界的本质，决定了小白必然成为一个流浪者。假如他不与被收买了的村长们沉瀣一气的话，他的必然下场也是流浪，因为他无法像一个老实的庄稼汉一样，将自己的一生像是一棵树一样，固定在这块土地上，他是一个已经从村庄走出去的人。同时他作为一个城里人，有了现代人的眼界和识见，他会欣赏京剧，所以会迷上一个京剧演员，他也有魅力能够使这个京剧演员爱上自己并且和自己结婚，但是他却无法守住她。他无法守住的这个所爱，恰恰是这个世界的疼痛所在。这就是他的际遇，世界的残酷真相就藏在小白的个人遭际里，这也许是他成为一个流浪者的必由之路。

小说的叙述者"我"，是以寻找为契机开始流浪的。当这场"万民折"的行动最终发展为一场村民与工业园的冲突，并且愤怒的村民们涌进园区，痛快淋漓地打砸一番之后，卷入事件之中的"我"，自然被工业园区的疤脸一伙缉拿。小白、红脸老健、老冬子、苇子们四散逃去，自觉没有罪的"我"留下来，结果遭受监禁和折磨。被保释后，"我"就开始了寻找小白和鼓额的流浪之旅。但流浪之旅，仅仅是因为一个寻找吗？作者借用"我"的心理，做了这样的描述："是的……一次寻找，却更像一次出逃——焦烦不安、愤懑低回、撞击和投掷、困兽之吼，都等待我在匍匐大地的那一刻一丝丝消融……如果没有一个小白，没有鼓额和武早他们，我就能安稳地待在这个茅屋里吗？我无法回答……我知道，对我来说，大山和莽野真的埋下了一块生命的磁石。"[①]正是大山与莽野磁石般的召唤和吸引，使我难以停下脚步。现实生活中的种种焦虑愤懑，只有"在匍匐大地的那一刻"，才能"一丝丝消融"。这是作者通过故事叙述者透露出

---

① 张炜：《荒原纪事》（下），载《中国作家》2010年第4期。

来的信息。仿佛是堂·吉诃德从故乡出发，要走向一个未知的广阔世界，充满迷惑和吸引、冒险和刺激；也如同荷马史诗中的奥德修斯，在特洛伊战争之后，漂泊海上十年，历尽艰辛，要回到故乡去。回乡之路充满着凶险与刺激，但是又具有无限的魅惑。

张炜给予读者的，恰恰与古典主义时期的漂泊之途的境遇相反。我们在张炜离家的主人公宁伽的寻找途中，见到的不是凶险和艰难险阻，如同堂·吉诃德全身披挂，走向的未知世界，如同奥德修斯归程中的海上世界，处处藏着拦路的海妖们，使尽各种手段，阻挠其回家之路。在叙述主人公宁伽的寻找里，我们见到的人和事感动人心，令人温暖，不仅仅是他的寻找目标动人而温暖，让人感到温暖的还有他的途中境遇。在旅途中，他见到了一个质朴的看山老人，见到了一个将他当作孩儿搂在怀中的老太婆，见到了以一个老者作为头儿的年轻流浪群体，还见到了犹若原始公社部落一样的大婶治下的流浪者群体，等等。这些人，像磁石一般吸引着宁伽，让他在流浪中，感受到了定居者难以获得的人的自由感，感到脱离了一个僵硬生活壳体之后，在大自然中人的本真精神的真正还原。

陷落的故乡家园

在作者的叙述里，我们看到了平原的陷落。这种陷落，在神话里，以隐喻的方式呈现——它被出卖了；在现实层面下，工业园区所代表的现代工业力量对平原造成戕害，我和拐子四哥的果园，地下正在被掘空，果树随时被毁。所有这些象征着家园的地方，已经无法安生。家园正在遭受着一场浩劫，早已失去安全，没了温暖，故乡倒逼着人们流浪，人们在流浪途中，感受异乡温暖。这使古典主义的叙事模式，发生了令人讶异的逆转。在古典主义所达之目标下，其归宿是家园故乡，路途中的一切危难艰辛和冒险，以回归家园故乡而结束：如同堂·吉诃德最终回到村中，结束骑士冒险的梦想而了结；如同奥德修斯在结束充满凶险的海上旅程之后，回到故乡与妻子团圆而圆满；也如同《西游记》中的唐僧师徒，克服万千艰难，取到真经。而在现代境遇里，却只剩下流浪而无家可归，温暖竟呈现在流浪的途中。这是张炜的《荒原纪事》显示出来的别有意味的现代叙事。在张炜自觉或不自觉之间，对如火如荼的现代化中人的生存本相，做了有力的揭示与强烈的质疑！事实上，现代化在推进中，个人逐渐成为无根的落叶而飘零，飘零流浪成为生命的一种常态；人正在挖掘毁坏自己的生命之根，人被弃于虚幻未知的时空中，毁坏自己脚下仅存的土地家园。在失去家园的境遇下，自由的人被逐出伊甸园，只剩了流浪的自由。

面对一个未知的世界，行走在前方未知的途中，会有什么在等待着失去家园的人们？也许小说并不能轻松地回答这个问题，作者表达出对家园强烈的留恋和惋惜。一部小说无法解决现实中人所呈现出的困境，但小说提出了问题，小说表达了一个时代的普遍质疑：失去家园之后，生活会怎样？会欢欣鼓舞于都市化的进程之中？会因为亿万人摆脱农民身份而欣喜若狂？政治家和经济学家对某一时段历史进程的谋划，不能替代小说家对历史现实的感知，就如同大清国的康熙大帝，其杰出的政治才能和治国宏业，无法替代曹雪芹对那段生活的感知一样。政治家黑白分明、果断明晰的决策，不能替代小说家对一个时代或一个村庄的疼痛的丰富感受。生活的丰富性、多义性和模糊性，正是小说家展露光彩的地方。小说存在的理由，在米兰·昆德拉看来，正是要"把'生活的世界'置于一个永久的光芒下，并保护我们以对抗'存在的被遗忘'"[①]。米兰·昆德拉在这儿是借胡塞尔的表述阐述自己的观点。所谓生活的世界，即模糊丰富的多义生活世界，而不是将丰富性缩减成一句口号，或将历史缩减为一个事件。正在发生的农耕文明向工业文明转型这一意蕴复杂的事件，包含了多少人生故事和悲喜离合，种种情感冲突和人生感受，能否用一句简单的"城市化

---

① 米兰·昆德拉：《小说的艺术》，孟湄译，生活·读书·新知三联书店，1992年，第16页。

进程"概括了事？这种缩减式的抽象概括，最终将在时间的旋涡中宿命般地黯淡，最终坠入遗忘。小说恰恰就是抵御这种遗忘的。

在张炜的叙述里，我们看到了暗夜中微弱的希望灯光，这是我们在张炜的作品中收获的感动。我们知道在张炜的精神底色里，注入了人本主义的理想和信念，这种信念，业已在有些作家的精神世界里失落。在80年代到90年代的一批作家身上，我们看到了一种人性之恶的力量宣泄，看到了病态丑陋的国民精神的揭示。在寻根文学的大旗之下，有某种病态的对丑陋和劣行的迷恋和展示。在这种张扬和展示中，我们看不到温暖希望之光，看不到漂泊的魂灵的栖息地，邪恶的力量控制了我们，厚黑学竟然大行其道，丛林法则再次在文明的大地上施虐，更多的人信奉这种邪恶力量。善良就意味着懦弱，诚实就意味着愚笨，文学陷入这种怪诞的旋涡里。在这样一种大的环境和氛围里，张炜的作品有力量抵御种种时尚的写作和看法。

1980年代的启蒙思潮方兴未艾，批判的潮流席卷横扫，这个时候的张炜，在《古船》里进行历史清理，并伴之以尖锐批判和否弃，与此同时，竟然不无建设性地对洼狸镇、对小镇上的人、对以往的辉煌、对主人公抱朴，还有着那样深厚的期许。尽管抱朴自身伤痕累累，尽管目睹了人世间最为残忍的场面——母亲被赵多多用极尽卑劣的手段逼死并辱尸，但他将这些大苦难深藏内心。在他的意识里，装进的不是报复和仇恨，而是对人性更深的反省。他能将《共产党宣言》读烂，在每一句话、每一个字缝里，寻找父辈所历经的社会大动荡和个人命运的变迁，他想通过《共产党宣言》，读懂父亲的命运，读懂洼狸镇的命运。他把自己藏起来，如同高士隐居于喧闹浮躁的市镇，静静地品读和观察着世间的变化，也在内察弟弟见素锐意出击、搏击潮头的锋芒。抱朴没有因为自身苦难而理所当然地宣泄仇恨和绝望，他用血泪品读社会史和人性，想在其中找出温厚和希冀。他也没有因了自保的本能，将头缩进壳里，尽管弟弟见素在对他的怨恨里，说他只知道像死人一样蹲在老磨坊里，似乎是自保，似乎是避世。

但他能看明白世间的一切，能看清赵多多的必然命运，他仿佛一个智者。他想守住良善、公正之心，他知道以恶抗恶的最终代价，因为他知道洼狸镇的历史，知道这个镇，仅仅在父辈那里，就经历过还乡团和农会彼此仇杀的残忍。抱朴身上所有的对世间人心之善的坚守和信念，正是作者的信念。

生命之根与土地伦理

在1990年代的思想批判和历史清理中，文学风向释放出的更多是瓦解的力量，是清理和摧毁。摧毁者众，建设者寡。当时正值经济建设大潮，知识分子也被裹挟卷入，纷纷下海，张炜却坚持他一以贯之的反思向度，这就是他对大地的情结。在这种情结里，深沉的情感方式和思考方式，已然化为一种土地伦理。他深刻地揭示人与土地的关系，认为"时代的精神就是土地的精神"。其特征就是有着亘古恒定性，尽管每个人的感知都会不同，"但土地精神不依人的不同而改变什么，它有些基本方面不会变。比如说它不愿让充满私欲的人将它弄得千疮百孔，不愿一片狼藉"[①]。这是作者在《九月寓言》发表后，回答记者的提问时说的。那时是1992年9月。从《九月寓言》开始，张炜对土地的思考日益强化，这成为他日后在一系列创作中的思考原点。在《九月寓言》中，已经隐约可见他叙事张力的基本雏形，这就是土地与工区的对峙，也是两种文化的对峙、两种力量的对峙，是古老的生活方式与现代文明的对峙。工区构成一种现代性诱惑，它时髦又强大，悄悄吹过来，与代表着土地要素的村子构成对抗，要淹没消解村子的土地根性。

煤矿区的大洗澡池子，就构成一种象征，最先受到诱惑的是村子里的女人。一天，金友忽然觉得媳妇小豆不对劲，怎么这么白？小豆告诉

[①] 张炜：《九月寓言》，人民文学出版社，2005年，第310页。

他："俺是洗热水澡洗的哩……大池子水，管洗管洗。"金友不由分说，抽出一条旧腰带，按住小豆就打。打还不解馋，下口就是一下，咬得血哗哗流。打了半夜，事情还没有了结，他又找到牛杆，说动他一起去揍工区里管洗澡池子的小驴。狠揍了小驴一顿后，村子人都痛快淋漓，说揍得好。男人们又回头来收拾自己去过大池子洗澡的婆娘。"所有去洗过澡的女人都无脸见人，一连数月像老鼠一样只在夜间活动，串着门，诉说不幸，她们的声音细碎低哑，也像老鼠弄出的响动。男人们钦佩金友到了极点，有几个人在深夜把老婆打出了声音。"①最有意味的是，小豆在挨过男人的一顿狠揍之后，听男人说要杀了小驴，去给小驴报信，结果小驴要强暴她，她在与小驴的打斗中，滚了浑身的泥巴，被压进了泥土里。"好长时间，她在呼吸扑腾起的土末"，忽然明白了自己与泥土的关系，自己"本该是一个土人，这是命定的呀！她偏偏要去大热水池子，偏偏要洗去千年的老灰。一切的毛病都出在这儿了，活该遭此报应。她由此想到了男人的愤怒，一瞬间领悟了全部奥秘。男人那飞舞的带子下有真理啊！今后她再不会去大水池子了，不去寻找一个艇鲅女人不该强求的东西，不存非分之想。她将老老实实地、一辈子做个土人。她躺着，泪流满面，恨不能即刻化为泥土"。②作者在这儿将在大池子洗澡作为一种隐喻意象，它既关涉现实，又关涉超越性的文化思考。将大池子洗掉身上的土末象征着人在逐渐地褪去与土地的紧密关联，土末成为一种污垢被清洗，象征土地与人的紧密关联变得日益疏离，甚至成为一种张力和对抗。在日常劳作中，农人在土地上躺卧睡觉打滚，本是一种司空见惯的事相。农人认为土是干净的，孩子手划破了，往往在伤口上敷一把土就行了。躺卧在土地上，土却也不沾身。在现代化的进程中，我们看到的事实是，人变得越来越"卫生"，都市便是"卫生""文明"的集中呈现。在都市中，已经没有了大地的呼吸，到处是钢筋水泥铸成的高楼大厦，到处是水泥路或沥青铺就的

---

① 张炜：《九月寓言》，人民文学出版社，2005年，第61—62页。
② 同上，第58页。

道路，都市失去了人与土地的关联向度，人生活在人造的第二自然里，接不到地气。人与土地疏离，人与人在居住空间上却更为拥挤密切，在都市繁华喧嚣的高楼群里，构成了都市的迷离"幻境"。人置身于这样的幻境而不自知，惧死而妄生。在都市空相中，计算机等器物的发明，更加速了幻境的制造，是空相中的空相。都市使人远离大地，无法亲近自然，失去静穆沉思的环境，失去对天地万物之敬畏，沉迷其中而不知归途。

当张炜敏锐地察觉现代化与自己的生命体验相悖逆时，正是人们在狂欢着迎接现代化的到来之时。所以，在《九月寓言》问世时，很多文学界同人惶惑不解，以至于在其稿件被送到曾编发《古船》的《当代》杂志后，老主编"秦兆阳看完稿子，在7月11日（1991年）表示，'不能发表，发表出去很荒唐'。7月19日，他再次来到编辑部开会，对《九月寓言》的批评更严厉，更明确，并提出了10条意见。最后，只能退稿"[①]。秦兆阳对这部作品的反应，我相信，代表了相当一批文学界同人的看法。所以，《九月寓言》不像《古船》那样，赢得文学界的一片叫好，应是情理之中。这个情理，就是张炜在1980年代末期到1990年代初的思考，已经超出了人们的接受范围，他所敏锐感知的现实和勇敢面对问题的思考，太超前了。人们怎么能理解一群妇女到工区洗澡这样一件事，在张炜笔下，构成了工区与村子的精神对抗？这些妇女遭到男人的猛揍，而且，张炜并没有将猛揍女人的男人，勾画成野蛮愚昧的代表，而是给予其情感上的理解性支持，难怪秦兆阳会认为"荒唐"。

在《九月寓言》里，工区和小村的对峙，还发生在肥的身上。肥是小村养大的姑娘，本来爹娘说好了将她许配给村子里的少白头龙眼，结果父母早亡，有一天她竟偷偷跑了，跑到工区与那个秃顶工程师的瘦儿子私奔了。满村子人说，"肥让黑面肉馅饼馋跑了"。"黑面肉馅饼"是一个现实，亦是一个象征，表达着物质世界的诱惑，工区就是这个诱惑的符号。

[①] 何启治：《〈当代〉和〈九月寓言〉擦肩而过》，载《新京报》2006年7月11日。

村子里没有人认为肥的做法是对的，大家看法高度一致，认为肥是一个没有良心的负心嫚儿，并且断言她不会有好结果，苦日子在后头呢。村子里人的逻辑是："大姑娘肥逃开了，你这辈子有谁用腰带抽你？要知道身上生了鱼纹的女人到时候痛不欲生，她们的心病只有一味解药，那就是男人噼啪打下的腰带！没人想得出那个两眼贼亮的瘦儿子会怎么搂抱你？他会用糜烂的瓜儿喂你、会哼哧哼哧带着一身土末子亲你吗？要知道土人离土不活，野地人离了庄稼棵子就昏头晕脑。你毁了少白头龙眼，其实也一块儿毁了自身。你日夜念着黑面肉馅饼，那是罕见的馋病。"①这一段充满深情的叙述，既是一个小村人对这件事情的视角和心理，同时也晃动着作者自身的身影，道出了张炜的百结忧肠。小说的叙事视角，固然是村子人的眼睛和感知，但同时你又隐隐察觉，在这个确定的视角之上，潜伏着全知全能的叙事味道。这使作者的叙事，带有强烈的倾向性判断，有着作者自身对事件的思考、评判和向背。他对这两种冲突，表面上保持冷静客观的姿态，而绝不做出表层的先进与落后、野蛮与文明的划分。但在内里，生活与社会变迁，现代文明与以大地为代表物象的村子的冲突，在他的情感深处，涌动着愕然与战栗、无奈与叹息，他把深爱给予大地，给予质朴淳厚的小村人。

小村的姑娘对肥逃走之后的想法更有趣。赶鹦姑娘蹲在了香碗身边说："是小村把咱占下了哩，咱不做小村的负心嫚儿。"在《九月寓言》的结尾部分，作者将肥的逃走与龙眼到工区挖煤相呼应。少白头龙眼和憨人在工区的煤窑挖煤，地下放炮，震得山摇地动，憨人说"就这轰得咱村子打颤"，他曾经在田野里割地瓜蔓时有过这种感觉。现在小村要往别处搬迁了，"龙眼和憨人有说不出的痛楚。那是咱的村哩，上面有锅碗瓢盆大碾盘子，有牛杆饲养的一大群牲口，有爹妈和先人栽的树哩！俺可不能自己动手挖塌自己的村庄"。②可工区就是这样挖塌了自己的村庄，龙眼

---

① 张炜：《九月寓言》，人民文学出版社，2005年，第284页。
② 同上，第287页。

也在瞬间被堵在了漆黑漆黑的夜里，没有星月，没有光亮："'完了完了，冒顶了……上面有我的村庄，是俺亲手把下面掏空了的，俺是有罪的孩儿啊！'他想把憋在心中的话吐出来，刚刚张大嘴巴，头顶的黑夜就压了下来。"也就在龙眼被压在煤下的瞬间，肥乘坐的那辆汽车颠簸着，突然大地强烈一抖，司机刹住车，肥紧紧揪住胸口。"一匹健壮的宝物甩动鬃毛，声声嘶鸣，蹽起长腿在火海里奔驰，它的毛色与大火的颜色一样，与早晨的太阳也一样。'天哩，一个……精灵。'"[①]这是《九月寓言》的最后一笔。这一笔，将龙眼与肥的魂灵做了联通，传神而有力，其寓意喷薄而出。肥尽管已经逃出小村，但是她的魂灵却无法逃出去，就像小村人所预言的："你毁了少白头龙眼，其实也一块儿毁了自身。"没有"带着一身土末子"的人亲你，那你就会"昏头晕脑"，因为"土人离土不活，野地人离了庄稼棵子就昏头晕脑"。无疑，张炜的情感，倾注在这个小村上，倾注在这些显得落后憨笨淳朴的小村人身上。工区作为一个现代符号，仅仅是一个凸显小村世界的对位性映衬。

映现在神话里的历史与现实

这一思路，在张炜刚刚诞生的新长篇《荒原纪事》里，获得了更为清晰和更为强烈的表现。作为现代诱惑，《九月寓言》里的工区成为《荒原纪事》里的工业园，人的物质化特征表现得更为疯狂。在《九月寓言》里还仅仅是一个模糊的传说线索的小村人远祖——身上生了鱼纹的鲢鲅，在《荒原纪事》里，成为三条叙事线索之一，成为一个强大的影响着大平原生死沉浮的宿命性的神话。在神话里，大平原被出卖了，它被一点一点偷给了乌姆王。在现实里，大平原正在任人宰割，支离破碎。这些在《九月寓言》里萌芽的思绪与情感，在《荒原纪事》里，都获得了精彩的淋漓尽

[①] 张炜：《九月寓言》，人民文学出版社，2005年，第293页。

致的发挥。1992年张炜说出的关于土地的谶语，在《荒原纪事》里成为现实，"大平原"真的被充满私欲的人弄得千疮百孔，一片狼藉了。当然，不仅仅是张炜的小说将它写成这样，如果仅仅是小说将其写成这样，我们还尚可欣慰，事实上，它是我们的眼睛看到的一种赤裸裸的残酷现实。如花似玉的大平原，真的如同一个隐喻，被出卖了。

围绕着平原，小说展开了三重叙述线索，第一重是现实，是小白、红脸老健们为保护土地权益与工业园争斗的线索；第二重是神话，乌姆王与煞神老母雪恨的故事；第三重是关于平原上的孤胆英雄李胡子的传说。现实层面的村子被工业园区侵蚀残害，它真的与童年记忆中的大平原大相径庭，脚下的平原真的在一天天溜走，暗暗溜走——这一切，恰如神话故事所讲，它毁于一个可怕的契约，是一场有预谋的出卖。

神话层面上，这块鲜花一般的本属合欢仙子封地的大平原，经乌姆王和煞神老母的私下合计，订了交易契约，煞神老母"这边把一片平原上的河流、沃土、大海、林子、百兽、花丛、草地，分期分批地偷给乌姆王；作为回报，乌姆王要赠酒十石并于每年八月把老酒肴遣来酿酒；事成之后，乌姆王还要把煞神老母接到焕然一新的领地里，赐她'国母'之号"①。大平原就这样，从合欢仙子的手里，被悄悄偷了出来，出卖给了乌姆王。故事里的乌姆王和煞神老母，都是被大神遗弃的人。这片鲜花一般的大平原，原本是大神战混沌胜利之后，封给合欢仙子的后花园。但屡建奇功的大将乌姆王，其封地却是一片寸草不生的荒漠，这让他恨得咬牙切齿。大神为什么这样不公？原来是因为乌姆王说了真话。当众神都在为大神歌功颂德的时候，乌姆王说了一句本不该说的实话。战混沌延续了七七四十九天，大神胜了，硝烟散尽，天地万物露出了真容，于是人们说是大神把没有天地、没有星月的一片混沌给廓清了，说是"混沌初开"，他也就成了造出天地万物的元初之神。实际上当然不是这么回事，天地星

---

① 张炜：《荒原纪事》（上），载《中国作家》2010年第3期。

月原本就存在着，只要战火硝烟散尽，江河海湖就显露出来。当众神在歌颂大神创造天地万物时，乌坶王忍不住坚持指出：天地原本就存在呀！这惹得大神很不高兴。还有一件事就是，当年在天蝎座附近发生了一场鏖战，战斗进行得如火如荼的当儿，大神却欢会一位落魄仙子，不愿与将士见面，这惹得乌坶王混骂一通。这两件得罪大神的事，最后演化出的结局就是，乌坶王被大神发配到荒漠。

煞神老母本是大神的所爱，一度让大神如痴如醉，但大神并不专一于她，在与她欢会的同时，也在与其他女子欢会，这让她愤怒得昏天黑地。她开始不断生吃蜥蜴蛇蝎，她身上积蓄的毒性使被她吻过或抓过的人，都变得昏昏沉沉，一天天瘦弱下去。她就用这种方法，搂住大神的那些浪娘儿们又是亲又是抓，嘴里亲热地叫着"好妹妹"。这些被她搂过亲过的女人，一个个慢慢变得面黄肌瘦，病弱不堪，没法焕发出与大神欢会的青春活力。这个秘密，最终还是被大神请来为这些女人医病的母狐大医发现了，从此，煞神老母被贬出宫，到了"一片浓雾笼罩的大山里打发日子"。她最恨的就是大神将自己贬在了一片荒山里，却把一片如花似玉的平原赠给了合欢仙子。

乌坶王和煞神老母对大神的共同仇恨将他们结合在一起，就有了上面所述的对平原的交易出卖。在神话这条线索里，此后演绎的是煞神老母如何一步一步、一点一点将平原倒腾给乌坶王，包括她有计划结识蚂蚱神和风婆子，让蚂蚱神吞食平原的一切绿色，让风婆子用沙子将树呀苗呀全压在大沙丘底下。在这个神话里，张炜还奇思妙想了一个煞神老母与山魈相会的故事，延伸出他们所生出的一个个憨螈来。这些憨螈，具有人形，内里却全然充满兽性特征，其典型表现就是超常的食欲与性欲——"能吃能日"。然后，煞神老母带领她的这些憨螈孩儿，到平原上找姑娘们去了。魁梧俊朗的憨螈专找平原上的姑娘们幽会，再生出一个个憨螈的后代。实际上，平原上的人最后大都成了煞神老母的后代。这个隐喻里也埋藏着作者对当下现实的尖锐批判。

国家意识形态与民间仁德

这是一个关于出卖的神话故事，在小说里构成了隐喻，和小说构成的是正向关联，与小说主线相呼应，同是这块平原，同是关于平原的出卖。另一个关于出卖的故事，发生在历史层面，也可以说是混杂着历史与传说。在《荒原纪事》里，这一线索里的主人公叫李胡子。李胡子是独身大侠，打家劫舍，杀富济贫，干的都是老百姓喜欢的事情。有人作恶多端，人们就说，让你出门遇见李胡子。因为他在民众中享有极高声望，于是，打着不同旗号的几支队伍都想拉他入伙。但他明白，凡是团体，都有特定利益和目标，作为团体中的一分子，难免会委屈自己以至于违心地做出可怕的事情，甚至毁灭自己。李胡子打定主意，单打独干。有一支队伍叫"纵队"，在民间口碑不错，李胡子也曾在险境受惠于它。纵队派人来找他入伙，他主意已定，表达了谢意，毅然拒绝。不久，李胡子结识了一位商人，这个商人就是"我"——叙事主人公的父亲，他们一见如故，畅叙通宵达旦，最后两人解决掉"我"父亲带来的一大酒篓美酒才分手。李胡子答应与纵队司令见面，与司令见面后，他决定与纵队合作，但入伙还是暂时搁了下来。当"我"父亲与李胡子第二次见面后，就正式加入了纵队，并且最后与司令成了把兄弟。

在作者的叙述里，最让人印象深刻的是李胡子的两次"义"举。他所坚守的做人做事原则、他坚执固守的信用和承诺，与不择手段以取胜为目标的队伍构成强烈对比。一次是司令兄弟独身入海港要去说服港长归顺，因为他相信港长也是穷苦人出身。但是李胡子坚决反对，认定港长是个小人，结果不出所料，司令兄弟中了港长的计谋。李胡子不顾性命，独入虎口，将港长劫出港来，扭着他并交换了司令兄弟。最后，在对方放了司令兄弟后，司令兄弟顺手抄枪欲干掉港长，被李胡子一把按住，将港长放走。司令兄弟说：你救出一个兄弟，也放走了一条恶狼——功过两抵。

李胡子呵斥一句:"我的兄弟是金子做的,那小人是粪土捏的,这怎么会两抵?"

最让人唏嘘感怀的还是李胡子的死。战事到了关键时刻,争夺海港码头成了最后的博弈。平原上有一座显赫的"战家花园",它的主人是四少爷。他正直豪爽,英气逼人,在平原上很有人望,偏这时候要出任敌方要职,不管就其财富还是人脉,都对纵队构成了严重威胁。司令兄弟睡不着觉了。纵队里只有李胡子跟四少爷有交情,而且还是生死之交。司令兄弟派李胡子去见四少爷,劝其投诚,未果。最后决定,不惜代价,拿下战家花园,四少爷要么活捉要么击毙。李胡子于行动前要求最后努力一次,但他这次努力的结果是,与四少爷喝酒从早晨一直喝到太阳西偏,然后放走了四少爷,谎称诱捕失败。在上级追究责任时,李胡子主动站起来说是自己放了他,并对旁边人说"把我捆了吧"。上级要求将李胡子就地正法,司令兄弟有心放他一条生路,他不肯,只要求临死前去看望一下自己唯一的亲人——干妈,赶明天太阳落山一定赶回。司令兄弟给了他一匹好马,把他臭骂一顿,说永远也不想再见到他。在他离去后,司令命令部队拔营出发,急行军一夜一天,没想在第二天太阳落山前,部队刚刚驻扎下来,李胡子气喘吁吁骑着马赶来了,赶来赴死。司令兄弟只好在天黑前下了执行死刑的命令。[①]

李胡子这个形象,具有中国传统文化晕染的侠士特征。他可能没有主义,没有远大宏图,但他具有侠肝义胆,讲诚信。诚信是构成人际交往的伦理底座。李胡子最后赶来赴死,在他的行为意识里,既然与司令是兄弟,而且自己已经是纵队的人了,和司令已经按平原上的礼数结拜了,当然须得肝胆相照,不离不弃,怎么能做逃兵?上级追查放走四少爷的责任,该自己承担,如何能让兄弟为自己受过担责?如此不仁不义之举,如何能做得出来?这是李胡子的逻辑。当然,在司令心里,与李胡子成为拜

---

① 张炜:《荒原纪事》(下),载《中国作家》2010年第4期。

把子兄弟，也可能是一种权宜之策，一种壮大实力的手段，是对李胡子的一种利用，尽管在利用的同时不乏几分诚意。司令是有更高原则的。在这个更高原则下，自我须做出牺牲。兄弟情谊当然不能高于整体的利益，为了这个整体利益，兄弟情谊随时可以牺牲。这一点，在平原人的眼里、平原人的评价尺度下，是司令将李胡子出卖了。在小说的叙述中，我们看到司令对李胡子是怀有戒心的，在他只身一人深入海港时，安排接替自己位置的是他人而不是李胡子，李胡子只是一个辅助角色。但司令尚且有为李胡子承担责任的想法，尚且用臭骂和急行军来挽救李胡子欲使他免于一死，已经是超出团体目标的仁义之举了。在张炜的叙述里，对李胡子这位平原上的最后一个好汉，这个带有民间传奇演义色彩的侠义英雄，给予了更多的同情和赞颂。

酒神的欢畅与流浪者的阳光

在小说故事里，读者看到的小白、红脸老健、老冬子们，他们分享着李胡子的光辉，他们是李胡子活在平原上的不死灵魂。张炜给予他们无限美好的情感寄托，并且许诺他们一个远大的未来。因为他们较少受到污染，具有阳光一般的健康人格，明朗清新，乐观豪爽，勇敢无畏，具有公义，敢赴士之困厄。他们才是这块平原的灵魂，是平原的守护神，在精神气韵上，与李胡子气息相通。他们所面对的对象，是大平原的破坏者毁灭者，但是这些破坏者具有这个时代所赋予的话语特权，这种话语特权使他们的破坏行为具有正当性。这使小白、红脸老健、老冬子们的反抗具有了壮士赴死的悲凉味道，也使他们的话语作为民间话语与上层话语相颉颃。这样，具有民间立场、民间英雄特征的李胡子，自然成为他们心中的坐标与丰碑。他们所坚守的民间话语立场，也使他们具有了与土地更深刻更广泛的联系，所以说，他们是大地之子。

其实，在张炜的叙述里，小白、红脸老健、老冬子们与工业园区的斗争,也仅仅是故事的主线索而已,是人物命运的端点,从这儿出发,作者要将我们引向更为广阔、更为深远的生活图景。这种生活图景,就是在小说的展开中我们所看到的各种生活形态,特别是以拐子四哥夫妇、鼓额、武早、小白为代表的叙述主人公"我"所观察到的底层民众和流浪人群,他们是不仁不义的事实世界之上的希望。他们的情感思想和生存状态,尽管作为弱者有令人同情怜惜的一面,但读者从他们身上感受到更多的是健康的力量,他们是蕴藏在生活深处的跃动不止又生生不息的民族的生命源泉。

在张炜的叙事里,尽管不乏对人性黑暗的揭示和冷峻的批判,但他从不丧失对真理战胜谬误、良善战胜邪恶、美战胜丑的信念。这也可看作一切伟大作家的共同知性。美国现代文学史上具有强大影响力的著名文学家亨利·詹姆斯说:"一部好小说和一部坏小说之间的区别,在今天和在过去任何时候都是一样大的:坏小说连同所有的拙劣的绘画和让人糟蹋了的大理石一起被扫进某一个无人光顾的废物弃置所里去,或者人世间的后窗下面的一个广袤无边的垃圾堆放场上去,而好小说则与日月同辉,光芒四射,激励着我们的追求至善臻美的愿望。"[①]是的,追求至善臻美的愿望,也正是张炜的艺术追求和美学原则,他已经在这条路上走了很久了,像是一个艰难跋涉的远足者,走在一条崎岖的道路上,不跟风不媚俗,坚持自己求善求真的大道,并将此作为自己的生命目标。

在《荒原纪事》里,流浪者人群和他们的生活情态引起张炜的极大兴致,这一点令人十分讶异和好奇,并逗引我们进一步探究。提起流浪这个词,我们心里泛起的是类似解放的感觉,是长期生活在沉闷禁锢生活环境里的一个超然释放,是挣脱锁链的狂喜。所以,流浪一直是一个十分令人着迷的话题。在西方民族里,吉卜赛——作为一个流浪民族,总是让世界为之注目。流浪者的大篷车,流浪者的载歌载舞,流浪者的占卜与乞讨,

---

① 亨利·詹姆斯:《小说的艺术》,朱雯、乔忾、朱乃长译,上海译文出版社,2001年,第10页。

等等，成为人们津津乐道的一种生活方式。梅里美写出《卡门》之后，这个充满自由精神象征的流浪者，波希米亚人的代表，其故事竟被改编为歌剧、舞剧、电影而风靡全球。中国的文化艺术里，罕见对流浪族群的表现，特别是对底层流浪者的表现。士这个阶层，倒是不乏漂泊流浪的动人范例，如汉唐时期，漂泊就成为一个时代的精神符号，司马迁、李白、杜甫等，都有一个漫长的漂泊时期。李白从二十五岁离开家乡江油，一生就再也没有踏入家门。杜甫，即使在肃宗已经任他为左拾遗，他也多少实现了"致君尧舜上"的愿望，后来却也有一段漂泊西南的生涯。是不是巨大的人生创痛或秘密，需要在流浪中去抚平去揭示？《荒原纪事》里的确也表现了伤痛，小白因为失恋而流落到平原，"我"也因为内心的伤痛不能平复而四处行走，但伤痛的抚平有多种方式，漂泊流浪也许是一种更深层的内心需要。

在古希腊神话里，有酒神和日神，日神表达的是人清醒理性的一面，是面对未来的长远思虑和周详盘算，社会群体的目标实际上就是日神精神的体现。这一精神取向，规范、压抑和遏制人的即时性冲动，为了未来，不断地牺牲当下，将人的行为变得审慎而多虑。酒神精神则表达着一种压抑的释放，一种面对当下的烂醉如泥的狂欢。漂泊流浪，是酒神精神的体现，是对长期郁闷生活的放达释放。人的锁链大多数时候是在凝固的生活状态下形成的，张炜描写了一群流浪者所自发构建的令人向往的温暖茅棚。

在芦青河西岸的林子里，穿过曲曲折折的蒲间小路，有一个很大的沙堡岛，沙堡岛四周有着各种各样的水生物，鱼呀贝呀十分丰富。这儿聚集着一群流浪汉，他们可能是采做海蜇的手艺人，可能是逃避计划生育者，也可能是逃婚者。当然，也许还藏有身负重罪的逃亡者。这些人形成公社部落，头儿是一个三十多岁的女人，有两个娃娃，却没有男人，所有人都管她叫大婶。大婶仿若君王，指挥一切。这儿没有税务官，没有警察，没有其他社会组织形式，却井然有序。这些人就是靠卖海蜇获取收入。每到春秋两季,风浪就会将成堆的海蜇涌上岸来,他们只需将海蜇放上明矾做成海蜇皮,然后运出去换回米面油盐就行。这儿没有电视机之类的东西。没有医院,只有一根银针,谁有病了,就扎几针,病重了,那就等死。奇怪的是,这儿的人很少有什么大病。村落里的汉子们对大婶由衷喜爱,一个壮汉,划船到深海处采摘一种鲜美无比的大海贝,这玩意儿名字叫天鹅蛋,那天是大婶的生日,他非要表达心意,扎进冰凉的海水里采了十几只,人被冻得半死,好在被顺风刮到岸边。大婶亲手把那个冻僵的汉子抱进自己的小屋里,用身子把他暖了过来。大婶说,从此,他就是俺屋里的人了,两个娃娃叫他"大大"。大婶也给"我"和武早许诺,你俩若能留下来,让娃娃也叫你们"大大"。

　　作者对这个在现代社会返归于原始状态的群落,不无深情地赞美歌颂,他们是一群疏离当代生活的人。在当地人眼里,他们是一群盲流,逾越常规,胡搞弄、做贼、养汉子,什么胆大的事儿都干。小说故事里,"我"在流浪似的寻找小白和鼓额之时,见识到了各种不同的流浪者。作者情不自禁对他们的人格和品格操守做了深情的歌吟。比如那个把"我"拥在怀里、当作小孩儿的孤独的老太婆,那个不断地讲述李胡子故事给那群流浪汉的老者,还有那个迷人的美丽沙妖,作者都做了动人的描写。他这样写围绕在老者周围的这个流浪群体:"我问他们未来的打算——总不能这样漫无目的地流浪,这走到哪里才算一站?谁知他们对我的话大不以为然。老者说:'人哪,怎么还不是一辈子?不就活个自在?知道找自在的人才天南地北拢到了一块儿,吃不愁穿不愁,冬天来了钻大沟。'"①这是他们对流浪生活的观念。在张炜看来,他们更为宝贵的是在心底对女人的珍惜尊重。在如何对待女人上,最能显出一个男人德行的高下和心灵深处的高贵与卑污。老者说:"俺这些人都是些软心肠,发了誓,一辈子不招女人跟俺受磨难。等大伙儿混好了,穿上千层底鞋,戴上狗皮帽子,

----

① 张炜:《荒原纪事》(下),载《中国作家》2010年第4期。

围上狐狸围脖儿的时候，再找女人也不晚。那是人间宝物啊，你不能让她们也跟上遭罪。她们遭了罪就没完没了地哭，小嘴一瘪一瘪，泪就出来了。那时候，男人心口不疼吗？"①他们将女人看作人间宝物，这是对待人的观念，对待弱者的观念，和那些酒足饭饱后寻找女人开心的穷奢极欲之人绝然不同。

写到拐子四哥时，作者对这个芦青河两岸的有名流浪汉，充满无限的爱意与诚挚，他写道："我在这个早晨好像突然发现，拐子四哥的头发几乎全白了！当时心沉了一下……我提醒自己，眼前的兄长是一个身带伤残、一拐一拐走过了这么多年的人：老之将至，他再也走不动了……事实上他只想待在这个茅屋里，领着斑虎，把余下的一段日子过完。他已经没有别的奢望，也不再做其他打算——这位童年挚友，这个即将走向老迈的兄长早就舍弃了一切，浮泛的热情在一生的流浪中全部耗尽了，剩下的只有内心里的那股坚韧和决意。作为芦青河两岸一个有名的流浪汉，他经历之艰辛曲折，无人能比。这片荒原的一角、慢慢沉陷的土地上，最后的日子里，人们将会看到一座孤零零的茅屋屹立着，门前站了一个满头白发的老人，他和他的老伴，他们牵着自己的一条狗。"②这是多么令人温暖又令人心酸的一幅图景。

财富的毒性与力量

策动小村人起来争取自己权益的核心人物小白，本来在机关工作，后来到了一个基金会，以此看来，这是一个在当今世界活得较好也颇有能耐的人物。但是，他那样倾注全身心的力量所热恋的女人，竟然离他而去，原因无他，就是一个有钱人的插足。作者没有细写这个女人与有钱人之间究竟是如何发展，如何狠心抛弃小白，但是作者写出的真相是，一大

---

① 张炜：《荒原纪事》（下），载《中国作家》2010年第4期。
② 张炜：《荒原纪事》（上），载《中国作家》2010年第3期。

笔钱所具有的摧毁性力量，摧毁了他们的爱情。对残酷世界真相的揭示，一直是张炜所致力表达的东西。这种揭示，有时显得那样让人胆战心惊，不忍卒读。比如，工业园区的保安们在拷打折磨凿子逼取口供时，让他吃下去半碗盐面和四根辣椒，并且专门将"我"关在隔壁，让"我"听凿子痛苦不堪的呻唤。作者写了"我"跟这个长相有点像豺狼的家伙的一段对话，十分有力地表达出现实中的残酷世相。这个家伙看见我在喃喃念着凿子，说：

"他还年轻，一时半会儿死不了，顶多落个残废——别想再抡镢头了。"

我一直盯着墙壁："我现在相信了一个说法——有人是最残忍的畜生转生的。"

络腮胡子嘻嘻笑："你现在才相信？我早就相信了。"

"可它最终还是要被消灭。"

"是吗？你太客气了。"

我不明白他的意思，看他一眼。

他仍旧嘻嘻笑："到底是畜生消灭人，还是人消灭畜生，这事儿还得两说着哩！"

那一刻我的脸上可能一片煞白。[①]

突然觉得他道出了这个世界的一部分真实。对人性中残酷一面的直面揭示，在张炜早期作品《古船》里，就表现得尤为充分了。他写埋藏在抱朴心中的母亲被逼被辱而死的惨烈一幕，就十分震惊人心，让人永难忘怀。还有还乡团和农会相互无情仇杀的故事，也在人内心留下深刻烙印。小说中还不无深刻地揭示了具有畜生般残忍本能的人物的成长史，比如，这个赵多多，他"脸上的胡须像是一夜之间生出来的。人们印象中他还一直是个躺在乱草堆里的孤儿，可怜巴巴。那会儿他像鬼魂一样在街上飘

[①] 张炜：《荒原纪事》（上），载《中国作家》2010年第3期。

游,连老赵家族里的人也不怎么管他。他是靠吃乱七八糟的东西长大的,肚子里装得最多的野物大概就是蚂蚱。他胆子很小,不敢看杀猪的。可是杀猪人扔掉的一些东西被他捡到了,他就烧一烧美餐一顿"[①]。肮脏和残忍,作者将之看作一体两面。

但是张炜的内在力量是对这个残酷世界的不屈抵抗,尽管有时畜生猖獗到足以挤压人的生存,它的存在,也真实得让人战栗,"可是我决不想认同这个真实,直到迎向死亡,都不会认同"[②]。对这个残酷现实的反抗,表达着作者的理想和信念。他通过自己的笔,想要人们记住历史,记住曾经的血腥。《古船》里,抱朴使劲说应该修镇史,镇史应该把那些东西都记下来,那些东西现在只在口头上,"像我刚才讲的,镇史上都没有。这是镇史的缺陷。你千万不要小看了这一笔的有无,它会影响一代又一代人对镇子的看法。后辈人不明白老辈人,后辈人的日子就过不好。他们以为老辈人没有做过,就去试一试,其实老辈人早就做过了"[③]。张炜对民间记忆中的东西非常珍惜,认为正史里,往往将一些最为要紧的东西过滤掉了,结果导致后代又去犯前代的错误。在《荒原纪事》里,三先生的跟包反复跟我说,要记住大事,他一脸严肃地说,平原被倒手了被出卖了,现在是乌坶王的了。他不认为他讲述的是神话或者故事,他认为他说的是事实。这是平原的大事,人,要记住大事。平原从哪儿来,到哪儿去?这总该是大事吧?它怎么倒了手、卖给了谁、又为什么卖了?这不是大事?在寓言的背后,发生在现实层面上,平原真是被出卖了,它被一个个的独蛋老荒(故事里的村长)出卖给了工业园区,而且是冠冕堂皇地出卖了。独蛋老荒讨得一辆小车,这是金钱的力量,我们惯于将之称为资本。

这个世界的运行,资本是基本的推动力量。即使我们今天说,科技也算一种推动性力量,但是在科技的背后,实在也是由资本驱动,因为科

[①] 张炜:《古船》,人民文学出版社,1987年,第234页。
[②] 同上,第227页。
[③] 张炜:《荒原纪事》(上),载《中国作家》2010年第3期。

技的背后是人，将人变为单一化的经济动物之后，人于是也就成为单一化的利益驱动的动物。在这个方面，让我们十分感慨的是人性之脆弱。资本力量的可怕就在于，它往往将人的生命的长度换算为钱币。你依靠勤勉辛苦，一月挣3000元，干30年不过90万元，这是一辈子呐。有人一把砸向你100万，还不把你砸倒？这就是资本的力量。独蛋老荒的女儿本身就是工业园区的受害者，但是他竟被一辆车收买。故事里的小白，发疯地爱上一个京剧演员，为了她，为了时时刻刻陪她，宁可扔下自己的工作，可就是这样的爱，在第三年就出了问题。"就因为一个大人物要来看戏，这个人是数一数二的大官商，一开口就给了剧院一大笔钱"，她由此认识了那个官商，十几天后，一个雨天，"那天刚一出门她就阻止了我，说有车来接，我不放心，就在窗前看着：她在哭呢，雨伞掉在了地上……一辆豪华轿车，一个穿制服戴白手套的小伙子，他殷勤地撑伞……这不过是她认识那个狗娘养的十几天后的事。你敢相信吗？"[1]这样的一个雨夜"让我明白，原来一大笔钱会有这样大的力量，毁灭的力量……"张炜意识到钱的力量，当然，更是意识到钱的毒性。独蛋老荒就是一个中毒者，于是把一村人都给卖了。这是一个人格残缺的人，作者给他取名独蛋，是包含着寓意的，表达着他身体的残缺，以此隐喻他精神的残缺。实在说来，钱就能将他的灵魂收买，让他做出丧尽天良的事情，他也就真成一个精神残缺的人了。张炜要反抗的恰恰也是这个强大的现实世界，尽管他认为这个现实世界的力量无比强大，资本摧毁一切的力量无比强大，但是，人之所以为人，恰恰就在于他能摆脱一个规定性的囚禁，成为一个自由的人。

别以为这个世界是一个资本的世界，于是所有人就成为经济动物。这个世界还有别的，还有金钱买不回来的东西。人除了爱金钱，人还有别的冲动，更可怕的是，人还具有自我牺牲精神，人连自己唯一的一条生命都可以献出，还有什么不能舍弃的？这是理想所具有的力量。人在

---

[1] 张炜：《荒原纪事》（上），载《中国作家》2010年第3期。

舍弃个我的同时，获得崇高感，超拔一己之私。在一个群体里，固然所有的生物本能，都趋向于保全自己，获得长久，但是有自我牺牲者在，这个群体将因之获得提升，使我们在绝望中望见山顶，望见朝阳，望见天光。

小白、红脸老健、老冬子、拐子四哥他们，就不是金钱可以收买的。所以，人还具有向善的冲动，还具有非经济行为的冲动。以经济人而论，人在社会上的一切行为，只有一个目标，就是追求利益的最大化。但是人还有别的精神向度：比如，给予和施舍的慈善行为；比如为了信仰，可以舍弃掉人世间的一切荣华；比如，在特定情况下，可冒牺牲自身性命的风险，去救助他人或拯救群体。这种崇高性神圣性自我牺牲精神，不是资本可以战胜的。对于工业园区和他们的集团来说，世界的法则，就是经济法则，为了获取最大的利益，许许多多的人受到损害也在所不惜。这种损害里，其实也含着对自身的损害。平原是所有人的福祉，将如花似玉的平原变成污水横流的无法生存的荒原，不符合所有人的利益。但是只要极个别人可以在其中获得巨大利益，他就可以不再关心平原，因为他可以在获取巨额利益后，抛弃并离开这个自己毁掉的地方。

最后，我不能不说，《荒原纪事》是一部大气磅礴的作品，正因为其所关涉之历史事相驳杂而丰赡，所描绘的现实动人有力而富于启迪，所讲述的神话瑰丽迷人又富于想象，你很难将其用一句简单的理论性话语概括，那就让我们再一次地进入阅读吧。

原载《中国作家》（文学版）2011年第15期

散文创作中的双向开掘与双向疏离

各位散文作家,大家好!此刻,我站在这里,很高兴能与来自西部诸省的同人交流。今天我想谈两个问题:其一为散文里的承载;其二为散文的语言。

先说第一个问题。近几十年以来,我以为,我们的散文写作大体上可以划为两大类,一类是历史文化散文,另一类为性灵散文。历史文化散文是借助于历史而抒今人之胸臆,历史故事、历史事件、历史人物作为一个载体,承载着作者现今之思考;或者说是现今的某些现实触发了作者的思绪,使他联想到古人面对此类问题时的困境和处置之法而抒发之。因之,历史文化散文,因了文体上的要求,比较易于构成历史之担当或现实之批判,尽管这种担当和批判也有高下之分、道行远近之别。这一路子,由余秋雨首开其端,其《文化苦旅》《千年一叹》等作品一出世,迅速在全国走红,并由之形成历史文化散文之热。陕西有个散文作家叫朱鸿,他的历史文化散文集《夹缝里的历史》,就获得读者持久的良好反响。这是我对这一类散文状态的描述。

我今天想着重分析的是另一类散文,也可以叫性灵散文。所谓的性灵散文,往往以"我"为叙写视点,来观察审视社会百相、人情物理。所以,这类散文里的"我",是一个言情状物的发动者。尽管有人说了,散文就是写自己的所感所思,不同人就有不同的散文。固然,会写字的人,都可以写出散文,都可以抒发自己的所感所思,现在也正处于一个大散文的时代，人人可以有博客有微博，每天产生的文字数以千万计，我想写成什么样是我的自由。但是，对于在座的人来说，大家为什么会聚集德阳，研讨散文？不就是想使自己的写作水平提升，不就是想通过交流，使自己的眼界境域扩大，写出比以前的自己写得更好的东西来？这是我们在座者共同的一个出发点。

既然作品是以"我"为原点来看取生活，我们所面临的问题就是：这个"我"，是一个什么样的"我"呢？是一个境界高远的"我"，还是一个心胸狭窄的"我"？是一个具有德行修养的君子，还是一个品行才思平平的庸者？所以，"我"在这儿有识见高下之分，有趣味文野之别。性灵散文里，写的就是这个"我"，是"我"目之所见、心之所想。因之，"我"的高下也就是文之高下，"我"的雅俗也是文之雅俗。因此，对自我的开掘也就是散文创作中的题中之义。自我怎么开掘呢？我想说的是，就写作者来说，其开掘也可称为双向开掘，这就是向外向内两个向度。向外开掘，就是触及自己所面临的外部世界，尽力打入这个现实世界中。这种打入，不是浮泛的、浮光掠影的，而是身入其中，细加观察了解，深入分析解剖，看出事物表象之后的东西来。大千世界，意象纷纭，哪些意象是现实的触媒，使我们沉思，使我们在其中见到生命的苦难，见到难以言达的图景？打进事物的内部，就是全身心投入你正身处其中的生活之中，体味生活给予你的各种况味。这是我说的向外开掘。

再说向内开掘。向外开掘是有条件的，受个人特定的环境因素所限，并不是你想要什么样的生活就有什么样的生活。相对而言，向内开掘就没有这么多限制。向内开掘，就是向自己的心灵开掘，每个人都有一个自我，散文尽管是"我手写我心"，但是在我看来，一个人真实的自我往往是隐藏的，像是捉迷藏一样，时隐时现，捉摸不定。以外在呈现看来，自我往往显现出社会可容纳接受的一面。其实，每一个个体，深入思考，都能见出那个"小"来，就是我们的人性品格难以见得阳光的一面。所以，"我"其实有多个层面。一般状态下，一个人很难面对真实的自己，真实的自己往往并不光鲜，我们善于将自己光鲜的一面示人。如此，我们就明白，向内开掘是多么艰难、多么残酷！对自我来说，是疼痛的、不可忍受的。我们会觉得自己性格情欲中有那么多不可见人的想法，"多得连世界都容纳不下"。假如说散文是写自我，并且是真诚地表达自我，如同古人所说"修辞立其诚"，那么，这个"诚"字中，也就表达着我们真实的自我向度和要求。散文里的假话套话，即使自己在夜晚一个人，也难以骗得了自己，写起来连自己也都没有激情，没有劲头，何况读者！

因此，我以为，向内开掘实际上是一种自我救赎，一种向生活向神灵的祈祷。你深深进入自己的灵魂里，见出自己的灵魂底色，你就会遭遇到神性。凡是没有遭遇到神性的作者，在创作里，就极易于失去支撑，易于丧失源头活水，从而导致灵性枯竭。一个作者，在深深进入内心之时，他的痛苦困惑和迷惘才可能呈现。在人绝望的地方，神就出现了。你的神是什么？需要你自己去遭遇。

前面我说到，在性灵散文里，有着自我识见的高下雅俗之分，实际上这是一个很高的要求。一个作家要保持"独立之精神"和"自由之思想"是不容易的事情。在这儿，我以陈寅恪对大学精神的写照，来状写作家，我觉得两者其实是一致的，大学是引导社会时代精神取向的路标，作家也是这样，"文章乃天下之公器"嘛。因此，我想，作家应该有这样的质素，我称之为双向疏离：上，对国家意识形态保持清醒审视的姿态；下，对世俗潮流在精神上保持有距离的审视。这样，才可能有自己独立之思考，才可能对国家民族的精神建设提供有价值的资源。我们把唐代作为古代中国的骄傲，骄傲的一个部分当然包含着文化的繁盛，而文化的繁盛里，我们所见到的是唐诗，是李杜为代表的群星闪耀的诗人。他们的闪亮存在，不是因为他们对唐王朝的颂歌唱得好，而是因了他们批评的声音。这一点是稍有文史常识者的共识，毋庸赘言。对世俗潮流，更是如此。现在，物质化生存是一个我们须得面对的最为强大的现实，它是世俗潮流的主体方面，渗透在我们日常生活的方方面面，也渗透在我们的精神领域里。一个作家，没有与之保持疏离的审视姿态，那就很难在物质化生存之外为人们提供另一精神支援，我们的生活就会在物质化之中迷失和枯竭。所以，我强调作家精神独立之重要。

下面，我再说第二个问题，关于散文创作的语言问题。

我觉得散文的语言，是一切文体中（除诗歌之外）极为重要的。当然，要说来，任何文体中语言都极为要紧，哪怕是公文写作，语言质地一样会起到重要作用。但在这儿，我还是强调散文语言的重要。因为散文毕竟不似小说，小说讲述故事，小说人物有自体面貌和言说方式，它不像散文这样更受作者主观性言说方式的制约。

自"五四"以来，我国语言受欧化语言的强烈影响，语法的建构，也是以欧化的语体为本，主谓宾、定状补，大量"的"字结构呈现，句式变得冗长沉闷，不堪卒读。我们本来有一个很好的散文传统，这就是明清散文，其思理清新淡雅，语言简洁传神。我特别喜欢那种短句式，语言里有留白，有跳跃，像是一个个精灵的舞蹈。中国绘画里有留白，语句与语句之间也有着空间性，类似电影里的空镜头，而并不将其塞满。但明清以来的散文传统自"五四"而中断了，这种损害，越拉长时空的距离，我们才越看得清楚。语言方式和一个民族的思维紧密相关，毫无疑问，也会影响到这个民族的行为方式。在我所认识的陕西散文作家中，有人就开始承续明清散文语风，尽量使用短句式，减少"的"字结构的运用。

形成自我独特语言风格，是所有散文作家值得花费气力的地方。陕西一个散文作家方英文，曾在写完一篇散文后，自信满满地对儿子说，你能在老爸的文章里挑出可以更换的字来，老爸一个字奖你十元。他的儿子大学中文系毕业，在一家报社做记者。的确，这位作家对语言极下功夫，也颇具收获，其文中极少有欧化的长句式。对一般作家来说，写作中会有一个问题，这就是习惯性语言方式。人们提起笔来，常常会下意识按照自己的习惯方式写下去，以至于很难改变。当然，大师有大师习惯，大师的习惯构成了自己的语体风格，但他也一定曾下过功夫，并非自然天成。他也

217

是通过学习研究而改善提升，才使自己达到现今我们看到的样子。所以，当你的语体方式还不被大家接受认可的时候，我们须得明白，自己的语言是有待提升的，提升的途径，就是选择一个自己喜欢的大师的作品作为摹本，尝试纠正自己的语体习惯，从而提升运用语言的能力。打破那种易于使自己深陷其中的习惯性写作。避免陷入习惯写作的陷阱中，是一个想提升自己语言能力的写作者之必修功课。

我要讲的两个问题讲完了，谢谢大家！

本文为2012年5月28日在四川德阳举办的"散文创作论坛"上的发言

（收入本书时有增删）

散文创作中的两个世界

　　散文创作的内在特征，在我看来，是源于自我内心深藏的另一个世界，一个自己虚构的幻象世界，这个世界与现实世界极不相同，但是却在左右这个现实世界，导引现实世界向自己靠拢，向那个在当下并不存在的未来世界靠拢。这个看不见的用心魂形构的世界，实实在在是散文创作的动力之源。

　　尽管我们常常说，散文创作源于自我内心的触动，这个触动，是自我与所遭遇的环境际遇相碰撞，从而构成散文创作的内在动因。我们将这一点与小说做了区分，认为小说创作虽然同样涉及个人情感的触动，但是，小说里的情感触动不能简单延伸，它必须以人物形象为核心延伸，必须用结构情节将故事纳入其中。散文不同，从自我感触的碰撞出发，借物事而再回到这个触点，并由之形成一条浑然一体的气脉。因之，人们认为这个触点非常关键。

　　这涉及一个问题，是什么东西触碰了你的内心情感？在许多时候，可能仅仅是某一个人在某一点上深有感触，放在另一人身上，则可能毫无感觉。人内心对生活世界的反应原本就自在地每天发生着，那么，触碰你的东西是什么？当然，这种触碰可能是身边亲人的离去，可能是母爱的无私动人、友谊的动人展现、奇异的生活事相、残酷的历史事件，如此等等。这些都可以是散文写作的触点。但我想说的是，是什么构成了这些各不相同的触点？就是说，在苏轼眼里看到的赤壁（黄州赤鼻矶）之地，如何化

219

为创作《前赤壁赋》的灵感？贾平凹眼里的一块破石头，如何构筑成传颂甚广的《丑石》？这正是我欲讨论的问题：此在现实与彼在幻境之间的关系。我之所以关注这个命题，是因为散文创作中的巨大张力，恰源自个人所生活的两重世界。

我所说的两重世界，一重是现实世界，这是我们都能看到的可触摸可感知的世界。我们每天都生活在这个世界当中，它是每个个体无法回避的自我境遇。另一重世界在哪儿呢？在自我虚拟的幻象里。这幻象恰是散文创作的动力和能量所在。我所说的自我虚构的幻象，还不仅仅是我们笔下描写的理想，我想表达的是，人的精神心灵在感知当下现实时，高悬在上方的东西是什么？你以什么样的心灵在感知当下现实？就是说，当下的现实生活仅仅是我们思考的材料，而前方、上方或称之为彼在的那个存在，为此在的材料赋形、安魂，这才使毫无生气的材料鲜活起来，是上方或彼在召唤此在，空灵的幻象在召唤暗沉沉的现实。

苏轼的《前赤壁赋》中，作者对"哀吾生之须臾，羡长江之无穷"的客者曰："自其变者而观之，则天地曾不能以一瞬；自其不变而观之，则物与我皆无尽也。"并进而领悟到："唯江山之清风，与山间之明月，耳得之而为声，目遇之而成色，取之无禁，用之不竭。"这才是造物主赐予我们的无尽宝藏！苏轼看到的是一个云烟荡尽的赤壁古战场，曹操当年的一世之雄气，到哪里去了？这是此在，是有点历史常识的人都会被碰触的慨叹。苏轼的不同在于，他有一个鲜亮的彼在，这个彼在就是他灵魂里不滞碍于物的通脱达观。通脱和达观可能是道，可能是佛，是他所领悟的一个非现实世界所能装下的"清风明月式"的彼在，一个诗化的存在。正因为有这个世界存在，他才没有被现实的残酷与厄运压垮，他才能在连遭贬谪的境遇中，还能在瘴疠之邦惠州怡然安身，他还能在岭南的荒山野岭里，感受民风之淳，喜见草木之盛和鲜果之美。是支配他眼睛的那个不存在的彼在世界，唤起了他"淳""盛""美"的感觉，并将此感赋予自在的民风、草木与鲜果。

贾平凹的《丑石》，写什么呢？就写门前的一块石头，"它不像汉白玉那样的细腻，可以刻字雕花，也不像大青石那样的光滑，可以供来浣纱捶布。它静静地卧在那里，院边的槐荫没有庇覆它，花儿也不再在它身边生长"。它墙也垒不成，做捶布石也不行，连做个铺路的台阶都不中用。这样一块丑石，最后被发现竟是一块天上掉下来的陨石，一下子成了城里专家的宝贝。这篇东西构思的背景是什么呢？我以为就是彼在的唤醒。哪个人没有经历过被忽略被遗弃的命运？哪个人没有过这样强烈的感知？贾平凹一定是强烈地体验过这一点，他也曾被忽略被藐视，被弃之一旁没人过问。所以，作家的彼在活跃着一个强烈的渴望，这个渴望中包含生命价值被珍视的要求。人的内心岂不都潜藏一个声音：自己就是一块被忽视的陨石，总有一天会被发现，会被关注，而不会永远这样被弃置一旁。《丑石》能够广获好评，就因为它触及了人普遍潜在的生命感知和愿望。就是说，在个人与社会的矛盾里，每个人都会或多或少有着与丑石相似的命运，这个相似性使阅读它的人，都会与之共鸣。

我知道，大多数人奉行一种现成的流行观点，主张深入生活，认为创作的一切源泉都与生活相关。我的观点可能有点儿离经叛道：以我所见，每个人都在生活，都有自己独特的境遇。在座的人，哪个不是生活在自己的生活之中？深入生活这个命题是值得我们重新思考的。改革开放之前我们讲的深入生活，其背后是改造灵魂，那时候，将作家归入需要改造的知识分子行列，所以需要向工农兵学习，学习的过程，是自我改造的过程。这一点在另一种意义上倒与我的论题相合。所以，相较生活而言，我更关心人的灵性存在。因为生活对人来说，各人有各人的天命与境遇，我们无法为了写作专门去过一种适宜于写出来的生活，那样做的本身，有点伪生活的痕迹。你是为了体验生活而生活，你难以真正地进入生活之中。而每个人自身的生活，是你难以避免的命运，哪怕是夫妻反目、朋友无情，它都会很深地触及你的神经，逼迫你思考。如果你的精神世界有着强烈的彼在映照，你就会在此在的生活里，见出意义，见出迥异于常的形貌。你的前方、彼在是什么，就会映照出此在生活的明暗，明暗是以前方的光作为本源的。夫妻俩同时生活在一个屋檐之下，但是两个人的世界可能完全相异。这个相异，不是说锅碗瓢盆不一样，是看锅碗瓢盆的眼睛不一样，这一点决定了锅碗瓢盆的意义。你的前方矗立了什么样的景观，你的此在世界也才会呈现出什么样子。所以，我说我更赞成深入灵魂！

假如说，一些人去了西藏或阿坝，去了香格里拉或撒哈拉，觉得这些地方很神奇，将它写出来，那仅是奇观而已，作品呈现不出内涵意趣来。一个写散文的朋友写了这样一个故事，说一个主妇好好在家待着，躺在地毯上午休，不提防天花板掉下来，刚好砸中客厅的一个大鱼缸，鱼缸里的水带着残破的玻璃片冲来，又刚好划破了躺在地毯上主妇的脖子，这位主妇因失血过多而死。这个故事也真够悬乎的。但我们只是看到了一次偶然性的悲惨事件，如此而已，最多只是一种奇观、一件莫名的人命事件。由于作者没有另外一个世界的支撑，他所看到的世界和生活，仅仅如此罢了。我开玩笑说，你被庸俗唯物主义害惨了。因为你在这件事中没有见到别的更具有意味的东西，你的文章表达的意蕴是什么呢？作者最后提醒他的读者，今后要多加注意安全，防止此类悲惨事件再次发生。我觉得散文这样写，就完全失去散文具有的价值意义。一个作家，没有一个灵的世界，那怎么去创作？我暂且以作家自我遭际的现实世界与灵性的幻象世界之间的关系论说的话，以为作家有三种：第一种为缺乏彼在、只有此在的作家，他的彼在与此在完全重合，重合在现实世界。第二种为只有彼在、没有此在的作家，此在的生活仿佛不存在，他只活在彼在精神里。第三种人是既有彼在，也有此在，彼在构成对此在的召唤，强有力地导引此在向前。第一种作家被现实事象所壅塞滞碍，见不到人间诗意与天光；第二种作家可能会有点儿疯狂，全然不顾当下生活，也许会有出奇的作品，但生活可能会一团糟；第三种作家，当是作家中的中坚，明白此在与彼在的关系，在艺术里我们能见到他笔下历历之生活，并能见出生活前方的光。当然，现实中的人绝不如理论划分这么简单，在这三种人之间，可以有更多更细的区分，我的理论只是想勾勒一个大体轮廓。

　　散文语言问题，也似乎和这两个世界相关，为什么？你发现，一个人当官当久了，就有了特有的官腔，思维也成了官样思维，这之间语言思维的差异在哪儿？在我看来，他的世界基本上是现实世界，他还有没有一个心灵化存在的未来呢？假若有，也许就是彼在的权力彼岸。现实存在扼杀了他的语言方式，他无心在语言方式上创造，这和他升迁的关系不大。但是散文作家却不同，他所拥有的那个世界——灵的世界，必须用自我崭新的语言方式去呈现，因为那个灵的虚构的世界所照亮的此在，是全新的，是被发现的，是自我的一个秘密。这些逼迫并推动着作家苦苦寻觅全新的语言，全新的语言才能呈现那个个人化的隐秘感受。

　　王聚敏先生所说的深入生活但须跳出生活，王宗仁先生的深度情感说，陈长吟先生言说的散文中的自我世界，等等，在我看来，都和这个命题相关，是指向彼在的。再说了，即使你用非虚构的场景、人物、故事来叙事来写作，还是要有一个选择的眼光。用什么选择呢，以什么标尺来舍掉一些，留下一些呢？这个标尺，就是那个不存在的幻象世界，就是映现在我们前方的那个虚构的不存在。就精神来说，它又实实在在存在着，实在是比现实的存在更完美，更有力量，更能导引我们向前走，所以，也更为真实。

原载《渝州·文艺季刊》2013年第4期

财富伦理与传统价值的冲突与较量

——陈彦的长篇小说《西京故事》人物谱系分析

陈彦的长篇小说《西京故事》，直面财富伦理和生命价值的冲突，探问底层人上升的通道，省思人生意义与价值的生成，为读者讲述了一个又艰辛又温暖的农民进城打拼创业的故事。这部小说，在中国社会由城乡二元结构向城市化发展的进程中，具有代表性意义。作者直面现实问题，既有深刻的呈现，又有自己的省思与探问，所有这些，为我们应对当下现实提供了一个很好的视角和参照。本文仅就小说中几个主要人物做谱系性分析。

罗天福的人生坚守

罗天福是小说的一号人物，他原本是塔云山一个村支书，还当过民办教师，在当地人的眼里，他是一个非常受人敬重的人。女儿罗甲秀学习成绩优异，一举考入西京城一所重点大学，儿子罗甲成也紧随姐姐之后，考取了同一所学校。罗家在四村八社出了名。在儿子启程到西京城上学之际，罗天福也盘算好自己下一步的计划：带妻子淑惠到西京城打烧饼，以此来供养两个孩子上大学。罗家四口移居西京城后的人生故事就此展开。

双足踏进西京城的罗天福，要扎下根来，实属不易。他的种种遭际，映射出社会方方面面的问题和进城农民的人生困境。他因摆摊而遭城管、卫生部门的清查；房东郑阳娇蛮横跋扈，一双意大利真皮拖鞋不见了，怀疑是他所偷，指桑骂槐，无理取闹；在最为困窘的日子里，罗天福悄悄捡拾垃圾卖钱补贴家用，误闯工地被人毒打致重伤；儿子罗甲成，因房东儿子金锁纠缠女儿甲秀，挥拳相向而酿下事端，金锁被打住院，让他又花钱又受气；甲成因贫困而敏感，读书期间，与同学关系僵硬，内心受伤，暗恋的教授女儿童薇薇也挑明关系，从而情感的最后一根维系断折，愤然离校出走。在这一系列遭际中，罗天福一直坚守自己的人生原则，即便在生活最为困窘的时刻。我们看到了罗天福身上的人性光辉，看到他深厚的精神底色和坚定不移的人生坚守。他是一个有精神依凭和价值根基的人。所以说，罗天福虽然活得艰难，虽然因为现实困境而身心疲惫，因儿子罗甲成不成器而忧虑，但是他在价值指向上，在自我纵深的精神背景上，却没有惶恐困惑。他有自己一以贯之的人生取向，有自己信赖的东西和弃绝的东西。他的这一为人做事的理念，植根于深厚的历史文化土壤里，实践在自己的日常中，而不是说教般地停留在口头上。一个有精神根底的人，尽管生活艰难，但其不忘自己的精神价值，显示出他的坚韧和强大。

　　罗天福不可动摇的坚守，遇到了儿子罗甲成的挑战。一次，他在女儿甲秀带领下，悄悄去他们学校听一个大师讲座，题目是"传统儒学在当下的尴尬复元"。到了提问环节，罗天福远远看见儿子甲成站起来问："我有一个老师，始终信奉'仁义礼智信'和'温良恭俭让'那一套，但他活得比谁都穷困潦倒。您说危机四伏的当今世界，真的能从东方传统儒学中寻找到'柳暗花明'的路径吗？我很怀疑。"[①]罗天福一下瞪直了眼，儿子说的那个人不正是自己吗？这是罗甲成精神世界与自己的断裂，是罗甲成对自己的审视与怀疑。他从儿子的问题里，"看到了自己在儿子心目中的可怜形象"。"这是他过去不曾有过的感受，在塔云山，他是精神上

---

① 陈彦：《西京故事》，人民文学出版社，2014年，第60页。

最富有的人，生活上努把力也能过得不错。怎么在儿子心中就'潦倒'了呢？"

罗天福有做人的标尺，有信奉的原则，有持守的大道。他以诚实信用立身立德，用起早贪黑打烧饼这样的辛勤劳作赚取生存资本，获得人格尊严。罗天福看到西京城的广告上，到处写着："以最小的投资，获取最大的回报。"他质疑城里人的哲学——那不是投机取巧么？都想不劳动少劳动却要赚取最大最多，这念头也太歪了吧？尽管受到外界的冲击，尽管他也看到身边许多不依靠诚实劳作就可以赚大钱、可以活得风光的人，但这些还是动摇不了他的做人原则，这个原则如同老家的紫薇树一样，圣洁而古老，彰显了一种无上的价值，是乡村诗意和乡村理想。所以，尽管他困窘到捡拾垃圾的地步，他也不会动歪心思、邪念头。

老家塔云山那两棵价值百万的紫薇树，是这种古老圣洁价值的象征。三代人对这两棵树的不同姿态，刚好折射出三代人对古老神圣价值的坚守与放弃。老母对紫薇树生命般的守护，即使在最为困难的时刻，也从不去动念以树换钱，获得现实生活的改善，使当下日子过得舒适一些，或者以此换取现实生活中所可能得到的一切物质满足。没有，这两棵紫薇树，就是不可让渡的祖上圣物，是不能用金钱去交换的。这是老母亲的命、老母亲的天。罗天福对紫薇树，本同老母亲持相同看法，但在甲成打金锁住院，赔偿闹得他走投无路时，也一时动念，想卖掉紫薇树，来缓解现实的窘迫，但看到母亲护持紫薇树的决绝态度，一下子就感到了愧疚。他能意识到紫薇树的神圣价值，但在现实压力下也会彷徨。对于罗甲成而言，奶奶压根就是不开化，有紫薇树，又有人愿意掏百万，一切现实问题就迎刃而解了，不就两棵树嘛，为什么要这样想不开？这是罗甲成的思维。在罗甲成眼里，树已经丧失了神圣价值感，就是说，非商品性的价值已经不存在了，世间万物没有不可以用金钱来衡量和替换的。

老人坚守的那个不可让渡的祖上圣物，象征着金钱并不是一切事物的等价物，金钱并不能与所有价值做交换，有一些价值无法用钱作为尺度衡量，比如爱情。假如几千年人类文明所产生的古老价值都可以用钱作为等价物，这个世界就会索然无味。当冰清玉洁的"林妹妹"可以被百万一晚的价格包下来，这个林妹妹身上所存在的那些无上价值，就会轰然崩塌。她的价值，恰恰不是以金钱作为等价物的。所以，人总有一些东西不可让渡，总有一些神圣价值构成人的无价之宝，具有了超越世俗的尺度，而伴随人类走向未来，走向无限深远无限辽阔的境地。执守传统价值，是小说给罗天福这个人物的精神逻辑，他以此作为人生的标杆和尺度，以此来观察衡量周遭事物。尽管罗天福面对的是强大的物欲社会，尽管诚实执守在相当程度上被人抛弃，但他还是执守此道而百折不弃。所以，东方雨老人称罗天福为"民族脊梁"。

罗甲成的前生今世

罗甲成面临的境遇与父亲罗天福迥然不同。他原本相信，人只要通过自己的努力，就能获得自己的尊严，就能赢得他人的敬重，实现自我价值。他通过自己的奋斗考上了省城名牌大学，按理，一切光环都应该属于自己，但是，到了大学后，同学与同学之间的关系，竟因贫富差距而悄然打上不同印记。他所面临的首先是宿舍的几位同学舍友：不差钱的朱豆豆，不差权的沈宁宁，还有一个可以说是不差学问的孟续子，这是罗甲成的日常性境遇。与宿舍其他同学相比，他除了学习刻苦努力、成绩较好而外，一无所有，一无是处。这使他充满了莫名的愤恨，对周遭世界，他的眼睛里充满冷峻审视和强烈对撞。贫寒成为一座大山，沉重地压迫着他。这个贫寒，已经不仅仅是食不果腹、衣不蔽体的贫寒，而是生存的尊严。优裕的物质条件带来的心理优势，他都没有，于是，就以极端的自尊为保护色，敏感尖锐到令人不解的地步。朱豆豆父亲请同宿舍同学吃顿饭，他勉强被拉来，席间，这位不差钱的老爸总是说"钱不是问题"，还说愿意把甲成和姐姐的费用包了。人家一番好意，甲成却觉得受到了侮辱，愤而离席。姐姐甲秀为了减轻家里的负担，偷偷利用课余时间捡拾垃圾，被甲成发现，大骇大怒，断然道：若姐姐再要继续捡垃圾，我就退学！他觉得这太丢人太伤自尊了。于是，他将自己与朱豆豆、沈宁宁们隔绝开来，现实中，他找不到可以使自己心平气和、豁达包容的精神凭依，他无法放松自己，使自己泰然微笑。

父亲所坚守的东西，常常响在耳边的就是"穷则独善其身，达则兼善天下"。"人能做多大事就做多大事，但绝对不做坏事，不损人利己就行。"[1]这些，罗甲成不是没有听到看到，而是压根儿不认可。他觉得父亲是一个迂腐过时的人，父亲那一套在当今已经不灵了，诚实是傻瓜的代名词。尽管东方雨老人在他面前夸赞他的父亲这个乡村知识分子，说他身上具有古代圣贤的遗风。罗甲成尊重东方雨，但心底并不认可这个评价。东方雨认为罗天福"始终在坚守社会常道，一旦发现人类恒常价值、恒定之规遭到歪曲、肢解和破坏时，就站出来说几句话，提醒人们不要有狂悖心理，要守常、守恒、守道，要按下数出牌"[2]。父亲坚守的社会常道，就是"诚实做人、善待他人"这些最为古老的遗训。

但罗甲成有了一个与父亲迥然相异的世界。在他的境遇里，他不甘于做一个默默无闻的人，不甘于永远处在自己现在所处的位置上，他有野心，有想法。论智慧，他觉得自己比谁也不差，为什么就不能活得体面而有尊严？在五彩缤纷的生活世界里，他希望自己是舞台上的那个人，而不仅仅是一个看客。

罗甲成这个人物具有历史的纵深。就是说，在中外长篇小说谱系里，你可以见到一系列这类人物的影子。罗甲成所爱对象是童教授的女儿童薇薇，对童薇薇的爱恋，也折射出他的极端化情感和执拗性反抗，能看到这个社会的某些面影。小说在塑造罗甲成这个形象时，也以轰动全国的马加爵案件作为话语背景，映射了罗甲成生存环境的逼仄。作品大胆描写了罗

---

[1] 陈彦：《西京故事》，人民文学出版社，2014年，第420页。
[2] 同上。

甲成这个来自山里的优秀生，跨进大学门槛后，如何遭到冷遇，如何起而反抗，并且以姐姐甲秀大学毕业找不到工作、毅然接替父母打烧饼作为旁衬，显示出年轻人上升通道被堵塞，从而引起罗甲成式青年以扭曲变态的方式反抗自己的命运。

这种类型的小说，最为著名的当数法国作家司汤达的《红与黑》。在这部小说里，主人公于连是一个伐木工厂主的儿子，他干练聪明，有野心，一心想爬到社会上层，在正常通道都已堵塞的情况下，他所能利用的就只有年轻人的冒险精神和心计，就是结交贵族夫人或贵族小姐，于是，市长德瑞纳夫人成为他上升的第一个阶梯。第一次冒险失败，又寻机到了侯爵府上，结识了侯爵千金玛特尔小姐。俘虏玛特尔小姐，成为他的既定目标。果然达愿，且距离野心的实现，只有一步之遥。但终因事情败露而归于失败，被处死。

《红与黑》描写了一个有野心的青年，通过贵族女人实现自己挤进社会上层的目标。就境遇而言，罗甲成与一百八十年前的于连正处于同一状态之下。罗甲成和于连都想通过自我努力成就自己，但几无可能。于连扭曲地通过贵族夫人与小姐进入固结的上流社会圈子，罗甲成则想通过对童薇薇的爱恋，来获得一种竞争性的变相承认。罗甲成和于连一样失败了，其人生的苦涩况味，值得社会反思与警觉。

与罗甲成具有同一谱系血缘的人物，还有路遥《平凡的世界》里的孙少平。这也是一个不屈服于自己贫穷命运的人物，他活在苦难里，但是竭力想从苦难里获得超越。他的爱恋对象，如同罗甲成、于连一样，是远远超越自己阶层的女子，恋爱的成功同样具有精神上的征服性意义。两人身份构成强烈反差，一个是农民的儿子，一个是地委书记的千金，与陈彦、司汤达所不同的是，路遥太爱他笔下的孙少平了，他不忍看到他们炽热的爱恋被毁，所以安排了田晓霞因洪灾救人而意外死亡。田晓霞的意外死亡，使他们的爱情因死而活，所以说这是一个不得不死的安排。假如田晓霞不意外死亡，那么她的爱情就会因残酷丑陋的现实而撕裂乃至死亡，所以，她是以死亡作为献祭，使她们的爱情笼罩上神圣光环。孙少平最后与一个矿工的寡妇结婚，使自己的生活进入平静的日常之中，他的心也在激荡之中回归平静。罗甲成在经过一系列冲突，特别是离校出走风波之后，也渐趋平静。假期他回到故乡塔云山，获得抚慰性的疗治，然后回到文庙村（城中村）帮助父亲打饼，终于向强大的现实妥协。这与于连的断裂性反抗构成有趣的映对。这也反映出作者在面对这一尖锐现实时，刻意做出的理想化修补与弥合。

在柳青的《创业史》中，梁生宝与改霞的爱恋，也是这个谱系的一个变种，只是男女角色发生位移，改霞成为一个现实的具有野心的女人。尽管改霞与梁生宝处于同一个村子，但是她的向往与梁生宝的向往大相径庭：梁生宝要引领蛤蟆滩农民走合作化道路，他觉得这是他的目标，他的大道与荣耀；但强烈诱惑着改霞的则是城里人的生活与当一个纺织女工的愿望。她虽然也爱梁生宝，但终究抵挡不住现实，最终放弃梁生宝而进城。今天看来，改霞的选择似乎更具有历史的先兆，跳出农门而进城，追求更好的现世生活，这是一个人的权利。何况在那个时代，能当上工人，吃上国家饭，是普通人的梦想。

那么，梁生宝错了么？就一个具有野心的青年人来说，于连、孙少平和罗甲成的野心都是从原阶层冲出去，从故乡冲出去，走向一个更为宽广的世界，而梁生宝则是要留在原地，改变这个人人都想逃离的贫寒之乡，尽管这一设想与此后发展的城市化进程相悖，但梁生宝的固守，也获得一种价值。在作者设计的人物命运冲突里，梁生宝身上的珍贵性显豁，这种珍贵性体现于个人利益与现实冲突时，放弃个人利益而成全族群，正是这一点，为人物赢得亮光。柳青将情感投向梁生宝一边，让读者为改霞与梁生宝的分手唏嘘不已，为梁生宝而难过。小说世界形成的氛围，为自己的人物赢得一片赞誉，为人们的精神世界投射出一道强光。

《西京故事》在人物视点把控上，也比较讲究。在罗甲成与童薇薇的关系上，为了使童薇薇保持一种神秘感，小说的前半部分，始终是以罗甲成的视点来叙述,这就使读者所感知到的童薇薇始终是罗甲成所感知的童薇薇。我们不知道童薇薇真正的内心活动,不知道她内心对罗甲成的真实想法,这样使她显得朦胧而神秘。男女相爱的那种美好而纯净的感觉,具有了吸引人的力量。以罗甲成的视点看出去,童薇薇最好看的是她的"美丽耳朵"。作者只是到结尾部分即八十二章后,才转换视点,以童薇薇的视点来叙事,我们于是知道了童薇薇的内心,知道了两个人的错位式爱恋。在这儿读者看到的残酷性是,童薇薇从没有真正对罗甲成动过爱的情感,她与罗甲成的相处,只是一种友谊性的信任与帮助,只是一种远远的对一位优秀贫困生的赞赏,而没有两性之爱。罗甲成是单相思![1]这两人的爱恋故事极有意味,作者在现实中,大约看不到那种诗意化的美好。罗甲成在这里,已经远远不及于连,不及孙少平,也不及梁生宝,他们至少还有真实的爱情。在于连将爱情当作阶梯的时候,他的进攻也真实地俘获了德瑞纳夫人的芳心,玛特尔小姐也敢于在断头台上接下他的头颅而抱在怀里。孙少平与田晓霞的炽热爱恋也为读者留下了难以磨灭的印记,改霞也为放弃梁生宝而难过。唯有罗甲成,竟然是懵里懵懂的单相思!童薇薇尽管纯净美好,但是现实感却不容她爱上这个山里来的具有拼搏意识的优秀青年。生活中已无诗意,理想化已荡然无存。我们都活在严酷的现实之中,无论是作者还是人物。在小说艺术中,爱情连逾越现实藩篱的激情勇气都无法存在时,我们看到的就唯有苍白贫乏的庸碌生活!

西门锁的省思忏悔

在《西京故事》里,西门锁是一个人格发生重大逆转的人物。他本来是一个浪荡子、街皮混混,靠父亲当村长而积攒的家产财富,娶了小学教师赵玉茹。他张狂得意之时,夜夜笙歌,家就如同旅馆甚至连旅馆也不

---

[1] 陈彦:《西京故事》,人民文学出版社,2014年,第346页。

如。他整天在外打牌喝酒鬼混，在牌场认识了郑阳娇，偷情偷到与媳妇赵玉茹恩断情绝。赵玉茹与其离婚并带着女儿映雪离家，郑阳娇踏进门来，从此他的好日子结束了。母老虎一般的郑阳娇，有本事与他死缠烂打，家庭战争从未间断。他们生了一个儿子金锁。儿子也许受到不良家庭氛围的影响，实在不争气，学习于他仿若沙场，能逃则逃，不能逃则混，整天沉迷于网络和拍电影，数次被中学劝退，直至没有学校愿意接收他。

在这样的个人境遇下，西门锁想起了前妻赵玉茹，这个教养良好的女子，跟他过的那几年，连问都不问钱的事。这是赵玉茹傻的地方，也是令西门锁想起来感到难过的地方。那时，家里的钱随他挥霍，他的日子过得潇洒惬意极了。西门锁慢慢忆起赵玉茹的好来，觉得应该为她们母女做点什么。但是，她们母女搬出这个家后，从未给他打过一个电话，未向他要过一块钱，尽管她们的日子过得极为省俭。西门锁准备了存有十万元的银行卡，找机会要给赵玉茹送去，但是任凭他费尽心机、软磨硬缠，赵玉茹就是不接受。母女俩的决绝态度，让他感到难过，也促使他反省自己过去的罪孽。就这样，一点一点，他看到了自己过去邪恶的影子，反省到自己曾经堕入的地狱般的糜烂生活，从而良知萌动，善念生长。后来赵玉茹患癌症住院，他一直悄悄到医院照顾，直到赵玉茹生命的最后一刻。赵玉茹临死前，给女儿映雪交代后事："你爸这个人……现在对我……没说的，有些事……真夫妻……也做不到，不管我咋对他……你自己看……妈妈……再也照顾不了你了，可惜……我可能照顾不到你……大学毕业了。"[1]赵玉茹终于在生命的最后一刻原谅接纳了西门锁，她让女儿去找爸爸，至此，她觉得把女儿交到西门锁手里可以放心了。女儿在母亲死后，痛哭着叫道："爸，再救救我妈吧。"[2]西门锁的心都被女儿呼唤出来了。

西门锁这个人物性格的逆转，看似意外，但是将他放在具体环境中，

---

[1] 陈彦：《西京故事》，人民文学出版社，2014年，第413页。
[2] 同上，第415页。

就看出其中的必然性。促使他发生逆转的有正反两方面因素：一方面是他的前妻赵玉茹，一方面是他现在的妻子郑阳娇。赵玉茹知书达理、温柔贤淑，郑阳娇横蛮撒泼、自私庸俗。两相对比，促使他反省自身的错误。为什么自己能赶走一个好妻子而选择郑阳娇？显而易见，这个错误的选择，是自己做出，苦果是自己一手酿造。他与赵玉茹所生女儿映雪，又懂事又聪明，学习成绩优异，最后考上北京的名牌大学；而他与郑阳娇的儿子金锁，则混沌未开，冥顽不化，他所能做的就是不断找人说情，求学校能将这样的儿子收留。自身所历经的两个女人，判若云泥。这使他越到最后，越觉得对赵玉茹有深深的歉疚。他通过不屈不挠地接近赵玉茹，以求对她补偿，获得她谅解。在这一自省忏悔的过程中，他在心理上开始厌恶疏远郑阳娇，郑阳娇的狮吼他也权当没有听见。他对身边的一切都淡淡的，昔日争权夺利的火热之心，也烟消云散。郑阳娇不知他内心发生变化，觉得奇怪。小说以郑阳娇的视点，生动地描述了西门锁前后的改变。村里要选新一届村干部，文庙村人仿若打了鸡血，个个兴奋不已。郑阳娇也非常希望西门锁往上冲一冲，但她明显感觉西门锁给不上劲，他啥也不争，啥也不抢。郑阳娇觉得他成了一个很窝囊的男人。"哪像过去，村里有个大事小情的，一蹦就去了。听说哪里打架骂仗，半夜都能穿个裤衩从窗户飞出去，飙到街上一去一夜不回家。现在别说哪里打架闹仗，就是说哪里杀了人了，他也是木杵杵的，问都懒得问一下，更别说去凑热闹了。郑阳娇就觉得怪。西门锁才50岁的人，对啥都不感兴趣了。连床上的事，也是有一下没一下的。"[1]

  西门锁最后变得极富同情心，这个混混痞子式的人物，脱胎换骨。作者运用一些鲜活的细节，描画出他内心被唤醒的细腻柔情和真诚善良。郑阳娇一直极喜欢那条贵宾狗，取名曰虎妞。大年三十回娘家，大家讨好她，给虎妞吃了太多巧克力，加上逗弄虎妞倒立、疯玩，结果搞死了。这

---

[1] 陈彦：《西京故事》，人民文学出版社，2014年，第324页。

下不得了，郑阳娇仿若天塌下来，大哭大闹，逼西门锁花费一万多元买块墓地厚葬了。但事情并未就此完结，郑阳娇哭、闹、骂，从初一折腾到十五，没有停下来的意思。西门锁为讨她安宁，又给她买回一条一模一样的贵宾狗，但是郑阳娇越来越不喜欢。后来，金锁撞人吃官司被人家索要五十万，为此她又与西门锁大闹而踢断了小狗的腿并赶狗出门。西门锁抱着小狗直想流泪，他赶到兽医站为狗做了手术，然后将小狗送给伍疤子养，并答应每月给他五百元。伍疤子潦倒落魄，终生所干营生是小偷小摸，但是西门锁环视周遭，也只有将小狗托付于这个负不了责的人，想着日后有机会再另行安排。温莎是个过气了的妓女，曾经与西门锁常来常往，像情人不像情人的，但是西门锁对这个晚景凄凉的女人充满同情，他不仅给予她情感上的慰藉，也不时帮助帮助她。在她走投无路时，西门锁找到段大姐，求段大姐为她介绍了做医院陪护的工作。

他过去的圈子都是这样一些人，游走在社会的边缘，无责任感，但西门锁最终却担起了自己的社会责任，不仅抚养了自己的女儿映雪，还接过赵玉茹收养的两个残疾孤儿。

西门锁这个人物，在城市化进程中，颇具典型意义。城中村处在城市扩展的特殊位置，也因此滋生出特殊的社会生态。堕落化生存，是城中村目前的现实。金钱对人的诱惑和腐蚀、传统价值的缺失，使人内心的美好情愫丧失。西门锁由浪荡子变为一个省思性的人物，逆转为一个具有一定良知和责任感的人，为城市化发展提供了一个可圈可点的参照。西门锁命运的最后完成，是以自我救赎的方式获救和升华。

与西门锁这条线索相交的人物，值得一提的是医院陪护段大姐。这个人物虽然着墨不多，然而栩栩如生，令人过目难忘。她爱唠叨，尖刻直率，对病人心理有着准确的把握，甚至对病人生死时间也有敏锐的直觉。她干练，洞明人情世故，有着与人相处的高超艺术。所有这些，都给读者留下深刻印象。

作者陈彦，为作品涂抹上一层省思的色调。内省，本是中华民族的古老遗训，在孔子时代已经非常引人注目了。《论语》中记有孔子弟子曾子之语："吾日三省吾身：为人谋而不忠乎？与朋友交而不信乎？传不习乎？"儒家将修身法门化为人的日常生活准则，以此增强和凝聚社群关系。儒家文化作为主流文化，良知是从孟子以来所提倡的重要理念思想，先哲所要求我们的是反躬自省、面壁思过，是"手拍胸膛想一想"式的"致良知"。西门锁就是一个经过内省而良知发现的人物。

原载《小说评论》2014年第5期

陕西短篇小说六十年之流变

陕西短篇小说的发展，从1954年作家协会成立到今年，整整走了六十年。六十年一个甲子，按照国人宿命的说法，六十年就是一个轮回了。细细思之，小说也的确走了一个轮回。当然，这个轮回，是体现在抽象意义上的相类，是"见山还是山"式的新阶段，尽管二者有惊人的相像之处。以短篇小说而言，其从1950年代国家命题式的主题立意，走到了现今的丰富驳杂、漫无边际；其在叙事手法上，由写实主义到当今的各种写作手法并陈的多元化格局；在人物形象上，从当年的高、大、尚人物，发展到当今的功利化的以个人利害欲念为动因的人物。上述发展脉络，可见出小说艺术在社会历史的裹挟中，实为敏感的艺术形式，它总是强烈地将时代印痕留下来，以生动鲜活的人物和故事为历史存照，留下一个个永不泯灭的标本样态。从更深的意义上讲，小说也开拓了我们的生活视野，拓宽了我们对自身的认知。

一

陕西短篇小说，从1950到1960年代，当以王汶石、杜鹏程的作品为其代表。此时，陕西作家群体里，当然还有一个无法忽略的人物，这就是柳青。但是柳青从《种谷记》和《铜墙铁壁》之后，已经有了更宏伟的想法，其目光已经从短篇里撤出，凝视着前方的鸿篇巨制，欲以其承载宏大开阔的社会历史画卷。所以，1954年之后，小东西他只写了一个，就是《狼透铁》。但这个作品，几易其稿，到最后定型，已经有了四万字，是一个中篇的规模了。之后短篇小说他几未涉及。这三位作家里，对短篇小说用力最勤的，当是王汶石了。王汶石的短篇，写的还是村庄里的农民故事，这也是当时大势，农村题材在那个时代占有绝对优势。所不同的是王汶石在小说艺术的建构上，能别出心裁，塑造出具有鲜活个性特征的新颖人物，如《新结识的伙伴》中的腊月、吴淑兰，《大木匠》中的大木匠，都能以活灵活现的形象，呈现读者眼前。

  1950—1960年代，王汶石的短篇受到文学界普遍关注，大获好评。杜鹏程的《夜走灵官峡》也被选进各种选本。当然，杜鹏程除了他的短篇外，为他赢得巨大艺术声誉的是他的长篇《保卫延安》。在这个特定的历史时期，王汶石的短篇小说艺术成就，达到了高点。毋庸讳言，作家所抒写的对象，大都具有一定的时代规定性，但即使在这种规定性之下，戴着镣铐跳舞，他还是能跳出自己的精彩来，这已经十分不易了。今天，我们回头来看王汶石的作品，时代气息扑面而来。作者通过在小说中塑造的一系列人物让我们感受到的时代的氛围是热火朝天的社会主义建设。在这个洪流里，小说主人公的精神特征就是克己为公、无私奉献。人物之间的冲突，也必是先进与落后、进步与倒退之间的冲突。今天，我们冷静地审视那个时代，感知那个时代的特殊氛围，就会发现，在狂热的理想激情下，人们对未来对当下所作所为，还是有着发自内心的真情、有着诚恳性在其中。就是说，人们在面对时代所描画的未来理想时，是真诚地相信那个未来美景就在前面，个人为那个未来宏图做出牺牲是有价值的。这是那个时代作家笔下人物的共性。王汶石笔下的那两个亲密而又带有竞争关系的女伙伴：吴淑兰性格内敛，不多言语，但是心性要强；腊月活泼大方，快人快语。为了争得红旗，腊月明着叫板，吴淑兰暗中使劲，但都为着这样一个明亮目标而使出浑身解数。杜鹏程的《夜走灵官峡》中，作者以采访者的视角进入故事，写"我"到铁路建筑工地去采访，进入一个工人宿舍，看到宿舍里只有一个男孩和一个熟睡的女孩。通过这个七八岁男孩的眼睛和感受，书写奋战在铁路建设工地上的工人的生活。爸爸开山放炮，妈妈指挥工地运输线上的交通。小说通过对话的形式侧写工人的建设热情和精神风貌。小男孩问我明天还会不会下雪。"我说：'成渝！明天还下雪，是不是你就不能出去玩啦？'他连看我也不看，说：'爸爸说，明天还下雪，就要停工哩！'"用小孩视角，反映爸爸对停工的忧虑，对工程进度的急切牵挂。小说中还有一个细节，说"我"冻得不行，为了取暖，跺着脚。"成渝咬住嘴唇，又抢手，又瞪眼睛。我懂得他的意思了：怕我把他的妹妹惊醒。我说：'你对妹妹倒挺关心！'他说：'妈妈说，我的印（任）务是看妹妹。妈妈回来，我就下班了！''啊！你也天天上班！'我把他搂在怀里说：'妈妈干啥去啦？'他指了指石洞下面的运输便道。我顺着他的手望去，只见一个人站在运输便道旁边的电线杆子下，已经变成一个雪人，像一尊石刻雕像。看样子，她是指挥交通的。"这样一个家庭，包括小男孩在内，都在为三线建设各司其职，勤奋努力着。那个时代忘我工作的氛围，跃然纸上。王汶石笔下的大木匠，也是这样一个忘我的人。女婿第一次上门，桃叶妈让他上街去采办物品，他竟蹲在铁匠铺子前看得出神了，把媳妇交给他买物品的钱买了条铁，他心里只惦着发明新式农具，等回到家里，才想起自己去集镇是要置办货物的。当然免不了桃叶妈的一顿数落责难。好在女婿通情达理，也跟他一样对新式农具着迷，最后是皆大欢喜。权宽浮的《牧场雪莲花》，写一个叫薛莲花的姑娘跟随牧场老人老梁学剪羊毛的故事。薛莲花爽朗热情，不嫌苦不怕累，夜晚也偷偷学艺，与老人建立起深厚情感，成为雪域一朵名副其实的纯净高洁的雪莲花。

历经那个时代的人，一定会有切肤之感。作家在创作人物时，也是真诚相信笔下的现实，因为笔下的现实不是作家的随意捏造和杜撰，而是他们也看到了笔下人物在现实生活中的忘我奉献，看到了群众的劳动热情和牺牲精神。所以说，作家笔下的人物，并不全是作家无奈地依照时代的规定性的凭空想象。在社会主义建设热潮的烘托之下，人物的这种精神，真实地呈现在现实的大地上。

所以，这个时期的作品，也反映了当时的生活现实和社会现象，是那个时代社会面貌的写照。我想，再过若干年，当中国人再回头审视自己曾经走过的这一段道路时，一定会有比现在更为复杂更为丰富也更为深刻的感受，因为他们曾经怀抱伟大理想，为着这个理想而充满激情而奉献而舍身，为之去战斗去奋争，去流血流汗。

二

改革开放后，小说创作呈井喷之势，而在改革开放初期，短篇小说成为小说创作的主要形式。陕西作家在全国的创作格局里，实力雄厚，因而广受关注。这时候涌现出的作家有陈忠实、贾平凹、路遥、京夫、邹志安、莫伸、高建群、王晓新、杨争光等等。全国优秀短篇小说奖从1978年开始评选，这是一个当时影响极为广泛的奖项，陈忠实、贾平凹、莫伸、京夫、邹志安、王戈等，都获得过这项大奖，足见我省在短篇小说创作中的实力。

贾平凹的《满月儿》、陈忠实的《信任》、莫伸的《窗口》、京夫的《手杖》和邹志安的《支书下台唱大戏》等作品，代表了这个时期创作的实绩。通过他们的作品，我们可以窥见创作的转向，也可见出当下小说与历史的传承关联，它承接了1950—1960年代创作的基调与风格。贾平凹的《满月儿》，创作于1978年，表现的是一对农村姐妹的生活和志趣。姐姐叫满儿，是乡上农科站的技术员，爱学习，肯钻研，搞育种，还培育了新的小麦品种。她喜欢钻研英语，感觉英语是科研工作离不开的工具。妹妹月儿是一个活泼开朗的姑娘，人未到笑声先到，满院子都洋溢着她快乐的笑声。她与姐姐的性格构成强烈的反差。她不喜欢学习，不喜欢科研，帮姐姐采集小麦标本，结果不慎把几株小麦标本搞丢了，惹得姐姐大发脾气。看到姐姐经常收信，偷偷告诉"我"说，姐姐在谈恋爱。趁姐姐不在的时候，她拿来姐姐的信让"我"看。"我"为她读了信，她一听，原来都是讨论科研方面问题的。她深受感动，心生向姐姐学习的愿望。大队让她参加人造平原的测量，她决心学好测量方面的知识，也成为一个像姐姐那样优秀的人。《满月儿》在人物结构方面，受到了王汶石《新结识的伙伴》的影响，也塑造了一对性格对比鲜明的人物，一明一暗，一内敛一明快，相映成趣。小说的主题，沿袭着1950—1960年代小说的叙事路径，从竞争搞建设，变为搞科研。人物的内心世界，显得单薄了一些，有着宏大叙事所遗留下的痕迹。陈忠实的《信任》，在小说主题设计上，具有强烈的问题意识，这是一个令人感到喜悦的变化。这篇小说写于1979年5月，作品所观照的问题是，过激的"四清"整风运动，造成了农村基层干部之间、干部与群众之间难以消弭的隔阂。他塑造了罗坤这个老村支书的形象，描写了以罗坤为代表的乡村干部身上的高风亮节：在出现问题时，能够不计前嫌、秉公办事。这是这一时期作品的总体基调。在这样的总基调之下，我们还是看到不同作家所关注问题的侧重。陈忠实所着眼的问题是，在历次运动的不当整肃下，基层干部精神心理所受到的深重伤害。1970年代末产生影响的作品还有莫伸的《窗口》、京夫的《手杖》等。《窗口》写一个车站女售票员的故事。她工作极其负责，待乘客如亲人，有着超常的工作热情。在一次行业的技术竞赛中，她能一口气报上来大大小小各个车站的距离和票价，能够准确地为顾客提供咨询服务，也因此争得时间，成功抢救了一个病危的人。她忘我工作的精神不被男朋友小路理解，两人因此而闹别扭，没想到她救的这个病人就是小路的妹妹，两人顿时前嫌尽释。京夫的《手杖》表现出一个山区打柴老人的动人品德，他每次到"我"这儿卖柴只收两元钱，还要将粗的剁细，长的剁短，遇上吃饭的时候，他拿出自己带的干馍泡着吃，多给他一点钱或物，他一定要退回来。这是一个令人尊敬的老人，依靠自己的劳动，有尊严地活着。他的勤劳善良和刚正人格，正是中华民族的传统美德。《手杖》写于1979年年末，已能见出短篇创作开始向更深广的人性领域拓展，它已经不是简单的好人好事描写了。

三

短篇小说，伴随着时代命题的转变而发展。到1980年代后，已经有了根本性的变化：作品所触及的社会命题，尖锐而深刻；小说的创作手法，也大量吸纳域外艺术，呈现出异彩纷呈的景观；作品表现的视域，也颇为开阔，对前一阶段的小说，具有明显的超越。可以说，这一时期的短篇小说创作构成了我省当代短篇小说发展的一个高峰。这一时期的陈忠实、贾平凹、路遥，都有堪称精彩的作品呈现，杨争光、王晓新、高建群、叶广芩、冯积岐、王蓬、红柯、方英文、黄建国等一批优秀作家，也是这一时期的代表。

路遥的《姐姐》写于1981年。路遥不愧是一个具有卓识的作家。这个时候，他已经开始思考城乡差异化的问题。《姐姐》所表现的，正是城乡的撕裂和地位的撕裂所构成的爱情撕裂。姐姐已经二十七岁了，却一直不嫁，原来她在悄悄等待一个人，她所等待的这个心上人，是过去下乡到姐姐村子的知青。他父母是省级干部，被打倒了，他成了"黑五类"的后代，政治上没有前途，周围人也不待见，眼见一块下乡的同伴一个一个都被招工招走了，他还是无望地待在村里。这个时候，最能给他安慰和希望的就是姐姐对他的爱，他发誓要爱姐姐一辈子。但是，不久他的父母平反，他也考上了北京的大学。当姐姐为他要回来探望她而欣喜之时，却收到他的一封绝交信。1981年的路遥，没有为这样一个悲戚的故事、这样的撕裂而构筑起一个喜剧化的完满结局，而是将这个带血的伤口呈现出来，让读者看到了生活中令人震颤的感动和心悸。这是路遥厉害的地方。当然，他以此开始，1982年就发表了影响巨大的中篇小说《人生》。其中所关注的问题，依然是城乡鸿沟带来的人与人之间身份的差异性，以及这种身份的不平等带来的撕裂和疼痛,与《姐姐》里所思索的问题具有一致性。

杨争光的短篇小说创作,从1986年到1990年代初,有一个爆发期。他曾经在陕北蹲了一段时间,回来后就有了以陕北农村生活为题材的一系列作品。他后来的作品主要写自己的生活母地——关中农民生活。他的短篇有一个极为鲜明的风格,有点像海明威"冰山理论"的实践,人物的对话和环境描写非常简约准确,而且把作者自己的情感与思想隐藏起来,让人看到的仅是浮出海面的八分之一。读者甚至见不到作家自我在作品中的讲述,不知道他的情感倾向。作者对笔下的人和事,只是冰冷冷地叙述出来,把自己藏在生活答案的背后。这样一种写法,在我们原来的小说里,还极为罕见。作者写了生存环境对人的无形控制和制约,人的生存自然化动物化,生存的自然状态使人对生存的热情减弱,生存也因此极具脆性。在《高坎的儿子》中,高坎因为儿子多"喝了几杯",就在众人面前骂了他,儿子认为丢了脸,要"死给他看",说死就真的上吊了,死得随意而平静。作者不动声色地将这一切描写出来,没有渲染没有议论没有带有倾向性的暗示或解释。黄建国是一个只写短篇的作家,他与杨争光是同乡同学,风格也与其非常接近相像。他的描摹对象主要是关中地区的农民生活。他的叙述简约含蓄,绝不渲染夸张、拖泥带水;人物活动和心理极原始极单纯。作者将小说具体的社会和道德内容轻轻推开,或者说将它悬置,重点去寻找促使人物行动的某个点。这个点甚至是孤零零的,没有具体社会背景和历史内容以及道德依凭。

这一时期小说风格的变化,还体现在具有西部风格的作品上。这方面的代表性作家有王观胜、红柯等。王观胜的作品,表现西部汉子的粗犷豪放,他将人物放在天山下、牧场上,以粗粝的环境衬托现代文明的精致化。可以看出,人物豪放的生命情怀,是一种反叛,是在吁请被长期压抑的人性之解放。所以,王观胜的代表作《匹马天山》里的人物,大口喝酒大碗吃面,粗嗓门说话,满溢着一股子不事雕琢的生命豪情。他们对待感情,既热情奔放、洒脱随意,又执着炽热、令人难忘。红柯的《美丽奴羊》，也是写戈壁写牧场，写屠夫写牧人，写空中的鹞鹰。作品在审美趣味上，与王观胜相类，都是展示西部的雄奇苍劲，展示人物粗犷豪迈的禀赋个性。不同的是，红柯的作品，想象力更为丰富，表达意象具有了某种叙述的客观化成分。比如，他写屠夫宰羊，将屠宰写得像音乐节奏一样美妙，在审美感受中，添加了别一种味道、别一些要素。这点在后来的作家作品里，更是发展为一种写作时尚。

冯积岐对生命有着特殊的体认，他的作品是其对不同人生境遇的深刻挖掘。你总是感到他在观察感受生活时，具有独特的视角和价值取向。失明的唢呐王三钟爱他的唢呐，唢呐成为他倾吐心声的倾听者对话者。屠夫钟爱他的柳叶刀，柳叶刀对屠夫也便具有特殊的情感意义。人在活动的对象中成为人自身。这些，都是作家向着人性的多种可能性的展开。这种展开中，冯积岐笔下，有着作家叙述的情感渗入，有着我们对唢呐王三的深切同情。但是在《刀子》里的屠夫那里，作者却渗入了另一种味道和意义，是另一种我们所不熟悉的人性的展开，这种展开，提出了新的审美课题。就是说，放在小说的道德伦理中，屠夫应该处于何种位置，这是一个问题。而此后小说描写领域的转向，更是向着这一特征发展。

四

短篇小说创作在新世纪到来前后的表现，沿袭20世纪90年代的路径继续迈进。作家笔下的人物形象，面貌各异，异彩纷呈。但是相伴而来的问题是，作品具有伦理要素的主题普遍弱化，作家将描摹奇特人生和怪异心理作为叙事诉求。李春平在《脚》中，表现一个叫牛头的男人，娶了大丫，心里爱得要死，却生出烦恼，原来大丫总是往娘家跑，并且穿回一双皮鞋。大丫嘴里含混说不清价钱，他知道这是那个温州卖皮鞋的商人送的，这让他看见大丫的脚就不舒服。于是，有一天他说要剁掉大丫的脚，大丫说你剁吧，你不剁就不姓牛。结果，牛头果真将大丫的右脚剁掉了。

牛头将大丫背去医院，然后到公安局自首，最后判了两年刑。大丫父母恳求监外执行，说对牛头最好的惩罚就是让他伺候大丫，不然，大丫怎么生活呢？牛头回到了家，说他愿意为大丫做牛做马，他给大丫端饭递水，剪指甲，洗裤头，好得不能再好了。他还继续在鞭炮厂管理库房。他将大丫的脚埋了，大丫还吩咐他给坟上栽了树。不久，鞭炮厂的库房发生爆炸，厂里唯独少了牛头，连他的一丁点儿痕迹都找不到。大丫不信，自己去找，最后果然有发现，牛头的一条左腿横在埋葬大丫右脚的坟上。这样一个故事，像是怪味胡豆，乖张离奇却颇有意味。

许多70后、80后的年轻作家，在寻找叙事对象时，从常态的生活里，逃向一种非常态的离奇的人生故事里。或者说，普遍性的社会生活冲突和矛盾，不是被有意回避，而是作家的审美取向改变，使得作家对时代所具有的命题，缺乏有效回应。迷离的故事与奇异的人生，易于使作家走向猎奇之路。当然，奇异人生也算是小说的选材之一，但是这一取向的扩展和势头，使我们在小说的发展中，不得不呼唤那些可以真正触动现实生活神经的作品。作家过多滑入猎奇和莫名的奇异故事里，是否偏离了小说之大道？进入一个作家视野的东西是什么，取决于作家的教养出身、个性禀赋、审美趣味等要素，但努力提升自己的境界，不失为扩展小说天地的有效途径。

年轻作家，免不了以自我的生活感觉作为叙事的中心，这当然也是一种局限。但是若能深深打入人物的内心，通达人物内心幽暗未明的区域，向人们展示出别一种灵魂状态，还是具有一种认识价值的。杨则纬的《纹身》，就是一篇没有多少情节构架、涌满了海洋一般细节的小说。整个小说，仿佛是生活之流堆砌而成。她的故事大都写都市生活，是当下年轻人的生活形态。与前代"城籍农裔"的作者相比，她的作品人物活动的环境变了，或者酒吧或者夜店，或者宾馆或者商场，杨则纬有本领带你进入人物内心，让你从海洋一般的细节推动中对人物发生兴趣。她是一个敢于直面自我的青年作家。但是，作者毕竟年轻，生活阅历单薄，故事里理应有更为深沉的历史文化承载，但这方面明显欠缺，也只能期待她的未来了。

陕西短篇小说走了六十年，就其叙事指向而言，开始是模式化，发展到改革开放后的人生经验和人物样态的复杂多元，再到今天的无所指向，所谓自然化纯客观化。作者有意藏匿了什么，带来模糊性暧昧性的生活再现，往往使读者在阅读中产生"意盲"之感。小说中主体性的隐匿，其实也是当代人失去强大自信的精神感召力的无力表现，信仰缺失，理想远逝，于是就只剩下——上场的物质化功利化人物。作家也不知笔下人物要走向哪里，为什么这样行动。在奇异的故事陈述里，我们看到了人物行动，但行动的逻辑性弱化了；我们在作品里不再容易见出作家的主张，人物仿若一个个行走的鬼魅，方可方不可，方不可方可；小说人物的行为动机，失去了一个更为坚实的依凭，人物降落在一个自己也含混不清的暧昧含混的世界里。这个时候，我们已经清醒地知道我们缺少什么，所缺的那些东西，正在导引小说发展进入一个新时期。

2014年10月17日

选自《陕西文学六十年作品选（1954—2014）·短篇小说卷》，陕西人民出版社，2015年

第四辑

飞翔的神思与坚硬的现实

（2016—2022）

乡村传统伦理与阶级意识的博弈

——论柳青的中篇小说《狠透铁》

柳青是一个优秀的现实主义作家，当我强调这一点时，意在表达现实主义作家身上那些受人尊重的特质，这就是当他观察体验到现实与自己原先的政治理念不一致时，他不会断然排斥现实，让现实为理念让道，他会认真对待这些与自己理念构成尖锐冲突的生活事实，尊重鲜活的生活，会在作品里呈现出这种现实的样态，甚或不惜与自己原有的理念主张冲突。真正尊重现实的作家，虽然受一定历史时期的影响，但是他总会在一定程度上尊重自己的内心直觉，会直面自我观察体验到的现实，尽管这一现实常常会与观念的要求相抵牾。他的笔下，总会有意无意地流露出现实生活中的"暗面"，绝不无视自己看到的事相，绝不闭目塞听，他写出了诠释生活的文字。在大的时代政治背景下，优秀的现实主义作品，总能折射出这个时代的丰富信息。所以，优秀作家的作品即使放在大的历史时空下，以大历史尺度衡量，依然价值丰盈。柳青的作品正是如此，半个世纪之后，我们还是能从中见出历史的特异风貌，见出有温度的人物和令后人唏嘘的故事。

一

柳青以虔诚的姿态面向生活，以十四年的岁月，留下了他躬行实践的深深足迹。为了创作而有意去过另一种生活，这一点大约在中外文学史上比较少见，所以也就更为稀贵。1952年9月，柳青就搬到了长安县，一住十四年。

柳青全程亲历了中国农村的巨大变动。1950年代，可谓是一个翻天覆地的时代，这个时代，中国几千年的社会格局被打破，剥削者被夺取土地、牲畜和财物，被剥削者从底层翻身上位，成为乡村的领导者。这样的时代，中国几千年未曾有过，即使在王朝更替政权易手的动荡年月，战争是所有灾难的直接原因，这些灾难也仅仅是权力变换酿就，等到新王朝建立，社会结构又循环如初，原有秩序恢复如常，上个朝代的政治经济文化形态原封保留。真应了那句"天不变，道亦不变"。但是，在1950年代，这个"道"却翻了个过，乡村秩序从头再造。那么，几千年儒家伦理下乡村秩序所形成的运行规则，与新的社会结构，即互助组、合作社之间，构成了什么样的状态？是隐伏性的对抗还是接纳性的磨合？或者说，在看不见的生活战线上进行角力缠斗？在这一过程中，发生了哪些事情，出了哪些状况？这是一个研究者须认真研究的问题。能不能简单地下断语说，政权的更替就意味着一切理所当然地得到了改变？或者说，一切问题迎刃而解？

显然不是这样。柳青敏感地感受到传统社会与新体制之间的冲突，尽管他完全站在新体制立场上，但还是因了强大的传统力量的对抗而不安。他观察到的问题是，底层贫穷农民的代表，被推上乡村政治舞台之后，并不能一下子完全适应这一新角色，往往还需要一个成长的过程，经过磨砺，才能真正获得管理乡村的能力。柳青深刻意识到了中国传统社会的强大力量，或者说，意识到了传统社会长期积淀而成的乡村文化权威的存在。地主富农作为被打倒被专政的对象，其曾经的统治地位被颠覆，而被置于社会权力的控制和打压之下，但是由其所代表的乡村士绅文化所构成的隐性力量，却并不见得就同时退出乡村舞台。其表现形态是，尽管作为乡村头面人物的地主富农不能在乡村秩序的构建里起到任何直接性作用，但是中农和上中农却自然地跳上乡村舞台，很可能成为事实上乡村政权的掌控者。他们在经济上富有，政治上未臭，文化上通达，还被作为团结的对象，同时也是乡村社会民众艳羡的对象，他们自然成为构建乡村社会的一股势力。这一势力，并非外力推动而形成，而是长期以来乡村文化传统威权自然形成。柳青女儿刘可风在《柳青传》里记载了柳青的看法：一些穷苦人，"解放前他的日子过得很可怜，现在依然可怜……什么原因造成的？（柳青）已经形成了比较完整的看法"①。这些想法，后来在《狠透铁》和《创业史》里，都有所表现。《狠透铁》这部中篇有四万余字，是柳青在强烈的现实刺激下写成的。现实的触发使他坐卧不安，他对乡村政权建设具有强烈的使命感，但他看到的现实是，乡村政权建设中，因为高级社的急速发展，出现了一系列令人忧虑的问题，共产党所依靠的底层穷人，无法在高级社这样的大格局中顺利行使领导权，无法很好地驾驭和领导生产队。尽管这些人品德好，拥护共产党，热爱新社会，但在新的急剧变革中，还无法适应这种变化，无法从领导十几户的初级社状态里，一下子就过渡到驾驭七八十户组成的高级合作社，因而呈现出困窘的局面。"共产党所依靠的贫下中农，他们的管理能力没有经过锻炼，没有提高到适应管理这么多人，这么大社的水平。他们都是穷人，一般没有文化，而一些上中农，大多殷实富有，也有经营能力。"②正是这样一批中农、上中农，成为大社里呼风唤雨的人。柳青通过小说，要回答的正是这样一个问题。他曾经对周围亲近的人说："这篇小说是我对高级社一哄而起的控诉。"③

----

① 刘可风：《柳青传》，人民文学出版社，2016年，第205、206页。
② 同上，第206页。
③ 同上，第207页。

二

《狠透铁》写一个叫水渠村的生产队，队长叫"狠透铁"，这是村里人送给他的绰号。他干活的狠劲令人咋舌，"要是拿起铁锨和镢头，唾两唾手干起活来，水渠村没有一个小伙子比得过他"[①]。狠透铁是穷苦人出身，从小熬长工，新中国成立后，第一个和地方工作组接头，开始组织农会，当农会小组长，后来当人民代表。1954年春天，以他为首，成立了十一户的初级合作社。1955年成立高级社后，这个十一户穷人社，呼啦啦一下子涌进来五十多户。面对这样大的摊子，狠透铁"自己吃了许多苦头"，"却给人民办不好事情"。"他羡慕那些头脑聪明的人，羡慕拿起报纸念出声音的人，羡慕在大社开会的时候，虽然困难却也低头在本本上写着什么的人。他恨自己脑筋迟钝，没有能耐。"[②]大社工作头绪多，他常常忙得丢东拉西，狠劲用拳头砸自己的脑袋。就这样，还常常耽误了重要的事情，忘记了种洋芋的事情，忘记了将三包合同交给会计。最要命的是，队上的红马得病，他拿着药方去买药，结果回到家被老伴咄呐抱怨，"愣吵愣吵"，竟"被老伴咄呐得脑筋错乱了，腰里装着红马的药方子，脑筋里只知道'有事'，到底有啥事，开始模糊起来了"[③]。后来被老伴拉去大女儿家看望满月的外孙，把给红马买药的事完全忘了。等到第二日回来，红马死了。他好像被谁"当头抢了一棒，栽到地下。他呜呜咽咽地哭了，哭声凄惨"。因这个事件，狠透铁不能再担任生产队长了，副队长王以信升任了队长，王以信的户族叔叔王学礼，担任了副队长。

这是小说故事的开端背景。王以信是一个上中农，却是个有能耐的人，在村里很有势力，许多人乐意听他的，狠透铁也担心整不赢他。在狠

[①] 柳青：《狠透铁》，见《柳青文集》第4卷，人民文学出版社，2005年，第179页。
[②] 同上，第179页。
[③] 同上，第182页。

透铁当队长的时候,王以信是副队长,他看见狠透铁丢东落西,从不提醒。狠透铁有难以抉择的事情,征求他的意见,他从来总是一句话:"你是队长,你看么。"等他当了队长,"几乎一下子变了另一个人,起早贪黑地奔波,饲养上、副业上、保管上,样样项项理料得井井有绪"[1],赢得了一片赞誉。他很会俘获人心,一切都在为水渠村人的利益考虑。他最得民心的是,常常为了水渠村的利益考虑,"尽嗓门愣吵愣吵"。他企图瞒产,提高水渠村的劳动日报酬,他知道群众最在意的是自己锅里饭的稀稠,他"把群众落后的因素当做资本,尽量迷惑、利用农民的自私、本位、不顾大局的一面。他到大社去,又把自己装做群众的代表"[2]。这样一个人,一时间赢得了群众的信任,与狠透铁一比,大伙觉得老队长差远了,不会说话,不会为群众争利益,不会安排生产项目,不会周旋事情,等等。在故事的前半部分,狠透铁处于受委屈的状态下,一心为了水渠村好,却得不到大家的同情和理解,更多是被孤立和冷漠。故事的后半部分主要是表现狠透铁作为监察委员,与王以信的斗争。王以信在粮食入仓时,没有叫上监察委员,自己伙同几个队委把粮食放在了王学礼家,并且做了手脚,在王学礼的楼上堆放了大量的粮食,企图悄悄私分。这一行为,被来娃他妈发现,并且传扬了出去。当然,这一事件最终暴露,王以信被处理,狠透铁重新获得大家的信任。

柳青认为,像狠透铁这样的贫农,他眼下的能力也只是管理初级社十余户人家,社再大就超出了他的能力范围。若要管理一个五十来户的大社,非得经历一段时间的磨炼不可。但现实的发展往往超出人们的想象,铺天盖地而来的"大跃进"浪潮,一下子将他推到了大社的舞台上。于是,狠透铁不适应了,手足无措,露了怯,下了台。这是柳青构思创作《狠透铁》的初衷。他惋惜狠透铁这样的农村基层干部,他看到的现实是,狠透铁斗不过王以信。他担心,农村的基层政权最终会被王以信这样的人所掌控。

---

[1] 柳青:《狠透铁》,见《柳青文集》第4卷,人民文学出版社,2005年,第186页。
[2] 同上,第198页。

《狠透铁》创作的时间开始于1957年，初稿写成于1958年3月，小说的题目下面有一行字："1957年纪事"。这一年，正是高级社成立一年多时间，柳青固执地坚持保留"1957年纪事"这样一行带有说明意味的小说注释，[①]正好反映出柳青创作的意图，表达了自己对冒进高级社的委婉含蓄的批评。小说发表后，引起很大反响，也有人批评柳青"对社会主义描写得有点阴暗"。到"文革"时，小说被批为"大毒草"，认为其"将合作化道路描写得一团漆黑"。这部作品，创作于柳青正在写作《创业史》的间隙。《创业史》起笔于1954年春，1959年4月在《延河》月刊连载。能够暂时搁置柳青认为宏阔的倾注自我生命心血的《创业史》而开始写另一篇小说，实属关系重大。这就是他所忧虑的问题：在新中国，农村基层中的主导力量是哪种人？柳青眼里，理想者应该是"狠透铁"这样的穷苦人。但是，在现实生活中，"狠透铁"们想要长期有效地管理村庄，却并不是一件简单的事情。因为他们本身的文化素养和个人能力不能一下子提升，领导权会被王以信这样的上中农所掌控。一下子从初级社跳到高级社，"狠透铁"们缺失成长发展和锻炼的机会。当狠透铁不能胜任管理五十多户人的职能时，权力就自然地落到了在村庄中具有传统文化权威的上中农王以信身上。

三

"狠透铁"忠诚、踏实、勤勉、顽强，为了大伙儿的事情，操心操劳，鞠躬尽瘁。但是，他没文化，少条理，缺能耐，他对自己有过仔细的盘算：先领导十几户穷兄弟们干，慢慢发展壮大，自己的能力慢慢就锻炼出来了。王以信那样的富裕中农，放到最后再说。这人说话做事都很强势，他一入社，一部分上中农就会以他为中心，扭成一颗疙瘩，为难狠透

---

① 刘可风：《柳青传》，人民文学出版社，2016年，第207页。

铁。但形势完全打破了狠透铁的设想，让王以信得了手。这些问题，也被真正具有共产主义信仰的柳青所抓住所感到。他觉得，贫下中农在农村实际拥有权力也颇艰难，但难在什么地方呢？难就难在贫下中农身上的传统文化承载极其薄弱，尽管新政权赋予其管理乡村生活的权力，但是，传统的乡村秩序，不仅体现在上中农身上，也体现在他们身上，他们必须学会依照传统伦理行事，才能获得乡村社会的认可，仅仅依靠权力弹压是不够的。

　　小说里的一个关键情节，是来娃他妈的逆转。她是发现王以信偷偷藏粮的人，但是来娃他妈却受制于她的"逆鬼"儿子来娃。来娃是个蛮性子人，因为共产党的新婚姻法使他的媳妇退了婚，于是与共产党结了仇，也就不大喜欢狠透铁而亲近王以信。他妈把自己看见的秘密传播开来，得罪王以信，让他愤怒，他用暴力让他妈闭了嘴。来娃妈反水，一口咬定自己那天什么都没有看到。怎样打开来娃妈的嘴，关键是怎样扭转来娃对狠透铁的看法。狠透铁想不出什么好主意，还是乡党委高书记为他出招，让他给来娃介绍外村一个离过婚的女人，来娃一下子发生变化，王以信的计谋被来娃妈揭穿，整个事件水落石出。我要说的是，乡村社会的运行，不是狠透铁成了监察委员，于是一切人理所当然地配合他的工作，而是他须得有让大家乐意配合他的德行才行。这些乡村社会的人文生态，构成一种力量，推动着事物的运行。狠透铁不是依靠自己的权威，而是依靠族亲伦理，设身处地为这个乡亲来娃谋划个人的福祉，这才能逐渐在整个水渠村站住脚。这一点，狠透铁想不到，但王以信却能想到，他开始就能拉住来娃，失去来娃后，他为自己的大意十分后悔。他身上自然承载着乡村社会运行的秘密。尽管小说里不得不把他赶下台，把他定为漏化富农，但是在现实里，他往往是一个在新制度下变形了的成功者，王以信如此，郭振山（《创业史》人物）亦如是。这是儒家传统思想在乡村社会的隐形存在和抗争。

　　传统秩序有着强大的再生能力，暗暗地抵御着破坏力量，同时，以一种奇特的方式在修复被破坏了的基本伦理。所以，乡村社会在运行中，始终昭彰一种不变的原则，这就是血缘亲情下的"仁和"精神。无非是这种原则隐伏在生活的深处，暗流涌动，推动着事物的走向。比如，基本伦理所要昭彰的是做人做事之法、为人处世之道，它在一代又一代人身上传递承载。传统文化以韧性的力量渗透在生活的各个毛细血管里，与阶级意识对抗着。在《狠透铁》里，王以信以和善仁义的面目出现，与村民和平相处，与新制度的阶级划分形成对峙。而狠透铁呢，村民对他的污名化称呼是"搜事"，就是给人找碴。在村民的眼里，狠透铁总是想把哪个人整一下。这是当时特定氛围里群众对狠透铁的一种看法。这样一种人，在乡村社会极为普遍。我老家在富平县王寮乡，老家那个村庄里有一个贫协主席，处境与狠透铁极为相似，村子里人给他取的绰号是"尖梢梢""运动红"。讽刺他总是往上爬往上钻，运动一来就成了红人，村里人很少有人愿意跟他交往。祖母当年就以他为反面教材教育我。

王以信与狠透铁之间另一隐藏的对抗是，到底村民的利益为大还是国家的利益为大。王以信常常会站在村民的利益上，对抗国家的粮食征收政策，这也是他最能号召群众的法宝。他更多是从宗亲本位出发。而狠透铁更多是站在国家的利益高度，赞成小利益服从大原则，牺牲村社利益服从国家要求。所以，在王以信藏起粮食为私分而暴露时，他却找出一个极为正当且能赢得群众理解的理由：我将好的粮食藏起来，为群众私分，而给交公粮的部分，掺杂了"出芽麦子"。小说提供的细节是王以信藏起部分粮食，是为了个人的私利企图私分，当然失去了哪怕是最落后群众的道义信任，假如他藏起粮食的确是为了群众私分好麦子，这将是一个难题，狠透铁又该如何应对？事实上，这样的事情在农业社极为普遍。乡村伦理原则对抗国家意识形态，血缘亲情并没有因阶级划分而完全失去效力。

数千年之传统秩序规范，被阶级属性划分下的等差关系替代，历史上占有统治地位的乡村士绅被打翻，接受原来处于下位的人的指使。在这样的背景下，疾风暴雨般的"镇反"、工商业改造、"三反"、"五反"、

255

"反右"、"四清"等运动，使传统乡村文化惯性和乡村社会秩序，面对一个完全陌生的运行体系，即从私有化过渡到公有化形态这一天地翻覆的变化。传统怎样在转型中艰难地抵御、弥合和再生？我想从柳青在《狠透铁》中的忧思里，反向探索这一问题。

四

柳青无疑是一个具有坚定共产主义信仰的作家。1916年农历六月初三，他出生在陕北吴堡县寺沟村。在此前几天的一次匪患中，他三岁的小哥哥被打死，大哥二哥被打伤，父亲刘仲喜跳墙摔折了腰。在这样的处境中，他差点被遗弃，后又差点被送人。父亲原先苦心经营挣得一点钱，投到一个商人薛敬修的字号里，没想到被骗了个精光，伤愈后告官又输了官司。县衙让父亲跪着，让被告坐着，因为被告考取过功名，是读书人。这个刺激父亲终身不忘，从此下定决心，一定要让儿子读书。父亲后来认准两件事：修水地，栽树。他领着儿子们搬石头、修水槽、栽枣树，过了数年，又发家了，不仅供老大上学，还买进了一些土地。大哥刘绍华后来考上北京大学，成为吴堡县第一个考上大学的人。柳青原名刘蕴华，也被送去上学，后来深受大哥刘绍华的影响。1927年大革命之后，因国共合作破裂，刘绍华避难逃回陕北，1928年带着柳青来到米脂县城，把他领上革命之路。后来柳青又上了具有强烈进步色彩的绥德师范，深受革命熏染。大哥到西安高中任教，1934年又让柳青到西安看病并继续读书。大哥对小弟柳青有着美好的设想，自己独身节俭，攒下三千元给他，希望他读好英语和数理化，然后到西洋留学，做一名学者。但此时柳青已经有了自己成熟的想法，热衷于阅读革命书籍和小说，并且于1936年12月加入中国共产党。他不愿接受大哥为自己安排的前途，开始与大哥发生矛盾，令大哥非常伤心。柳青最终毅然走向革命道路，编刊物，走延安，去敌后根据地，参加各种社会活动，从抗日战争走到解放战争，成为一个成熟而又忠诚的党的作家。从柳青的生平里，我们可以看到一个热忱追求进步、投身革命事业的鲜明形象。[①]

正因为如此，柳青对农村的社会主义改造，抱有发自内心的热情。他认为这是一场翻天覆地的变革，假如自己处身局外，没有亲历，将会一生遗憾。于是，1952年他到长安县体验生活，践行他的人生理想和实现他以创作来表达这场变革的梦想，一蹲十四年。这一时期，他充满激情，全身心投入互助组和初级社运动。他在参与整个农村变革的同时，也警惕自身陷入生活本身，而失去一个观察者的视点，因之，与乡村生活保持着一定距离。他始终以一个观察者的眼光，感受农村这一时期发生的林林总总的变化。他以一个共产党人的忠诚和热望，记录乡村社会变革的进程，对乡村社会存在的问题，进行思索和研究。他不仅是一个作家，还成了一个乡村问题的研究者。1961年，柳青因为几年来牲畜的大量死亡，特意撰写了《牲畜饲养管理三字经》，通俗易懂，好学好记，深受群众欢迎。"三字经"在《陕西日报》发表后，被上海一家出版社印成小册子推向全国。这期间，他正在写作《创业史》，一个大作家，腾出时间写这样的"三字经"，可见其对农村生活倾注的深情。作为一个共产党人，柳青在《狠透铁》中，表现出"形势一片大好"下的暗影，同时又对此做了乐观性处理和理想化回答。正因为柳青在农村长大，原有的生活背景和深入长安农村的经验，使他敏感的神经，无法忽略农村权力运作中的深层问题，无法忽略农村中实际存在的传统文化构成的乡村伦理秩序。这种伦理秩序以隐性方式，影响着乡村社会生活的构建。作家敏锐的问题意识使他产生了忧思。刚刚翻身的穷苦人，难以胜任其在公众生活和事务中承担的工作，难以从容地站在社会舞台上，形成令人敬重的权威。他们缺少文化，缺乏处理人际关系的能力，甚至在播种收割的经验运筹中，也缺乏让人服膺的统筹能力。要让公众从心底接纳这样的领导者，还需要一个长长的

[①] 刘可风：《柳青传》，人民文学出版社，2016年，第一、二、三章。

过程。

狠透铁身上要有哪些品格，才能在乡村建立起威信？我想就是以儒家的立身处世之道构成的宗法社会威权，这个威权的根底就是依照乡约规矩修身之道修炼成的正直人格：尊老爱幼、谦逊和善、友爱相邻、救危扶困等等。这些要素里，蕴含了儒家的基本思想。它们在乡村社会生长了几千年，成为乡村人际关系的标尺，人们以此衡量一个人的高低短长，衡量一个人是值得信赖的人，还是让人鄙弃的怀疑的人。新的社会结构，打破了原有的生产单元，将一家一户生产变为整个村庄生产核算，人和人的关系也发生剧烈变动，血缘亲情的家族制度，变为"亲不亲，阶级分"的新共产伦理。这种新社会伦理，按其理论的彻底性而言，的确是应该全村人一个食堂吃饭的，因为生产方式是全村人一起耕作，一起过日子。但是人民公社食堂化失败后，其分裂形态是村子里生产活动在一起，却保留了旧有的生活方式，以家庭为单位的生活形态。"家"却不得不存在了。家的存在，构成新社会伦理的最后障碍。以彻底性而言，只有彻底消除了这种以家为单位的生活形态，才能从根本上改变原有的以家为依托的意识形态。所以，当初级合作社建立的时候，它更多具有互助性质，还没有完全打破这种以家为核算单位的耕作分配生活模式。当家本身存在的时候，以家作为考量和运行的生活单位，自然会演化出代表这种形态的劳作方式与文化形态，这种亲情血缘的纽带，实际上成为乡村社会运行的深层秘密。故在表层上是社会主义权力在运作，其下涌动的却是以家为本的宗法社会体位。

有意味的是，在"大跃进"时期的社会主义改造，一度从互助组初级社到高级社，还差点跃进到以大队、公社为核算单位，就是说，在一个大公社内进行统一劳动核算。这样，就从根本上打破了宗法单位的残留。因为在事实上，所谓的以队为单位，是以自然村落而划分，而自然村落，多是一个或数个大姓构成，宗法社会还在暗处起作用。将多个生产队合为一个核算单位，两种力量一直在较量。很多时候，国家权力所推动的"一大二公"设想，遭到普遍的抵抗。大社若形成，当然会瓦解宗法社会的根基，但是大社形成的最大问题是，没有人会真正关心生产，没有人会真正为百姓操心，因为劳动的果实，分配权远离自己的掌控，自己也决定不了劳动付出和分配之间关系。因之，铺张浪费、消极怠工、效率低下，迅速蔓延，危机也相伴产生。这种危机，足以影响整个运动的成果，或者说，足以使公社化道路崩塌，这才使这种"跃进"被终止。

五

在水渠村，高级社运行之后，传统乡村秩序是否存续？本文以《狠透铁》作为分析样本，提出的问题是，水渠村这样一个共产党领导的村庄，实行以阶级区分作为统治手段之后，以儒家思想作为核心的原有乡间秩序，是以什么样的形态呈现在农业合作化的村庄里的？它对农业合作化的发展产生了哪些影响？是消解是对抗还是融合或转化？柳青的创作中，或隐或现都涉及这一问题，特别是在中篇小说《狠透铁》里，这一意识更为明晰。本文认为，在特定的时代背景下，柳青从现实生活出发，敏锐地感到了这一对抗，感到了新的社会形态与原有乡村秩序之间的不融合性，感到了以上中农为代表的这个群体，实际上承继着原有的文化传统，在一定时期，他们成了事实上的乡村政权的主宰者，也就是说，儒家的社会秩序安排，在暗暗地以一种变身的方式，改造和融合新的变迁，并将自己的秩序原则注入这一新事物之中，构成一种潜在的深刻的隐形影响。乡村社会以家作为基本生活单元，合作社以宗族为主的自然村落作为基本生产单位，这些根基没有动摇时，儒家的文化思想事实在起着作用，艰难地弥合着乡村因阶级划分而导致的人与人之间的强烈对峙和分裂。这种曾被批为"小农意识"的乡村传统文化，在对抗权力的改造；这种对本族亲缘的私相关怀对抗大集体的"一大二公"；这种仁和亲善的乡绅意识，弥合因倡导阶级对立而构成的裂痕鸿沟。在小说里，王以信顺利跳上水渠村舞台，实则是水渠村的文化传统在起作用，尽管柳青不得不写出他的失败，但同时我们看到的是，王以信是在公社党委书记的直接干预下而失败，在现实生活里，王以信却是胜利者，或者说是儒家乡村社会传统的隐形胜利者，这一历史意识的复杂融合与变形，还很少被人重视和研究。

原载《西北大学学报》（哲学社会科学版）2016年第1期

陈忠实：从匍行到飞翔

——评邢小利的《陈忠实传》

1993年始，在中国文坛，甚至超出文坛而在整个中国文化艺术界，几乎少有人不知《白鹿原》，少有人不知陈忠实。长篇小说《白鹿原》的成功，非同一般，中国批评界的名流大腕们，几乎众口一词，极尽对《白鹿原》的赞美肯定之语。当然不能说一两声的异调绝对没有，有，但不管就其所持之论，还是所依之法，似乎都难以令人服膺。

震惊于这样一部黄钟大吕般的巨作，在此后长长一段时间，研究者们将目光投向它的作者，追问：何以陈忠实能写出如此石破天惊的作品来？就陈忠实的创作而言，在《白鹿原》之前，尽管他已出版过几部中短篇小说集，但是始终未能形成大的影响。他的作品，还未脱尽"文革"中形成的模式套路；他的思想，还具有很深的被拘禁的僵滞印痕。但是，你想不到《白鹿原》竟这样横空出世，竟这样平地一座高峰，兀立眼前。它，出自陈忠实之手，你不得不惊讶震撼，觉得仿佛不是他写出来的。在文学圈里，就有评论家在赞叹之余，借柏拉图之语说，《白鹿原》有如"神助"，是"神灵附体"之作。这样的话语里，既包含着对作品本身的由衷赞美肯定，也包含着对作家本人超常的艺术创造力的不解和困惑。

一

邢小利的《陈忠实传》，令人信服地解答了这个问题。他写出了陈忠实从一名业余作者，通向《白鹿原》辉煌高点的必然性。假如说，《陈忠实传》有一条线贯通的话，那就是邢小利的叩问和回答：陈忠实怎样从西安灞桥区白鹿原上的一个高中生、一个业余作者，一步一步走向了《白鹿原》。作者抽丝剥茧式的探寻揭秘，一层一层向读者讲述回答这个问题。阅读完传记，心中疑惑顿释。对陈忠实的人生、对谜一般的《白鹿原》的破茧而出，豁然洞开，朗然于胸，得到了明晰的悟觉和判断。传主艰难攀缘的人生之路，达至个人辉煌顶点之传奇，使人内心油然而生崇敬之情。在这里，我们看到了一个化蛹为蝶的陈忠实，怎样默默地将一种不可能变为一种可能，一种现实。传主这一艰难的蜕变，在阅读者看来，已超越文学本身，提供了人生更为深邃的意蕴。这种生命的示范性意义，促使我们反观思考自己的人生，激励起我们内在的力量感，对读者来说，这是《陈忠实传》带来的更深层的意义和更丰硕的获得。

像我们大多数人一样，陈忠实并非神童，在童年求学生涯中，他只是一个喜爱学习的学生。他倒是眺望过神童，偷偷阅读他的小说，那个他神往的少年天才是刘绍棠，人家在十三岁就发表作品，十六岁就在《中国青年报》上发表小说《红花》和《青枝绿叶》。但陈忠实有着属于自己的十三岁，那是苦涩之路。那年，他去参加小学升初中考试。"40多岁的班主任杜老师带领着他和20多个同学，徒步到距家30余里的历史名镇灞桥投考中学。他是这批同学中年龄最小、个头最矮的一个。这是他第一次出门远行。他穿的是平常穿的旧布鞋，30里的沙石路把鞋底磨烂磨透了，脚后跟磨出红色的肉丝，淌着血，血浆渗湿了鞋底和鞋帮。他渐渐地落在了队伍的后面，大家倒退回来，鼓励他跟上队伍，然而他们的关爱和激励并不能减轻他脚底的痛楚，他不愿讲明鞋底磨烂的事，怕穿胶鞋的同学嘲笑自己的穷酸。他不愿在任何人面前哭穷……他先后用树叶、布巾和课本来塞鞋底，都无济于事，他几乎完全绝望了。脚跟的疼痛逐渐加剧，以至每一抬足都会心惊肉跳，走进考场的最后一丝勇气终于断灭了。"就在十三岁的陈忠实绝望之际，"听到了一声火车汽笛的嘶鸣"，"一列呼啸奔驰过来的火车"，从他身边隆隆驰过。世界上有那么多人坐着火车跑哩，而根本不用双脚走路！突然间，"一股神力突发，他愤怒了，心中只有一个信念：人不能永远穿着没后底的破布鞋走路！于是，他拔脚而起，在离学校还有一二里的地方，终于追赶上了老师和同学"。这是传记作者摄取的陈忠实少年时代的一个细节，他这样理解这件事对陈忠实的意义："汽笛、火车都是他前所未闻、前所未见的生活经验之外的东西，是文明，是新世界。汽笛的鸣叫似乎也启迪着一个乡村少年，文明和新世界就在前方，召唤他勇敢地前行。"以后，人生路上遇到"意念惶惑"的时候，那一声汽笛就会从他生命深处响起，"生命历程中遇到怎样的挫折怎样的委屈怎样的龌龊，不要动摇也不必辩解，走你认定的路吧！……不要耽搁了自己的行程"。[1]

传记作者非常善于把握这样的一些细节来表现传主的个性风貌，表现这些苦难阅历对他的精神成长之意义。苦难，沉淀发酵成为传主的生命底色，使他在关键时刻，总能做出常人难以企及的抉择。所有这些，入情入理地将传主推向了生命的顶点。这些地方，显示出作者的卓识以及对生命本质的理解和驾驭能力。传记中有这样一个片段。1962年，陈忠实在西安市第三十四中参加高考，作文题两个，任选其一：一个《雨中》，一个《说鬼》。前者记叙文，后者论说文。"以他平时的训练和实力，当然以选记叙文为上，但他当时'鬼'使神差，居然选择了他并不擅长的论说文'说鬼'。"[2]更要命的是作文居然没有写完。作者引用了陈忠实的回忆说：考试结束的铃声响起，我的"脑子一片空白，完了！我完

---

[1] 邢小利：《陈忠实传》，陕西人民出版社，2015年，第14—15页。
[2] 同上，第40页。

了。看着监考老师从我桌子上收走考卷,我连站起来的气力都没有。我走出考场和设置考场的中学的大门,看到街道上熙熙攘攘的人群,这时才意识到尿湿裤裆了"[①]。陈忠实事后反思,说自己当时的选择不无投机心理。

20世纪60年代初,有一个政治读本《不怕鬼的故事》,要求党政干部和高中以上师生阅读,当年的高考作文《说鬼》便是其一。陈忠实说自己高考惨败的原因是有投机心理,而投机心理就是指自己想紧跟当时的政治形势,以为这样"正合拍于社会的大命题",会得到格外的重视和加分。陈忠实能选择"说鬼"而放弃自己所擅长的"雨中",其实有着更深刻的心理动机。传记作者分析道:"'说鬼',侧重抽象思维和思考的深度,自己并不擅长,但这个神秘的题目背后关联着深层的社会热点,容易引起关注,说不定会一鸣惊人。陈忠实自我检讨说他这样选择'不无投机心理',但若从深层的写作心理分析,也可以看出,陈忠实写作的题材兴趣和思想倾向,不在个人抒情,而在社会层面特别是社会热点。"[②]从陈忠实此后的发展路径观察,不能不说邢小利的这一看法,具有穿过事件表象的力量,揭示出陈忠实深潜的创作心理,极为精准而一语中的。陈忠实未来的创作倾向,恰是沿袭着这一路径。从其审美趣味来看,他并不热衷花前月下、柔媚光滑的那种小巧精美,而一意孤行,寻找粗粝巨大的壮美,并且沿着这一路径一走到底。传记作者通过一场高考作文的选题失误,既推进叙事,叙说传主个人命运落至低谷,因高考不第而回乡务农,常因噩梦而惊醒;又暗含着传主在这一失误中所暗藏的最为深层的潜意识,他要争雄搏大而不苟安,要置身于社会热点而不沉湎于个人情调。这一潜在的心理机制,一直导引着陈忠实走向未来。传记作者发现的陈忠实,甚至连陈忠实自己也尚未发觉。

---

① 邢小利:《陈忠实传》,陕西人民出版社,2015年,第40—41页。
② 同上,第42页。

二

  沿着作者的叙述，我们看到了一个具有强烈目标感的关中硬汉式的作家形象。这个人，在人生的几次重大选择中，都做出决绝而智慧的选择。作者写到，陈忠实在六十岁回顾自己的生命和创作历程时说："他对自己曾有两次重要的把握：一次是在1978年初，当中国文学复兴的浪潮涌动的时候，他选择离开人民公社当干部，调入文化馆搞写作。"①那时，他是毛西公社副书记，在人们眼里，干部与文人相比，孰轻孰重，一目了然，没有人会做出这样相反的选择，但陈忠实明白自己想要什么，于是明白自己该舍弃什么。他毅然舍弃了权位，而选择了无权无势的文化馆。"第二次是1982年，他调入作协陕西分会当了专业作家，回归老家，一住就是十年，直至50岁写成《白鹿原》。他不像有的作家，总是漂泊，生命的足迹和灵魂都在漂泊，创作的题材和主题不断随之游移不定。"②其实，他的这个选择里，不无柳青的影响，柳青扎根长安皇甫十四年，写成《创业史》，对陈忠实具有强烈的示范意义。在作者的叙述里，陈忠实性格的这一刚毅决绝，还通过另一件事得到印证。1991年，正值陈忠实写作《白鹿原》期间，陕西省委宣传部决定调他到省文联担任党组书记，他毫不犹豫地拒绝了，两次写信给有关领导，陈述自己的想法，宁愿不当作协副主席，只要一个专业作家的身份就足矣。他真诚坚决的态度，最终改变了领导的任命，让他留在作协搞创作。这些地方，都显示出作者对传主人生走向的穿透和把握，写出了传主那种不因路旁的风景而驻留的坚定目标感。

  上述几例，是我们从传记作者的叙述里看到的传主与客观环境间的矛盾冲突所构成的个人命运线。还有一条线索，就是出身农家的陈忠实，怎么最终走出了狭窄的精神小天地，而成长为杰出的大作家。邢小利细密地

---

① 邢小利：《陈忠实传》，陕西人民出版社，2015年，第25页。
② 同上。

勾勒出陈忠实步步攀升的创作路径，令人信服地看到了陈忠实精神上的一次次蜕变升华。作者认为，陈忠实的创作大体历经这样三个阶段：一为图解政治和政策的阶段，二为脱掉政治工具性而展示人的个性的阶段，三为将人物置于纵深的文化背景下观照塑造的阶段。

1979年6月，陈忠实的短篇《信任》在《陕西日报》发表，随之《人民文学》7月号转载，后又获本年度全国优秀短篇小说奖。《信任》是新时期陈忠实一个具有标志性的短篇。在此之前，陈忠实已经有了长长的创作准备。传记作者详细考证了陈忠实从少年时代就已经开始的创作历程，他见诸报刊（《西安日报》）的第一篇作品，是诗歌《钢、粮颂》，那时是1958年11月4日。20世纪60年代至1972年，陈忠实已经发表了9篇散文特写。1973年发表的《接班以后》，是一篇在当时反响强烈的作品，还由他改编并被西安电影制片厂拍成了电影，当时，对他不能不说是极大激励。紧接着1974年他发表了《高家兄弟》，1975年发表了《公社书记》。这一时期，应该是陈忠实的准备期。1976年3月，《无畏》发表，他被捧上天随之又被摔下地，此后三年沉寂，直到《信任》发表。

《信任》获奖之后，陈忠实没有沉浸于满足之中，20世纪80年代蓬勃发展的思想文化思潮，带给他多样的刺激和多样的思考。陕西创作群体佳作频出，路遥的《人生》，让陈忠实看到了超出常规套路的思考，惊讶于小说还能这样写。作家群体之间的竞争激励，对他不无影响。接着《平凡的世界》出版，获得茅盾文学奖。对一个内心将文学看得无比神圣的人来说，表面的赞誉不如他内心对艺术的体认来得彻底和疼痛，他看清了自己的距离，故不因一个奖项而自喜。这是他能够蜕变并步步提升的根源。

陈忠实的《信任》，在小说主题设计上，具有强烈的问题意识。这是时代变迁中令人喜悦的解冻期，作品所意识到的是"四清"整风的遗留问题，造成了农村基层干部之间、干部与群众之间难以消弭的隔阂。他塑造了罗坤这个老村支书的形象。尽管作者的立意表达的是伤口的弥合，但历史伤口深重，其痛楚还是让人历历难忍。

陈忠实尽管已经从"文革"时期走出来,但是其作品还未完全摆脱"听命文学"的影响,只是换了一种"命"而已,他还是紧跟和诠释当时的形势政策,也是另一种形式的"传声筒"。邢小利在分析陈忠实的思想时说,"从中国文化和精神谱系上看,陈忠实既不属于传统意义上的文人,也不属于现代意义上的知识分子。他的经历,他所受的教育,以及由经历和教育所形成的生活观念和思想观念,都更接近于中国农民的生活观念和思想观念"。传统士大夫的"文统"与"道统","上与朝廷官府迥异其趣,下与黎民百姓截然有别"。而现代知识分子,"上对权力保持警惕和批判态度,下对民众负有启蒙和引导责任"。尽管文人与知识分子有所不同,但"都有一个共同点,那就是坚持独立之人格、自由之精神"。[1]"差不多在40岁以前,陈忠实基本上还没有或者说尚缺乏独立人格、自由精神的意识……他的眼光基本是向人民大众看齐的,对上,则是要听从党的领导和指挥……认同文学是党的事业,是代人民大众说话的工具。"[2]邢小利对陈忠实精神的分析尖锐而深刻,也正因此,陈忠实精神的一次次痛苦蜕变,就更具有典型意义——一个工农作家走向史诗性大作家的经典意义。

三

当然,从1979年的《信任》里,我们也看到了陈忠实目光所及的历史纵深,比如,他就没有将人物冲突的背景,简单地人云亦云地划归为"文革",而指向"文革"之前的"四清"运动。他也没有简单地控诉伤痕的直接制造者,而是站在历史的高点,表达了运动对整个社会和个人的伤害。正因为这样,陈忠实才从《信任》走到了《初夏》。

邢小利说:"中篇小说《初夏》在陈忠实的创作中是一个里程碑,也

---

[1] 邢小利:《陈忠实传》,陕西人民出版社,2015年,第99—100页。
[2] 同上,第100页。

是一个重要的过渡。""《初夏》写的是改革开放初期一个家庭父与子的故事。离开还是坚守农村，只考虑个人前途利益还是带领大伙走共同富裕之路，在这个个人人生选择问题上，父亲这个农村的'旧人'与儿子这个农村的'新人'发生了激烈的无法调和的冲突。"①父亲希望儿子进城，儿子却执意留在农村办工厂副业，带领大伙共同致富。这样一个故事，却有一个沉重的背景，父亲是冯家滩的老支书，一心扑在集体事业上，干了一辈子，临了集体解散，觉得一生白费，亏吃大了。这种失落和痛悔，转化在儿子的人生选择上，就是执意让儿子进城当司机，顾自个儿要紧，绝不让儿子重蹈自己的覆辙。但是儿子却不听从父亲的安排，要留下来带领大伙走共同富裕之路。这是陈忠实的第一部中篇。从短篇到中篇，容量的增加，也在要求作家赋予作品更为深厚丰富的社会历史内涵。但这时的陈忠实"受17年文学影响所形成的心理定势还未完全冲破，他还习惯以对比手法塑造与'自私''落后'的冯景藩（父亲）对立的另一面，这就是乡村里的新人形象冯马驹……（他）矢志以同村60年代初放弃高考、回乡建设奋斗的冯志强为榜样，扎根农村，带头与青年伙伴一起改变农村的落后面貌，共同致富"②。邢小利接着对陈忠实此时的创作评述道："冯马驹这个人物不能说现实生活中绝无仅有，但他显然是作者艺术固化观念中的一个想象式人物，缺乏历史的真实感和时代的典型性。"陈忠实这一时期的多篇小说，"都在着力塑造好干部形象。这样的好干部差不多都有着与冯马驹一样的特征：年轻，党员，公而忘私，能舍弃个人利益，一心扑在集体事业上，肯吃苦，脑子也灵活……陈忠实这一时期的创作中，有一个顽强的思维定势，这就是塑造不同时期农村好干部的新人形象……（这些形象）都有着或浓或淡的某种既定概念的影子，人往往只是表达概念的工具，而不是艺术的目的。所以，这些人物的性格在艺术上都显得比较单薄甚至纯粹，往往非此即彼，缺乏性格的丰富性和复杂性，这在一定程度上

---

① 邢小利：《陈忠实传》，陕西人民出版社，2015年，第142页。
② 同上，第144页。

反映了作者艺术思维的简单化，或者说，受17年文学观念的影响过深，思想缺乏必要的超越，艺术思维还未能摆脱旧的观念的束缚"①。

《初夏》的创作，尽管表现出上述问题，但是，邢小利在陈忠实数易其稿的艰难写作中，看到了其中潜藏的几欲破壳而出的挣扎骚动的力量，这就是被传主常常提到的"剥离"，这就是对原有陈旧的创作观念的"剥离"。这是一个痛苦的过程。陈忠实在同一时期发表的中篇还有《康家小院》，1985年还发表了《最后一次收获》和《蓝袍先生》。这几部中篇，"开始关注文化与人的内在关系。小说在写真实的人物和真实的人物命运的过程中，触及了文化与人的关系这一重大命题。陈忠实此后的小说不断触及文化与人这个命题，最后走向《白鹿原》，并在《白鹿原》中全面地完成了陈忠实关于文化与人的文学思考"②。

《康家小院》在传记作者的眼里，是"一部写人的作品"，更具有鲜明的蜕变和"剥离"意义，由此可以清晰地观察到传主的创作变化。传记作者对政治观念下的人与现实生活中的人的区分阐述极为精辟，他指出："'文革'期间及前后相当长一段历史时期，小说也写人，但这个'人'并不是小说的着眼点，它是要通过这个'人'阐述某个作者也许明白也许并不十分明白的政治理念或政策观念，借'人''反映'什么'说明'什么，因此，这个'人'，说重一点，是一个'工具性'的'人'，有一个专门的词称其为'时代精神的传声筒'，说轻一点，是一个'伪人'，或半真半假的人。"③陈忠实作品中的人物，在《康家小院》之前，"艺术的着重点并不在或不全在所写的人物本身，而在人物之上或之后的某些关乎政治的、时代的以及党的政策与策略的要求或理念，一句话，这些'工具人'或'伪人'，或者一半是生活一半是概念的'人'，基本上都是'概念化'的'人'"。而《康家小院》则呈现出崭新的面貌，"以人为

---

① 邢小利：《陈忠实传》，陕西人民出版社，2015年，第144页。
② 同上书，第145页。
③ 同上书，第151页。

本，人是中心，也是重心"。①

《康家小院》的故事展开在新中国成立前后。康田生是一个老实厚道又本分的庄稼汉，三十岁死了女人，留下了两岁的独生儿子勤娃，他靠给别人打土坯挣钱拉扯儿子。勤娃长大了，也和父亲一样老实厚道本分，跟着父亲打土坯。乡邻吴三看上了这对父子的实诚，主动提出把女儿玉贤嫁给勤娃。接着新中国成立了，康家小院的日子过得也算滋润，玉贤孝敬公公，心疼勤娃；勤娃爱着玉贤，拼命打土坯挣钱养家。这时，政府给村上派来了冬学教员，教妇女认字学文化，传授新思想，讲男女平等、妇女解放的道理。十八岁的新媳妇玉贤，遇上了二十岁的长着白净脸膛的冬学教员，被其所带来的新生活的气息迷惑，也被其迥异于农民勤娃的文化气质迷住，两人有了私情。勤娃得知后火冒三丈，父亲康田生则张皇失措。康家父子在勤娃舅父的劝导下，忍辱守住家丑。但是玉贤却在勤娃的打骂、生父的打骂和母亲的劝导压力下，去找教员，只要他给一句靠得住的话，她就跟勤娃离婚，跟他结婚。此时，县文教局已听到风声，正在追查。这个叶公好龙式的教员，面对玉贤来访，躲之唯恐不及，推说他只是玩玩而已。玉贤这时幡然悔悟，找到勤娃，觉得自己"死了也该是康家的鬼"。

这个中篇，确实是陈忠实的脱胎换骨之作。小说中的人物，已经脱出了紧跟形势、阐释政策的窠臼，甚至开始反向思考历史。若按前述的图解政治之路，玉贤与文化教员的爱情，代表着破除旧习俗，是政治正确的一方，但是陈忠实却将情感给了勤娃和其父。难怪邢小利对其评价甚高，正是在这样的"剥离"中，陈忠实第一次开始了真真正正地写人。写作《康家小院》时，是1982年秋，1983年在《小说界》第2期发表。前述《初夏》，写作时间早于《康家小院》，但是写得很苦，几经修改，直到1983年才写完，后刊发于《当代》1984年第4期。写得早发得晚，正好彰显了传主"剥离"的艰难痛苦的过程。《康家小院》就要顺得多，也获得了较好

---

① 邢小利：《陈忠实传》，陕西人民出版社，2015年，第151页。

的评价，赢得《小说界》首届文学奖。

四

陈忠实说，关中汉子具有豪狠的性格特质，将"豪狠"用在他身上也十分恰切。从《康家小院》走到《白鹿原》，对他来说，有一个必然。传记作者细致地考察了陈忠实创作《白鹿原》前所做准备，以及他的创作心理，邢小利写道："1986年，陈忠实四十四岁。这一年，陈忠实很清晰地听到了生命的警钟。"他"遥望50岁这个年龄大关，内心忽然充满了恐惧。他想：自己从15岁上初中二年级起开始迷恋文学至今，虽然也出过几本书，获过几次奖，但倘若只是如以前那样，写写发发一些中短篇小说，看似红火，但没有一部硬气的能让自己满意也让文坛肯定的大作品，那么，到死的时候，肯定连一本可以垫棺做'枕头'的书也没有！而且，到了50岁以后，日子将很不好过"。[1]这是陈忠实真实的创作心理，是他四十四岁时所生之忧患，他要写出一本对得住自己的大作，能够枕着它安然长眠。他的不安，也出自一个作家的尊严，一个以文学为生命的人，怎么可能允许自己庸庸碌碌混日子？

邢小利还揭示了《白鹿原》产生的时代特征。此时创作较为宽松，作家们思想活跃，不同文学探索纷纷呈现，多种文学资源迸发。邢小利认为："1985年前后的中国文学，是一个转折点，此前，自新时期以来，中国的文学形势总体上是以伤痕、反思、改革这样的潮流一浪一浪地向前推进着，千帆竞发，百舸争流，但都行驰在一条文学的河道上。而到了1985年，出现了拐点，出现了分流，出现了各自不同的追求，所谓'三春去后诸芳尽，各自须寻各自门'，其中重要的是两个方面：一个是'先锋'，一个是'寻根'；一个向前求索，一个向后探寻；一个前瞻，一个后

---

[1] 邢小利：《陈忠实传》，陕西人民出版社，2015年，第153—154页。

顾。"①这样一个时代，对促使作家的自我思考具有极为重要的意义。因为创作环境宽松，艺术追寻多样，剩下的就看你怎样去选择自己的道路。陈忠实的《白鹿原》尽管与寻根派有更为密切的关联，但是先锋意识的影响也一样存在于他的艺术感知里，比如马尔克斯的《百年孤独》对他的影响，如此等等。就是说，80年代末期的这些艺术探索和艺术滋养，也都一一渗进他的思考里，影响着他的创作，构成其巨著《白鹿原》问世的大背景。这些地方，邢小利都有着准确而清晰的勾勒和分析判断。

《白鹿原》的巨大成功与广泛影响，传记也有着详细的描述，因为读者大体了知，在此就不再赘述。

邢小利是一个有心人，他知道陈忠实在中国文学史上的意义和价值，很早就开始收集有关陈忠实作品发表的报刊，以及手稿、书信，访问有关传主的往事，等等。先出有《陈忠实画传》，后写有《陈忠实年谱》。这本传记，前后历经数年。作家的那份认真、细致和执着，令人敬佩。《陈忠实传》也显示了作为学者的邢小利扎实求证的功夫，书中数处竟将传主自己记忆有误的地方考证出来，真是"有一份证据说一份话"。比如，1966年11月，陈忠实在毛西公社农业中学当民请教师，带领学生赴京，参加毛主席的接见，陈忠实说自己被接见的时间是1966年11月7日，但邢小利考证，那次是毛主席第七次接见红卫兵，日期应是1966年11月11日。陈忠实回忆出版《白鹿原》的经过，说他在1992年2月下旬的一天，收听中央人民广播电台关于邓小平"南方谈话"的新闻，然后给何启治写信说手稿的事。但邢小利考证之后发现，邓小平南方谈话公开的时间是1992年3月26日，发表在《深圳特区报》，后《人民日报》、新华社才转载转发。正确的时间线是"1992年1月29日写完《白鹿原》，二月下旬给何启治写信，等何回复期间慢慢修改《白鹿原》，何三月间收到陈信，3月25日把手稿交给高、洪二编辑，三月底准确应该是3月31日在广播里听到'南方谈话'新

---

① 邢小利：《陈忠实传》，陕西人民出版社，2015年，第162页。

闻,距高、洪二位编辑拿走稿子'大约二十天之后',也就是4月15日以后收到高贤均来信,4月18日洪清波给《当代》杂志写出初审意见"[1]。这些地方,都能见出传记作者所欲达"信史"之追求,而绝不依凭想象,无据而言。

《陈忠实传》出版的时候,是2015年11月,陈忠实在病中。他看了书,在2016年2月16日打电话给作者,谈了四点看法:"一、写得很客观。二、资料很丰富,也都真实。有些资料是我写到过的,提到过的,也有很多资料是你从各处找来的,搜集来的,有些资料我也是头一回见,不容易,很感动。三、分析冷静,也切中我的创作实际。四、没有胡吹,我很赞赏。"两个月后,陈忠实去世。就书的命运而言,也算是幸运,书见到了最该见的人。

原载《延河》2016年第9期,原题为《一个作者从匍行到飞翔过程的深度解析——评邢小利的〈陈忠实传〉》

---

[1] 邢小利:《陈忠实传》,陕西人民出版社,2015年,第176页。

小说的生成、叙事及边界

——与作家冯积岐的对话

题记：2016年12月27日晨，我与冯积岐及两位年轻人唐大麟、任烜昕，驱车至终南明舍，去做一次对话访谈。此意早存，尚无良缘，半月前决定要去了，积岐忽然身体不适，又等十余日，方始成行。积岐是一线作家，创作颇丰，成绩斐然。对他的创作，我一直抱有浓厚兴趣，欲通过深入对谈，观察了解其创作思想及作品形成之背景。也欲通过轻松自如的对话就小说创作所面临的诸种问题做以交流和探讨。于是，在终南山下的明舍壁炉前，我们用一整天的时间，展开了深入的交谈碰撞，既漫无涯际又不离文学鹄的。下面是我们对谈的内容。

一、人是偶然性存在还是扭结在社会历史中

任：我们说到北方作家和南方作家，南方作家好像有一个特征，特别关注人物命运的偶在性，写个人命运在历史中的偶在感。他们和北方作家那种把个人命运镶嵌到历史大幕上的写法非常不一样。我看获茅盾文学奖的苏童的《黄雀记》，感觉南方作家有一种普遍的趋向，当然也不是全部，他们更多关注人物的个人命运：因为某一个偶然事件的推动，人物命运随之发生极为重大的位移，走向了令人惊讶的结局。北方作家更多地关注个人命运和历史的关联，写出了个人命运因大时代的变迁而发生重大改变。我觉得这两者之间有非常大的不同，我不知道你有

没有这方面的感受？

冯：把人物放在历史的进程中去写，本身没有什么错，关键在于作者要紧紧贴住人物写，把人物的性格写出来，把人物的精神写出来，把人性的多面性写出来。路翎的长篇小说《财主底儿女们》和巴金的"激流三部曲"相比，路翎的笔触全在人物身上，抗战前后的历史只是人物活动的舞台，而"激流三部曲"的人物则被历史紧紧地抓住了。要命的是，我们一些作家作品中的人物被历史淹没了，人物成为传达理念的工具。

仵：我看了《黄雀记》以后，颇有感触。苏童以少年保润的视角来叙事。小说一开始，说"我"爷爷的魂丢了。爷爷有个毛病，年年照遗像，连续多年从无间断。最后一次照相时，照相的姚师傅连照三次，他突然觉得自己脑子里的气泡破了，魂飞了。魂丢了，怎么样才能找回来？他想把他老祖先的骨头找出来，安放好，他的魂才能安然。他记得自己当年从祖坟上捡了几根祖先的遗骨，装在一个手电筒里，埋在香椿树街的某棵树下了，于是在村子里到处挖。家里人把他送到了精神病院，然后就带来保润到精神病院照顾爷爷。爷爷延续了到处乱挖这份执着，不断在精神病院松树旁挖掘，继续寻找祖先的骨头。医院是个模范医院，树都是名贵的树，一棵一百块，共五百块赔偿费。保润妈很生气——天大的数字。这样，保润的任务就变成看守爷爷，不能再让爷爷挖树了。于是，每天捆爷爷就成为必修功课。这个过程中，他练就了很多捆绑的招法，什么民主结、法制结、香蕉结、菠萝结，还有什么梅花结、桃花结等等，保润捆爷爷像玩儿一样，捆得如此花样迭出。当他牵着爷爷游走在精神病院的时候，就成为一道风景。开始有人找保润帮忙了，再难对付的疯病人，保润三下五除二就解决了，在医院有了大名。他的文明结捆法，很惹人兴趣，人被捆住了，还可以自己小便。

小说写到这里，由保润捆爷爷捆出花样，引出后面一系列事件。和保润命运相关的是，他被同学柳生请去捆姐姐，因保润不愿干，柳生请出仙女，进而发生保润与仙女的交往，看电影，溜冰，押金被仙女拿走,保润追钱,将仙女捆在水塔上,然后仙女被强暴,保润被诬告并因之坐牢……

在我的感觉里,这种写故事写人物的手法,注目于人物命运的偶在性,人物命运的起落和社会历史的运行没有什么关联,作家关注的是某个细小的不为人道的事件,一步一步将人物推向了他的终点。比如,保润爷爷乱挖东西,带来保润捆绑爷爷,一个捆的行为,带来一系列的连锁反应,而由此逻辑性地将保润推向完全不同的命运轨道。保润的命运和外在的社会因素几无关涉。北方作家却极为不同,他们笔下的个人命运和历史紧紧扭结在一起。田小娥(《白鹿原》人物)的命运和整个中国社会历史扭结在一起,她厄运的起点就是族长不让她跟黑娃进祖宗祠堂,得不到承认。这个意味深长的事件,是社会的、历史的。个人命运就是历史的映像。南方作家不这样,社会历史仅仅是其背景,甚至是可以虚化的背景。这如何做出评价?

从艺术观来看,西方现代和后现代作家,他们作品中的时代感极强,个人命运和历史时代的关联更为纵深,比如说卡夫卡式的关联,是更内在的关联。《变形记》中,人变成了甲虫后,感知他人和社会的冰冷,直接反映人类历史进程中后工业时代的特征,焦虑、压抑、绝望、无助,直接和当下历史意识相关。这样说来,历史与个人的关系可分为几个维度,我们暂且将它划为三层。第一层,个人命运和社会历史直接关联。如《白鹿原》《平凡的世界》等,也包括你的作品《村子》。第二层,就是个人命运和社会历史不怎么关联,作者倾注心思的完全是个人命运的偶然性、自在性。第三层呢,就是后现代小说家的这种内在深层关联。表面看来,人物命运和社会历史不相关,但是细究发现,它是整个人类的历史进程到达某一阶段的抽象性概括性表达。我们评价整个中国当代小说,是不是应该放在这样的框架里来展开?

冯:我觉得这和每个作家的出身、教养、接受的艺术美学观有关系。其实每个人的命运都是和历史政治有关联的,苏童他这样写,这和他的艺术美学观是有关系的，他接受的可能就是卡夫卡、福克纳这些人的艺术美学观，认为人的命运在偶然之中。你在西方现代作家的作品中看到的人的命运都有偶然性。你比如说福克纳所处的那个时代，正是经济大萧条时代，20世纪30年代。世界经济大萧条，美国工人失业，农民生活艰难，福克纳从来不关注现实的东西，他只关注人的命运的偶然性，只关注个体，他笔下的人物和历史进程关联不大。但是同时代作家，斯坦贝克关注美国当代社会，关注现实。斯坦贝克写的《愤怒的葡萄》《伊甸之东》，关注的是美国当时的社会、美国的工人、农民艰难的生活。

仵：这个问题是不是这样，在历史进程当中，作家本身感觉到的个人命运体验已经和整个社会历史扭结得很厉害的时候，或者说，直接的书写无法表达自己的深层体验时，他反而不写自己生命体验这种直接感受，他写那种完全的偶在性，而且是自己也不认可的那种偶在性。这种创作方法，总觉得它来得轻飘一些。当然，它也有纵深的渊源，言情小说、武侠小说、公案小说等等，都有着命运的偶然性作为叙事的根底。对这点你怎么看？

冯：就我个人的命运来说，我的命运和这个时代紧紧相连，时代造成了我个体命运大的跌宕起伏。比如说，"文革"期间，不准我再读书，不准我当工人当兵，我只能是农民。我的体验是，个体的命运与时代是紧紧关联着的，我不能抛弃我的体验去写这个东西，所以我的小说中的人物命运也是和这个时代紧紧关联在一起的。所以说，这和个体的体验有关系。

仵：这个问题是一个重要问题。社会历史对个人构成了强烈影响，自我也明明体验到了社会历史对自我命运的改变，你不能说忽略这个影响不计，去写完全偶然性的存在。

冯：但是我心里也很明白，我的关注点在哪里。福克纳、卡夫卡这些东西我读得不少，我知道他们怎么弄，但是我不能那样写，那样写就抛弃了个人体验。自己地里满是金子，你不能拿上锄头到别人的地里乱刨。你自己的体验那么深刻，社会的事和个体的关联那么紧密，你不去写，你偏偏要把社会和个体剥离开来写,这是不可能的事情。我觉得创作的规律就是写自己体验最深刻的,这也是文学创作的基本原则,不是说国家意识指导了你去写啥,你就去写啥。我并不是说,国家意识指导错了,关键在于,你有没有那种体验。写你自己体验最深刻的,也是心灵对自己的吩咐。现在有些人写不好的原因就是,把自己体验深刻的抛弃在一边不写,别人写什么他就写什么。我的体验,我的命运的颠簸、起伏,完全是时代造成的。我把这个抛弃了不写而去写别的,这不可能。我觉得这和个人体验,和艺术师承有关系。

仵:我感觉,除了现实主义的路径外,在你的一些短篇小说中,我还看到一些现代主义的尝试。

冯:确实是这样,现实主义的路子很宽。现实主义和现代主义不是一道墙可以隔离的。现代主义是一种精神,不只是艺术手法。我在许多小说中张扬过现代主义精神。

仵:比如说,我就感觉到,尽管我刚才分析这个偶然性,认为这不是北方作家的主流写法,但是你的作品,也提供了另外的样本。比如,我印象很深的你写的那个短篇《刀子》,写那个屠夫对他的柳叶刀的钟爱,柳叶刀对屠夫便构成了某种特殊的情感要素。人在活动对象中成为人自身。这些,都是作家向着人性的多种可能性的钻探和展开。屠夫便具有了另一种我们所不熟悉的人性幽深。这个作品现代感就很强,是一种现代主义的叙事方法。你笔下的人物生存的社会背景,也就有点模糊了。但就你探索人物的纵深心理来说,当时你是怎么样的创作心理?是怎么考量的?

冯:我回忆我的创作,就是一个阶段一个阶段的,中短篇小说写了二百五十多篇。短篇小说写二三百篇的作家,在全国没有多少,我写这么多读者还喜欢,就是因为我不断地变换自己。有段时间我会觉得不应该这样写,应该那样写,就像我刚才说的,纯粹写个人体验的东西;有段时间就觉得,人的命运确实是有偶然性的,一段一段的,不停地在变化,不断地剥离。我总结别人的经验教训,就是不能写得面目相同,不能停留在同一个地方。读我的短篇小说集，你会发现，有些非常现代，非常荒诞，比如我有一篇小说，叫作《一幅画》，写那个摘辣子。不是一幅画么，画上有一片辣椒。那年遭了冰雹之后，地里的辣子全被冰雹打坏了，打坏了之后朋友就送了他一幅画，画上全部是辣椒。他有一天在画上一摸，就把辣子摸到手了，于是就开始在画上不断摘辣子，不断地拿到街道上去卖，好多村里人就说，今年辣子都打坏了，这家人怎么每天都卖辣子呢？这可能是偷来的，派出所就把这人当贼抓了，问你是哪偷的。这就比较荒诞。就是不断地变化自己，用各种手法去写。也是因为我不断地阅读，受国外作家的影响。这段时间受这个人影响，那段时间受那个人影响。

仵：我看了你的《沉默的季节》，当时留下的最强烈的印象是作品的情感化叙述。情感特别黏稠，密度极大，长句式，叙述不断跳跃，就是这样一种表达。其实这部作品和你的《村子》区别很大，二者完全是不同的风格。你对这两个长篇的自我评价是什么？

冯：《沉默的季节》是我的第一个长篇，那时候我正沉迷于现代主义作品，那是1992年写的，那时我刚从西北大学作家班毕业，对现代主义非常着迷。那时候很多人都在用现实主义的手法写作，我就故意尝试着写比较现代主义的小说。我那部小说虽然和历史距离很近，但我很清楚，我要表达什么，我要写一部心理性的小说，审视人们内心深处很隐秘的东西。这点我认为我和其他作家还是有区别的。我的小说，不管长篇短篇，不管写什么类型，写人物心理的比较多。因为我一直认为小说是写人物内心的，比如意识流、心理分析、内心独白，这些东西我现在都在尝试着，都很感兴趣。后来到写《村子》的时候，就有意识地用很写实的手法了。

仵：比较现实主义的东西？

冯：对，现实主义的东西。《村子》中也有些象征性的东西，比如我写马秀萍她母亲的鞋，反复地写，写这些象征性的东西，做一些变化，有意识地变化。如果每一篇小说是一样的，特别是短篇小说，或中篇小说，你写成一样，你出版一本中短篇小说集子，别人看见就会觉得都是一样的。

仵：我特别喜欢听作家对作家的评判，你刚才这个看法我就觉得很有意思，说得很好。这种作家对作家的点评，他的眼光和视点很有意思，你会发现他的那种直感非常准确。

冯：对。杨争光写得很好。我读过他好几部中短篇，很好，是一流的。他的作品和政治离得很远，在结构形式和叙事上变化不大。

二、小说的叙事视角、视点转换、主观介入等问题

仵：问一个问题：关于小说创作当中叙事视点的问题。传统现实主义叙事视点，类似《红楼梦》中的全知式的视点，与现代小说中，从一个角度切入这种写法，有何不同？或者说它们的长处和短处各有哪些？再者，你认为自己创作中的叙事视点，一般是怎么设计的？

冯：这是一个大问题，你这个问题提得很好。从叙事角度来讲，全知这个角度是比较好写的，比方说你从他者的角度写我，相对比较困难。如果用第一人称"我"的视角写，比较笨拙的作者，把"我"和他塑造的作品中的人物分不开，容易搅浑在一起。比如我自己在《沉默的季节》里边，是你我他三者综合，一会儿是"你"的角度，一会儿是"我"的角度，一会儿是他的角度，这就看是什么情境，不同的情境下用不同的角度去叙事。因为我是写心理的，用全知的角度写人物心理比较好写，我全知道你的心里是怎么想的。但是用第一人称写他者就不好写了。这一点我还是比较佩服菲茨杰拉德，他在《了不起的盖茨比》中，用第一人称写他者，他叙事是从第一人称开始的。所以说用全知角度写，我想啥就写啥，我写的那个人物咋想的我就咋写，但是由"我"来想"你"是怎么想的，这就有难度，需要作者高度的智慧。《了不起的盖茨比》用第一人称去写盖茨比就写得非常好，活灵活现的，可以说世界名著，这里面是有诀窍的。我也用第二人称写过短篇小说，用"你"写，你是如何如何，用这个视角，也不好把握。"你"或"我"这个角度容易进入人的心里，容易给

人一种身临其境的感觉，读者能感到直接进入这个人物。但这样写，是有危险，有难度的。

仵：能否拿你的长篇来做一个叙事方面的例子？

冯：比如说，我的长篇小说《逃离》，就是多角度、多人称叙述的。每一个出场的人物，都用自己的视点讲述同一件事和不同的感受，一个人一个角度，这很难驾驭。我的长篇《遍地温柔》，三个主要人物没有什么纠葛，他们各自用各自的视角去讲述各自的故事，然后，用内在的关联把三个人扭结在一起。这样写，也是有难度的。我想，所谓的艺术探索，就该是这样。

仵：评论一下你的《非常时期》，就是你前几年写的那个"非典"时期的故事。《非常时期》也是全知视角。

冯：《非常时期》是全知角度，长篇我用全知角度写的比较多。但是在结构上，《非常时期》还是有变化的，不再是一条线的线性结构，而是用"非典"这个事件结构几条线索。《非常时期》的看点在于时间和空间的跳跃、变化。

仵：还有一种方法，常常在现代小说里出现，就是以一个主要人物作为视点进入小说。就这个问题，我向陈忠实请教过他的写作经验，也与高建群探讨过。叙事视点是个很重要的写作技巧，我对这一点非常留心关注，因为这一点和整个小说创作的质量有关，准确地说，和质感有关。一部长篇小说，人物众多，动辄十几人、几十人，人物活动的场景也处在不断变换中，不同场景下有不同的人。假如说这个场景下活动的主体是一个村长，那你就以这个村长的视点为这个章节的叙事视点。这是从柳青的《创业史》以来我所探索的叙事视角转换问题。柳青过去一直在研究这个问题，也终于在《创业史》中获得成功运用。不同场景有不同人物作为视点，但是即使在不断变换的视点下，也有各个不同人物背后的作者的总的思想情感判断。这样两者之间怎么融合？你关注他们这些尝试吗，或者你自己想过没有？

281

冯：我对这个太关注了。马尔克斯的中短篇，非常讲究视点。

件：不断地转换视点？

冯：不断地转换视点。

件：《百年孤独》？

冯：不是《百年孤独》。

件：你所说的是哪些小说？

冯：比如《恶时辰》，一会儿是神父的视角，一会儿是镇长的视角，一会儿是塞萨尔的视角。比如《枯枝败叶》，就三个人物，一个祖父，一个孙子，一个祖父的女儿，这三个人物是分开叙事的。这一段以祖父角度叙事，这一段以女儿视角叙事，这一段以孙子视角叙事，一段段分得非常清楚，这样子比较好弄。但是南美作家科塔萨尔，大叙事家，他有一个短篇小说叫《克拉拉》。作品中克拉拉是个护士，这个小说没有故事，就写这个护士是负责给一个男孩儿做阑尾手术的。一个短篇小说中，他用四五个叙事角度：一个护士克拉拉的角度，一个男孩儿的角度，一个男孩儿他母亲的角度，还有另外一个医生的角度。他在这个短篇中不分段，比如说开水很烫，这是一个角度；然后第二句话就说茶水很好喝，他喝了几口，这是另一个角度；下面几句就是说他把茶杯放下了，然后你说你把茶叶换一下，茶叶没味儿了，这是第三个人的角度。三四个人的叙事都在一块粘连着呢，这需要高度的构架。二十多年前，我在《沉默的季节》里，多角度叙述，运用得也很多。我用一个我的短篇小说举例来说。《去年今日》这个短篇你可能没注意，在结构上，是有高度的技巧的，去年今日和今年今日，其实就是写了两个今日。我受到摄影作品的启发。当时拿到一些照片，其中一张就是教授现在的照片，但是左边的角上贴了个不同颜色的照片，是几年前的，等于把两张照片弄到一张照片上。当时对我启示很大，就是把不同时间放到一个空间，那之后我就把这个用到小说里边，尝试把去年今日和今年今日粘在一起，这一段是去年今日叙事，紧接着是今年今日叙事。比如说写这个主人公今年今日牵着一只羊走在路上，然后女主人跟羊说："你快点走……"这部分已经成了去年今日，羊在这儿吃草又成了今年今日。在这里我把叙事视角不断变换，把去年今日和今年今日放在一块叙事，这需要高超的技巧。

仵：有一次我跟陈老师（陈忠实）说起这个话题，对这个问题我有非常浓厚的兴趣。因为从不同人物的视角进入叙事，显示着叙事的客观有效性，自然真切，读者很容易进入每一个人物的内心，感受并触摸到人物的情感温度，就是现代叙事的客观化。同时，在这种客观化呈现之中，还有作家本人的主观化介入，作品也显示着作者对人生世相的价值评判，这种价值判断却是寄生在人物的客观化呈现中，但他是通过对人物的尊重而介入的。所谓对人物的尊重是指尊重不同人物对社会世相的理解，甚至是与作家观念相对立的思想，这样，小说世界才丰盈饱满。叙事的奥妙和高超的技巧就是这样生成的。所以，叙事切入点非常重要，一般写作者不大容易解决。我参加过许多作家的作品研讨会，好多人就把这一块没有解决好，或者他就根本不清楚。

冯：他们确实不懂，这方面我做过好多试验。

仵：一般来说，小说中有作家意识构成的叙事，有些时候，人物的活动与作家的意识指向相融合，也有对立面人物构成的对比性色调。柳青做了个精彩的呈现。《创业史》中，郭世富盖房子上梁，村子里许多人跑去看，梁三老汉也去了，他"把自己穿旧棉衣的身体，无声无息地插进他们里头……在大伙中间，仰起戴破毡帽的头看着"。然后他看见了姚世杰，"他的一双狡猾的眼睛，总是嘲笑地瞟着看景的人。他那神气好像说：'你们眼馋吗？看看算喽！甭看共产党叫你们翻身呢，你们盖得起房吗？'"这是作者从梁三老汉的眼里看出的姚士杰的潜台词，而梁三心里的猜度，又是作家叙述出来的。作家随之写道："梁三老汉从姚士杰的脸上看得出：富农是这个意思。准是这个意思！一点不错！"这是以梁三老汉的视角看富裕人家盖房上梁的整个场景，包括每一个人的形貌心理。这有一个好处，读者感觉像是亲历现场，和人物之间的气息通透，仿若看到了人物各种复杂的眉眼表情。

冯：在叙事学上，这就是对象化叙事。人物对象化，完全是人物自己的视角自己的感觉，对象化叙述就是有这种好处。不是作者站在这里纯粹地讲故事。这是现代小说家必须重视的问题。我刚才说，马尔克斯和科塔萨尔等欧洲拉美这些作家，很讲究叙事，对象化叙事运用得很娴熟。对象化叙述不是作者站在这里去说，而是人物自己在讲故事，后者与前者关键的区别就是人物自己在感觉，在体验，不是作者站出来用第三者、他者的身份在讲故事。比如说我的《去年今日》完全是女主人公在叙事。我最近写了个小说叫《女警官叙事》，写监狱的女警官和女犯人的故事。我没有用作者的角度，完全用女警官的视角，讲她眼中的女犯人是怎么回事。如果用我的角度，那就不太真实，其实我是在用女警官的视角讲故事。叙事角度、切入点，这很重要。当前年轻的作家，有些都不知道这些东西，没入门。

仵：这种不研究叙事不懂叙事的作者真是不少，有时看一些作者的作品，会觉得这些作者的小说根本没达及格线，不懂小说。

冯：国外的作家对这个叙述的角度特别讲究，不断地变换叙述角度，你比如说马尔克斯的中篇《恶时辰》，也是多角度。马尔克斯很多小说都是多角度，都是以人物自己的眼光在这里看问题，不是以马尔克斯这个作者的眼光看。我在小说里也是不断地变换叙述角度，不是用我这个作家的角度去叙事，而是以人物自己的角度去叙事。我在90年代有个大困惑，关于时间空间问题，困惑了我好长时间。小说里面最难处理的就是时间空间问题，我的小说进行时都很短，有些是早上开始，晚上就结束了。特别是中短篇小说，进行时越短，故事越紧凑。我看过的几本翻译小说，你比如说，海明威的《丧钟为谁而鸣》，作品的进行时也就是四五天；你比如说福克纳的《我弥留之际》，就是母亲临死前几个儿子把她抬到老家去，这个过程非常长，而作品的进行时非常短，只有三四天。我的《逃离》里的进行时只有四五天，写了几十年的时间，把几十年的人物命运压缩到四五天完成。把过去发生的故事掺杂在当下的时间里，这是非常不容易的，要呕心沥血，要处理好，就像马尔克斯所说的，要"煎熬"，要不断地探索，自己给自己出难题，然后，想办法解决。

仵：《逃离》一打开，特别吸引人，现代感很强。

冯：在《逃离》中，不同的人物有不同切入点。

仵：这一下子就能解决一个问题，从原来以上帝的视角看，到以不同人物的视角看。这样，读者透过人物的视角看到的事物，就很透亮，和场景人物之间不隔。阅读起来就不会感觉到模棱混沌，不会感觉到没有来由。从人物出发，看他所感知的事物。从这点看，你整个小说的创作，不仅在思想意蕴上，而且在小说的叙事技巧上，是很有想法和追求的。

冯：那是下了大功夫的，难弄得很。今天的访谈，从你的角度说一遍，再从我的角度说一遍，同时说一件事情，两个人角度不一样，难度非常大。在这方面，我在不断追求和探索。

仵：不同人的不同视角，对作家是一个巨大挑战。举例来说，你要写一个疯疯癫癫的人，你要进入疯子的视角，你不是写我的感觉咋样，你是个正常人。疯子人家是怎么看的？要感觉他。作者是一个很正经的女子，你要写一个很不正经的女人所看出来的这个世界，而且以她的理解来理解这个世界，这对于作家来说是很大的考验，是挑战，你就必须对不同人能够熟悉，对整个世界理解。

冯：比如说我在《逃离》里面，一会儿用南兰的目光去写牛天星，一会儿用牛天星姑姑的女性视角写牛天星，一会儿用牛天星的视角写南兰，一会儿用那个十八九岁风情万种的南兰的视角写山里的其他人，这个难度是很大的，如果你用全知角度写的话，有些毛病就可以遮掩过去。这样写，你没有办法遮掩。我写小说可以很自豪地说是经过了熬煎，下了功夫的，不是轻易把素材拿到手就写。这对自己的体验、对自己的艺术修养、对自己的毅力，各方面都是很大的挑战。

仵：我曾打算专门选择几个作家，研究他们作品中的叙事手法，以及他们在叙事上所做出的探索。

冯：一本文学本体论的书。啥叫文学本体？文学本体就包括叙述、语言、结构、切入点、时间、空间，这都属于文学本体方面。当下的文学评论经常关注小说反映了啥，写了啥，对文学本体关注得少。西方作家特别关注文学本体，文学本体就是怎么样写。怎么样写和写什么一样重要。

仵：我们在这方面确实重视不够。

冯：大作家都关注文学本体。沈从文就是沈从文的文体，你一看就和别人不一样。张爱玲就是张爱玲的，鲁迅就是鲁迅的，他们有属于自己的文体。当下的一些70后、80后不注重文体，作品的面目都差不多，包括叙述的口味、语气几乎是一样的。

仵：他们在这一方面就没有好好思考，不想。

冯：一个好作家要主动把自己和别人区别开来，要在文学本体上下功夫。我的小说，就是我的，不是别人的。

仵：看得多了你就会发现，不同的叙述会产生多么不同的效果，太不一样了。比如帕慕克的《我的名字叫红》，尽管是翻译作品，写得太好了，跟我以前读到的国内小说很不一样。关于现代小说，这一点你谈得很好，对我也很有启示。现代小说是啥，是给予人的，让我感觉就是它必须深入人物的内心。通过阅读小说，我见识了不同类型不同状貌的人物内心，见识到他们对这个世界的感知。这样，小说提供给读者多种人生参照，它使我们更加明白他人是什么。小说家试图不断地更深地进入人物灵魂深处，去察看这个世界。所以说，现代小说在这一点上走得很深，走得很远。这与传统小说非常不同。比如《水浒传》《三国演义》，都好着呢，是经典，但是你看这些小说和看现代小说的感觉不一样，你往往感觉到与小说人物心理的隔膜，你不能很清楚他的那种冲动的动机，不太了解。好比说李逵，一有不平，拿起板斧就抡将起来，是那种粗豪之人。施耐庵写人物，已经是最为出色的了，却并未进入人物丰盈的内心世界。写人物种种曲折复杂的内心活动，并成为作家的自意识，我觉得这和人类的生产方式的改变有关，和城市化工业化有关。现代人的内心愈来愈丰富。小说和人的这个现实境遇相关。

冯：我的现实主义也是经过不断演变的。过去讲现实主义是再现的，现在讲现实主义是表现的。表现和再现是不一样的。中国传统的现实主义，表现手法非常单一，一个就是通过对话写人物性格，通过人物肖像写人物性格，通过动作写人物性格，通过所谓的心理描写写人物性格，中国传统的写法就这么简单。从陀思妥耶夫斯基开始，就写人的内心独白、人物心理分析，后来的乔伊斯、福克纳、卡尔维诺等人把这些运用得非常娴熟，他们直接进入人物内心，把人物内心剖析得一览无余。你比如说《罪与罚》，我看过至少五遍，拉斯科尔尼科夫，把那老太太和她的妹妹砍死之后，有非常复杂的心理活动，又恐惧又有罪恶感，写得太细致了，作者简直就钻到人物心里去了。

三、人性、欲望与"晚期风格"

仵：你对人本身的发展、人的历史的发展有什么样的体验和思考？

冯：我很坦诚地说，我对人这个东西是绝望的。我对人本身没有信心，人是语言存在，我的小说里面也多次强调这个东西，语言这东西具有很大的欺骗性。再则，人是个欲望性的东西，有欲望存在就有残酷的竞争。竞争的过程也是展示人性的过程。展示人性之美，也展示着人性的丑陋和残忍。人太残酷了。我对人本身不抱希望。我的人生观和卡夫卡、加缪等人是一致的。你看加缪的小说《局外人》，他母亲死了，他该干啥还是干啥，和情人约会。加缪对人是很绝望的，卡夫卡也是。卡夫卡让人一觉睡醒就变为甲虫了。他对人不抱希望。人还有个毛病就是心里想的和嘴里说的不一样。再一个，人的欲望是无法满足的。我在小说里面也写了很多人性的弱点，我对人是绝望的。所以，我很能理解人。人这个东西本来就是这样。

仵：人类那些圣贤大哲，很多跟你一样，都是看不到人的未来和希望。鲁迅也是如此，他要"用这希望的盾，抗拒那空虚中的暗夜的袭来，虽然盾后面也依然是空虚中的暗夜"。"绝望之为虚妄，正与希望相同。"他硬要在虚妄中为自己找希望。仿若西西弗斯，不断地推石头上山，滚落下来再推上去，不断做这种徒劳的努力。

冯：但是绝望不等于你不奋斗，不生存，正因为绝望着，所以你才不断地奋斗。我认为，生命的质量和生命的长度是两回事，所以还是要不停地奋斗。我身体非常不好，但还是不停地写作，万一哪天动不了了，也不遗憾，因为奋斗过。你不奋斗，也是死，奋斗了，也是死，我觉得就是这样。

仵：面对死亡，无人能够逃避。从人类整体看，生生不已，绵延不断。从个体角度看，活着的人，你的前面就是一堆黄土，一把骨灰。所以活着就是"向死而生"，如海德格尔所言。

冯：人本身就是一种悲剧，人本身就是痛苦的。从你落生的那一刻起就在走向死亡，所以我对物质的东西看得很淡，生不带来死不带去，只是一个过程，所以我很不理解那些贪官，贪那么多，毫无意义。《逃离》里边写牛天星教授绝望了，领着一个画画的女孩到山里去。这女孩是个晚辈，年龄比他小得多。他去了之后就想坚守自己，寻找清净。他开始就想不和女孩发生性关系，保持一份纯洁，结果进了山以后，发现山里也不是清净的，也安静不下来，最后就和这个女孩同居了。这个环境啊，你逃到哪里去，都逃不出自己的欲望。最后这个女孩怀孕了，在女孩儿临产的前夜，山里人把女孩儿抬到了县医院，结果因为救治不及时，女孩就死了，牛天星就站在医院的五楼用拳头把自己的眼睛打瞎了，他绝望了，他不愿意面对这个世界。

仵：没见到对《逃离》这部作品好的研究文章，没人去认真解读这个长篇。应细细体察作者对牛天星这个人物的设置。你借牛天星表达了自己对这个世界的认知和情绪。

冯：我不张扬，这和我的艺术态度有关系，我不想那样做，不是媒体和评论界不宣传，我自己不想那样做，所以我没有往这方面努力。一个作家，只能面对两种东西，一个是时间的考验，一个是读者的考验，不是奖牌的考验。过了几十年，还有人读我，研究我，我觉得就是成功的。我写小说，就是想着怎么把这个小说写好。

仵：作为艺术，面临时间淘汰的残酷法则，作家要想到自己的作品五十年后还会不会有人看。曾经红极一时的作家，人们很快把他忘记了。20世纪五六十年代的人，都经历过看到过，有些东西就是那样，瞬间就被历史遗忘掉了。历史的选择，往往是一个更大更广的尺度，以五十年、一百年来衡量。

冯：《文艺研究》杂志的主编方宁跟我说过，你不红火无非两种原因：一种是你没有写好，大家不接受；一种是你写得太超前，大家没有意识到你的作品的意义，对你的作品缺少认知。所以你把你自己掂量一下，是你写得太超前，大家跟不上，还是你写得不好，大家不认可。方宁先生这样跟我说，你把作品写好就行了，评价是读者和评论家的事情。每年的初一到初七，我和陈忠实老师在办公室，每次长假、周末，我俩也如此。早上互不干扰，下午就一块聊天。陈老师在世时跟我说了很多话，有一句话说："有些话装在心里是永远不能说的。"他对陕西的每个作家都有自己的看法，但是不说。陈老师说："如果我不写《白鹿原》，谁知道我陈忠实是干啥的？因为有了《白鹿原》，才有了陈忠实，不是有了陈忠实才有了《白鹿原》。"陈老师说得很实在，言语朴素，对我启发很大。只要你写出好作品，不怕不被人知。

仵：人有时也有机运，机运就是在你创作的某部作品，恰遇一个时代性选择。这很有意思。举例来说，陈忠实在1992年初，《白鹿原》写完后，恰遇邓小平的南方谈话，社会的转型和宽松的环境，给他提供了出版这部作品并赢得社会赞誉的机会。当然，他的这部作品的酝酿和写作，是在整个80年代的启蒙氛围下孕育成形的，在1992年这个节点拿出来了，前一点后一点都难说。

冯：机遇的契合恰到好处，也许，这就叫命运。

仵：我也想这问题，节点好得很，把人家成就了。运气好，当然东西也要好。比如说余秋雨，他在上海戏剧学院待了几十年，当院长也好久，写了不少戏剧理论方面的著作，《戏剧理论史稿》还获得国家级大奖，但少有人知。1992年出版了散文集《文化苦旅》后，一举成名。当时他写完后还没地方出，后来是巴金的女儿帮忙找人出了书。书刚出来时，我买了一本，读了，确实耳目一新。不管怎么说，在1990年代初，用这样的笔法来观照中国的历史文化，好像之前还没有。余的文笔优美，形象生动，有历史感，又有理论高度。这个时候，时代对历史文化急切呼唤。从90年代之后你发现没有，中国人爱读历史了。节点好得很！就一本书，奠定了余秋雨的文化位置，将他从一个戏剧研究者，推为公众人物。

冯：不少作者都模仿余秋雨写文化散文。

仵：后来有的人还写得非常好，但总归是余秋雨开创这条路的。

冯：就家族小说，写了那么多，最好的只能是《白鹿原》。

仵：要说写得好啊，张浩文的《绝秦书》就蛮出色，也是走民国时期家族小说这个路径，但有《白鹿原》的光耀在，这个东西就被淹没遮蔽了。

冯：小说就是发现生活，别人已经发现了，你没有发现，这就是差别。

仵：一个是发现，一个是结构形式，人家都已经放在那里了，就没办法了。

冯：我现在认为路遥写得最好的小说就是《人生》，当路遥把《人生》写完之后，咱就恍然大悟，咱也能这样写，但咱没写，人家就把这写出来了。

仵：其实你的小说《逃离》里面，有一个东西，用我的眼光来看，特别吸引人。这就是"晚期风格"构成的那些要素。我不知道前边你准备了多久，《逃离》自觉不自觉地选择了这个人类境遇中的普遍性困境作为主题。这种创作意向，在我的视野里，几乎是所有大家思虑和抒写的对象。我看到了一批"晚期风格"的东西。举例来说，歌德的《浮士德》，仔细想想这部诗剧写了什么？浮士德老博士在中世纪的书斋里待得烦闷，于是在复活节那天，和弟子瓦格纳出外郊游，置身民众中，领受他们的敬仰。在那里遇到一条黑狗，这黑狗原来是魔鬼靡非斯特变的。他在天上和上帝打过赌，要把浮士德诱入魔道。跟浮士德一起回到书斋以后，靡非斯特显出人形，和浮士德定下契约：甘做他的仆人，满足他的一切要求，但是只要浮士德表示满足不想再追求了，那奴役便被解除，浮士德的灵魂将反为恶魔所有。交换成功，浮士德首先的追寻就是青春，恢复青春后，就开始与甘泪卿谈恋爱，这样，就开始了浮士德后来的一系列追求，爱的追求、政治追求、美的追求、理想的追求等。

我说的"晚期风格"，有一种普遍性的东西藏于其中，就是人到晚年，面对青春活力的失去，有一种绝望性困境，艺术家就表现人在这种困境下的心理情绪及精神状貌。不仅作家，一批知名电影导演，其晚年作品都涉及了这一主题。也由之出现了一系列极有影响力的作品，如美国导演库布里克的《洛丽塔》、法国导演路易·马勒的《雏妓》、法国导演让-克洛德·布里索的《白色婚礼》、韩国导演金基德的《弓》等电影。萨义德还写有一本书，叫《论晚期风格》。人的这个晚境是你所无法逃避的，是你个人生命体验的真命题，所以你要"逃离"，题目抓得太好了。

冯：说老实话，我还没想到这一点，很有启示。我虽然进入老境，但我还没想到"老年"这两个字。原来是这样。

仵：这个"晚期风格"中，包括莎士比亚的晚期创作，其中涉及的问题，和年轻时候大不一样。晚年的莎士比亚写了《配力克里斯》《冬天的故事》《暴风雨》等。作品具有了传奇色彩，超自然的力量在矛盾的解决中起重大作用，神话和幻想等，成为剧中常用之手法。这显然和他悲剧时期的风格大相径庭。歌德年轻时候写爱恋，写《少年维特之烦恼》；他八十三岁去世，在去世前不久，完成了他的《浮士德》第二部。《浮士德》第二部尤其突出地表现了歌德晚年思想上和艺术上的新发展。没有晚年的创作，歌德就不是我们今天看到的歌德。上天给一个人长久的生命时，也将一些机遇藏在其中，我们要把它想清想透。

冯：我初次读《浮士德》是80年代，这次我要把《浮士德》好好再读一遍。

仵：歌德八十岁还在写《浮士德》，他一生的体验感知，对笔下人物的命运把握和赋予人物的人生意蕴就不一样了。

冯：邵燕祥老先生最近给我寄了一本书：《我死过，我幸存，我作证》。这个书里面就写1951—1958年他个人经历的一些事情，主要内容就是忏悔。我觉得人到老年确实要有一种忏悔意识，要勇于面对自己。

仵：说到这儿，我忍不住插进一个话题。我觉得有些作者，特别是一些年轻作家，压根儿就没有面向自我的反省意识，更别说忏悔。他往往一拿起笔来，就给自己身上裹上一层套子，回避自己内心的真实体验和表达。这种作品缺的就是起码的真诚。没有真诚，哪有作家？敢于直面自己内心，敢于揭示人性最深处的幽深隐微，敢于在自己不忍直视的地方下笔，这种作家才是有希望的作家。有些作家，写到自己内心隐微处就跳开了，这如何能触及人心？作家就是要借人物表达出自己内心体验中的最深刻的痛点耻点，这痛点耻点深藏于心，羞于示人。具有天赋直觉的好作家，他的笔会不加掩饰、毫不犹豫地坚定地直书下去，这样的作家肯定厉害。

冯：你看鲁迅写的《狂人日记》，不只是写这个吃人的社会，他觉得自己也是个吃人者。鲁迅对自己的那种剖析，那种忏悔意识，是好多同时代作家没有的。这是作家的修养问题。一个大作家，自己内心的修养问题也是很重要的，你自己的修养达不到那个高度，作品也到达不了那个高度。我总觉得陈老师能写出《白鹿原》，就是他个人修养也达到了，个人的人格品性到了一定的境界。

仵：所以他才能写出白嘉轩这样的人，一个乡村绅士，一个儒家文化的践行者。陈忠实在晚年是一个对自己很有要求的人，有刚正的原则，就是要做一个正大的君子。他身上确实有了白嘉轩这个人物身上呈现出的傲岸峥嵘的品格。到最后，他整个儿人都立起来了。白嘉轩的威严是建立在他践行儒家思想的基础上的，陈忠实也如此，行为方正，腰杆峭立，为人作文，道德文章都成了。

冯：我觉得好作家一辈子都在写自己，只有不好的作家一辈子在写别人。

仵：刚才我说的那个《洛丽塔》，小说改成电影，讲的都是人晚年的精神困境问题。晚年一个人的精神、欲望和他的追求，就是人性的悲剧底色。从这个点出发来写，就通向了对人精神的绝望性症状的认知。

冯：纳博科夫早期写了不少现代主义的作品，如《微暗的火》《斩首之邀》，不是很好读。五十五岁以后，拿出来了《洛丽塔》。这部经典之作，是一部赎罪的记录，但已超越了赎罪，写出了人性深处的东西。

仵：大作家在关键处都敢下笔，其实作家面对自己内心的时候，要敢撕开。有人精神极度怯懦，不敢面对。因之，我常用"勇敢"二字，表达作家写作时的内心勇气。

冯：我觉得我勇气越来越小了，我写《沉默的季节》坦诚得很，写出了人性的扭曲，亮出了人的内心世界。后来，越写离自己越远了。

原载《文艺论坛》2019年第5期，原题为《小说的边界》

（记录整理：任烜昕）

一个作家的光荣梦想

——红柯印象、创作及其意义

我到世间是做什么来了？

如果此问题摆在红柯面前，我能想象出他的回答。翻开他的自述，你会看到一个为文学而疯狂的痴迷者形象。说起自己大学四年的读书生涯，他豪情万丈："那是我的青春疯狂期，疯狂地读书，常常读通宵，一个人在教室里开长明灯，一夜一部长篇，黎明时回宿舍眯一会儿，跟贼似的轻手轻脚，但钥匙开门声还是惊醒有失眠症的舍友。几乎没有午睡。"真是癫狂！一个人为了某种热爱的事业，竟至于此！你能想象这种疯狂和迷醉到了何种程度，他甚至超越了人世间所有能带给一个人的快乐体验。比如，抽烟喝酒、搓麻打牌、吃喝玩乐，这等事，他断然不会沉溺其中，甚至连一点应酬的兴趣都没有。他要将自己旺盛的精力和时间，全部投射到读书写作这一件事上。我们俩曾探讨过关于作品中气韵涌动这个问题，他说一个人在别的地方泄了气，作品就会干瘪，气韵就难以充盈饱满！他攒着自己的能量，要十二分地用到写作上。这样的人，你怎么说他好呢？我想，这大约就是命意，一种上天赋予的禀赋，他就是为写作到这个世界上来的！这不仅是一个人有了对天地万物的知解力，更要命的是，他有了任何东西都无法使其中断的持久不衰的磅礴热情。

生活里的红柯，可能"低能"，不大会应酬，不大会逢迎，不大会说那些讨人喜欢的话，不大会打理社会人际关系和各种俗务。他遇见一些琐碎私事，常打电话来问我怎么办，让我帮忙出主意。我本和他差不多，也不知出的主意是否恰当奏效。红柯就这样，一门心思扑在写作上，这就是他的天命吧，生命与创作合二为一，通过创作，彰显生命意义。

红柯为文学而癫狂，延续到他的整个生涯。1985年他大学毕业留校于宝鸡师范学院，翌年秋，去了新疆伊犁哈萨克自治州，到一所技工学校任教，一待十年。1995年冬，他从伊犁再回宝鸡师院。但从此，他的创作与大漠天山结下了不解之缘。这一偶然的人生机缘，仿佛前世锁定。这儿的山水和这儿的习俗，这块土地上呈现出的异样的民族风情，如此契合了他的心境，当然，更造就了他的创作风格。小说尽管描写的是一个客观化世界，但说到底，这个所谓的客观化，是创作主体眼中的客观化，从一定意义而言，作品是作家心造的一个世界。红柯的创作，尤其如此。

2004年，红柯调入陕西师大。真正跟红柯熟识，也就是这个时候，我们见面机会多起来。他很信任我，也会说说自己的一些苦恼。人的自尊，常常藏在苦痛里，不便告白，能向朋友诉说，有一份信赖在其中。但大多时候，我们的话题是文学。我喜欢听他聊文学名著，他的解读视角总是很独特，故而印象深刻。他特别喜欢《史记》，喜欢《红楼梦》，他说曹雪芹的作品里有宇宙意识，他写人间，这个人间不是简单的日常生活，这些少男少女们，与天地万物、众多神灵相勾连。太虚幻境与大观园相映对，上天入地，贯通了天、地、人的意识，他认为这是真正的中国小说精神。聊起莫泊桑的《项链》，他对小说女主人公玛蒂尔德充满理解和同情，极不赞成教科书中的那种所谓的主题判定——揭示了小资产阶级妇女的虚荣，为了出席一次晚会而丢失借来的项链，从而以一生的辛劳作为代价去偿还。他说，女人爱美，人之天性。一个小职员的妻子戴首饰去跳舞很正常，穷人美一下就付出如此大的代价，但这样的灾难，玛蒂尔德有勇气默默承担，好多男人也不容易做到。我觉得他的解读的确视角独异，于是留下强烈印象。2016年年底，我还专门邀请他到西安音乐学院搞了一次文学讲座，将他的精彩与音乐学院的同人们分享。人与人相交，一定暗藏着心的契合，暗藏着彼此的肯定与接纳。

与红柯聊天的话题，还常常涉及他的新疆之行。提起这些往事，他就来了劲，浑身激荡起不可遏制的激情。我深深感到，天山北麓的那些哈萨克族、维吾尔族、蒙古族人一定唤起了红柯身上某种沉睡的气息，那种狂野和率真，那种彪悍和冒险，那种被文明抑制了的粗犷豪放，从他的心底被唤醒。他感到了某种极致的欢畅。是的，欢畅！这种感受，红柯多次说起。在随笔《从黄土地走向马背》中，他说："文学是一种生殖器，人与大地产生血缘关系才能获得一种力量。"我想，他一定有过心灵的对撞和历险，有过独特的个我心路历程。他所沐浴浸染的这种异族文化面貌，使他获得了精神上的一次洗礼与解放。要知道，红柯生长的母地是陕西岐山，这是周公制礼之地。在这样的儒教文化圈长大，却行居于完全异样的文化背景下，能想见其惊诧的神情。红柯善于讲故事，说起那个遥远而又广袤的边陲，说起当地的风俗人情，以及那些哈萨克族、维吾尔族同事的趣事，红柯眉飞色舞。有一次，他的房门钥匙忘在房间了，人却出去带上了门，只好求邻居——一个哈萨克族同事帮忙。这位哈萨克小伙子从自己房间的窗户翻到红柯的房间，在桌子上拿到钥匙，然后又从窗户翻回来，将钥匙交给红柯。红柯很疑惑地问他：既然你翻到了我的房间，为什么还要从窗里翻出来？哈萨克小伙子疑惑了一阵：不从窗户出来从哪儿出来呀？红柯说：直接打开我的房门不就得了。小伙子想了想，瞪大眼睛吃惊地说：你们汉人真狡猾！红柯讲着笑着，十分开心。由于对大漠西域的喜爱，对哈萨克族、维吾尔族、锡伯族、蒙古族等的兴趣，他收集了大量散落民间的少数民族歌谣、史诗、童话、音乐、传说、舞蹈等，有文字，有图片，有录音。他曾不无自豪地向我炫耀他的珍藏之宝，说：你们音乐学院，若有人想研究西域音乐舞蹈，第一手材料在我这儿呢！

我最早读红柯的作品，是他早期的成名作《西去的骑手》，作品中那个十七岁的尕司令马仲英，身上有一种令人战栗的彪悍力量，他带领的骑兵马队，如从天而降的神兵，洪流一般席卷而来。大漠的苍茫、骑兵的狂野、西天的血色晚霞和拔地而起的飙风，这就是我当时的阅读感受，极为壮美，极为粗犷，极为蛮野！这正是红柯小说风格形成的标识，是他小说世界的审美调质。一部好作品，就是一种召唤，唤起读者内心沉睡的某种意识。红柯唤醒了我们内心被长期压抑的本能欲望，他作品构成的那种蛮荒的野性力量，让我们感到了几千年儒教文明下被碾压被抑制的灵魂。任一文化，必成范式，这一范式的长期运行，既是一种文化的秩序安排，又势必沿袭成为图圄。一种文明形态，即使在其发生期曾经充满活力和生机，但其长久的演变发展，也会固化为禁锢人们精神思想的无形力量。

　　法国启蒙主义时期的领袖狄德罗、卢梭等，他们高举的旗帜，恰是"回到自然"，"回到原始生活"，认为需要蛮野和粗犷，来对抗改造以路易十四的宫廷生活为标志的那种"文明""文雅"。狄德罗说："在魄力旺盛方面，野蛮人比文明人强，希伯来人比希腊人强，希腊人比罗马人强……"启蒙主义的领袖们要反对的正是17世纪以来的法国古典主义所代表的宫廷矫揉造作的所谓文明。上述之意，正可应对红柯创作所面对的两种不同调质的价值形态，红柯的价值意义盖出于此！他曾说："我的一半同事是哈萨克族、维吾尔族和蒙古族人。每年下去招生，可以去伊犁、塔城、阿尔泰。边远的山区牧场，从来没有走出大山的牧民，没有我们'文明人'所想象的烦恼和自卑，那种睿智而沉静的眼神所显示的高贵，粉碎了一切文明社会和大都市的'杞人忧天'。中华文明中中原文化仅仅是一部分，还有辽阔的为人所忽视的部分。"由此可见，红柯是清晰地意识到了自己创作的价值向度的。

　　后来，红柯将他的目光转向了母地，写出了长篇《凤鸣岐山》。但红柯的审美判断没有变，依然坚守自己的批判性原则，用原欲对抗那些"文明"，对抗那些对人性构成压抑的规范伦理。他要毁坏那种捆缚人的锁链，要谋取人的精神解放。他总是能敏锐地触及这种秩序压抑下呻吟的灵魂，他要替沉潜地下被压在黑暗王国的幽灵陈冤。这个暗黑王国，就是人性与原欲，它被作为黑暗恶魔的象征，被铅封在瓶子里沉入海底。红柯看到了这一点，看到了生命诗意的沉寂，他奋力呼喊，要将这种蛮野之活力释放出来。

红柯不侈谈思想，只说感受，但是他强大深沉的感受力中，就包孕强烈的激情与深沉的忧思。他的小说，少见无物的故事敷衍。比如，他对文化中弥漫的特权意识极为痛恨，他说："日本明治维新时期的教育家福泽谕吉一改传统的学而优则仕，告诫日本人：一个人人想做官的民族是没有希望的。"因之，他对帝王争霸而给百姓带来灾难，充满清醒的尖锐批判。我就极为喜欢他的《天下无事》，敬佩他解构历史的智慧。我在一篇文章中这样评述："同样的三国故事，同样的刘禅，在作者笔下，刘禅眼里是'天下无事'。你要天下我给你，不就无事了吗？为什么一定要打打杀杀呢？从现代人的眼里，我们重新认识了这段历史，重新认识了刘禅，觉得他实在是荒唐里带着可爱，也实在是谬误里含着真知。可惜天下充满了太多欲霸天下的人，这样只有杀得血流成河了。"那些如河之血往往被忽略，因为他们太渺小，太微弱，而成为残酷的代价。红柯却恰恰站在这一面看取历史。什么是现代性？这就是。

2018年2月24日，红柯竟然离我们而去！这年，他仅仅五十六岁。听到消息，我不敢相信自己的耳朵。

2月26日，是红柯的追悼会，来了许多人，大家神情凝重，透露出惋惜与悲哀。送别红柯归来，我与杨乐生、马玉琛诸友同车，杨乐生仔细算了算，说红柯自开始创作至今，大约平均每两年一本书，实在是高产！他的骤然离世是不是和他的疯狂写作有关，我说不明白，但隐隐约约总觉得其中有着某种牵连。

此前，文坛同道纷纷预言，说陕西下一个获茅奖的，非红柯莫属了。此种猜想，有力的依据是，他凭借《西去的骑手》和《乌尔禾》，已经连续在第六届、第七届茅奖的评选中入围终评名单。茅奖的桂冠，离他只有一步之遥。作为60后作家，他成为衔接陕西文学荣光的一个可期待的明星。然而，如此英才，竟遭天妒！在对红柯深情的回望里，我只有一声深长的叹息了。

选自《文谈·笔录春秋》，西安出版社，2019年

戏剧创作的四层境界

冯友兰先生论人生境界,划为四等,依次为自然境界、功利境界、道德境界、天地境界。①四大境界,逐次渐高。戏剧创作,细分起来,亦可有这样一个逐次渐高的评价尺度。我也且以四大境界述之。当然,也有天才作家如曹禺者,一出手便不凡,一步登了顶。既为天才,当为特例,非寻常辈所能企及。但细加区分,亦有其一出手所达至的界标,只是一步跃过了两级台阶而已。

哲学与戏剧,属不同门类。同者,盖因为戏剧里总是蕴含哲思,而思之深与浅,常常决定了作品境界之高下,故而忽略不得。以此观之,境界之说,与剧作之品格质地,有着深刻的内在关联。当然,戏剧创作,自有其规律在,戏剧绝非仅仅是思想或哲理的展示台,不然,它就不成为戏剧了。

一

戏剧创作的第一境界,是其入门门槛。既为门槛,当有可以度量的条件。对于一个剧作者而言,这就是戏剧故事的编织能力。舞台艺术,时空

---

① 冯友兰:《中国哲学简史》,赵复三译,生活·读书·新知三联书店,2009年,第373页。冯先生说:"尽管人和人之间有种种差别,我们仍可以把各种生命活动范围归结为四等。由最低的说起,这四等是:一本天然的'自然境界',讲求实际利害的'功利境界','正其义,不谋其利'的'道德境界',超越世俗、自同于大全的'天地境界'。"

上有着严格限制,亚里士多德将其定义为"对于一个严肃、完整、有一定长度的行动的摹仿"①。这个长度,三两小时而已,古希腊时期的戏剧长度只能比现在更短。戏剧表演空间也只限制在舞台上,再大也大不到哪儿去。在有限的空间里,上演人生故事或历史大戏。在这样苛刻的时空限制下,紧凑曲折、生动感人的故事,自然成为戏剧的第一要素。法国新古典主义戏剧创作,布瓦罗被认为是"立法者和发言人",他将"三一律"奉为原则,在其《论诗艺》里,"要求按艺术去安排情节,要求舞台上表演的自始至终,只有一件事在一地一日里完成"②。这三个一,都是从故事要素出发而言的。所以,我们将故事看作戏剧之所以为戏剧的核心要素。正因为有上述时空限制,罗织一出好戏,故事的跌宕起伏、引人入胜,情节的入情入理、合于情境,就成为戏剧创作的第一道大关。故而,我们也将之作为戏剧创作的入门标志。

对于大多剧作者而言,要迈入第一道门槛,须苦苦磨砺若干年。这是因为,故事的编织,绝非异想天开,生编乱造。它既要剧作者对生活有深刻领悟,生动地演绎人间世态百相,又要遵循生活的内在逻辑,符合剧情的情境规定性,还要作者具有艺术化创造的能力,围绕一个核心事件,展开故事冲突,通过细密的针脚,编织出事件的起因、发展及高潮和结尾。人物之间,因其动机不同而相互激荡,构成行为。剧中人怎样说话,怎样行动,没有让人一眼看去的漏洞破绽。此状态,算是对戏剧故事编织的基本要求。建立此标准,就是想厘清不同创作层次面临的不同问题。

戏剧行当里,大家的口头禅:戏剧嘛,首先得有个好故事。当然,就戏剧本身而言,故事结构、戏剧语言、人物刻画、思想内涵,往往四位一体,难以分割。但是,在习作者那里,却只能一步一步要求,先牵一发,然后触动全身。若一上来就是艺术巨匠的标准,那就无处下手、无从言说了。戏剧故事里,人物活动处在一定的框架内,作者为人物设定了一个特

---

① 亚里士多德:《诗学》,陈忠梅译注,商务印书馆,1996年,第63页。
② 朱光潜:《西方美学史》,人民文学出版社,1982年,第193页。

有的活动环境，人物按照自由意志行动且让人没有突兀之感，故事是流畅而生动的。不可拿出距离作者的创作实际太远的目标做要求，使他可望而不可即。庄周言：你可以为河伯说洋，但不可为井蛙语海。河伯的想象力可以达至洋之大，而井蛙的想象力却无法达至这个境界。既然如此，何不为井蛙说河，为河伯说海？①

陕西西路秦腔《法门寺》（又名《宋巧姣告状》《拾玉镯》），尽管被收入《秦腔传统经典剧目》里，我还是将它视为戏剧创作的第一层级。这部戏曲，讲述的是明代故事。陕西郿坞县公子傅鹏，偶游孙家庄，巧遇孙玉姣，两人互生爱慕。遂有意遗落随身佩戴的玉镯一只，欲与玉姣结好。玉姣拾玉镯却被刘媒婆窥见，刘向玉姣索绣鞋一只，答应为其撮合。其子刘彪，诓鞋讹诈傅鹏不得，夜晚去孙家行奸，误以为寄宿孙家的玉姣舅舅舅母为玉姣与傅鹏，便将二人砍杀，掷女头于刘公道家。刘命雇工宋兴儿将人头投入枯井，为灭口，又将兴儿打死，投尸井中，反诬告兴儿盗物逃去。县官赵廉审案，株连兴儿父亲宋国石、其姐宋巧姣。巧姣、玉姣、傅鹏于狱中相遇。巧姣问明事由，慨允鸣冤。傅鹏感其义，出银赎巧姣出狱。巧姣于刘媒婆处套出真情，借太后与刘瑾法门寺降香之机，前往告状。刘瑾命赵廉捕刘彪、刘公道，搜鞋探井，全案冤情始明。刘瑾命傅鹏做府城都司，孙、宋二女同配傅鹏。②

秦腔《法门寺》剧情离奇曲折，故事引人入胜，在陕甘一带乡间流传颇广。但是，我们从这出故事里，看到的只是一个故事，从中生发不出别样的意蕴。一般来说，戏剧故事之外，必有寄托。或者说，故事本身的衍生和发展、人物命运的起承转合，就能透露出作者的创作意向，观者会生出更为深长的意味。如同《哈姆莱特》，在故事层面，你可以说它就是一个王子复仇记，父王被叔父克劳狄斯所害，王后嫁给叔父，王子哈姆莱

---

① 庄子：《秋水》，见陆永品《庄子通释》修订版，中国社会科学出版社，2006年，第243页。
② 丁科民主编：《秦腔传统经典剧目选》，太白文艺出版社，2010年，第467页。

特从国外回来，最终为父王报了仇，杀死了叔父克劳狄斯，自己也中毒而死，如此而已。但是，谁都知道，这部作品不仅限于故事层面，它有更为纵深的东西，有对生与死的思考，有对欲望的拷问，有对爱情的凝视，有对友谊的追寻，等等。如果失去了后面这些东西，《哈姆莱特》就不是这样一部令世人瞩目的经典了。所以说，故事层面，只是剧作所要达至的第一层级，若在这一层级后延伸不出别样的东西，那就只能停留在第一层级里。

细读秦腔《法门寺》，难以找出超出故事之外的东西，它既没有控诉县官赵廉的无能和贪腐，最后还让他升了一级；又没有展示杀人者刘彪所代表的黑暗势力，使人欲活不得，欲死不成；也没有表现出被害者孙玉姣、孙母、傅鹏、宋巧姣诸人物的精神气质，他们也只是被故事情节裹着走，被动地应对。当故事仅仅成为故事，或者说，作者只是着眼于故事的敷衍，只想着怎样讲出一个离奇故事，那么，这样的故事，少了真正的魂魄，只能是饭后茶余的消遣。当然，戏剧也有消遣娱乐的功能，一出离奇的故事，也能成为闾里巷间津津乐道的话题。在这个意义上，我既肯定戏剧故事在戏剧艺术表现中的重要位置，同时也指出其局限及待发展充实的空间。这也是我将故事作为戏剧创作的第一层次的原因。

二

一部好戏，除了故事的曲折引人外，还要塑造具有鲜明个性的典型人物形象，这亦成为戏剧创作的更高一级标准。可称之为第二境界。人物是戏剧的灵魂，人物形象能够成功地站立起来，基本上就算是一部成功的戏剧了。我们所观赏到的戏剧，大多处于这样一个层次：有一个引人的故事，有一二成功的形象。

戏剧人物形象是否塑造成功，有三点作为尺度：第一，人物的行为是否符合规定情境。第二，人物性格发展，是否有其自身的逻辑，他（或她）的个性特征是否鲜明。第三，他（或她）是否主动性的，有着自主的行为动机。呈现在舞台上的人物，其喜怒哀乐，牵扯着观众的心，亦是戏剧进入人心的主要手段，他印证观众现实体验中的所思所见。鲜活生动的人物，为观众提供了一个人生参照与反思的契机。人物性格特征的构成，具有双重性。一方面他的想法和动机，一定是现实境遇的反映，即所谓的所处时代及个人处境的规定性；同时这种反映又带有强烈的个性化特征。就是说，一个性格刚烈的人物如窦娥与一个温顺的人物如蔡婆婆，两人处在同样的情境中，却会做出绝然不同的选择。

若仅从故事形态而言，《窦娥冤》与《法门寺》类似，皆是冤情故事。但是，关汉卿在陈述故事之时，却着力刻画了一个善良、刚烈、决绝的窦娥形象。这一形象的成功塑造，使其与《法门寺》相比，立马高出一大截。关汉卿笔下的窦娥是善良的也是刚烈的，个性棱角分明，与蔡婆婆的软弱顺从形成鲜明对比。三个情节划出了两人的鲜明分界。当张驴儿父子因救了蔡婆婆而要求做上门女婿时，蔡婆婆开始也不情愿，却架不住无赖父子的威逼恐吓，答应了他们的要求，并将父子二人带至家门口。蔡婆婆先进屋与窦娥沟通，窦娥断然拒绝，并说蔡婆婆："怪不得女大不中留。你如今六旬左右，可不道中年万事休！旧恩爱一笔勾，新夫妻两意投，枉叫人笑破口。"蔡婆婆说："我的性命都是他爷儿两个救的，事到如今，也顾不得别人笑话了。"这是戏剧事件的起因，婆媳二人性格分明，窦娥的坚守与婆婆的随顺，将事件推至全然不同的方向。

张驴儿下毒欲药死病中的蔡婆婆，使窦娥孤立无援，迫其就范。蔡婆婆不想喝汤，张父代喝，意外被毒死。张驴儿大喊大叫，嫁祸于窦娥，窦娥态度决绝："这厮搬调咱老母收留你，自药死亲爷待要吓唬谁？"但是蔡婆婆却想息事宁人，张驴儿说："你要饶么？你叫窦娥随顺了我，叫我三声嫡嫡亲亲的丈夫，我便饶了她。"婆婆转而劝窦娥，窦娥说："你怎说这般言语？我一马难将两鞍鞴。想男儿在日，曾两年匹配，却叫我改嫁别人，其实做不得。"当张驴儿威胁窦娥"你要官休？要私休？"，窦娥凛然应道："我又不曾药死你老子，情愿和你见官去来。"在县官桃杌的棍棒之下，窦娥也未低头承认，但见婆婆受刑而不忍，于是含冤招认。①

上述分析中，我们看到，作者通过窦娥与婆婆两相对比，细腻地写出了窦娥的心理轨迹，她的善良与她的刚烈决绝，都获得充分的展开。特别是在她被判斩之际，咒天骂地，其性格爆发出强烈夺目的光彩："天地也只合把清浊分辨，可怎生糊突了盗跖、颜渊：为善的受贫穷更命短，造恶的享富贵又寿延。天地也做得个怕硬欺软，却元来也这般顺水推船。地也，你不分好歹何为地。天也，你错勘贤愚枉做天！哎，只落得两泪涟涟。"②这个受尽人间奇冤的烈女子，其形象一下子站立起来，成为一个顶天立地的抗争者。而且她将对造成个人不幸命运的力量的控诉扩展为对整个皇权制度（借天地）的控诉。而在《法门寺》这出戏中，人物围绕故事打转，作者忙于交代故事的曲折发展，对人物形象的塑造，几无可圈可点之处。

戏剧语言，是人物形象鲜活丰满的关键，人物往往就是通过极具个性化的语言展示的。所以，我们将戏剧语言与戏剧人物的塑造放在一起讨论。秦腔剧目里，有一出深受百姓喜爱的折子戏《看女儿》（又名《亲家母打架》）。这部作品，以极富个性化的语言，表现了任柳氏去看望女儿胭脂，责备亲家母对女儿不好，于是产生冲突的故事。这出戏成功地表现出任柳氏这个人物的褊狭心理：对女儿胭脂疼爱护持有加，对媳妇却刻薄严苛有余。作品通过人物之间的对话，呈现出任柳氏的偏私横蛮。她一出场，自白道："我女儿真能干，媳妇太讨厌。（坐）老身生来性好强，娶了个媳妇太木讷。女儿倒是麻利手，偏怕她家婆母娘。"人物的情感向度，几句话就一下子亮堂起来。

---

① 关汉卿：《窦娥冤》，见王季思主编《中国十大古典悲剧集》，上海文艺出版社，1982年，第16—17页。在不同剧种改编上演时，对原著中的细节有不同的处理变动。本文例举的情节，是依据刻于明万历四十四年（1616）的臧懋循本。
② 关汉卿：《窦娥冤》，见王季思主编《中国十大古典悲剧集》，上海文艺出版社，1982年，第19页。

到女儿家，任柳氏与亲家母干架，三问亲家母：一问"为何给你娃吃好饭，咋不给我娃半碗碗？"二问"你给你娃扯绸缎，咋不给我娃半片片？"三问"我娃有理不敢辩，为什么打的不得动弹？"亲家母被问急了，说："为何你家媳妇本来很灵便，一见面你就说不然。有时候打得浑身烂，睡到炕上不得动弹，不得动弹。（白）去年五月节时，你五天把媳妇打了三顿，有此事无有？"任柳氏被揭短，急了说："啥？你是老乌鸦落在猪身上，光看见旁人黑，看不见自己黑？那你好么，光是舍不得给媳妇吃。羞先人呢。娶不起媳妇，不会耍娶吗！"话说过了，事闹大了，回过头来道歉，任柳氏又说："咱来看女，怎么和亲家母打起架来，待我给亲家母赔个不是。谁叫咱的桶下在人家井里呢！"[①]像这样一些极为生动的生活化语言，给观众留下了深刻的印象，也为这个人物涂上了极富喜剧色彩的亮色。秦腔表演艺术家王辅生，扮演任柳氏惟妙惟肖，被称为一绝，活现出这个疼女儿、尅媳妇的生动形象。这出喜剧，讽喻任柳氏的同时，也令观众想起自身情感的亲疏局限，变他讽为自嘲。偏私与陋习，在笑声中被看破、被嘲弄、被克服。

三

戏剧家的思想，与自己的作品，呈现出什么样的关系？我这里是说，一个真正的戏剧大家，他不是通过戏剧阐释别人的思想，或者解释既成要义或概念，而是阐释自己对人生世相的领悟与认知。他通过这种领悟，揭示生活，揭示人的精神，揭示命运的秘密。他当然也编织故事，也塑造鲜活生动的人物形象，但是，这故事和这人物，是他用自己对人生的别样感悟结构起来的，是他的人生与价值的集中呈现。这是戏剧创作的第三境界。

[①] 西安文联创作指导部编印：《秦腔传统折子戏选编·白先生看病·看女》，第9—10页。无出版日期，据推断，该书为20世纪50年代初印行。

真正的戏剧大家，必有自己完整的艺术观和思想，并通过作品表达自己的艺术理想。没有自我的正识，如何能在作品里让观众获得新的价值和启悟？大凡这样的作品，以戏剧史的眼光衡量，大都能在戏剧发展的长河里，占有一席之地。所以说，史的尺度，是这一层次作品的必然尺度。史的要求是：与前人相比，它有了哪些新的创造？可从以下四方面进行检验：第一，有无新的思想价值呈现；第二，在创作技法上，有无别出心裁；第三，在故事编排结构上，是否发前人之所未发；第四，在形象的塑造上，是否创造出新的人物。这四个方面，最为要紧的是作家的思想结构力。我们要看剧作家在作品中表达了自己怎样的思想；看他怎样呈现出对社会人生的认知，对世界的理解和把握；看他形成了怎样特异的绝不趋同的人生价值取向。一个剧作家，说到底，其作品演绎的是自我对世态人性的认知。他的哲思藏在人物的命运里，通过人物的命运，表达主体对世界的感悟，而不是自我消泯，追求外在之物。

呈现自己认知的世界，并以此结构出蕴含强烈思想趋向的作品，尤金·奥尼尔算是经典一例。为他赢得巨大声誉的《天边外》，讲述的是兄弟俩错位选择的故事。弟弟罗伯特少年时多病，母亲总把他的推车放在窗口，他望见不远处的山，想象山外的海。成年后，他一心向往走出农场，到天边外的世界去。哥哥安朱，是一个敦实有力、热爱土地、会干农活、善经营农场的小伙子。戏剧开场，就是罗伯特准备明天跟舅舅的货轮出海，实现自己闯荡天下的夙愿。没想到途中遇到了邻居姑娘露丝，这个和他们兄弟二人一起长大的女子。他们的一番亲密交谈、几句动情的表白，让罗伯特一下子改变了出海的想法，义无反顾地留了下来。而暗恋着露丝的安朱，却恼怒地接替弟弟的位置，随舅舅出海去了。罗伯特与露丝结了婚，待在这块并不热爱的土地上，经营着并不擅长的农场，农场收成日减，一塌糊涂，日子也过得十分艰难。哥哥安朱，本不喜欢东游西荡，上了船，挣了几个钱后，本性改变，做起了投机生意，也赔得精光，处境不好。罗伯特最后得病死去，临死前将露丝托付给哥哥安朱。但此时的露丝，脸上一片落寞，已经没有了任何生活的热情和希望。[①]

奥尼尔的作品，有一种极其尖锐的啃啮人心的力量。他深受古希腊悲剧的影响，认为人皆处在自己的宿命之中，在社会的牢笼中挣扎喘息。他的作品，"着迷于人在宿命中的挣扎之美"。他所展现的生活概念，不是从生活中移位于艺术中，而是从他深具悲剧感的思想中结构而出，是他思想的外化或外延。他早期以自然主义为主，后发展成一种糅合象征主义、表现主义等现代艺术意识和技巧的新型风格，而不是反映普遍性意义上的那个客观化生活。但是，他的生活逻辑又是那样地严谨合理，你找不出人物在这种规定下的另一种可能性。

在清人孔尚任的《桃花扇》里，我们也看到了这一强烈的思想意向。作者倾十年之力三易其稿的作品，表面的男欢女爱故事，内里则蕴蓄有大情怀。他要通过李香君、侯方域两人的悲欢离合，表现南明一代的兴亡，甚至比这一点还要深远许多。作者在《桃花扇》小引中，透露了该剧的宗旨："《桃花扇》一剧，皆南朝新事，父老犹有存者。场上歌舞，局外指点，知三百年之基业，坠于何人？败于何事？消于何年？歇于何地？不独令观者感慨涕零，亦可惩创人心，为末世之一救也。"[②]这才是孔尚任创作此剧的野心和情怀。也正因此，他终被康熙借一疑案从工部员外郎任上罢免回乡。

孔尚任的别异之处，不仅是在中国戏剧史上，通过一本戏表现南明的兴亡，回答明代三百年历史提出的问题，还在于他塑造出秦淮歌伎李香君这一形象。剧作通过"却奁""守楼""骂筵"等情节，使李香君这个红楼女子光彩照人。她不顾达官显贵的威逼利诱，坚守与复社文人侯方域的爱情。这种识见、品格远超当时的复社名士，显示出作者大大高于俗世腐儒的超越性见解。剧作显出作者的深长感喟，寄寓了一个时代的兴亡悲

[①] 尤金·奥尼尔：《天边外》，荒芜、汪义群译，漓江出版社，1984年。
[②] 孔尚任：《桃花扇》，见王季思主编《中国十大古典悲剧集》，上海文艺出版社，1982年，第779页。

戚。李香君这个奇女子身上，安放着他的理想和愿望，代表明清之交文人的视域和眼光。历史及自身机遇，赋予了孔尚任别一种眼光看待明清王朝历史的变迁，浓郁的晚明遗民氛围里，流淌着前朝遗民特有的精神回光和价值守护，清朝的迫压与历史的回望，成就了孔尚任笔下的侯方域与李香君。

我将曹禺的《原野》归于戏剧的第三境界。这是因为，在《原野》里，曹禺鲜明地表达了自我对人性和自然力的认识，开始在戏剧中探索"生命的蛮性""复仇"，探索"人与人的极爱和极恨的感情"。[1]金子与仇虎的感情，疯狂到近乎折磨，焦母对儿子焦大星的爱，竟转化为对媳妇金子的恨，并得到金子同样的疯狂反击。戏剧中不管是焦母那恨到刻骨的残忍，还是仇虎那暗沉而执着的复仇愿望，抑或金子式的背叛和反击、焦大星的软弱和内心歹毒，同时表达了作者对人性深渊的探索。旷野里那种原始生命的呼喊，成为戏剧的新元素，显示出作家思想中蕴蓄的激变。《原野》里，那种复仇意象和蛮野的生命力，像蛇一样钻进人心，喷射出一种毒液，使观者打战和憬悟。这是作家处于"生命郁热期"[2]的真我，他预言性地写出了人性的暗影。生活现实，成了剧作家的道具，但是，又是这样地逼真和令人悚然。瞎眼的焦母，用长针刺入代表金子的布偶的情节，其狠毒之状，令人难忘。仇恨，是人性中最暗黑的东西。《原野》唤起了观者的思考。曹禺以大胆探索的勇气，在戏剧思想的深处耕耘，可惜他的探索也就到此止步了。

四

我总以为，那些天才的戏剧家，是上天对人类的恩赐，他们身上，总是散发出惊人的大慧，天然地感知着人类前行的方向，引导人类向那个方向

---
[1] 钱理群等：《中国现代文学三十年》，北京大学出版社，1998年，第417页。
[2] 同上，第418页。

走。他们留给世人的瑰宝，就宛若一座座灯塔，照亮我们前行的路途。具有这样境界的戏剧作品，处于人类艺术的顶端，我们可称之为第四境界。

永恒性和未来性，是这类作品难以遮掩的光芒。公元前5世纪，古希腊悲剧作家所揭示出的真理，今日依然闪光。索福克勒斯笔下的俄狄浦斯，命运被神谕所笼罩，但他的自为努力，是为忒拜城百姓消除灾祸。为解救被瘟疫摧残的忒拜城百姓，努力追查那个杀死先王拉伊俄斯的人，真相大白之时得知，原来自己当年与之争吵并杀死的那个老者，正是先王，娶的王后，正是自己的母亲。在这样悲惨的命运面前，俄狄浦斯主动承担起自己的责任，毅然决然刺瞎双眼，自我放逐。对于意志坚强的人来说，死是容易的，这种惩罚比死亡更惨烈。失去双目，世界一片黑暗，自我放逐，丧失一切权力优待。在这样的呼号中游走，肩起命运的苦难，承担责任，让世人目睹这样一个杀父娶母者所遭受的惩罚，这是何等庄严崇高的精神！西方文化里，常常将自杀的人称为懦夫，其中所蕴含的意义，大约与俄狄浦斯这样的艰难承担相关。其中闪烁的人性的光辉，就是将命运的重担自觉放在肩头，不逃避不推诿，还有比这更伟大的人类举动么？这种带有受难性的承担精神，一直辉耀在人类的头顶，让世人对那些忍受巨大痛苦牺牲而勇于自我承担的人，心生敬仰。俄狄浦斯自我放逐的承担精神里，还有一层，就是承受来自世人的责难、屈辱和嘲笑，以此警醒世人。康德将"启蒙运动"定义为人类自我责任的承担。就是"要有勇气运用自己的理智"，而不是"不经别人的引导就缺乏勇气与决心去加以运用"。[1]这种要求自我的成熟与挺立，令人感到了灵魂的震颤，看到了人类身上的永恒光辉。

---

[1] 康德在《答复这个问题："什么是启蒙运动？"》一文中，起笔就说："启蒙运动就是人类脱离自己所加之于自己的不成熟状态，不成熟状态就是不经别人的引导，就对运用自己的理智无能为力。当其原因不在于缺乏理智，而在于不经别人的引导就缺乏勇气与决心去加以运用时，那么这种不成熟状态就是自己所加之于自己的了。Sapereaude！要有勇气运用你自己的理智！这就是启蒙运动的口号。"康德：《答复这个问题："什么是启蒙运动？"》，见康德《历史理性批判文集》，何兆武译，商务印书馆，1990年，第23页。

埃斯库勒斯的《被缚的普罗米修斯》中，盗取火种给人间的普罗米修斯，被宙斯所惩罚，被捆缚在高加索山上，让鹰来啄食他的心肝。这个被马克思所大加称赞的故事，道出了什么意味呢？他不正是人类前驱者的一个永恒的象征？为人类福祉而奋斗且牺牲自我的人？

灯塔的象征是什么？是照亮，是指引。那些伟大的作品里，就有这样一种品格，它面临的是当下的困境，它对困境的思考和选择，却有通向未来的启示功能。莎士比亚笔下的《哈姆莱特》，借丹麦王朝的历史，写哈姆莱特王子为父复仇的故事，内里表达的却是文艺复兴晚期人欲横流的问题，涉及生与死的拷问，爱情与欲望的对位，堕落与重生的痛苦，等等。伟大的莎士比亚，他凭借人的本源性良知，在上帝信仰和人性堕落之间，追问与选择。他纵深的思想，天然地守护人文主义原则，批判了人性的堕落。

在中国帝制两千年严酷的思想钳制下，汤显祖算是极为稀见的一位超越历史局限的大家。他的《牡丹亭》传递出的精神气象，令时代为之一振。这不仅表明他形成了鲜明的戏剧观，并以之创造出了柳梦梅和杜丽娘这样的人物，更表明了他的思想里，具有超越时代并通向未来的东西。《牡丹亭·题记》里的这段话，足以表明其创作思想业已达到的高度："情不知所起，一往而深。生者可以死，死可以生。生而不可与死，死而不可复生者，皆非情之至也。"[①]汤显祖所言之"情"，在明万历年间的思想背景下，具有颠覆性意义。他是将情与理对峙起来，这样，情就作为人世间最高生存准则而存在。作者一定从生命的深处窥视到了人应该遵循的原则，感受到了与之相对的那种扼杀禁锢人性的原则——理。这个理，是他所处时代的最高道德律令，他从中看到了一种伤害，对人性本身的伤害，对自由天性的伤害，对自由爱恋的拘囿。于是，他呼唤出另一种东西——情，与之对抗，以此扩充人的精神存在空间。所以，他的"生者可

[①] 叶长海：《中国戏剧学史稿》，中华书局，2014年，第180页。

以死，死可以生"的戏剧宣言，是多么大胆，多么超前。他进而断言，生死若不能转换，"皆非情之至也"！这是他的思想。可贵的是他以自己的创作，践行了自己的戏剧主张。他笔下的柳梦梅和杜丽娘，就是将现实中不能实现的愿望，在梦境幻境中，以死生转换而得以实现。这种奇幻的故事里，寄予一种通向未来的美好期许。人类不也正是在这种期许召唤中，不断地修正自身并实现着柳梦梅和杜丽娘的美好愿望么？

仔细检索世界戏剧史，你会发现，那些堪称伟大的作品，均具有灯塔意义，照耀人类前进，昭示人类未来方向，显示着某种深远的规定性，使我们向着更加文明进步的目标前行。

原载《当代戏剧》2019年第5期

黄沙梁的揭示与敞开

——从刘亮程的《一个人的村庄》说开去

我们总是不由自主以人的眼光为尺度，打量世间万物。这句话确实有点奇怪，不是人的眼光，难道还能是别的？你能拽着头发上天去？你能将自己的眼光换成驴的眼光、马的眼光、鸟的眼光，能将自己的感觉变成虫子的感觉、青草的感觉、风的感觉吗？刘亮程能。瞧瞧他关于驴的文字、虫子的描写、夜晚的感受……觉得他是通灵的，仿佛上天在他身上注进一丝特殊的气息，他自由随意地挥洒，舒展开来的东西怎么看都好，真是令人讶异。不事雕琢，随意点化，没有矫情伪饰，没有拿腔拿调，诚恳真实地喃喃诉说，你却觉得舒服通透，觉得就他对万物的感知而言，似乎是看到了灵界的魅影，真实不虚。

就说驴吧，这篇名为《通驴性的人》的文章如此开头："我四处找我的驴，这畜牲正当用的时候就不见了。"然后他回溯驴的行为，说了公驴在母驴发情季节，自有自己认为的最重要的事情要做。然后他说："我没当过驴，不知道驴这阵子咋想的。驴也没有做过人。我们是一根缰绳两头动物，说不上谁牵谁。"是的，作者感受到了那种在哲学上叫作对象化的东西，你以为你在控制对象，谁知在控制对象时你也被对象反控制。"有一次它们（指驴）不回来，或回来晚了，我便不能入睡。我的年月成了这些家畜们的圈，从喂养、使用到宰杀，我的一生也是它们的一生。我饲养它们以岁月，它们饲养我以骨肉。"尽管，"我"作为人的一员，是聪明的、进化的，不断随着时代的变化而改变，驴不同，它们"还是原先那副憨厚的样子，甚至拒绝进化。它们是一群古老的东西，身体和心灵都停留在远古"，但它们"透悟几千年的人世沧桑，却心甘情愿被我们这些活了今日不晓明天的庸人牵着使唤"。此时作者还嫌不够，进入了"驴思"之中，仿若禅师的憬悟，悟到"这鬼东西在一个又一个冷寂的长夜，双目微闭，冥想着一件又一件大事。想得异常遥远、透彻，超越了任何一门哲学、玄学、政治经济学"。我想，在许多时刻，或是田间小憩的静观，或是夜晚炕头的反思，刘亮程一定久久地将思维的触角伸向驴的方向，进入对象之中，以人的尺度反观驴的物性，让驴借人的视角而呈现，让我们看到一个熟悉而又陌生的驴子，获得一种天地万物的大观照。

多年前，我翻阅散文选刊或是哪本杂志，无意中读到一段文字，被"惊"到了。那是我第一次看刘亮程的散文，里面写一群孩子在村庄玩捉迷藏的游戏，散文叫《走着走着就剩下我一个人》。作者以第一人称叙事：我和五个孩子去寻找另外藏起来的两个孩子，我走在前面，走着走着，后面的人不见了，天上有了乌云，把头顶的星星遮住，接着"风突然从天上掼下来，轰的一声，整个地被风掀动，那些房子、圈棚、树和草垛在黑暗中被风刮着跑，一转眼，全不见了。沙土直迷眼睛，我感到我迷向了。风把东边刮到西边，把南边刮到北边"，把村庄刮得不见了。我惊讶的是作者描写孩子那种奇异感觉，特别是状写夜之黑，那种彻底的透黑，传神到了令人惊悚的地步。我没见过有人将夜黑写到如此地步。"天黑得什么都看不见，我甚至不知道村子到哪儿去了，路到哪儿去了。想听见一声狗吠驴鸣，却没有，除了风声什么都没有。"这种黑，忽然间人所目见之物统统消失，人与日常亲切熟悉的存在之物失去联系，孤零零地剩下一个人，惊恐于天地之间。作者继续延展这种感觉："以往也常在夜里走路，天再黑心里却是亮堂的，知道家在哪儿、回家的路在哪儿。这次，仿佛风把心中那盏灯吹灭了，天一下子黑到了心里。"这是多么灵性的文字,棒极了。它先说了外部世界的黑,回过头再说内心世界的黑,过去的经历,是天再黑心里是亮堂的,家和路是清楚的,这次,风吹熄了心中的灯,于是,"天一下子黑到了心里"。这真是惊心动魄的文字。然而,没完,作者继续自己的触觉,将这种惊悚之感伸延。他说黑暗中他摸到了一户院子,摸见了一棵没有皮的树,移两步,又摸到一棵,也光光的没皮。说自己闭着眼睛想的时候,心里黑黑的,所有院子里的树都死了,没有皮。然后,他摸见了房子,摸见了门。他直起身,想叫醒这户人,手刚触到门上,咯吱一声,门开了,以为是房主人开的门,站在门口愣了半天,却没有人出来,问了句"有人吗?"没有人回答。这是怎样的让人失魂破胆的场景。自己拔脚就往外跑,却又找不见了门,顺着墙摸了一圈也没有找到,门好像被人堵住了。于是想翻墙,却掉在地上,再往前摸,摸见墙上一个头大的洞,伸手扒了几下,感觉一股风夹着沙土直灌进来。很有意思的是,作者说第二天或者以后的那些年,"我都再没找见这个长着两棵死树的院子。到现在我也不知道它是谁的家,到底在哪儿。可能我在黑暗中摸到了村庄的另一些东西,走进我不认识的另一个院子。它让我多年来一直觉得,这个我万分熟悉的村庄里可能还有另一种生活隐暗地存在着"。这种发现和感觉,实在奇妙。仿若一种折叠的生活,一种藏在日常中的陌生,发现被遮蔽的隐秘,难道不是吗?我们习见的日常里,不就常常隐匿着未见之物吗?我被刘亮程笔下的夜黑俘获了,仅此一次,就使我永远地记住了刘亮程,记住了《一个人的村庄》。

有时我也觉得,奇妙的文字里可能藏着精灵鬼怪,这一次你触到它,将它抓住了,它也满心欢喜地浸透于你每一个毛孔,让你通透到想喊想叫。但是下一次,你就未必幸运,它可能就隐匿或者逃脱了。人与文字之间,也有因缘,天时地利,缘生情灭,好运未必都能伴随你。后来我再去寻找那场使作者迷失的风,却再也找不回来,那种将我也迷进风沙里的感觉,原来是飘忽不定的,我知道我无法尽情传递出我当时的阅读感觉,那些强烈的被击中被点燃的心绪,曾经的心灵的电闪雷鸣,必藏在自己体

315

验境遇的某个角落。我几十年生活在西安市小寨这个区域，一日走在小寨大十字路口，忽然间周围的高楼店铺全不认识了，满眼陌生，非常恐怖。仿若乾坤倒转，着实被吓了一跳。不知是什么障眼法，让我一下子失魂。

我总以为，一个写出了非同凡响文字的人，一定有别一禀赋，或者他的耳朵，或者他的气质，或者他的触觉，总有些不同寻常。他似乎能听别人听不见，看别人看不见，感别人所未感，有能力将自己打进事物的深处。瞧瞧刘亮程写虫子的文字，你就觉得他是多么奇妙："我在草中睡着时，我的身体成了众多小虫子的温暖巢穴。那些形态各异的小动物，从我的袖口、领口和裤腿钻进去，在我身上爬来爬去，不时地咬两口，把它们的小肚子灌得红红鼓鼓的。吃饱玩够了，便找一个隐秘处酣然而睡。我身上发生的这些事我一点也不知道……醒来时已是另一个早晨，我的身边爬满各种颜色的虫子，它们已先我而醒忙它们的事了。这些勤快的小生命，在我身上留下许多又红又痒的小疙瘩，证明它们来过了。我想它们和我一样睡了美美的一觉……对这些小虫来说，我的身体是一片多么辽阔的田野，就像我此刻趴在大地的这个角落，大地不会因瘙痒和难受把我提起来扔掉。"你说，他就是这样，以虫子的视角感受虫子。我们不能，我们只能以人的眼光感受虫子带来的瘙痒不快，脱不开人固有的认知窠臼。这篇《与虫共眠》的文字，在结尾部分，带有温婉的讽喻，他说："我因为在田野上睡了一觉，被这么多虫子认识。它们好像一下子就喜欢上我，对我的血和肉的味道赞赏不已……现在，它们在我身上留了几个看家的，其余的正在这片草滩上奔走相告，呼朋引类，把发现我的消息传播给所有遇到的同类们。我甚至感到成千上万只虫子正从四面八方朝我呼拥而来。"作者的妙思刚好与人们面对这种现状的惊恐相反："我的血液沸腾，仿佛几十年来梦想出名的愿望就要实现了。这些可怜的小虫子，我认识你们中的谁呢，我将怎样与你们一一握手？你们的脊背小得签不下我的名字，声音微弱得近乎虚无。我能对你们说些什么呢？"人间的功名拖累聪明人一生。在虫子的世界里，我终于成为名人，有这么多喜欢我的虫子，像觐见一般向我欢呼着奔来，但"我认识你们中谁呢"？我还要微笑着与你们一一握手，并想着签名的事。人间的明星和粉丝，不正如此吗？多么睿智的遐思与联想！

  刘亮程有本事体察万物，深入万物，成为草木虫鸟，成为驴马狗猫，成为星夜风树，成为游荡在这个名叫黄沙梁的村庄的一个魂灵，进入一切与黄沙梁有关的事物之中。他的笔一伸进黄沙梁，天与地都活了。他将笔移出黄沙梁，想发几句高大上的议论，显出一点时尚的调门，一下子就走了形串了味，怎么都觉得不对。有人说，刘亮程只写出了乡村之美，无涉贫困和苦难，少了点现代批判意识。一个作家的风格，怎么可能面面俱到？刘亮程真要那样写，就不是他了。那样写的作家一大堆，而如此感受乡村的，却只有他一个。刘亮程发现了超出现实之物的东西，他将一种被遮蔽的东西向我们打开并且照亮，使一些物象重新获得意义。这样，黄沙梁就不是那个黄沙梁了，它是刘亮程笔下的艺术之物黄沙梁。无疑，这个仿若不存在的纸上的黄沙梁，一定比那个存在的现实黄沙梁多出来点什么。是什么呢？是作者打开的一种走在途中的村庄。他存在于黄沙梁中，又通向了无限辽远的未来，伫立在我们的审美的前方。

原载《延河》2021年第7期

自由意志应成为戏曲人物的塑造之魂

就秦腔的发展振兴而言,其本质还是剧本的问题,不是剧种的问题。当然有人说,话剧容易被青年人所接受,秦腔的节奏太慢。这是个问题。农耕文明下,传统唱腔是最吸引观众的要素之一,当今成了短板,观众发生了变化。这一点尽管也是问题之一,但不是最为主要的问题。最为重要的问题还是剧本,剧本问题中最为重要的还是传统戏曲中的深厚的传统要素,这是突破的难点。要想方设法写出好剧本来。什么样的剧本是好剧本?具有现代性观念的剧本才是会被广大年轻人欢迎的好剧本。现代性就是写出具有现代性格气质的人来,这一点正是人的自主自为的个人自由意志,特别是主人公的主动性行动。我所说的主动性是指作品中人物的行动,有着鲜明的自由意志。他的行动是自我选择,因之遇到困境他勇于承担。当承担过程中自我利益损失或生命受到威胁时,他的牺牲精神就显示出打动人心的力量,因为具备了崇高意味,因为这一切是他的自由意志的选择。

传统秦腔作品面临的问题,主要是情境逼出人物的行动。我想表达的是,情境当然有规定性,规定了人物的活动,人物也无不是在具体情境规定中做出反应,但是,这个规定中,带着作者理想的主人公,应该是主动地作为,而不是被动地作为。传统秦腔作品中,我们看到的经典剧目,却大多是被动的,就是说,主人公的行为是被逼出来的。比如《八义图》(又名《赵氏孤儿》),在这部作品中,我们看到屠岸贾是整个故事的主动者，是他杀了赵盾全家，还要斩草除根，闻听还有一遗孤漏网，便追杀不止。恶人步步追杀，良善步步牺牲，韩厥、程婴之子、公孙杵臼等人，一个个死去，舞台上呈现出的是恶人的嚣张跋扈，良善者的悲催哀痛。这样的戏剧，看得人心情压抑闷。

经典戏曲《窦娥冤》，正如戏名告诉我们的，整个展现的是窦娥的冤情。窦娥被张驴儿相逼，非让从了他，然后张给蔡婆婆下毒，误毒死自己的父亲，又以告官相胁迫，不成，告蔡婆婆下毒，终至孝顺的窦娥代婆婆受刑，然后被昏官判死。在整个戏剧结构里，观众看到的是张驴儿父子的步步紧逼，窦娥婆媳的步步抵挡。主动权在恶人一边，恶人知道我要什么。戏剧故事是以恶人主动出击、良善被逼无奈为结构框架的。

《铡美案》在陕西是妇孺皆知的，演一个痴情女子负心汉的故事，陈世美成了负心汉的代名词，秦香莲成为大众同情的对象。故事发生的背景是宋代：陈世美辞家别妻，赴东京汴梁赶考，得中头名状元，他瞒报自己已有妻儿的事实，遂被皇帝召为驸马。家乡钧州三年大旱，陈世美父母皆病饿而死，其妻子秦香莲携儿带女，沿路乞讨，到汴梁寻夫。终于见到陈世美，陈世美不但不认妻儿，反派遣府中护卫韩奇到城外土地庙杀秦香莲。韩奇探得真情，放走陈世美妻儿，自刎而死。后秦香莲到包公处申冤，包公始知真情，将陈世美扣押。公主来包公处要人，包公拒不放人，公主又回宫禀报国母，国母求情，包公还是不允，并欲立即付铡了事，国母见状，以手附铡上，包公脱下官衣官帽，以头枕于铡刀上，国母抽出了手，扯包公见皇帝，包拯喝令开铡，将陈世美拦腰斩断。这个戏的故事是两截，前半段尽叙秦香莲之善、之苦，后半段尽言包拯执法之公、之智。在秦香莲的苦情中，我们当然见不到第一主人公的主动性，整个戏曲的推动，是以陈世美的负心作为故事的发展动因，是秦香莲携儿带女，寻找那个久久不归的丈夫，是她在白眼狼丈夫的无情碾压下，才无奈寻找包拯伸冤。故事动机的演进，就是这样，没有第一主人公的主动推进。

在《五典坡》即《寒窑》这出戏里，王宝钏出身官府之家，见到了乞儿薛平贵，却觉得其相貌堂堂、身有异相，便在彩楼上将绣球抛给他。结果父亲王允前门赶薛平贵出，后面与她三击掌断绝父女关系。王宝钏便在曲江找到一孔寒窑，与薛平贵成亲，后因薛平贵制服烈马，被唐王封为后军督府，后又被遣往平凉平叛，遇魏虎加害。魏虎战败，被平贵救，但魏虎不记恩德，反陷平贵于敌阵。西凉代战公主，慕平贵英勇，招他为驸马。王宝钏苦守寒窑十八年，这是故事的核心，也是最为动人的地方。后来的结局是王宝钏托鸿雁捎书，平贵得血书回到寒窑，夫妇团聚。后面还有平贵被王允暗算，代战公主领西凉兵马打入长安，平贵登基，王宝钏遂为皇后。

在这个故事里，王宝钏尽管是自觉自愿地主动地爱上了薛平贵，但是，爱上的却是一个见了公主就忘了发妻的家伙。王宝钏的苦难就在于她的苦守，苦守寒窑的她成为多少具有辛酸经历女子的象征。但是就戏剧的诉求而言，或者说，就其所表现的主题而言，毫无疑义，作者是站在弱者一边，代表着社会公义和大道良知而进行控诉。所以说，中国戏剧具有控诉性的审美的一面，老百姓将这类戏曲作品称为"苦情戏"。这些可怜人向哪儿哭诉控诉？向天地，向良知，向当权者。这样说来，中国的戏剧美学希冀建立一种超越性的控诉法庭，这个法庭当然不是实体，而是在人心中建立一个人人皆然的道德法庭，对那些越出规范的强梁者进行鞭挞，这一愿望，部分地获得实现。

这些还不是我在这儿所说的重心，我说的重心是，传统戏曲里承载的东西。像"苦情戏"这种类型的作品，它非常适宜于中国古代社会的民间情形，仅就传统社会的苦难性而言，它在泄导苦难而压抑的民情人心方面，都起到了十分有效的作用，赢得了广大观众的喜爱。但是，对现在的年轻观众而言，这类戏与他们的生活距离十分遥远，因而抓不住青年观众的心。

西方的悲剧概念，亚里士多德下了一个经典的定义："悲剧是对于一个严肃、完整、有一定长度的行动的模仿。"核心是人的"行动"。在所有艺术门类里，唯有戏剧在人的动作性方面，最为强调。我要说的是，对于中国戏曲而言，大幕拉开，呈现于观众眼前的首先就是——这个人要干什么？就是人物的动机行为，人的自觉自为的行动。自觉自为的个体生命意愿，成为古希腊悲剧产生以来的戏剧最为基本的内在动力。丧失这一条，戏剧就不成其为戏剧。所以，古希腊悲剧诞生，就因为这种自觉自愿的个人行动，形成与另一种力量的独特对抗，就是人与命运之对抗。这种对抗，充满人的崇高精神，熠熠闪光。特别值得一提的是，古希腊悲剧里，作为正面形象的主人公，大都是自我选择、自我承担、自我牺牲：要么主动挑起城邦的责任，消除瘟疫灾难，追查杀死先王的凶手，追查到自己，就自我刺瞎双眼，自我流放，如《俄狄浦斯王》；要么明知国王下令禁止为哥哥收尸，却主动去埋葬哥哥尸体，宁肯受到被处死的惩罚，如《安提戈涅》；要么被钉上高加索山，忍受肉体的巨大痛苦而依然选择承受，既不后悔，也不交换，坚守到底，如《被缚的普罗米修斯》，还有《美狄亚》；如此等等。

中国戏曲有着自己的独异面貌，与古希腊戏剧中人物的自我选择与自我担当绝然不同。毋宁说，中国戏曲就人物的自由意志这一点而言，大约是从民国时期的戏曲里，才显豁起来。更多地是从话剧艺术里，有了突破。因了新的剧作家（如曹禺、郭沫若、陈白尘、田汉）的涌现，从而使舞台面貌为之一新。但戏曲舞台的传统却更为深厚而强固，传统的古典戏曲的路径一直沿袭，这个路径包括人物的动机和形象塑造，其典型的特征是，在戏曲故事的发展推演中，戏曲主人公往往缺乏内在动机与推动，其在舞台上的表现不是主动性而是应对的被动的，主人公的精神是缺乏自主性的，其自主行动力是弱化的。我们在古典戏曲里，看到的基本上是坏人作恶，好人受欺，坏人倒是主动的，带有强烈的个人欲望而主动出击。所以戏台上，观众看到的是恶人将好人逼到了无路可走的地步，这样，酿造了一种戏曲情绪，就是悲情和仇恨，以此疏导民众被压抑的精神情绪。

传统具有强大的衍生力量，即使到了现代戏曲里，我们也能看到这种带有悲情特征的戏曲结构路径，比如《白毛女》。它的故事、人物结构形式，与《窦娥冤》异曲同工，只是内容发生了变化而已。黄世仁与穆仁智步步作恶，杨白劳与喜儿被逼无奈。情景与蔡婆婆、窦娥无异。所以，从戏剧的发展来看，它是一个恶人作恶、善者应对，由此而展开剧情的过程。具有强旺力量的是恶人。有趣的是，西方戏剧刚好相反，是正义一方出击，权势者步步抵御，《哈姆莱特》是王子步步紧逼，国王克劳狄斯步步设防，如惊弓之鸟，处心积虑，小心应对。正义的一方从没有表现出可怜的、孱弱的、令人同情的、无可奈何的弱者情状，即使非正义的一方再强大，正义一方在精神和气度上，仍然是他势均力敌的对手。

上述所说的非平衡性冲突，是中国戏剧的基本特征。在这种非平衡性冲突中，如何达到冲突的平衡，这是一个重要问题。就是说，以悲剧的基本原则，只要是冲突，就一定须有一个冲突对立双方的某种平衡，不然，如何能构筑起冲突的结构形式？就如同拳击双方，重量级须一致，这样才有悬念，有看点，也有了最后的合题。冲突的双方，一方强大，一方弱小，根本构不成对峙对抗，那如何称得上戏剧冲突？我以为，这个问题，核心在于，弱小的一方，加上公义良知的秤砣，才使得冲突双方趋于平衡。

中国戏曲故事结尾，总是延宕性的，为什么呢？当下解决不了问题，需要等来另一种力量的成长壮大。《赵氏孤儿》需要等到孤儿长大；《窦娥冤》需要等到父亲大考得中，做了大官，巡视一方；即使喜剧如《西厢记》，也须得张生考中为官，这场爱情才能结为正果。在这样的戏剧情景里，人物的精神找不到出路，强旺的精神生命力缺失，只有呼天喊地，以一种悲情的力量做现实的控诉，如窦娥。或者以一种巨大的隐忍和牺牲，以苟且的方式希冀未来的改变，如程婴为保护赵氏孤儿甚而致亲儿被屠岸贾杀害。在细细体味中国戏曲故事时，这样一种生命状态，让人惊异的是，几乎所有的故事主人公，少有自主性行为，就是说，在人物的第一动因里，没有自己的行动，就是没有我要做什么。在中国戏曲中，主人公放弃了自我抗争的力量，只是在强大的恶之下呻吟，这样一种生命状态，是一种变异的放弃的、任人宰割的状态，没有从自己的内心生发出来抵抗，而成为任人宰割的羔羊。在良善笼罩的天空下，埋藏郁结的悲愤和压抑无法舒展，这种没能改造的自我悲苦的普遍性之善，被另一强大的对立面——恶所统摄，这是令人惊讶的。恶昭彰了，善隐忍了。当然，这是就冲突双方的态势、戏剧的假定性而言的。

在戏曲中人物各异，其视角尽管散见于各个人物，但归根结底，主角却是一个最多两个，一部戏曲就是以主角为主体的观察视角，这往往成为整个戏剧的视角。作者是借人物视角而展现自己对生活世界的理解和判断。

所以说，戏剧冲突中强大的一方是道德良知的亏损者，而受欺凌的一方又反过来占据着道德的制高点。剧作者正是用这样的方式，表达着自己对世界社会的理解，表达着与现实迥然不同的审判，求得世道人心的平衡，建立起自己的精神家园。莱辛说，悲剧是"通过现实生活中的不协调现象来表现生活的内部和谐性"。由此可见，剧作家的内心里，藏着一个天平，这个天平，就是生活的和谐性。我们天然地希望，社会是平衡的，这是人类不断向前的渐近线，它总是无限趋向这个大道，也许这个大道永无实现之日，但是其趋向却是坚定的不可移易，这是大哲圣人们都看到的沧桑天道，是人类社会的规律。至于上天是否这样安排，是否"损有余而补不足"，老子是这样说的："人之道，则不然，损不足以奉有余。"当然，人之道也在变化，政府的职能，正是要"替天行道"，处有余者以国家税收，拿来做社会福利，以保障穷人有活下去的基本保障，做这种"损有余而补不足的事"。从这儿看剧作家的职能，或者说，剧作家的天职，上天赋予你一份天职，假如你是一位好的剧作家的话，一定是"损有余而补不足"的，这就是你心中存的那个大道。你有怜悯之心，你天然地将情感给了弱势者一边，天道如此，人道也如此。特别是在人道之路上承载着天道的作家，最能见出"生活内部的和谐性"，所以，他是见到天光的人。柏拉图言，这样具有特殊天赋的人，因为他能见到"上界的事物",所以易于迷狂。因为"有这种迷狂的人,见到尘世的美就回忆起上界里真正的美,因而恢复羽翼,而且新生羽翼,急于高飞远举。可是心有余而力不足,像一只鸟儿一样,昂首向高处凝望,把下界一切置之度外"。因此艺术家往往道破天机并心向弱者,于是被人指为迷狂。

2021年5月15—29日

选自《2021年中国秦腔优秀剧目会演学术研讨会论文集》,陕西人民出版社,2022年

在痛楚的吁求中唤起观众的新认知

——简论话剧《主角》的戏剧结构

一

话剧《主角》是由陈彦获得茅盾文学奖的同名长篇小说改编，由陕西省人民艺术剧院推出的一部好戏。其编剧是曹路生，导演为胡宗琪。这是一部在戏剧结构上颇为独特的作品。说它独特是因为，依照一般的戏剧原则而言，戏剧的一号主人公，定然是一个独出的具有强烈鲜明意愿的人，她的行为推动着这部戏剧故事发展的走向，或者说，她定然是按照自己的意愿与行动目标，来影响导引整个人物的存在环境，以此体现出主人公与周遭社会环境的冲突，以及由此冲突产生的主题意蕴。但《主角》中的一号主人公忆青娥（后改名为易秦娥），却有所不同，可以说她是一个内敛式的人物，在自己一次又一次的命运抉择中，她是以自己嵌进生命的默默努力，见出她奋斗的愿望和成功的喜悦。她自主自为的动机与选择，体现于她在被外部世界所裹挟的逆境下，倔强地练功，默默地吃苦，似乎你见不到她非要做成一个什么事儿的样子，仿若"只问耕耘，不问收获"的人生，但正是她的这一无为淡泊又有所作为的人生态度，使她登上了人生的巅峰，获得了巨大的社会声誉。她被动地应对生活中迎面扑来的各种情势，应对各种人事关系的撕扯。整个戏剧故事里，观众看到了她质朴的品格，又看到了成功带给她的一切：光环与荣耀，嫉妒与诽谤。在高光时刻，她还没有来得及享受喜悦，却在谤满省城之时，真实感到了生命的痛苦。

这样，我们从戏剧主人公身上，通过她无边的痛苦与哭诉无着的委屈，领悟到了某种荣耀下隐藏的另一番人生意蕴，高峰体验下的另一种人生烦恼，从而彻悟到一种生命存在的别样况味。这种聚光灯下的人生里，易秦娥身上渗进了众生的种种想象，以及由此想象而来的被作为目标追寻的绚丽图景。想象中的获取与占有，成为他者一种普遍的荣耀与成功标志。此标志的未完成导致的疯癫痴狂、遗恨无边，如封潇潇、刘四团；此目标的实现，则标志着完成后的意趣丧失或者自我完成，由之带来颓废消沉或者放弃生命，前者如刘红兵，后者如画家石怀玉。两相比较，我们在话剧《主角》里，深刻地观察到个体生命在万众瞩目的状态下，围绕主角所汇集凝聚起来的一种奇异力量，它促使生命爆发出光彩，却又以撕裂的力量，造成主角的某种痛楚。这部话剧以舞台艺术为故事背景而结构出一种少有人触及的生命现实；更难得的是，它深刻开掘并揭示出了舞台上的人生与舞台下的现实两种截然相反的境遇，让人们认识到了处于不同境遇不同层面的人的精神诉求。它是丰富复杂的社会生活和人的内心世界的精彩映照。这种多样且生动鲜活的个体生活形态，让观众在认识了别一种生活的同时，也反观了自身。自身处于一种对他者的同情性理解中，从而获得了某种崭新的生命体悟和审美教育，了知生活中的人性之根，了知美丑善恶的展开面目，深入地观察了不同个体生命意志的展开完成，从而获取了一种对生活的新悟觉。

二

话剧《主角》的戏剧结构，有着经典的中国式表达。当然，原著本身也提供了这样的故事形态基础。但我特别想强调的是，这部话剧在表达策略上，沿袭了中国传统戏曲中"苦情戏"的路子，人物以受动的方式，在外部环境的迫压下，由不断的痛苦境遇达至高迈的精神超越。因之，我们可以说，作品没有通过主角强大的能动性和自主性，向观众展示一种由自我选择、自我奋斗构成的惯常的现代戏剧结构方式。那种方式中，主人公以其绚烂光彩的个人意志构成观众欣赏的看点。《主角》不是，它将主人公放置在一种类似无为的状态下，特别是让易秦娥处在人人争当主角的剧团氛围里，唯独她对此的态度是无为且随性的。她在主观上不想成为主角，却又不得不接受剧团团长及导演的安排，一次又一次成为主角。这种戏剧结构样态，达至了一个戏剧观赏目标，这就是让坐在剧院里的观众，如上帝一般，洞察了主角易秦娥的心理现实，知道她并非社会上传言诽谤的那样，为了争当主角而不惜手段用尽。观众的这种洞悉了知，面对易秦娥被冤枉受屈辱时，从内心深处生出同情，更能达至一种欣赏效果：一个无辜者遭受曲解、面对苦难时，观众内心升起了对主角设身处地思考的可能性。就是说，易秦娥的苦处与难处并非"咎由自取"，她却成为众矢之的，这是我们理解这部话剧的关键所在。易秦娥的受动性，成为整个故事的底座，成为上帝视角下的观众理解故事的基础。观众明白事件的来龙去脉，剧中人不理解；观众成为戏剧故事的评判者，情感向背是明晰的。让位于观众视角的这种戏剧结构，与主人公在戏剧故事里主动地选择与要求然后徐徐展开的结构是大不相同的，前者将主动权交给了观众，使观众获得了一种超越剧中人的眼界，从而构成对人生世相的超越性理解。观众清楚地看到了主人公的无奈、无措、无力，这样，观众在主人公遭到流言中伤时，获得了人生启悟，并使自我体尝了生命的别一番况味。甚至，就观众而言，他的明达彻悟的感受，使他因剧中人的糊涂执迷而感慨叹息，从而使自我与戏剧情境构成超越性间隔，既是理解的又是审视的，这就唤起观众对人所生存的复杂环境的重新体认。这样一种重回传统的戏剧结构路径，在编导的二度创作下，从小说到剧本再到舞台呈现，获得了一种崭新的戏剧新实践，戏剧境界得到提升和体认。

三

与欧洲古典戏剧相比，中国传统戏曲的特征，则是让人物所处的社会环境说话，这成为中国传统戏曲的独有的故事讲述方式。这个环境是指人物所处的周遭社会环境，我们以此来考察《主角》主人公易秦娥。她的人生第一步，就是走出小山村，来到县剧团。这时她还年少，当然没有自主的想法，是她的舅舅胡三元，说服母亲，将她带到了县剧团，让她吃上了商品粮公家饭。对她而言，就是从一个放羊的女娃，蜕变成一个县剧团学员队的小演员。舅舅胡三元因为在领袖去世期间敲鼓，被关进监狱，她也被从学员队赶去伙房帮厨。在这儿，她遇到了几位下放到伙房的"存字辈"老戏骨，他们业余时间就教她练功，她也就一边帮厨一边练功，获得了飞跃性长进。等到新时代来临，"老戏"让演了，她所练就的功夫派上了用场，一举而成名。后来她从宁州剧团调到了省剧院。在整个人生道路上，她并没有刻意要去做什么，并没有要追寻做一个主角，但是她却不期然得到了。无心调入省城，却被省城剧院看中，调来参加全国会演，从县剧团的主角成为一个省城大剧院的主角。成为主角后她遭受流言中伤，排挤诽谤。她甚至宁肯去跑龙套，做一个平凡的人，过常人所过的安宁日子，却不可得。她被扶上了主角宝座，外表光鲜亮丽，光芒四射，由此引来了两种效应：一方面是戏迷粉丝迷恋追捧，另一方面是惹得楚嘉禾这类人的强烈妒忌和恶意诽谤。追捧与妒忌产生爱与恨的双重效应：刘红兵穷追不舍，楚嘉禾妒意难消。

对于易秦娥而言，舞台上获得的这些不期而然的光环，似乎均不是她的着意追求，可以说，她并没有刻意要获得这些东西，但这些冠冕都戴在了自己头上。这些令别人害红眼病的荣光，对她而言，似乎并不重要，她每每回避与拒绝，从未渴望或者刻意追寻。假如说易秦娥作为一个冉冉升起的秦腔明星，而受到追捧的话，这些与她的主观故意几无关涉，她是躲也躲不掉地发红。编导想让人们看到这种非出自本愿的一种现实存在，带给人的是什么；或者说，更想让人们看到明星光环之下的非常态的痛楚。她遇到了他人很难遇到的独特存在，聚光灯下，她红得发紫，美得惊人。于是，就遇到了官员儿子刘红兵的疯狂追求，遇到了封潇潇的倾情厚爱并为之疯癫，遇到了刘四团一掷千金，遇到了画家石怀玉的绝命姻缘。这是让他人妒忌眼热的东西。所有这些，无不呈现出一幅这样的画面：主人公易秦娥，是一个被环境塑造的人，缺少自为自主意识的人，她无为成就的明星之路，却给她带来莫大的困惑和无奈。她受到流言攻击的委屈，让人更加同情。错非她酿造，祸须她全部承担。观众看到了一种令人深思的环境之困。或者说，因个体之困而生成中国式戏剧的独有情景，将环境之因作为诉求对象。这个因，是通向观众的，是向观众吁求的，吁求恶因的消除，吁求善因的昭彰。这是中国式戏剧最鲜明的特征之一，也是《主角》这部话剧在艺术探寻中的成功所在。

原载《中国文化报》2022年8月31日

后　记

　　这本文学评论集，汇聚了我自20世纪80年代以来的主要批评作品。选编本身也是对自己的一次检阅，故而感慨良多。仔细算来，我写的第一篇文学评论是《杨争光小说论》，发表于《小说评论》1988年第3期。此前，大约是1986—1987年，杨争光刚刚从陕北下乡回来，写了一系列陕北题材的短篇小说，有十余篇之多，分别在《人民文学》《中国》《海鸥》《延河》等杂志上发表。这是他创作的一个小小喷发期，写出了陕北高原那种带有原生态味道的生活，真实自然且尖锐，这也是他那种"零度写作"风格的形成期。这一时期是我评论写作的开始。接着写了有关路遥长篇《平凡的世界》的评论，还有对王观胜《放马天山》的解读，对贾平凹系列中篇小说的评述。就这样写下来，一直写到了今天。中途也有一个长时段的游离。1994年5月我去了报社兼职，一直到2001年9月离开，这前后七八年时间，我成为一个热心参与社会发展进程的媒体人，也就荒疏了文学批评园地。又一次重新回归，投入性地捡拾起对文学的热情来，是2007年春，李国平约我给《小说评论》写专栏，这一写就是一年半，一下子将我拉回文学前沿。至今想起来，心里充满感念。我这个人，生性疏懒且被动，没有人催促，时日也就会一天天消磨掉。正是有着这样一个契机，使我写出了自己较为满意的一批理论文章，也较快地重新回到文学现场。

　　时至今日，人生已度大半，唯余西天的余晖。检视自己，贴在自身的标签，鲜亮的是"文学评论家"，其实在己并未心甘。自大学时代起，对哲学、美学的浓烈兴趣，一直未消减。心里似乎还在做梦，还有大愿未成。据说人一生只有一个时空通道，无法两条并行，你在生命中的任意选择与践行，合起来就构成那个确定的自己。那些只是出现在愿望里的向往，只要未曾践行，便都无从谈起，当然也不是你曾有的真实存在。所以，社会给自己的标签和自己内心的私相授受，还是有几许差异。标签贴久了，就形成深深的印痕，现在与人交流，对方若问起来，我会说：我是做文学批评的。如此形成的人生之道，就与文学批评相随，自己也就坦然地接受了这个身份。

年轻时，心高气傲，睥睨天下，怀抱改造社会之雄心，哲学、历史、法学、文学、艺术等等，几乎无不涉猎。记得报考大学时，第一志愿是国际政治学院，可见那时的自己，心里渴盼的是获得施展抱负的政治舞台。1984年大学毕业后，被分配到西安音乐学院文学教研室，80年代末至90年代初，也被商潮激发，把自己搞成一个弄潮儿似的，曾不管不顾地深入海中。记得有一次我的顶头领导张定亚老师碰到我，谆谆教诲，让我选择一个方向，然后下气力去做，说只有这样才能出成绩。他大约看到了我漫无边际的兴趣，担心我最终成不了事。他那时是陕西省民协主席。至今还记得他那一番苦口婆心。我当时心里所想，与张老师的教诲截然相反，心里很不以为然。我怎么可能将自己的全部时光和兴趣，都倾注在一个方向上呢？生命的海洋是多么广阔，我遨游其中而喜乐陶陶，断难甘心做狭窄的专门家！

尽管人具有多重的可能性，但最大的悲哀是：时间和能量，对于每一个个体而言，都呈现出吝啬且短缺的样子。我不是神，无法超越自身的局限，特别是时空限制和肉体限制，我没有无限能量让自己打开无限的可能。于是，尽管心里意气风发，却也不得不将大多时间框范在文学评论这条道上，至于那无限广阔的兴趣，除了文史哲，诸如政治哲学、人类学、世界历史、生物学等等，只能停留在自我的阅读享受之中，而形不成写作生产力。我知道天下还有如赵元任这样令人瞠目的全才，在数学、物理学、哲学、心理学、音韵学、音乐学、语言学、文学等多个领域，均达到了高点。但我细细想了想，陕西三千九百万人中，至今竟没有出现一个这样的人物！那只能说这样的全才是亿万分之一。我也只能平静地接受自己呈现出的平凡样儿。

数十年来，我一直不甘于将自己归顺成一颗文学批评的螺丝钉，永远固定在一个螺帽上。但环境所给予的选择和可能，却使我不得不做了一颗螺丝钉。转眼间几十年过去了，谆谆教导的长者，三十年前早已作古。我还像一个牧人，游走在丰茂的草木间，未能心甘情愿地定居一处。但唯有文学，不断地温柔地亲近我缠绕我。我身边聚拢的朋友，也大多是文学圈子人，或作家或评论家或学者，这种氛围将我笼罩。记得当年我雄心勃勃要将《百姓周刊》办成一份"北方周末"时，邢小利总是在我耳边说：做报纸有啥意思，搞文学多好！还有李建军，我们在一起时，话题总是不离文学。那种燃烧的热情、激扬的神采，都起到了将我拉向文学引力圈的作用，使我愈来愈偏重于文学批评。十余年来，常常收到熟悉或不大熟悉的作家朋友的作品，也常常与他们聚会聊天，海阔天空，谈文论道。就这样，不知不觉中，我成为一个钟情的文学批评者，钟情到成了为陕西出名或不出名的作家写评论最多的人之一。

去年初，省作协计划出一套"当代陕西文学评论文丛"，我忝列其中。这是促成本书成形的直接动因。集子的选编，大体依照了"文丛"的整体构想，以陕西作家文学批评为要，外省作家的评论文章，多未选入。所选篇章也要能代表自己各个时期的批评面貌，再加上字数限制，多个因素制约，使这本集子，呈现为目下我们能看到的这个样子。由此观之，任何事物的成形，多非单一因素，如同历史事件，必因各种力量形成合力，最终运化为人们最后看到的样子。

我将这本集子，取名为"文学的边界与批评的视野"，意在表达这样的批评理念：文学当然有自己的边界，它的边界正是它的属性所在。文学的本质是语言的艺术，而文学语言区别于日常生活语言或者科学语言的地方，是它所具有的情感性、模糊性、暧昧性等，这大约就是它的语体边界。它所赖以建立起来的文学形象，也多具有复义性特征。它当然也表现政治历史和社会伦理，也拥有自己想要言说的思想意义，但是我们无法忽视它的本质边界。在这个边界内，我们建立起言说的范畴，欣赏作家的精神建构和心造的别样景观。这个景观世界是作家独有的精神建构。我们在阅读作品时，只是在细细地考察这个建构是否符合其内在逻辑；或者说，他的建构是否具有了自我独特的生命气脉。评论家有责任解读并指出他那深藏的意蕴，他那精巧的匠心独运，如同欣赏一座结构完美精致的建筑。批评的视野也就在其中了。

当然，一个好的批评家，他能否发现一个作家独有的精神气韵、新颖的心灵造型，以及对人世沧桑和天地万物的领悟，这些地方，恰是检验批评家批评视野之所在。一个好的批评家，一定具有极为丰富敏锐的审美感受力，他能敏锐察知作家心灵透露出的那一缕超越之光，看到作家心中孕育诞生的那个新世界。尽管作家们所用材料均取自现实，但是，他的构造之物，却无不具有超越性，他一定有本事让读者看到比现实更多的东西。发现这一切，正有赖于批评家的视野。批评家依照什么阐释作品？他若没有高远的批评视野，如何能洞穿作家身上那通天接地的神奇能力，如何能说出作品中的谶语与人性的秘密，从而衔接作家与读者，架起通向真知、审美与未来的彩虹桥？这就是我对批评的理解。

在拙著即将面世之际，以上的话，权且做它诞生的寄语。

仵埂
2024年9月28日于西安小寨